Demandez-moi la lune !

Sylvie
BARRET

Demandez-moi la lune !

J'AI LU

Remerciements

Aux acteurs et actrices qui, bien malgré eux, m'ont fourni le matériau idéal de cette histoire.

Prologue

Je pensais pouvoir tout maîtriser, ne jamais commettre d'erreur.

Je pensais être à l'abri des passions, avoir un jugement sûr.

Je pensais me connaître.

Je n'ai jamais eu à choisir un métier, il s'est imposé à moi comme une évidence. On appelle généralement ça une « vocation ».

Mais lorsque tout vous échappe, lorsque le doute s'insinue.

Quand la raison s'oppose au cœur.

Lorsque quelqu'un vous connaît mieux que vous-même.

Est-ce une vocation que d'aimer ?

1

Une vocation

J'ajuste ma tenue, je lisse une mèche rebelle de mes cheveux par ailleurs bien disciplinés dans le chignon serré que j'ai pris l'habitude de faire chaque matin.

Je suis prête.

Je sors de ma chambre, ferme consciencieusement ma porte et remonte d'un pas allègre le long couloir où le bruit est étouffé par l'épaisse moquette. Tandis que j'attends l'ascenseur, je vérifie machinalement l'état de propreté de la console sur le côté. Je secoue la tête, les habitudes ne sont pas longues à se prendre.

Que deviendrai-je en vieillissant ? Une gouvernante maniaque ?

Je m'adresse un sourire moqueur en me regardant dans le miroir de la cabine. J'aime cet endroit, je suis fière de travailler dans l'un des plus prestigieux hôtels de Paris. Alors, au diable cette image que la glace me renvoie comme à un double qui ne se reconnaît pas !

Avec le temps, j'ai appris à accepter de paraître différente de ce que je suis au fond. À 23 ans, j'ai l'air d'en avoir 30. Mes longs cheveux auburn sont sévèrement noués sur mon crâne, mon maquillage léger est impeccable tout comme ma tenue : pantalon et chemisier invariablement noirs, mocassins à petits talons.

Invariablement !

Les règles de l'hôtellerie de luxe à la française ne souffrent pas l'approximation.

Ça ne me dérange pas vraiment. J'ai été une des rares de ma promotion à m'être coulée sans rechigner dans cet uniforme sombre. Ma scolarité à la Butler Academy, la plus réputée des écoles anglaises de majordomes, a parachevé mon cursus exemplaire. Toutes ces longues et parfois difficiles heures d'apprentissage m'ont propulsée, à un âge quasiment record, à cette place si convoitée de gouvernante.

Les portes de l'ascenseur s'ouvrent sur le hall splendide et lumineux du palace. Je fais résonner mes talons sur les dalles de marbre blanc. Je lance un bonjour à un garçon d'étage qui se précipite dans l'escalier de service. Je passe saluer monsieur Richard, l'incontournable maître des clés, derrière son comptoir d'accueil, et j'entre dans le petit bureau situé en retrait sur la gauche.

— Bonjour, Cathie ! clame en souriant la secrétaire du directeur.

— Bonjour, Sandrine. Quelles nouvelles ?

— Il t'attend dans son bureau, m'annonce-t-elle en désignant la porte située de l'autre côté du couloir.

— Un problème ?

— Pas encore.

Sans trop chercher à comprendre ce que ses paroles énigmatiques peuvent signifier, je vais frapper à la porte de Monsieur Régis Morel, le directeur impressionnant d'un des palaces les plus réputés de la capitale, l'Hôtel White.

— Entrez, Catherine, et fermez la porte.

J'obtempère et je lui tends une main qu'il serre cordialement.

— Café ? propose-t-il aimablement.

— Je m'en occupe.

Joignant le geste à la parole, je me dirige vers la cafetière qui chuchote sur une petite table dans un coin de la pièce. Je verse deux tasses, sucre la mienne et reviens m'asseoir en face de lui. J'ai l'habitude de nos rendez-vous aux aurores où il me donne les consignes ordinaires à ce genre d'établissement. Ce matin, le moins qu'on puisse dire, c'est qu'il semble contrarié. Il me remercie en se calant dans le fond de son fauteuil.

— Je suppose que quelqu'un de votre âge n'ignore pas qui est Matthew Dickinson, commence-t-il en cherchant un peu ses mots.

Quelle jeune fille normalement constituée de ce pays peut ignorer qui est Matthew Dickinson ?

Ce jeune acteur britannique est devenu en quelques mois la coqueluche du cinéma mondial. Son rôle de héros romantique dans l'un des plus gros succès cinématographiques de l'année dernière l'a propulsé à la une de tous les magazines people.

— Je n'échappe pas à la règle, confirmé-je en souriant.

— Dans ce cas, je vais faire de vous une jeune femme enviée de millions de fans. Philip Still, l'agent de Matthew Dickinson, a pris une réservation dans notre établissement. Or, ce jeune homme a une réputation déplorable.

Monsieur Morel me tend les derniers numéros de la presse récupérés à l'accueil de l'hôtel. Les titres ne sont guère élogieux pour la star qualifiée de « capricieuse » et d'« imprévisible » malgré sa gueule d'ange, sa coupe de cheveux hirsute, ses yeux noisette irrésistibles et son physique à rendre jaloux les plus beaux mannequins hommes de cette planète.

— Que vient-il faire ici ? demandé-je en repoussant les magazines qui ont tendance à me faire rêvasser.

— Il vient faire la promotion de son dernier film. Il a décidé de rester plusieurs jours, c'est un vrai cauchemar.

— Et en quoi suis-je concernée ? Les VIP sont le domaine de Victor.

— Victor ne se charge que de l'organisation des rendez-vous avec la presse. J'attends de vous un tout autre service.

— Lequel ?

— Philip Still a émis le souhait que l'Hôtel White organise au mieux le séjour de sa vedette. Je vous dispense donc de vos attributions ordinaires et je vous mets au service exclusif de Monsieur Dickinson. Vous tâcherez de lui offrir ce qu'il veut quand il veut et d'être entièrement disponible le temps de son séjour ici. Vous parlez impeccablement anglais, vous avez presque le même âge et, sans doute, le même langage, je suis certain que vous saurez canaliser les ardeurs destructrices de ce garçon. Nous ne pouvons pas nous permettre une mauvaise publicité jusqu'à Londres.

— Quand arrive-t-il ?

— Ce matin.

— Quelle chambre ?

— La suite blanche, évidemment.

— S'il doit tout démolir, ça promet !

— Eh bien, tâchez de faire en sorte qu'il ne démolisse pas tout, Catherine, sourit monsieur Morel en guise de conclusion.

Je sors, perplexe et songeuse, du bureau du directeur. J'ignore en quoi va consister exactement ma « mission », mais j'appréhende déjà. Je traverse le hall et grimpe, à pied, les deux étages qui me séparent de la suite blanche. Cette chambre luxueuse est de loin la plus belle. Elle est réservée aux clients très fortunés ou aux personnalités que l'hôtel souhaite chouchouter. Le service des femmes de chambre est en voie d'achèvement. Mélissa fait en général du bon travail, je lui en demande de l'excellent, cette fois. Je fais ma tournée d'inspection comme à mon habitude. Je rectifie le pli du drap blanc, positionne différemment les coussins du canapé du séjour, traque la moindre trace de poussière en songeant que notre futur client se fichera probablement de cette perfection comme d'une guigne. Tout a l'air en ordre. Je remercie Mélissa et, tandis que je l'aide à remballer son matériel, le téléphone vibre dans ma poche.

— Ils sont arrivés, m'avertit personnellement monsieur Morel avant de raccrocher.

Je souffle un grand coup et je descends les escaliers à toute vitesse. Les garçons d'étage déchargent les bagages sur les chariots. Monsieur Morel m'adresse un petit signe afin que je le rejoigne.

— Catherine, je vous présente Monsieur Philip Still.

Je tends poliment la main à un homme d'une quarantaine d'années, légèrement bedonnant et au crâne rasé pour mieux dissimuler sa calvitie naissante. Une paire de petites lunettes rondes au cerclage doré complète une image plutôt sympathique. Monsieur Morel poursuit en s'adressant à notre client.

— Mademoiselle Dutilleux est chargée de vous assister durant votre séjour dans notre établissement. Vous pouvez vous adresser à elle pour le moindre détail.

— Je suis enchanté, Mademoiselle, chantonne l'agent avec un accent anglais amusant. Matthew n'a pas émis d'exigences particulières. Je veillerai aussi à ce que tout se passe au mieux.

Charmant comme entrée en matière, ses propos ne me rassurent pas du tout. En parlant de la vedette, je ne la vois pas à l'horizon.

— Monsieur Dickinson est allé... se rafraîchir, ajoute Philip Still en constatant mon étonnement. Le voilà !

Un jeune homme négligé, casquette sur le crâne, lunettes noires sur le nez, pas rasé depuis plusieurs jours et pas plus lavé, à ce que j'en devine, se traîne en effet vers nous. L'agent se charge des présentations sommaires et, alors que je lui souhaite la bienvenue, la vedette m'ignore complètement.

— Où est ma chambre ? grogne-t-il en anglais, sans me saluer en retour.

Super !

— Si vous voulez bien me suivre, proposé-je en tournant le dos à ce malotru.

Légèrement inquiet, Monsieur Morel fronce les sourcils à mon passage en me voyant lui adresser un regard anxieux. J'envoie le garçon d'étage en avance avec la clé électronique de la suite. J'appelle l'ascenseur et cède la place à Philip Still et à la star des éboueurs. L'agent tente en vain de briser la glace, Matthew Dickinson garde le nez baissé à l'abri de ses verres fumés. Je les précède encore dans le couloir et je me charge de la visite rapide de la suite en compagnie du seul monsieur Still. Matthew Dickinson, lui, s'est affalé dans le canapé.

— Votre chambre est située juste à côté de celle-ci, je vous accompagne, Monsieur Still.

Celui-ci m'emboîte le pas en jetant un regard déçu sur son protégé.

— Je suis désolé, il est un peu fatigué en ce moment, s'excuse-t-il.

— Je comprends, ne vous inquiétez pas. Si je peux vous être utile en quoi que ce soit, n'hésitez pas.

— Matt doit assurer la promotion de son dernier film, *Ultima*. Nous avons plusieurs télés et interviews cette semaine. Je vous avoue que j'ai beaucoup de mal à le faire sortir de son lit dans un état convenable. J'aimerais pouvoir compter sur votre aide, Mademoiselle.

— Appelez-moi Catherine, je vous en prie ! Je vais tâcher de faire de mon mieux. Monsieur Dickinson prendra-t-il ses repas ici ?

— Je l'espère, soupire-t-il, apparemment peu convaincu. Je vous donnerai son planning, ce sera sans doute plus simple pour vous organiser.

* * *

— Alors, comment est-il ? glousse Sandrine en passant la tête dans l'encadrement de ma porte.

— Je n'en sais strictement rien. J'en vois plus sur cette photo que ce qu'il m'a été donné d'apercevoir tout à l'heure, marmonné-je en lui tendant le magazine que le directeur m'a remis.

— Ah bon ? s'étonne-t-elle, déçue.

— Il est sale et sent mauvais, ajouté-je, peu amène.

— Ça confirme ce qu'en disent les journaux, dans ce cas. Ma pauvre, je te souhaite bonne chance et bon courage, me taquine-t-elle en s'éclipsant.

Comme convenu, Philip Still vient, quelques instants plus tard, me donner le planning de Matthew Dickinson. Pas un jour sans interview dont deux avec la presse écrite sont prévues dans le petit salon de l'hôtel. Je n'ai pas l'habitude de gérer ce genre d'événement, ça n'est pas dans mes attributions ordinaires. L'aide de Victor sera plus que nécessaire. Par ailleurs, sur les six jours que la star doit passer parmi nous, quatre prévoient un réveil sur le coup de huit heures. Je doute sérieusement que Dickinson soit capable d'émerger aussi tôt. Ça promet d'être sportif.

Plus l'heure du déjeuner approche, plus je stresse à l'idée de devoir retrouver ce triste sire. Je me faufile jusqu'aux cuisines pour vérifier si les instructions au sujet des repas commandés par Philip Still ont été suivies scrupuleusement. Apparemment, l'agent a choisi parmi les plats les plus prestigieux de la carte et je crains l'accueil de ces mets fins par un Anglais de vingt-quatre ans plus habitué aux sandwichs qu'aux saint-jacques. Le service d'étage monte le plateau-repas à midi trente précises. J'apprécie la ponctualité. J'en fais même un point d'honneur. Philip Still en personne nous ouvre et je remarque aussitôt la présence inattendue d'une troisième personne dont on ne m'a pas avisée.

— Catherine, entrez ! dit-il en regagnant le séjour. Laissez-moi vous présenter Hillary Jenkins, vous devez certainement avoir entendu parler d'elle.

La jeune femme ne m'accorde qu'un regard dédaigneux. Sous sa coupe de cheveux aux allures de perruque gothique, Hillary Jenkins, visiblement furieuse, fait face à Matthew Dickinson qui, pour l'occasion, a ôté ses lunettes noires. Je reconnais ainsi le visage des magazines. Le jeune acteur est vraiment très séduisant malgré son air sale et négligé. Je trouve extrêmement dommage un tel gâchis d'une beauté que plus d'un garçon lui envie.

— Dois-je rajouter un couvert pour Mademoiselle Jenkins ? demandé-je.

Dickinson se tourne brusquement vers moi et me dévisage tout à coup comme s'il me voyait pour la première fois.

— Euh, oui, si ça ne vous ennuie pas, Catherine, bredouille confusément Philip Still. Mademoiselle Jenkins doit accompagner Matt pour l'interview de ce soir. Ils partagent l'affiche d'*Ultima*, nous devons accorder nos violons, c'est bien ainsi qu'il faut dire ?

Je confirme très simplement en installant un couvert supplémentaire sur la table du déjeuner. Je laisse ensuite Lilian se charger du service et je redescends immédiatement pour déjeuner à mon tour au sein même des cuisines. Monsieur Morel m'y rejoint et s'inquiète de ma prise de service. Très honnêtement, je lui fais part de mes doutes.

— Pour le moment, ça va, mais je ne sais pas dans quoi j'ai mis les pieds ni ce que je dois faire.

— Vous n'allez pas tarder à le savoir, Still doit vous laisser son poulain dès demain. Ce sera à vous de le manager.

— Ce n'était pas prévu comme ça, m'insurgé-je.

— Avec ce genre de clientèle, on ne sait jamais à quoi s'attendre. Mais je sais que vous êtes tout à fait capable de prendre ça en main, Catherine. Je vous fais totalement confiance.

— Et Hillary Jenkins ? Elle n'était pas prévue au programme, cette jeune femme.

— Elle est pour la concurrence, mais elle risque cependant de se montrer ici assez souvent. Ce qui est tout en notre faveur.

— Pour la promotion du film, oui, je m'en doute, acquiescé-je innocemment.

— Eh bien, Catherine, vous ne lisez donc pas les magazines ? La presse unanime leur prête une romance.

— Remarquez, ils sont bien assortis, aussi antipathiques l'un que l'autre.

— Vous voilà mauvaise langue, à présent ? me gronde-t-il gentiment.

— Pardonnez-moi cet écart de langage, Monsieur, mais je crains d'être malheureusement dans le vrai.

— Je ne vous blâme pas, Catherine, d'autant que je sais que votre opinion défavorable n'influera pas sur la qualité de votre service.

J'encaisse d'un hochement de tête ce petit compliment qui me remet à ma place et je m'apprête à débarrasser mon assiette vide.

— Il faut que je voie Victor. La réception des journalistes a lieu dans le petit salon, c'est ça ?

— Je lui en ai déjà touché un mot, il prépare la pièce pour demain, en effet.

— Merci, patron, soufflé-je, rassurée par l'organisation sans faille du responsable presse de l'hôtel.

C'est à ce moment-là que mon portable se met à vibrer dans ma poche.

— Catherine ? C'est Philip Still. Pourriez-vous nous rejoindre dans la suite, s'il vous plaît ?

J'accepte en voyant mon dessert m'échapper et je me hâte vers le second étage. L'agent m'ouvre la porte avec un air vaguement gêné, et je comprends mieux son embarras après avoir franchi le seuil du salon. Un cyclone a parcouru la pièce. Le canapé blanc est maculé d'une tache de vin rouge. Le verre gît brisé au sol ainsi qu'une assiette dont le contenu presque complet a été répandu sur le tapis.

Dickinson se tient debout, le nez collé à la fenêtre tandis qu'Hillary Jenkins a complètement disparu. Probablement a-t-elle quitté l'établissement pendant que je déjeunais. On ne m'en a rien dit en tout cas. Ce qui est sûr, c'est que les deux stars ont dû se chamailler en se jetant le repas à la figure. À en juger à l'aspect de Dickinson, il a évité les projectiles. Je me demande l'espace d'un bref instant si Jenkins a apprécié la sauce autant que le pauvre tapis. Still s'éloigne pour aller passer un coup de fil dont j'entends les échos. Il semble à ce que je comprends que le ténébreux Matthew assurera seul l'interview télévisée du soir. La bagarre aura donc fait une autre victime en dehors du mobilier. Je contemple d'un air navré le tissu blanc du canapé auréolé de rouge sombre. À en juger l'ampleur des dégâts, je n'ai pas trente-six solutions, j'appelle Mélissa à la rescousse. La jeune femme me rejoint après quelques minutes avec son nécessaire de nettoyage et nous nous mettons toutes deux au travail.

— Tu crois que le détachant va suffire ? demandé-je tout bas en la voyant faire grise mine devant le sofa.

— Pas comme ça, en tout cas. Je crois que le mieux est de le déhousser et de laisser la blanchisserie s'en charger.

J'abonde en son sens. Tandis que j'aide Mélissa à venir à bout de sa tâche, je jette un coup d'œil en direction de l'irascible vedette. Dickinson est resté planté à la fenêtre sans un mot d'excuse ni même un regard. Je sens une colère sourde m'envahir. Malgré mon rang et mes fonctions subalternes, j'éprouve la furieuse envie de lui faire savoir ce que je pense de son attitude afin de prévenir d'éventuels risques futurs.

— Dites-moi si je dois m'attendre à d'autres incidents de ce type, Monsieur Dickinson, attaqué-je en conservant la plus grande courtoisie possible. Je pourrai prendre mes précautions quant aux housses de canapé. Je veillerai ainsi à les choisir d'une autre couleur que le blanc. Si cela ne vous ennuie pas trop, bien évidemment.

— Quel âge as-tu ?

Sa question tranchante et sans rapport avec l'incident qui me préoccupe me désarçonne.

— En quoi est-ce important ?

— Quel âge ?

Son insistance m'oblige à répondre sur le même ton sec.

— J'ai vingt-trois ans.

Il se met soudain à ricaner bêtement. Je ne sais pas trop qu'en penser. Alors, bien que cette démarche puisse paraître inconvenante, je me risque à lui demander la cause de son hilarité.

— Puis-je savoir ce qui vous amuse à ce point ?

— À ton âge, on se soucie rarement de cette façon d'une housse de canapé, lâche-t-il entre ses dents.

— Peut-être, mais c'est mon travail que de m'en soucier.

Sur ces mots, je fais demi-tour vers la sortie.

— Je t'ai vexée ? s'écrie-t-il dans mon dos.

Sans daigner me retourner, je lui balance un « non » mensonger avant de claquer la porte. Quelques minutes plus tard, Still passe chez moi juste avant son départ en compagnie de sa star rebelle.

— Merci, Catherine. J'essayerai de faire en sorte que ça ne se reproduise pas.

Son sourire faussement innocent ne disculpe en rien son poulain. Je ne manque pas de le lui signaler à ma façon.

— Le blanchisseur me fera parvenir la facture, je la monterai personnellement à Monsieur Dickinson dès que je l'aurai reçue. Je crois qu'il aura à cœur de la régler indépendamment du reste de son séjour ici.

— Euh... oui, bien sûr, vous avez... tout à fait raison. Bonne soirée, Catherine, bredouille-t-il en prenant très vite le chemin de la sortie.

— Bonne soirée, Monsieur Still.

C'est peut-être idiot, mais ça me fait beaucoup de bien.

Je quitte mon service après avoir vérifié les plannings des employés du lendemain matin. En dehors de mes heures de travail, je dispose d'un studio minuscule à quelques stations de métro de l'hôtel, mais depuis que j'ai décroché ce poste, je passe ici le plus clair de mon temps. Aussi, lorsque je suis de permanence, comme c'est le cas durant le séjour de l'Anglais, j'occupe une petite chambre au dernier étage. Et ce soir, je ne suis pas fâchée de la regagner. Je décroche la barrette qui maintient mes cheveux serrés. Ce seul petit geste me rend à ma véritable identité. Je respire un grand coup et j'allume la télé. Je zappe rapidement jusqu'à tomber presque par hasard sur le fameux journal où Matthew Dickinson casse en direct son image de beau gosse. Il répond dédaigneusement à la journaliste qui semble aussi déçue qu'embarrassée de le voir si négligé et peu enclin à accorder le moindre mot sympathique. Ce n'est plus une promo, c'est une entreprise de démolition en règle. Je commence à comprendre pourquoi Hillary Jenkins a refusé d'y participer. La prestation désastreuse de Matthew Dickinson au journal se heurte au rôle qui l'a rendu si célèbre. J'ai du mal à croire qu'il peut être à la fois cet acteur torturé et asocial et jouer avec tant de justesse les héros romantiques.

Quelque chose cloche, mais quoi ?

Ce n'est pas à moi de m'en soucier, après tout.

* * *

Je suis réveillée en sursaut par des coups répétés à ma porte. Péniblement, j'ouvre un œil sur mon réveil. Deux heures du matin ! Si ça n'est pas une véritable urgence, j'étrangle celui qui a osé. Résignée, je me lève en quatrième vitesse, j'enfile la première chose que j'ai sous la main, c'est-à-dire un survêtement, et j'ouvre ma porte sur le garçon d'étage qui affiche un air torturé.

— C'est Monsieur Dickinson, il va tout casser, il est ivre, me balance-t-il précipitamment en se dandinant d'un pied sur l'autre.

— Où est Monsieur Still ?

— Je ne sais pas, Mademoiselle Dutilleux, il n'est pas là. Monsieur Dickinson a réclamé une autre bouteille. Qu'est-ce que je fais ?

— Génial ! soupiré-je. Maintenant, je vais devoir affronter un ivrogne.

Sans prendre le temps de me changer, je descends promptement et je pénètre sans frapper dans la suite. Matthew Dickinson est debout devant la fenêtre, comme dans l'après-midi. Il tient un verre à moitié vide à la main. Rien ne semble dérangé dans l'appartement. Je crois à une mauvaise plaisanterie. Je m'apprête à présenter mes excuses et m'éclipser, mais l'acteur me rappelle d'une voix pâteuse.

— On a eu peur pour son canapé ?

— Oui, avoué-je sans honte.

Il pouffe alors d'un rire amer, le regard tourné vers la nuit.

— Et pour moi ?

— Vous êtes libre de vous démolir si vous le souhaitez, le canapé n'y est pour rien, lui.

— Tu m'as vu à la télé ?

— Oui.

— Qu'as-tu pensé... sincèrement ?

Je n'ose pas répondre. Je ne suis normalement pas en droit de le faire. Mon silence l'agace très vite. Il se retourne vers moi et marque une seconde de surprise devant mon accoutrement, mes cheveux juste attachés et mon visage sans fard.

— J'ai eu l'air d'un type débile, hein ?

Dépassant les limites de mes attributions, je prends le risque d'être honnête avec lui puisqu'il le réclame.

— Oui.

Il se pince les lèvres et hausse les sourcils. Je sens le moment venu d'opérer une retraite stratégique.

— Si vous n'avez pas besoin de moi, je vais vous laisser.

Ces quelques mots pourtant anodins agissent subitement comme un détonateur. Dans un mouvement de colère effroyable que je n'avais pas prévu, Matthew Dickinson jette violemment son verre contre la table basse du salon. Le verre éclate en mille morceaux et le fond de whisky se répand sur le tapis clair à peine remis du précédent nettoyage. Je ne peux m'en prendre qu'à moi-même. Je n'aurais pas dû me permettre de lui répondre ainsi. Je m'abstiens donc de dire quoi que ce soit d'autre et de formuler le moindre reproche tandis que lui s'en retourne à la fenêtre. Je me secoue pour accomplir de nouveau ma tâche et me baisse afin de ramasser les morceaux du verre brisé.

— Laisse ça ! grogne-t-il.

— Ce n'est pas possible, quelqu'un risquerait de se blesser en marchant dessus, objecté-je en poursuivant mon ménage.

Sans crier gare, il traverse alors le salon et me saisit brutalement le bras pour me forcer à me relever. Ma main se referme involontairement sur les débris de verre et je pousse un cri de douleur. Il relâche aussitôt sa poigne. Ma paume droite est sérieusement entaillée. Un filet de sang s'en échappe abondamment, provoquant, comme toujours, des sensations particulièrement désagréables au creux de mon estomac.

— Excusez-moi, balbutié-je en m'écartant de lui comme si j'étais fautive.

— Montre-moi ça ! réclame-t-il en saisissant de nouveau mon poignet.

— Ce n'est rien, je vais… oh mon Dieu, gémis-je en sentant ma tête tourner à la vue du sang gouttant sur le sol.

Il enlace alors ma taille et m'entraîne à la salle de bains. Il installe ma main au-dessus du lavabo et commence à enlever avec beaucoup de précautions les minuscules éclats de verre encore fichés dans la coupure.

— Regarde ailleurs ! ordonne-t-il tandis que je serre les dents. Y a-t-il des pansements dans cette chambre ?

— Demandez au garçon d'étage d'aller en chercher à la pharmacie de l'hôtel près de la cuisine, soufflé-je en évitant de regarder vers le lavabo.

Matthew sort précipitamment de la pièce pour revenir aussitôt.

— Comment te sens-tu ? s'enquiert-il d'une voix plus douce.

Sa colère semble s'être évanouie. Je suppose qu'il est inutile d'attendre la moindre excuse. Je hausse les épaules sans répondre. Lucas frappe à la porte une minute plus tard.

— Vous êtes gravement blessée, Mademoiselle Dutilleux ? demande-t-il.

— Ce n'est rien, je m'occupe d'elle, me précède Matthew Dickinson en le renvoyant.

— Merci, Lucas, ça va aller, complété-je, plus doucement.

Le garçon d'étage s'en va sans demander son reste. Mon mauvais client débouche le flacon de désinfectant dont l'odeur manque de m'envoyer directement dans les vapes et en asperge généreusement la coupure, puis il sèche la plaie et ajuste un gros pansement sur ma paume. Il parachève son œuvre d'un petit bandage exécuté avec une certaine dextérité. Il est concentré sur ce qu'il fait et je retrouve sur ses traits le magnifique jeune homme dont il s'acharne à vouloir détruire l'image.

— Vous avez passé le brevet de secourisme ? demandé-je avec une pointe d'ironie.

— Oui, pour les besoins d'un film. Je crois que c'est bien comme ça.

— Merci, fais-je en récupérant ma main.

Il sourcille et m'assassine de son regard sombre. Toujours pas d'excuses ! Je sais que je vais devoir faire sans. Je me lève et je retourne au nettoyage.

— Tu ne peux pas demander à la femme de ménage de venir faire ça ? s'agace-t-il.

— Il est plus de deux heures du matin.

— Et que fais-tu là, toi, alors ?

— MON travail !

— Formidable, comme job.

— Il en vaut bien un autre.

— Comme t'occuper des stars en état d'ivresse ?

— Vous feriez mieux d'aller vous coucher, je suis censée vous réveiller dans un peu moins de six heures maintenant.

— Quelle torture va-t-on encore m'infliger ?

— Je connais bien des gens qui apprécieraient ce genre de torture, répliqué-je, mauvaise à l'idée qu'il ose se plaindre du luxe.

— Tu es bien comme toutes les autres ! lance-t-il en traversant la pièce en direction de sa chambre dont il ferme la porte derrière lui.

Je reste coite une seconde, puis je finis de nettoyer la tache du mieux que je peux. Quelques minutes plus tard, je m'écroule sur mon lit. Qu'il est difficile de garder son calme avec Matthew Dickinson !

* * *

Le réveil ne me fait aucun cadeau à moi non plus et je me prépare sans hâte. Mon maquillage permet de dissimuler au mieux les cernes de ma nuit presque blanche.

— Que vous est-il arrivé à la main ? s'inquiète Monsieur Morel à qui j'apporte le café.

— Un cadeau de Matthew Dickinson !

— Il vous a blessée ?

— Il a cassé un verre et je me suis coupée en ramassant, corrigé-je sans l'incriminer.

— Avez-vous montré votre main à l'infirmier ?

— Oui, ce matin. Il n'y a rien de grave.

— Je l'espère.

— Savez-vous où se trouve Monsieur Still ? me renseigné-je. Il va falloir sortir sa vedette du lit.

— Il est venu me trouver hier soir. Il a dû s'absenter en urgence, mais il a laissé toutes ses consignes sur votre table pour les jours à venir ainsi que l'agenda détaillé de Monsieur Dickinson.

Je grimace d'un air accablé qui amuse mon directeur.

— Vous allez y arriver. Courage, Catherine !

— Merci, patron, soupiré-je en regagnant le petit bureau mis à ma disposition à côté de celui de la secrétaire.

Comme convenu, Victor se charge des préparatifs de l'interview avec la presse écrite qui doit avoir lieu dans la matinée. Je n'ai donc qu'à m'occuper de la star. Il est presque sept heures et demie. Il est plus que temps. Pendant que le serveur prépare la table dans le salon de la suite, je tambourine sans ménagement à la porte de la chambre. Un grognement furibond me parvient. Au moins, il est réveillé. J'insiste néanmoins et il finit par m'autoriser à entrer.

— Bonjour, Monsieur Dickinson ! lancé-je sur un ton joyeux dans l'espoir un peu puéril de l'agacer, histoire de me venger à défaut d'avoir obtenu un mot de regret pour ma coupure.

— Bordel ! Quelle heure est-il ? réclame-t-il sèchement en se frottant les yeux.

— Sept heures quarante-trois minutes. Vous préférez le café au lit ? interrogé-je avec une courtoisie exagérée.

— Fous-moi la paix !

— À vos ordres, Monsieur Dickinson.

Je sors son costume gris de la penderie, une chemise bleue que j'ai remontée de la boutique, ainsi qu'une cravate grise assortie.

— Qu'est-ce que tu fabriques ? s'étonne-t-il.

— Vos affaires sont prêtes.

— Quelles affaires ?

— Celles qui feront que vous n'aurez pas l'air d'un clochard tout à l'heure. À défaut d'être agréable, vous serez au moins présentable.

Sur ces paroles provocatrices, je m'en vais en réprimant un sourire.

* * *

Dans le hall de l'hôtel règne une certaine effervescence, Hillary Jenkins pose d'assez mauvaise grâce devant les journalistes venus pour l'interview des deux acteurs d'*Ultima*. Comme de juste, Matthew n'arrive pas.

Cinq minutes de retard !

Pour lui, ce n'est sans doute rien, pour moi, c'est inexcusable. Je fonce cogner énergiquement à la porte de la suite jusqu'à ce que Matthew me crie d'entrer.

— D'habitude, tu ne te prives pas pour entrer sans frapper, me fait-il observer.

Je le regarde, stupéfaite. Il s'est rasé et porte le costume et la chemise que j'ai choisis. Il est debout devant le miroir en train de s'énerver sur son nœud de cravate.

— Vous êtes en retard.

— Ils ont l'habitude. Putain de cravate ! s'emporte-t-il.

— Laissez-moi faire, proposé-je, indulgente.

Après tout, ce retard n'est dû qu'à mon idée de cravate, je peux bien l'aider. Je m'approche de lui, il baisse les bras et tend le cou pendant que je règle le nœud comme il faut. Il sent divinement bon. Son regard se pose sur ma main bandée.

— Je suis désolé pour ta main, dit-il enfin.

— Ce n'est rien.

— Catherine, c'est bien ça ?

— Oui.

— Je peux t'appeler Kate ?

— Si vous le souhaitez.

— Ils sont nombreux ?

— Huit en tout, plus quelques photographes. Mademoiselle Jenkins est déjà là.

Il ne répond rien à cette dernière information.

— Je crois que ça peut aller, annoncé-je en m'écartant.

Il juge du résultat dans le miroir et ébouriffe ses cheveux pour se donner un côté mauvais garçon absolument irrésistible.

— Comment suis-je ?

— Vous êtes présentable.

En réalité, je le trouve absolument renversant, mais ça me ferait mal de le lui avouer. Je descends avec lui et lui indique la direction du petit salon. Il n'est finalement en retard que d'un bon quart d'heure. C'est en soi une petite victoire que je savoure.

L'interview s'éternise bien au-delà de quatorze heures. Quelques échos de la rencontre avec les journalistes me parviennent jusque dans la cuisine où je déjeune.

— Ton client se la joue grande classe aujourd'hui, me taquine Samuel.

— Salut, Sam, comment vas-tu ?

— Bien, je suis de service toute la journée.

Samuel est l'agent de sécurité de l'Hôtel White, une sorte de garde du corps officieux. Grand et baraqué comme un rugbyman, il est impressionnant. Depuis mon arrivée, nous sommes devenus amis et il nous arrive souvent de déjeuner ensemble.

— Oh là là, c'est romantique ! glousse Sandrine en se joignant à nous. Dickinson et Jenkins se font les yeux doux devant les journalistes.

Je ne relève pas, après tout la promotion de leur film doit sans doute exiger quelques sacrifices. Je regagne mon bureau sitôt mon assiette avalée. À quinze heures, mon téléphone vibre.

— Kate, je ne dînerai pas à l'hôtel, ce soir. Serait-il possible de me prévoir une voiture ?

— Oui, Monsieur Dickinson. Pour quelle heure ?

— D'ici vingt minutes.

— Dois-je vous réserver une table quelque part ?

— Non, inutile.

Je raccroche et me rends personnellement au service de réservation des véhicules de luxe de l'hôtel. Je commande une Jaguar avec chauffeur qui se met aussitôt en position devant l'entrée. Une demi-heure plus tard, je vois descendre le couple de stars, main dans la main. Hillary Jenkins rayonne. Je rentre dans mon bureau, désœuvrée pour la soirée. Je pose mon stylo et décide de profiter de ma fin d'après-midi pour me rendre à la piscine.

* * *

Le rituel du lendemain matin est exactement le même que d'ordinaire. Même uniforme, même coiffure, même café avec le directeur. La seule différence consiste à observer l'agenda de Matthew Dickinson plutôt que le planning des employés de ménage. Il a un rendez-vous avec le metteur en scène de son prochain film à dix heures. Pas le temps de traîner.

Je frappe à la porte, aucune réponse, j'actionne alors ma propre clé. Le serveur se charge de la mise en place et je vais droit vers la chambre. J'entends la voix de l'acteur qui m'autorise à entrer. J'avance dans la pénombre jusqu'aux rideaux que je tire pour laisser entrer la lumière du jour. Je me retourne vers lui et je reste, stupide, immobile au milieu de mon salut matinal. Hillary Jenkins dort nue, à moitié couverte du seul drap. Matthew se lève du fauteuil en face et s'étire en m'observant d'un air amusé.

— Tu peux mettre une tasse supplémentaire, Kate, annonce-t-il.

— Tout de suite, Monsieur Dickinson, réponds-je, vaguement gênée par cette découverte.

Je ne pensais vraiment pas que leurs relations allaient jusque-là, mais le milieu du cinéma n'est pas réputé pour ses mœurs tranquilles, je dois être bien naïve. Je sors rapidement vers le salon et je pose une tasse de plus sur la table. Dickinson me suit, il a pris le temps d'enfiler un pantalon. Son torse nu est beau à voir, je détourne les yeux pour ne pas laisser à mon cerveau le temps d'imaginer autre chose.

— Bien dormi ? me demande-t-il en sirotant le café que je lui ai versé.

Je réprime l'envie féroce de lui retourner la question et je prends mon air le plus détaché.

— Si vous n'avez plus besoin de mes services...

— À quelle heure est mon rendez-vous ?

— À dix heures, Monsieur Dickinson.

— Cesse de m'appeler ainsi, s'agace-t-il en me dévisageant.

— Matt ? gémit la voix de Hillary, dans la chambre.

— Veuillez m'excuser, soufflé-je en signalant mon intention de me retirer.

— Je serai là pour le déjeuner, déclare-t-il alors.

— Dois-je prévoir mademoiselle Jenkins ?

— Non.

J'enregistre sa demande et je referme la porte derrière moi. Il n'a même pas pris le soin de lui répondre ; drôle de couple tout de même ! Je ne suis pas encore parvenue à mon bureau que mon téléphone vibre de nouveau.

— Le petit déjeuner est fini, annonce Matthew Dickinson.

Sa voix est glaciale.

— Le garçon d'étage va venir desservir.

— Je préférerais que ce soit toi... s'il te plaît.

Ce « s'il te plaît » n'augure rien de bon, ça lui ressemble si peu.

— Très bien, j'arrive.

Je fais donc demi-tour et je remonte les deux étages. Je cogne à la porte et la star m'ouvre elle-même. Ses traits sont tendus par une colère qu'il ne cherche pas à dissimuler. Le petit déjeuner n'a pas été touché hormis le café que je lui ai servi.

— Mademoiselle Jenkins souhaiterait autre chose ?

— Mademoiselle Jenkins est dans la salle de bains et je pense qu'elle va avoir besoin de tes services. S'il te plaît, Kate, pourrais-tu l'aider à s'habiller ? demande-t-il d'un ton un peu radouci.

Inquiète, je me dirige vers la salle de bains et j'ouvre la porte sur un signe de tête de Matthew Dickinson puisque je ne reçois aucune réponse de l'intérieur. Hillary Jenkins est affalée sur le rebord de la baignoire, entièrement nue, d'une maigreur pathologique, échevelée. Son mascara a coulé en longues traînées noires sur ses joues. Elle me regarde d'un air hagard. Je remarque les vestiges d'une préparation douteuse dispersés un peu partout sur le sol. Cela ressemble de nouveau à un règlement de comptes entre les deux amants. Quoi qu'il en soit, si l'Hôtel White s'évertue à rendre le séjour de ses clients le plus agréable possible, l'usage des stupéfiants n'entre pas dans la catégorie des services que nous rendons. Les consignes sont strictes, je n'ai pas le choix. Autant prévenir immédiatement. Je retourne au salon où la star ne semble pas avoir décoléré. Il se venge à coups de café noir. Je m'efforce de trouver le ton juste pour lui faire part de mon indignation sans l'accabler.

— Monsieur Dickinson, je sais parfaitement que vous êtes un client particulier, mais la direction de cet hôtel ne...

— Je sais, coupe-t-il. Je t'assure que ça ne se reproduira pas. Aide-la à s'habiller et Jenkins va remballer ses petites affaires personnelles.

Je baisse la garde en constatant qu'il désapprouve tout autant que moi le comportement de sa petite amie. Je repars dans la salle de bains, et, après avoir longuement insisté, j'obtiens enfin la coopération de l'actrice qui consent à se vêtir. J'ai un peu l'impression de manipuler une poupée géante. Elle s'abandonne sans lutter à mes mains. Elle paraît endormie pendant que je lui redonne visage humain en lavant à l'eau fraîche les traces peu flatteuses de son maquillage épais. Sans fard, elle fait pitié. Son teint blême et ses joues creusées sont seulement rosis par le frottement de la serviette que j'ai utilisée. Ses cheveux hirsutes sont poisseux d'un gel qu'elle n'a pas enlevé. Il lui faudrait une bonne douche, mais elle n'est visiblement pas en état de tenir debout toute seule. Je n'espère pas non plus la coopération de son partenaire dans une telle entreprise. Je me contente donc de ravaler la façade de l'actrice, tout au moins de la rendre presque présentable à défaut d'être parfaitement propre. Pour le glamour, on repassera plus tard, lorsque les effets de ce qu'elle a ingurgité se seront dissipés. Habillée, débarbouillée, elle peut à la rigueur faire illusion de loin, mais je doute qu'elle puisse tenir son rôle. Elle ne parvient à gagner le salon que parce que je la soutiens fermement. Matthew Dickinson lui jette un coup d'œil glacial pendant que j'assois ma poupée géante dans un fauteuil.

— Combien de temps va-t-elle rester ainsi ? m'inquiété-je.

— Je n'en ai aucune idée, lâche-t-il entre ses dents.

— Peut-être devrions-nous faire appel au médecin, vous ne pensez pas ?

— Non, c'est inutile. Ce n'est pas la première fois que cela arrive. J'ai appelé son agent. Il sait comment gérer cette situation. Il ne va pas tarder.

— Les photographes et les fans ont pris pension devant l'hôtel. Il serait probablement plus judicieux de faire sortir Mademoiselle Jenkins par le garage, de l'autre côté.

— C'est gentil de ta part, me dit-il, toujours aussi tendu.

— Quant à vous, vous risquez d'être en retard pour votre rendez-vous avec Monsieur Peters. Vous devriez vous préparer.

Un vague sourire revient se dessiner sur ses lèvres. Son regard s'éclaire d'une lueur plus joueuse.

— Bien, Mademoiselle Dutilleux ! acquiesce-t-il en insistant sur mon nom d'un air moqueur.

Je hausse les épaules en réprimant une envie de rire pendant qu'il s'éloigne vers la salle de bains libérée de son encombrante occupante. Il se retourne cependant au dernier moment.

— Est-ce que c'est loin, ce rendez-vous ?

— Trop pour espérer vous y rendre à pied. Je vous ai réservé une voiture.

— Je n'ai pas envie de ces grosses bagnoles, je vais être suivi.

— Je vais vous appeler un taxi, dans ce cas.

— Pas davantage. As-tu une voiture ?

— Oui, sourcillé-je en me demandant où il souhaite en venir.

— Peux-tu m'emmener ?

— Moi ?

— Suis-je en train de m'adresser à quelqu'un d'autre ?

— Non, mais c'est que...

— Je te le demande comme une exigence, Kate.

Son petit rappel produit son effet. Je soutiens son regard où se mêlent le plaisir de jouer ainsi de son autorité et la vague crainte que je puisse refuser. Il est terriblement séduisant ainsi. Je dois me secouer pour lui apporter la réponse qu'il attend de pied ferme.

— Je suis à votre service, Monsieur Dickinson.

— Je te rejoins dans ton bureau dans vingt minutes, sourit-il, apparemment soulagé.

Comme convenu par téléphone, l'agent de Hillary Jenkins vient récupérer sa starlette pendant que monsieur Dickinson se prépare. Au contraire de Still, il semble se moquer éperdument du comportement de sa protégée. Je le regarde, à la fois stupéfaite et navrée, embarquer la jeune femme encore groggy sous son bras et la déposer sans trop de ménagement à l'arrière de sa voiture garée au sous-sol. Je comprends à son exaspération que ce n'est pas la première fois, en effet. Je crains que ce ne soit pas non plus la dernière. Il y a, dans son remerciement, comme des accents de résignation. Quant au célèbre fiancé, si c'est ça l'amour si joliment décrit dans les magazines people, très peu pour moi !

* * *

Matthew Dickinson se montre ponctuel pour une fois. Il pousse la porte de mon bureau vingt minutes exactement après avoir disparu dans la salle de bains. Il est vêtu fort simplement d'un jean et d'un pull col V qui met particulièrement bien en valeur sa carrure athlétique. Il ressemble enfin à l'image que je me faisais de lui. Je le guide jusqu'à ma Peugeot 106 garée sur le parking réservé au personnel. Il ne fait aucun commentaire en prenant place à bord, mais il tente vainement de réprimer un sourire moqueur. Il a mis une casquette sur ses cheveux ébouriffés dont les reflets cuivrés trahissent son origine anglaise. Je me garde bien de poser la moindre question au sujet de Hillary Jenkins. Il ne paraît pas non plus enclin à se renseigner sur son départ en compagnie de son agent. Il ne s'est d'ailleurs pas montré pour le saluer. J'imagine que les griefs entre eux doivent être trop nombreux. Au sujet de cet incident, je n'en ai pas soufflé un mot au directeur alors que j'aurais dû le faire. Tant pis, j'assume ! Matthew Dickinson ne faisait pas figure de coupable à mes yeux. Je n'avais aucune envie de l'embarrasser davantage avec ça. Pour le moment, l'acteur se concentre sur les rues de Paris dans lesquelles nous avançons avec une lenteur exaspérante à cette heure.

— Je crains que vous ne soyez quand même en retard, maugréé-je, en pianotant nerveusement sur mon volant.

— Peters s'attend à ce que je ne vienne pas du tout, réplique-t-il d'une voix étonnamment douce.

Je secoue la tête d'un air désapprobateur.

— Depuis deux ans, je parcours le monde entier, je connais les meilleurs hôtels de cette planète, déclare-t-il soudain en s'absorbant dans la contemplation de la tour Eiffel, au loin. Pourtant, je n'ai jamais rencontré quelqu'un comme toi.

— C'est la première fois que vous venez à Paris ?

— Non, mais je ne suis jamais resté aussi longtemps.

— Notre établissement a une excellente réputation.

— Ce n'est pas ce que je voulais dire, objecte-t-il, du tac au tac.

Je me sens rougir et je reporte mon attention sur la circulation. Il ne me lâche pas pour autant.

— Il y a quelque chose de spécial… j'aimerais savoir.

— Savoir quoi ?
— Ce qu'il y a de différent chez toi.
— Je ne fais que mon travail.
— Non, il y a plus. Je sais que ton directeur te considère quasiment comme son bras droit et qu'il te fait une confiance absolue. Tes fonctions vont bien au-delà de ce que tu prétends.
— Je ne prétends rien, réfuté-je, surprise par sa curiosité un peu agressive. C'est vous qui affirmez.
— Et si je te le demandais comme une exigence, me répondrais-tu ?
Je suis coincée, je soupire en arrêtant la voiture à un feu rouge.
— Eh bien, disons que j'ai une formation un peu différente de celle du reste du personnel de l'hôtel. C'est sans doute pour cette raison que Monsieur Morel me confie quelques attributions supplémentaires par rapport aux autres gouvernantes, marmonné-je.
— À vingt-trois ans ?
— Oui, à vingt-trois ans. Mais vous savez, dans le domaine de l'hôtellerie et de la restauration, l'apprentissage commence très jeune.
— Allons, Kate, je suis sûr que tu peux faire mieux que ça.
— Je ne vois pas en quoi ça vous intéresse, me défends-je avant de me ressaisir aussitôt. Excusez-moi, je n'aurais pas dû !
Matthew Dickinson éclate soudain de rire.
— Je savais que tu avais un côté normal.
— Normal ?
— Explique-moi comment il est possible qu'une fille de ton âge soit à ce point docile et travailleuse.
— J'ai été élevée comme ça.
— Tu as commencé, maintenant raconte, exige-t-il d'une voix de velours.

Matthew se cale contre le siège de la voiture et m'accorde toute son attention. Je suis donc contrainte de continuer mon récit. C'est la toute première fois que cela m'arrive, dans ces conditions, tout au moins. J'ai un peu de mal à trouver mes mots d'autant que cela me touche particulièrement. Le regard de mon voisin m'y encourage, je me jette à l'eau.

— Mon arrière-grand-père maternel était un majordome anglais.

J'ai balancé ça un peu comme une plaisanterie en n'espérant pas qu'il me croie. Il a d'ailleurs une seconde d'hésitation avant de se redresser, un vague sourire aux lèvres.

— Quoi ?

— C'est la pure vérité.

— Quand je te vois, je ne doute pas une minute que tu as de lointaines origines britanniques, ricane-t-il en me lorgnant d'une singulière façon.

— Très lointaines et très diluées aujourd'hui.

— Mais pourtant encore présentes.

Ses yeux balayent mon visage qui s'empourpre, et s'attardent sur mes cheveux aux reflets cuivrés soigneusement enroulés sur mon crâne. Puis il semble se rendre compte que son examen est en train de mettre un terme aux confidences que j'ai à peine entamées.

— Et c'est cet ancêtre qui a suscité ta vocation ? reprend-il avec la même curiosité.

— Indirectement, oui. Ma grand-mère, sa fille, a voulu suivre sa trace, mais à l'époque, les demoiselles n'étaient pas admises dans ce type de carrière. Elle a donc traversé la Manche et a trouvé un emploi de femme de chambre dans un hôtel de luxe en

France où elle a rencontré mon grand-père. Après son mariage, elle a cessé définitivement de travailler.

— Quel rapport avec toi ?

— Mes parents travaillaient beaucoup tous les deux. C'est elle qui m'a élevée. Elle m'a enseigné plein de choses. À sept ans, je repassais les chemises comme une pro.

Mon passager lève un sourcil étonné.

— Ça t'amusait ?

— Avec ma grand-mère, toutes les corvées devenaient un jeu. Grâce à elle, j'ai trouvé naturellement ma voie. J'ai suivi d'abord un cursus classique dans une des meilleures écoles hôtelières de France, mais j'avais envie de plus.

— De plus ?

— Une sorte de revanche sur le passé, pour rendre à ma grand-mère un droit dont elle avait été privée.

— C'est-à-dire ?

— Les mentalités ont évolué, même chez les majordomes. L'école est désormais ouverte aux filles. Ma grand-mère a financé ma scolarité dans l'établissement même qui avait refusé sa candidature à l'époque.

— Elle doit être contente.

— Elle est morte avant que j'aie eu le temps de lui offrir mon diplôme.

— Je suis désolé.

Je lui adresse un petit sourire pour lui indiquer que je ne lui tiens pas rigueur d'une chose qu'il ignorait.

— Je comprends mieux ta façon de travailler, admet-il.

— Je travaille par plaisir, ce n'est pas une corvée.

— J'ai vu. Et ta famille ? Tes amis ?

— Mes parents sont loin. Quant à mes amis, je n'ai pas beaucoup l'occasion de les fréquenter. Je sors assez peu, mais ça me convient ainsi.

— Tu dis toujours oui à tout ?

— Tant que je peux. À la Butler Academy, nous avions un professeur qui avait pour habitude de nous dire : « Si votre maître vous demande la lune, dépêchez-vous de réserver votre billet pour le prochain voyage spatial ! », expliqué-je en riant.

— Je peux te demander la lune ?

— Je consulterai la liste des vols dès mon retour au bureau.

— Drôle de vie, marmonne-t-il, songeur.

— Pas plus drôle que la vôtre.

— Tu as raison. Sais-tu que c'est aussi ma grand-mère qui est à l'origine de ma vocation ? Elle s'appelle Amy Dickinson, ça ne doit rien te dire, mais elle a été une grande comédienne de théâtre en Angleterre. Elle m'a donné le virus.

— Cela vous a réussi.

— À toi aussi !

Je détourne les yeux de son regard perçant rivé sur ma petite personne.

— Vous êtes arrivé. Comment allez-vous rentrer ?

— Je me débrouillerai.

— Je peux vous envoyer une voiture.

— Non, merci, Kate. Tu en as déjà fait assez comme ça aujourd'hui. On se voit tout à l'heure.

— J'ai annoncé votre intention de déjeuner à l'hôtel.

— Tu déjeunes avec moi ? demande-t-il soudain.

— Je ne crois pas.

— Et si je te le demandais aussi comme une exigence ?

— Vous vous apercevriez que je ne suis peut-être pas aussi docile que j'en ai l'air.

— Et la lune alors ?

— Votre demande était hors contexte.

— Dans ce cas, je n'insiste pas.

Il sort de ma voiture et s'engouffre dans le hall de l'immeuble sans me jeter un regard.

* * *

Philip Still fait sa réapparition la veille du départ de la star. Il marque un instant d'hésitation admirative en découvrant son poulain fringant et presque aimable à quelques minutes de sa dernière interview.

— C'est tout à fait remarquable ! Vous avez fait un excellent travail, Mademoiselle Dutilleux, me félicite-t-il en aparté.

J'accueille ces compliments sans fausse modestie. Gérer Matthew Dickinson n'a pas été une tâche aisée, surtout les deux premiers jours. À partir du moment où il m'a demandé de l'accompagner en voiture, tout s'est amélioré. Il s'est montré plus aimable, envers moi, tout au moins, car le reste du personnel n'a jamais eu droit à la moindre marque de respect. Il a exigé que je sois son unique interlocutrice, y compris pour le service des repas. J'ai accepté bien que ce ne soit pas à proprement parler dans mes attributions.

Le jour du départ de Matthew Dickinson, je reçois la presse quotidienne des mains de Sandrine. L'interview qu'il a donnée en compagnie de Jenkins, dans notre salon, vient d'être publiée. Une magnifique photo des deux stars se regardant amoureusement fait la une du magazine.

« Un couple à la scène comme à la ville ». « Bientôt les fiançailles officielles », « Matthew Dickinson invite sa belle dans la capitale du romantisme ».

Du rose bonbon à volonté, un tas de mensonges et une Hillary Jenkins bien loin de l'image que j'en ai eue personnellement. Je suis décidée à ne plus jamais croire une ligne de ce qui s'écrit dans ces pages. J'embarque le magazine et je monte au deuxième étage en même temps que le petit déjeuner. Conformément à notre habitude, je laisse le serveur préparer la table où j'abandonne le journal et je vais frapper à la porte de la chambre.

— Entre, Kate ! fait la voix enrouée de sommeil de Matthew.

— Bonjour, Monsieur Dickinson ! Avez-vous bien dormi ? demandé-je comme chaque matin.

— Non !

Je me retourne alors que je suis en train d'ouvrir les rideaux.

— Ça va me manquer, grimace-t-il en s'étirant.

— Puis-je me permettre de vous demander quoi ?

— Ta façon de me réveiller en me demandant si j'ai bien dormi, s'esclaffe-t-il, satisfait de m'avoir piégée.

— Café ? éludé-je.

— Ouais !

Je lui ramène une tasse de café noir non sucré ainsi que le magazine.

— Votre interview a été publiée ce matin.

— Quelle connerie ! aboie-t-il en n'accordant qu'un regard dédaigneux au journal.

Je ne relève pas et je retourne dans le salon où j'ai commencé à boucler ses bagages. Il me suit quelques secondes plus tard en traînant un air maussade.

— Tu vas pouvoir souffler, tu vas être enfin débarrassée de moi.

— Et vous, de moi ! Vous pourrez de nouveau faire la grasse matinée sans que je vous agresse pour vous sortir du lit.

— Ce n'était pas désagréable.

— Monsieur Still s'est chargé de régler les détails financiers de votre séjour, précisé-je, en me concentrant sur la fermeture de sa valise pour dissimuler ma confusion.

— Si tu cessais cinq minutes d'être pro, Kate ?

— Que voulez-vous dire ?

— Avoue, tu vas te faire chier après mon départ, ricane-t-il.

— J'ai du travail, à part vous.

— Sans rire !

— Ça risque d'être un peu plus monotone, avoué-je en riant malgré moi. Je vais vous laisser vous préparer, je reviendrai dans un moment.

Je file vers la chambre récupérer le reste de ses affaires. Il m'y poursuit encore.

— Tiens, tu vas en avoir besoin pour la valise, lance-t-il en abandonnant son caleçon sur le lit.

Il a un petit sourire en coin en observant ma gêne devant sa nudité sublime. Son métier d'acteur l'a sans doute débarrassé de toute pudeur superflue. Moi, je ne suis guère habituée à ce genre de spectacle. J'attends qu'il soit sous la douche pour enfermer son caleçon dans son sac de voyage et je me sauve de la suite.

* * *

— Alors, ça y est, c'est la fin du calvaire ? s'enquiert Sandrine à la porte de mon petit bureau où j'ai trouvé refuge quelques instants.

— Oui, soupiré-je d'une voix terne.

— On dirait que tu le regrettes. Serais-tu tombée sous le charme de Matthew Dickinson ?

— Arrête de dire des âneries, grondé-je avant qu'elle s'éclipse devant Monsieur Morel.

— Catherine, je souhaiterais vous dire un mot... en particulier, me dit-il sérieusement.

Il est suffisamment rare que le directeur se déplace personnellement jusqu'ici pour que cela me surprenne. Perplexe, je le suis donc vers son bureau. Sandrine hausse les épaules, impuissante à me renseigner lorsque je l'interroge du regard en passant. Monsieur Morel s'installe bien au fond de son fauteuil. Il s'éclaircit la gorge et prend un air contrarié.

— Un problème ? demandé-je, n'y tenant plus.

— Monsieur Dickinson a accepté de régler les notes de blanchisserie que vous lui avez déposées, commence-t-il.

Je tombe de haut. Certes, j'ai fait preuve d'audace en portant ses bêtises sur sa note, mais j'estimais que c'était justifié. Il a sans doute manifesté son mécontentement auprès de mon supérieur direct sans même m'en faire part.

— J'ai cru bien faire.

— Vous avez bien fait.

Je le regarde, interdite.

— Monsieur Still va vous expliquer cela mieux que moi, dit-il au moment même où nous entendons frapper à la porte du bureau.

— Bonjour, Catherine, me lance l'agent en entrant.

— Monsieur Still, bredouillé-je, vaguement inquiète, en me levant pour accueillir le visiteur.

— Restez assise, insiste-t-il en prenant place à côté de moi. Matthew m'a dit ce que vous avez fait pour lui. Je vous dois une fière chandelle.

— Je vous en prie, je n'ai fait que mon travail.

— Et vous le faites particulièrement bien.

— Merci.

— Peters a confirmé Matthew dans le rôle principal de son film. Le tournage va commencer d'ici quelques semaines.

— C'est formidable, approuvé-je, enthousiaste, tandis que je perçois entre mon directeur et lui une connivence qui m'échappe.

Je regarde tour à tour les deux hommes sans trouver ce que j'ai à voir là-dedans. C'est Monsieur Morel qui vient à mon secours.

— Monsieur Still a demandé à notre établissement de prendre en charge le séjour de Monsieur Dickinson durant le tournage qui aura lieu en partie à Paris. Cependant, Monsieur Dickinson ne souhaite pas résider dans notre hôtel.

Je me mords la lèvre inférieure, déçue. La perspective de me retrouver de nouveau face à Matthew Dickinson a fait palpiter mon cœur un court instant.

— Nous avons donc proposé à Monsieur Dickinson le logement que nous réservons habituellement à nos stagiaires et qui conviendra mieux à son planning chargé.

— Les appartements de la rue des Indes ?

— Oui.

Je hausse les sourcils, étonnée de ce service que notre directeur consent à rendre à la star. Bien d'autres VIP se sont succédé dans notre établissement sans pour autant bénéficier de tels privilèges.

— Monsieur Still a quelque chose à vous demander, reprend mon patron.

Je me tourne vers l'agent qui m'adresse un large sourire.

— Je souhaiterais que vous assuriez le service de Matthew durant son séjour.

J'avale ma salive de travers et je dois faire un effort pour rester impassible.

— Qu'entendez-vous par là ? réclamé-je en maîtrisant ma voix tremblante.

— L'image de Matthew est déplorable tant dans la presse qu'auprès des producteurs. Il reçoit moins de propositions à cause de ses absences, de son sale caractère et de son comportement. Ce tournage doit lui permettre de mettre un terme à tout ça, sinon il est cuit professionnellement. J'ai constaté ce que vous avez été capable de faire avec lui cette semaine. Je ne l'avais pas vu comme ça depuis des mois. Moi, il ne m'écoute plus. Je suis certain que si vous vous mettez à son service durant ce tournage, il se comportera mieux.

— Mais j'ai un travail, Monsieur Still ! protesté-je.

— Catherine, permettez-moi de vous interrompre, coupe alors Monsieur Morel. Monsieur Still et moi avons longuement discuté de cette proposition et nous sommes parvenus à un accord qui, je pense, permettra à tout le monde de s'y retrouver.

— Je vous écoute, cédé-je, très intriguée par ces négociations préalables auxquelles je n'ai pas été associée bien qu'elles me concernent.

— Puisque Monsieur Dickinson sera notre client durant son séjour, rue des Indes, il m'a paru légitime qu'il puisse continuer à bénéficier de nos services. J'ai donc tout naturellement accepté de mettre certains personnels de l'hôtel à sa disposition. Il va de soi que notre discussion portait essentiellement sur vous, admet-il.

— Dois-je comprendre que je vais devoir travailler là-bas ? commencé-je à deviner.

Ma moue dubitative ne surprend pas mon directeur qui s'emploie aussitôt à me rassurer.

— J'ai fait valoir auprès de Monsieur Still qui en est convenu que cette prestation tout à fait inhabituelle méritait d'être rémunérée à sa juste valeur. Détachée au seul service de Monsieur Dickinson, vous appartiendrez toujours au personnel de l'Hôtel White, et vous percevrez une prime qui s'ajoutera à votre salaire habituel.

— En quoi consistera exactement ce « détachement » ?

— Nous allons mettre à votre disposition le petit studio qui jouxte l'appartement principal. Ainsi vous serez en mesure de répondre aux demandes de notre client durant la durée du tournage.

— La durée du tournage ? Je croyais qu'une seule petite partie du film aurait lieu à Paris.

— Je pense que Matthew aura besoin de votre aide un peu plus longtemps que ça, intervient alors l'agent en m'adressant un regard relativement inquiet.

— C'est-à-dire ? Combien de temps ?

— Sept mois, environ, y compris les déplacements en province.

— Les déplacements en province ?

— L'équipe de tournage sera logée dans des caravanes spécialement adaptées, s'empresse d'ajouter Philip Still. Nous prévoirons votre place sans aucun problème.

— Ma place, dites-vous ? C'est… sérieux ? sourcillé-je en interrogeant mon directeur des yeux.

Monsieur Morel approuve d'un signe de tête. Je sens qu'il n'a pas envie d'en dire davantage devant l'agent, mais qu'il a retenu sa suggestion comme étant réalisable.

— Ai-je le choix ? demandé-je, un peu sonnée.

— Bien entendu. Vous avez toute latitude pour refuser, me confirme-t-il. Mais je souhaiterais que nous en discutions ensemble auparavant.

Philip Still a parfaitement saisi les propos du directeur et sa confiance ne baisse pas.

— Catherine, je suis très sérieux quand je dis que la carrière de Matt se joue sur ce film, insiste-t-il pour me convaincre. Vous êtes mon dernier espoir de voir les choses s'arranger.

— Vous me prêtez trop de qualités.

— Je ne crois pas. Pour une raison que j'ignore, Matt vous écoute.

— Ça risque de ne pas durer.

— Je ne demande qu'une chose, que ce tournage se déroule sans incident.

— Monsieur Dickinson est-il au courant de cette démarche ?

Philip Still se rembrunit devant moi et cherche ses mots.

— C'est un peu compliqué à vous expliquer, mais il connaît, dans les grandes lignes, les modalités d'organisation pour ce tournage exceptionnel.

L'art et la manière de ne pas répondre. Je n'insiste pas.

— Quand dois-je vous communiquer ma décision ?

— Le tournage ne débutera pas avant un mois, j'aimerais avoir votre réponse d'ici trois semaines.

Je me lève et Philip Still m'imite aussitôt en me tendant la main.

— Je vais en discuter avec Monsieur Morel et je vous ferai part de mon choix en temps voulu, annoncé-je posément.

— Merci, Catherine ! Je compte vraiment sur vous.

— Je vous promets d'y réfléchir. Au revoir, Monsieur Still.

Je laisse les deux hommes en tête-à-tête et je vais m'asseoir, songeuse, derrière mon bureau. Jamais je n'ai imaginé qu'on me demanderait un jour de devenir la nounou privée d'une star en mal de vivre. Perdue dans mes pensées, je sursaute en entendant frapper à ma porte entrouverte. Matthew Dickinson en personne est tranquillement adossé contre le chambranle.

— La secrétaire m'a autorisé à venir jusqu'ici. Je te dérange ?

— Non, vous ne me dérangez pas. Que puis-je faire pour vous ?

— À vrai dire, rien. Je voulais seulement voir ton QG avant de partir, brave petit soldat !

Sa réponse m'arrache un petit rire nerveux que je ne peux contenir.

— J'ai quand même réussi à te faire rire, se félicite-t-il.

— Belle performance, en effet. Il était temps, je crois que votre taxi vous attend déjà devant l'hôtel.

— Mmmm, tu n'es jamais cool très longtemps, grommelle-t-il en fronçant les sourcils d'un air absolument craquant.

Je hausse les épaules. Il franchit alors l'espace entre la porte et mon bureau et dépose devant moi un bout de papier sur lequel il a écrit son numéro de portable personnel.

— Appelle-moi directement quand tu auras pris ta décision.

Devant ma réaction stupéfaite, il use de son regard de tombeur, mais son sourire s'efface. Je crois déceler un éclair d'angoisse dans ses yeux.

— Il faut que je file. Au revoir, Mademoiselle Dutilleux, articule-t-il en français avec un accent irrésistible.

— Au revoir, Monsieur Dickinson.

Je le regarde s'éloigner sans pouvoir réagir. Il me faut plusieurs minutes avant d'atterrir. Ce diable d'acteur a décidément un don pour rendre fou, d'une manière ou d'une autre.

* * *

Il est plus de deux heures du matin, je suis incapable de dormir. Je m'assois en tailleur au creux de mon lit, j'attrape un bloc qui traîne sur mon chevet et je trace rapidement deux colonnes sur le papier. Dans la colonne de gauche, j'inscris tous les arguments en faveur de cette proposition : excellent salaire, conditions de travail intéressantes, garantie de retrouver mon emploi à la fin du contrat, découverte du milieu du cinéma, déplacements en province, enrichissement de mon CV. Sur la dernière ligne, je porte, enfin, Matthew Dickinson. Dans la colonne de droite, je marque les arguments qui me poussent à renoncer : mon travail ici que j'adore, l'idée de vivre en caravane, et au bout de trois lignes seulement, j'inscris : Matthew Dickinson.

Je repose mon crayon et contemple mon tableau. Indéniablement, la colonne des « pour » écrase la colonne des « contre ». Pourtant, un seul et même argument me pose problème.

Matthew Dickinson.

Celui de gauche est gentil, prévenant, superbe, il m'intrigue, me fascine, me séduit comme il séduit des millions de fans. Celui de droite me fait peur, m'agace, me trouble trop pour me permettre d'assurer un service aussi efficace que je le voudrais.

Si je laissais le hasard choisir pour moi ? Pile ou face ?

— Oh, grand-mère ! gémis-je à haute voix. Qu'est-ce que tu ferais à ma place ?

Ma grand-mère était quelqu'un d'exceptionnel, dotée d'un caractère bien trempé dont il paraît que j'ai hérité. Elle possédait, en outre, un sens pratique inné. Si je lui montrais mon tableau, elle n'hésiterait pas une seconde dans la mesure où j'ai trouvé tant d'arguments pour et si peu contre. Je me souviens quand elle me racontait l'histoire de sa rencontre avec son futur époux. Elle n'était alors qu'une femme de chambre d'un grand hôtel et mon grand-père était l'héritier d'un empire industriel de la région lilloise. Ma grand-mère était une jeune femme magnifique. Grand-père n'a pas été long à lui présenter ses hommages sans se soucier du milieu social auquel elle appartenait. Elle a cru, au début, qu'il se jouait d'elle comme il arrivait parfois à certains clients de vouloir abuser de leur influence pour se payer du bon temps avec les domestiques. Elle a tenu tête à ce gentil et séduisant monsieur. Grand-père n'a pas renoncé, il s'est installé à demeure dans l'hôtel. Ma grand-mère m'a avoué qu'elle était tombée sous son charme dès le premier jour, mais qu'elle était persuadée que si elle avait cédé dès ce moment-là, il ne l'aurait pas respectée comme il l'a toujours fait. Elle lui a démontré qu'elle était autre chose qu'une femme de chambre tout en maintenant une façade professionnelle impeccable. Je repousse mon bloc-notes.

Impeccable !

La solution à mon problème !

Je jette un œil sur ma tenue, mon pantalon noir est parfaitement rangé sur ses plis, ma chemise est accrochée sur un cintre et mes chaussures ont reçu un petit coup de cirage comme chaque jour. Je ne dois pas déroger à cet aspect-là de mon travail qui m'a garanti le bref succès que l'on attend de nouveau de moi.

Et puis, il y a eu cet éclair dans le regard de Matthew Dickinson, cet éclair angoissé à l'idée que je refuse. Son départ m'a laissé un goût amer dans la bouche et un grand vide dans mon emploi du temps pourtant chargé. Lorsque mon réveil sonne un peu plus tard, j'ai pris ma décision. Je n'ai pas besoin de trois semaines supplémentaires, mais je décide de ne pas précipiter ma réponse. Je dois d'abord en discuter sérieusement avec Monsieur Morel, j'ai besoin de garanties solides. Qui dit « garanties », dit « contrat ».

* * *

— Vous êtes une fille intelligente et prévoyante, affirme mon directeur en refermant le dossier sur lequel il vient d'apposer sa signature à côté de la mienne après plusieurs heures de discussion acharnée. Ce sera une expérience formidable pour vous et cela rejaillira positivement sur notre hôtel.

— Vous étiez sûr de mon accord, lui fais-je remarquer.

— En effet. Ce n'est pas le genre de proposition que l'on refuse sans y avoir mûrement réfléchi. Mais je connais aussi vos capacités de travail, Catherine.

— Tout ça me paraît cependant tellement extraordinaire, au sens propre du terme.

— Je reconnais que ça l'est. Mais cela joue pleinement en notre faveur. Je suis certain que votre dévouement nous fera une excellente publicité outre-Manche. Les tabloïds anglais ne lâchent pas Dickinson depuis son retour là-bas. Tenez !

Pour appuyer ses propos, monsieur Morel me tend un magazine britannique pioché au point presse de l'accueil. Une photo volée de Matthew à la sortie d'une boîte de nuit illustre encore un titre concernant ses beuveries nocturnes.

— Il a repris ses mauvaises habitudes. Mais le journal précise qu'il s'est bien tenu lors de son séjour parmi nous, je crois que nous pouvons vous en féliciter, n'est-ce pas ?

— Je ne sais pas. Je ne peux pas le prétendre, en tout cas. C'était sans doute un hasard.

— Un hasard qui risque bien de se renouveler d'ici quelques semaines.

— Monsieur Dickinson est capable de faire un effort quelques jours, mais je doute qu'il se tienne pendant sept mois.

— C'est là où son agent compte sur vous. Vous en êtes parfaitement capable. Et puis vous voilà pleinement rassurée avec ce contrat. Nous avons fait le point sur chacune des clauses.

— J'aime que tout soit clair.

— Vous allez pouvoir vous offrir une voiture flambant neuve, plaisante mon chef en évoquant mon salaire qui va presque doubler pour quelques mois.

— Je sais que vous êtes amateur de grosses cylindrées, mais moi je me contenterai d'un modèle facile à garer à Paris, objecté-je en riant.

— Votre place de parking vous est toujours réservée.

— J'y compte bien, d'ailleurs vous venez de signer le contrat.

— Je sais très bien ce que j'ai fait, n'ayez aucun doute à ce sujet, Catherine.

— Je n'en ai pas.

— Souhaitez-vous que j'appelle Monsieur Still personnellement ?

— Non, je m'en charge.

— Très bien. Dans ce cas, il ne nous restera plus qu'à régler les modalités de votre remplacement pour ces prochains mois et vous pourrez prendre quelques jours de congé avant d'être totalement prise par vos nouvelles fonctions.

— Ce n'est pas nécessaire.

— Catherine, me désapprouve-t-il gentiment. Un jour vous regretterez de ne pas avoir pris du temps pour vous.

— Je penserai à prendre quelques jours de vacances après le tournage.

— Je vous le rappellerai au cas où.

— Trop tard, le contrat ne stipule rien à ce sujet, ris-je en m'échappant de son bureau.

— Je vous promets de rédiger un avenant, me poursuit-il de sa grosse voix.

* * *

L'appartement de la rue des Indes destiné à Matthew Dickinson est prêt. Il s'agit d'un trois-pièces spacieux au second étage d'une résidence appartenant à la société gérant l'Hôtel White. Il se compose d'un vaste séjour et d'une cuisine américaine, d'une chambre équipée d'une salle de bains attenante et d'un bureau qui, à l'occasion, peut servir de chambre d'appoint. Régis Morel m'a réservé un studio situé sur le même palier. Il est petit, mais très bien agencé. Je dispose ainsi d'une chambre avec un coin bureau et une kitchenette ainsi qu'une salle de bains séparée qui, fait exceptionnel, est équipée d'une baignoire. Je fais le tour de ces deux logements, ils sont agréables. J'espère qu'ils plairont à la vedette.

Je profite d'être seule à cet endroit pour sortir le papier de Matthew Dickinson de mon agenda. Je compose fébrilement le numéro sur mon téléphone et je prends une grande respiration en écoutant les sonneries.

Répondeur !

Je raccroche, un peu déçue. Je referme les volets avant de quitter l'appartement quand mon portable vibre dans ma poche.

— Kate ?

Mon cœur fait un bond dans ma poitrine. Je m'étonne moi-même de ma réaction et il me faut une seconde avant de pouvoir répondre.

— Oui.

— J'ai reconnu ton numéro.

— Vous avez une excellente mémoire.

J'entends un petit rire narquois à l'autre bout du fil.

— Les trois semaines sont presque écoulées, je suppose que tu m'appelais à ce sujet.

— Oui.

Cette fois, il éclate de rire.

— J'étais certain que tu m'appellerais à la toute dernière minute, se moque-t-il. Alors, puis-je te demander la lune ?

Je prends cette allusion comme une simple question à laquelle je m'attendais.

— Oui.

— Tu acceptes ? Phil va être content.

Et lui, est-il content ?

Il prend soin de ne pas me le faire savoir.

— Je dois te laisser, Kate, merci d'avoir appelé.

— Je vous en prie, excusez-moi de vous avoir dérangé.

Un nouveau ricanement accueille ma phrase. J'ai l'impression de l'amuser follement.

— À bientôt, Mademoiselle Dutilleux, prononce-t-il en français.

— À bientôt, Monsieur Dickinson.

Trop tard pour faire machine arrière !

Je n'ai plus qu'à entrer dans la peau d'une super-intendante d'une star de cinéma.

Qui l'eût cru ? En tout cas, pas moi.

Profitant de ma seule journée de libre, je teste en direct sur Cynthia, ma meilleure amie, l'annonce de mon prochain job. Elle croit tout d'abord à une blague, mais venant de moi, les blagues sont denrée rare. Ma mine grave plaide en ma faveur. Lorsqu'elle comprend enfin que je lui dis la stricte vérité, elle manque s'étrangler.

— Tu te rends compte de la chance que tu as ? beugle-t-elle en me secouant comme un prunier en période de récolte.

— Je ne suis pas convaincue qu'il s'agit d'une chance.

— Attends, Matthew Dickinson ! N'importe quelle nana rêverait d'être à ta place.

— Ben, je t'en prie, mens-je, parfaitement consciente de ma chance. Pourrais-tu garder ça pour toi ? Je n'ai pas envie de voir tout le monde débarquer pour pouvoir approcher Dickinson.

— OK, ma belle, compte sur moi ! Quelle veinarde, quand même ! Encore que tu risques de te taper sa nana.

— De qui parles-tu ?

— Hillary Jenkins, bien sûr ! Les journaux ne parlent que de ça. J'ai encore lu une dépêche sur Yahoo qui faisait état de leur escapade en amoureux dans les rues de Londres.

De toute évidence, leur histoire n'est pas enterrée. Je me contente d'un « ha » maussade.

— Il n'empêche que tu vas pouvoir rester près de lui pendant sept mois, soupire Cynthia.

— Ouais, merveilleux ! ironisé-je et la conversation en reste là.

Je reçois la proposition écrite de Philip Still par la poste dès la semaine suivante. J'en examine chaque clause avec Régis Morel. Mon contrat de travail stipule que mes attributions portent sur la gestion du planning de Matthew Dickinson et de ses rendez-vous, sur l'organisation de ses repas et déplacements, sur la supervision de son apparence et de sa penderie ainsi que la gestion de sa messagerie, de son blog et de sa correspondance. Et cela tous les jours de la semaine à l'exception d'un jour de congé laissé à mon libre choix. En d'autres termes, six jours sur sept, je dois jouer le garde-chiourme, la nounou, l'habilleuse, la secrétaire, la cuisinière, heureusement que le contrat ne prévoit rien au sujet de la libido de la star. Régis Morel me dévisage, l'air perplexe, quand je fais cette remarque inhabituelle dans ma bouche.

— J'avoue que cela va un peu plus loin que ce que j'avais envisagé au départ. Vous êtes libre de refuser encore.

— J'ai donné ma parole, ruminé-je en apposant ma signature au bas du contrat préalablement signé par l'agent de Dickinson. Après tout, sept mois, ça passe vite.

2

Une période d'adaptation

Mes fonctions débutent le mercredi 15 mars, dès l'arrivée de Matthew Dickinson à l'aéroport où je suis censée l'accueillir en personne. Pour l'occasion, je sollicite l'aide de mon ami Sam, il est parfaitement rompu à ce genre d'exercice, contrairement à moi. Nous nous rendons ensemble dans une des voitures de l'hôtel jusqu'à Charles-de-Gaulle. Je suis nerveuse et Sam se moque gentiment de moi.

— Si j'en crois mon intuition, ils arrivent, dit-il en désignant un attroupement.

Les flashs des appareils photo crépitent sans arrêt et un brouhaha escorte l'acteur qui tente tant bien que mal de gagner le salon d'accueil des VIP. Sam sort le premier et fend la foule pour ramener le Matthew Dickinson que je craignais de retrouver. Casquette sur la tête, lunettes noires, allure négligée et barbe de quatre jours, il a ressorti la panoplie complète de l'acteur déjanté. Ça commence bien ! Philip Still vient à ma rencontre le premier.

— Merci, Catherine ! Vous avez eu une excellente idée de faire venir votre garde du corps. Matthew est toujours nerveux quand il doit affronter une foule de paparazzis. Avez-vous eu le temps d'étudier notre contrat ?

— Oui. Il apporte des modifications par rapport à ce que nous avions préalablement conclu, fais-je remarquer alors que Matthew Dickinson approche.

Ce dernier n'enlève pas ses lunettes et m'adresse un petit sourire en coin auquel je réponds par un simple signe de tête.

— Si certains points ne vous conviennent pas, nous pouvons en discuter, continue l'agent.

— J'ai signé ce contrat en l'état, coupé-je en observant la réaction de mon client privilégié.

Sans dire un mot, il s'est retourné vers la porte vitrée, m'offrant son seul dos à reluquer.

— Merci, Catherine, souffle Still, embarrassé par l'attitude de son acteur.

Pour ma part, je suis plutôt refroidie. Je m'attendais à de meilleures retrouvailles. Sam nous fraye un chemin jusqu'à notre voiture. Dickinson ne décroche pas un mot de tout le voyage. Philip Still distribue ses consignes pour les semaines à venir. Je tente d'en retenir l'essentiel. J'apprends en tout état dc cause que l'agent repart le soir même pour Londres négocier un contrat publicitaire pour son protégé. Je vais vite devoir me mettre dans l'ambiance. Sam nous laisse en bas de l'immeuble. À notre arrivée dans l'appartement, Matthew se plante soudain devant moi.

— Où est ton studio ?

— En face, réponds-je sur le même ton désagréable.

— Montre-moi !

Je le précède dans le couloir, j'ouvre ma porte et lui cède le passage sans rechigner. Il n'y jette qu'un coup d'œil, sourcille et regagne ses pénates en me passant devant. Je suis agacée au possible par sa curieuse attitude. Je décide de ne pas les suivre et de rester chez moi. Quelques minutes plus tard, Philip Still frappe à ma porte.

— Catherine, je voudrais que vous excusiez Matt.

— Ce n'est pas à vous de présenter des excuses.

— Je ne sais pas ce qui le prend, il est comme ça depuis notre départ.

— Hillary Jenkins lui manque peut-être, osé-je un peu sournoisement.

— Ces magazines people se mêlent trop souvent de ce qui ne les regarde pas. Ils sont loin de savoir la vérité.

— Ils sont pourtant intimes, non ?

— Matt a apprécié votre intervention discrète et efficace. La pauvre Hillary est bien trop souvent hors d'état de faire quoi que ce soit. Je suis sûr que vous comprenez, insinue-t-il en me souriant aimablement.

— Bien sûr, mais je préférais savoir à quoi m'en tenir avec cette personne. Je ne veux pas être maladroite à ce sujet.

— Je comprends parfaitement. Tenez ! me dit-il en me tendant une clé USB. Vous avez là-dessus le planning complet pour les deux prochaines semaines. Je ne pense pas qu'il y ait de modifications d'ici là, le tournage ne commencera pas avant le début d'avril. Matt sera en répétition durant cette période.

— Merci, Monsieur Still. Désirez-vous que je vous appelle un taxi ? proposé-je en reprenant mon rôle ordinaire.

— Volontiers, Catherine !

Je passe un coup de fil à la compagnie avec laquelle notre hôtel a un accord commercial et qui assurera à l'agent un retour express à l'aéroport. Restée seule après son départ, je consulte sur mon ordinateur le contenu de la clé USB. Le planning est plutôt chargé et je m'attends à subir les réveils grognons de Matthew, vu l'heure à laquelle je suis censée le secouer. Le réalisateur est semble-t-il quelqu'un de matinal. Je mets en forme l'agenda et en tire deux copies par l'imprimante, une que je glisse dans mon calendrier et une que je réserve au principal intéressé.

Celui-ci est sous la douche quand je reviens dans l'appartement en début de soirée. L'Hôtel White nous fait parvenir des plats cuisinés spécialement par notre chef. Je n'ai plus qu'à les réchauffer pour les servir à la star. Je suis bien contente de ce mode de fonctionnement qui allège substantiellement ma tâche. Attiré par la bonne odeur du gratin qui réchauffe dans le four, il vient me rejoindre, vêtu d'une seule serviette entourant sa taille. Je reconnais le parfum boisé qu'il a adopté depuis notre dernière rencontre.

— Qu'est-ce qu'on mange ? interroge-t-il d'un ton nettement plus gentil que celui qu'il m'a réservé jusque-là.

Je le regarde, ahurie.

— Quoi ? fait-il semblant de s'étonner devant ma mine sceptique.

— Est-ce le départ de votre agent qui vous rend plus aimable ?

— Still me tape sur les nerfs, admet-il.

Ce n'est pas une raison pour que j'en fasse les frais, mais l'essentiel est que je préfère le voir revenu à de meilleures dispositions à mon égard.

— Gratin de poisson aux petits légumes, annoncé-je sans transition.

— Tu manges avec moi ?

— Non.

Tandis que je vérifie l'état du plat dans le four, je sens peser son regard sur moi.

— Tu ne travailles pas à l'hôtel, pourquoi as-tu conservé cet uniforme ?

— Parce que je suis ici au travail. Désirez-vous autre chose ?

— Non, merci, Kate, sourit-il en insistant sur le prénom qu'il me donne depuis notre rencontre.

Je n'ose pas le regarder de crainte d'être troublée par son corps splendide à moitié nu. Aussi, je me presse de passer à un autre sujet en déposant son assiette près de lui.

— Je vous ai imprimé un exemplaire de votre planning. Vous pourrez laisser tout sur la table quand vous aurez fini, je passerai m'en occuper plus tard.

Excédé par mon ton froid et professionnel, il ne me répond rien. Je m'éclipse en le laissant seul devant son plat. Pour ma part, je grignote juste un morceau et je décide de profiter de la baignoire qui est à ma disposition. Depuis que je suis à Paris, je n'ai eu que le loisir de prendre des douches, je ne vais pas rater une si bonne occasion. Je fais couler l'eau chaude, verse un litre au moins de bain moussant et je n'attends même pas que l'eau soit suffisamment haute pour me glisser dedans. Je pousse un véritable gémissement de plaisir en m'abandonnant à une douce rêverie. D'un coup, ma porte s'ouvre sans ménagement et je vois avec stupeur Matthew Dickinson entrer comme une furie dans la salle de bains. Je me redresse aussitôt en veillant à ce que la mousse me couvre suffisamment. Mon cœur se met à cogner contre mes côtes, je voudrais m'enfuir si cela était possible.

— Qu'est-ce que c'est que ce truc ? hurle-t-il en me collant la copie de son planning sous le nez.

— Votre agenda, réponds-je, furieuse de son sans-gêne et terriblement embarrassée.

— Et je suis censé accepter ça ? Qu'est-ce que j'en ai à foutre de ces répétitions ? se déchaîne-t-il entre ma baignoire et le lavabo.

C'en est trop ! Je maîtrise très mal mon envie de mordre.

— Monsieur Dickinson, vous avez votre métier et j'ai le mien. Je ne suis chargée que de faire mon possible pour que vous soyez prêt pour vos rendez-vous professionnels. Maintenant, si vous ne voulez pas les honorer, ça vous regarde. Par ailleurs, si vous avez des griefs à émettre contre votre emploi du temps, adressez-vous à Monsieur Still qui l'a organisé.

Il s'arrête net de remuer et me toise, paraissant s'apercevoir enfin de la situation particulière dans laquelle je me trouve. Il ne s'en excuse pas pour autant et ne daigne pas bouger non plus. Je me fâche pour de bon en devenant pivoine sous son regard plus amusé qu'autre chose.

— Au cas où vous ne l'auriez pas remarqué, vous êtes dans MA salle de bains et je suis dans MA baignoire ! m'écrié-je, furibonde.

— Tu n'avais qu'à verrouiller ta porte, réplique-t-il, goguenard.

— Soyez certain qu'à l'avenir, j'y veillerai.

Il penche la tête d'un air entendu. Il abandonne la feuille sur le lavabo et évacue les lieux. Je pousse un soupir de soulagement et me laisse couler sous l'eau, épuisée par ce face à face gênant.

Lorsque je retourne dans son appartement pour débarrasser les vestiges de son repas, il est assis sur le canapé devant la télé. Il regarde un vieux film en noir et blanc. Je prends alors conscience de sa grande solitude et j'en oublie ma colère contre lui.

— Tu as fini de faire trempette ? me taquine-t-il en lorgnant ma tenue.

J'ai remis mon ensemble noir à dessein. Je ne réponds pas.

— Tu connais ce film ? me demande-t-il encore.

La Traversée de Paris.

— Oui.

— Tu peux m'aider ? J'ai un peu de mal avec le français.

Sans bouger de la cuisine, je lui retrace les grandes lignes de l'histoire jusqu'au moment où la pub interrompt Bourvil et Jean Gabin dans leur périlleuse aventure dans Paris sous l'occupation allemande. Il n'a pas perdu une miette de mes explications. J'ai fini de charger le lave-vaisselle et je m'apprête à rentrer chez moi. Je croise alors son regard toujours fixé sur moi.

— Si tu ne m'en veux pas trop pour tout à l'heure, ça t'ennuierait beaucoup de suivre la fin avec moi ? Je doute de mieux comprendre la suite si tu ne me la traduis pas.

Je ne peux m'empêcher de rire en songeant que c'est là sa manière de présenter ses excuses et j'accepte. Je crois déceler une étincelle de soulagement dans ses yeux lorsque je prends place à quelques centimètres de lui. La seule perspective que je reste un moment sur son canapé a ramené le sourire sur ses lèvres. J'en ressens un petit pincement au cœur, je sais alors que je dois considérer mon boulot autrement, nous ne traverserons pas sept mois dans ces conditions.

Nous passons le reste du film l'un près de l'autre, moi, essayant de le lui traduire de mon mieux et lui, tentant de comprendre certaines expressions tout seul. Nous en sommes quittes pour quelques éclats de rire lorsqu'il essaye de répéter en français certains passages ou qu'il comprend de travers certains mots. C'est le moment le plus agréable que je passe en sa compagnie. Dès la fin du générique cependant, je me lève pour aller me coucher.

— Déjà !? proteste-t-il.

— Vous avez l'habitude de veiller tard, pas moi. Je dois vous réveiller à sept heures demain.

— OK ! Merci, Kate... pour la traduction, cède-t-il gentiment.

— Je vous en prie ! Passez une bonne nuit.

Je mets longtemps avant de m'endormir ; je ne cesse de penser à ce qu'il est en train de faire, ne comptant pas sur le fait qu'il soit allé se coucher dès mon départ. Je dresse mentalement la liste de ce que j'envisage de changer dans l'organisation que j'ai initialement prévue. Certes je suis payée pour le servir, mais mes fonctions vont au-delà de ce que j'ai l'habitude de faire. Matthew Dickinson est quelqu'un de terriblement seul. Ça me semble d'une cruelle évidence et je comprends mieux ses étranges sautes d'humeur. Son désarroi, ce soir, m'a frappée douloureusement. Nous avons presque le même âge, mais ni l'un, ni l'autre ne vivons normalement en comparaison de nos amis. Autant améliorer cette situation si je le peux.

* * *

Mon réveil me tire du lit à six heures pétantes. Je saute aussitôt dans mon uniforme noir après ma douche et je serre mes longs cheveux dans le chignon que je maîtrise bien. J'applique une petite dose de mascara sur mes cils, un très léger voile de gloss sur mes lèvres et je vaporise discrètement mon parfum préféré dans le creux de mon cou. Mon reflet dans le miroir est conforme à ce que j'en attends. Je suis prête.

Dès mon entrée dans le séjour, je remarque le verre à moitié vide sur la table basse. Ce que je craignais est arrivé, Matthew a noyé sa solitude dans l'alcool. Je mets le café en route. À sept heures précises, je cogne à la porte de la chambre. Comme prévu, je suis accueillie par un grognement. Je traverse la pièce et j'ouvre les rideaux. Une douce lumière entre, insuffisante toutefois pour réveiller tout à fait le dormeur, j'allume donc une petite lampe d'appoint sur la table de chevet. Matthew gémit et me tourne le dos. Il est nu, allongé au-dessus de la couette. Je suis presque convaincue qu'il le fait exprès pour me gêner. Je ne compte pas lui faire ce plaisir. Aussi, je n'attends pas qu'il se redresse pour poser le plateau de son petit déjeuner près de lui et m'éclipser dans la cuisine.

— Pas encore déjeuné ? entends-je dans mon dos tandis que je sirote ma tasse.

Je n'ose pas me retourner de crainte de le voir encore dans le plus simple appareil, mais je reconnais le bruit de la cafetière avec laquelle il se verse un nouveau café.

— Non, avoué-je en jetant un bref coup d'œil dans sa direction.

Il a enfilé un caleçon gris. Je souffle de soulagement.

— Croissant ? me propose-t-il en piochant sur le plateau qu'il a ramené avec lui.

— Non, merci, refusé-je en déchargeant le lave-vaisselle de la veille.

Il me regarde faire jusqu'à ce que je lave son verre à la main dans l'évier.

— Quel gâchis ! grimace-t-il en faisant allusion au contenu que j'ai fait disparaître.

Je lui adresse un regard noir de reproches.

— Inutile ! Le reste de la bouteille est encore là, si c'est ce que tu veux savoir, siffle-t-il entre ses dents.

— Ça ne me regarde pas, réfuté-je en quittant la cuisine pour aller aérer sa chambre et préparer ses affaires.

Je l'entends grommeler quelques paroles inintelligibles dans mon dos. Lorsque tout est prêt, je lui rappelle avant de sortir qu'il est attendu à huit heures par son réalisateur et qu'un taxi viendra le chercher d'ici trois quarts d'heure. À sa mine, j'ai l'impression de lui infliger une véritable punition.

— Que vas-tu faire pendant ce temps ? s'enquiert-il.

— J'ai ma petite idée.

— Peut-on savoir ?

— Non.

— Tu n'es pas drôle.

— Je ne suis pas payée pour être drôle, les rôles comiques ne me conviennent guère, répliqué-je sur un ton moqueur qui éveille aussitôt une étincelle joueuse dans son regard.

— Pourtant tu sais bien jouer le rôle de mégère.

Je préfère stopper cet échange avant qu'il n'aille trop loin et je ne réponds pas.

— Ai-je une chance de t'apprivoiser ? insiste-t-il, le nez dans sa tasse de café.

— Vous allez être en retard.

À l'heure dite, mon téléphone vibre dans ma poche, le chauffeur de taxi m'avertit qu'il attend en bas de l'immeuble. Je vais aussitôt prévenir la vedette. J'ai l'agréable surprise de constater qu'il a suivi mon choix de tenue. Il est rasé de près et porte un simple jean et un pull à même la peau, d'une couleur grise qui lui va bien. Je passe sur ses cheveux toujours aussi hirsutes, mais qui me plaisent ainsi. Son parfum me chatouille délicieusement les narines.

— Ça te convient comme ça ? interroge-t-il, ironique.

— Ça peut aller. Le taxi vous attend.

— Bien, Mademoiselle Dutilleux ! À ce soir, Mademoiselle Dutilleux !

— À ce soir, Monsieur Dickinson ! répliqué-je sans humour apparent.

Au fond de moi, je jubile.

Dès qu'il est parti, je fais un ménage rapide de l'appartement et de mon studio, puis je file chez moi. J'y récupère la console de jeux que m'ont offerte mes amis pour le dernier Noël et à laquelle je n'ai presque pas touché. Je passe ensuite à l'hôtel où je rencontre Monsieur Morel qui m'assure que ce que je lui demande sera livré dans l'après-midi. Je mets le reste de la journée à réorganiser l'appartement. Matthew Dickinson ne sera pas de retour avant le dîner, j'en profite pour plonger dans un autre bain plein de mousse parfumée. Je prends néanmoins la précaution, *a priori* inutile, de verrouiller. Je suis en pleine immersion lorsque j'entends du bruit, je me redresse vivement en rougissant.

Pas vrai ! Il a osé.

— Bien joué ! me lance Matthew, au travers de la porte.

— J'arrive ! réponds-je en retenant mon rire.

J'attends son départ pour sortir de la baignoire. Je remets ma tenue, rectifie mon chignon un peu défait et rejoins son appartement. Il est accroupi devant le poste de télé auquel j'ai ajouté un lecteur de DVD. Il se relève et fait une moue boudeuse devant ma tenue.

— C'était nécessaire ? me demande-t-il en me lorgnant d'un air explicite.

— Vous êtes rentré plus tôt que ce que je croyais.

— Qu'est-ce que c'est que tout ça ? s'enquiert-il en ouvrant les bras.

— De quoi occuper un peu mieux vos soirées.

— La console de jeux, d'où sort-elle ?

— C'est la mienne.

Il sourcille et me considère d'un air moqueur.

— Tu sais jouer ?

— Non.

— Ça ne m'étonne pas, s'esclaffe-t-il.

— Je vous ai ramené des DVD, ils sont dans la bibliothèque. Il y en a de tous les genres, en VO.

— Dommage, je comptais sur toi pour progresser en français, minaude-t-il.

— Je n'ai pas dit que je refusais de recommencer.

Je remarque aussitôt l'éclair de malice dans son regard.

— Je suis sûr que tu sais jouer, devine-t-il.
— C'est un défi que vous me lancez ?
— Quelle arme ?
— *Mario Kart* !
C'est le seul jeu que je maîtrise à peu près pour avoir subi de cuisantes défaites face à mes amis. Je vais certainement me ridiculiser, mais j'assume ma décision.
— Très bien, rendez-vous après dîner sur la piste, propose-t-il.
— D'accord !
— À une condition !
— Laquelle ?
— Tu t'habilles autrement.
— Mais...
— S'il te plaît ! coupe-t-il d'un ton enjôleur.
Je baisse les bras et consens à cet effort supplémentaire. Tandis que je prépare le repas, il fait le tour des DVD et allume l'ordinateur que j'ai installé sur le bureau.
— Connexion Internet ! C'est Noël ! se réjouit-il en haussant le ton pour couvrir mon raffut.
Je sens mon cœur bondir, j'ai visé juste.
— Vous pourrez mettre votre blog à jour, suggéré-je, malicieuse.
— Ça fait des mois que je n'y ai rien fait.
— Puis-je me permettre de vous demander pourquoi ?
— Pas le temps, pas envie.
— Je verrai ce que je peux faire, si vous le voulez.
— Si ça t'amuse !
Je lui sers son repas et m'éclipse en refusant une fois encore de me joindre à lui. Je profite de cette pause pour passer un jean et un tee-shirt noir. Je ne modifie cependant rien à ma coiffure. Finalement,

le changement est plutôt ténu. Je m'en amuse d'avance. Lorsque je reviens vers lui, Matthew explose d'un rire sonore.

— Tu triches !

— J'ai respecté ma parole, je me suis changée.

Il hausse les épaules et met le jeu en route, ce qui me laisse penser qu'il s'y connaît déjà mieux que moi. Il me tend une manette d'un air de défi. La première manche est un vrai désastre pour moi, mais je constate qu'il n'est pas lui-même un excellent joueur. En me concentrant davantage, je suis presque sûre de le battre. Il a une moue sceptique qui pique mon orgueil. Je remporte les deux manches suivantes. Au bout de deux heures, nous sommes encore à égalité. Le plaisir du jeu a allumé son regard et enflammé mes joues. La dernière manche est très disputée, mais je franchis la ligne d'arrivée en vainqueur. Je bondis du canapé en manifestant bruyamment ma satisfaction. Matthew se contente de m'observer l'œil rieur.

— Bravo, tu as gagné ! admet-il, beau joueur. On fait la belle ?

— Vous avez une répétition demain matin.

— Kate, je sais maintenant que tu es capable d'être normale sans ton uniforme... il n'est pas tard.

— Vingt-deux heures.

— *Please !* supplie-t-il d'un air absolument craquant auquel il m'est difficile de résister.

C'est ce qui motive d'autant plus ma fuite. Impitoyable, je lui rends la manette de jeu.

— Il y a des programmes pour un seul joueur.

— Génial ! grogne-t-il. Reste-t-il du cognac ?

— Vous savez où il se trouve. Je vous serais seulement reconnaissante de ne pas laisser traîner votre verre.

— Bonne nuit, Kate ! réplique-t-il en me renvoyant.

— Bonne nuit, Monsieur Dickinson.

Je regagne mon studio, le cœur un peu serré. Toutefois, je ne regrette pas ma décision. Matthew Dickinson ne peut pas disposer à loisir de moi et je devais bien le lui faire savoir.

* * *

Le lendemain matin, je ne trouve pas de verre en entrant. Le séjour est tel que je l'ai quitté. Je pose le bol de café noir et les croissants sur le plateau et je vais frapper à la porte. Je suis surprise d'entendre la voix de Matthew parfaitement claire. La lumière est déjà allumée et il est adossé contre son oreiller, le script de son prochain film en main.

— Bonjour, Monsieur Dickinson, fais-je en dissimulant ma satisfaction.

— Pitié, Kate, cesse de m'appeler « Monsieur Dickinson », ça me rend dingue, s'écrie-t-il.

— Très bien !

Il prend le bol de café que je lui tends. J'ouvre les rideaux. Sous la lumière du jour, il a une mine reposée que je ne lui ai pas connue jusque-là. Je souris malgré moi.

— Tu peux te moquer, se défend-il. Je ne me suis pas couché si tôt depuis des siècles.

— Ça vous réussit, constaté-je en désignant le script. Vous avez rendez-vous pour les essayages et pour la prise des photos pilotes. J'ai reçu les consignes par fax ce matin, j'ai préparé votre costume dans la salle de bains. Vous n'êtes pas attendu avant dix heures, vous avez du temps devant vous.

Il soupire, excédé, et saute du lit. Je retiens mon souffle inutilement, il porte un caleçon. Il doit s'amuser follement à faire le contraire de ce qu'on attend de lui. Je récupère le plateau et je gagne la cuisine où je prends enfin mon café.

— Kate !

La voix de la vedette est en colère. Je m'y attendais, j'attrape au vol le fax reçu de la part du réalisateur sur le coup des cinq heures du mat' et me dirige sans hâte vers la chambre.

— Tu rigoles ou quoi ? attaque-t-il en désignant le cintre sur lequel j'ai accroché un costume trois-pièces gris, impeccable, ainsi qu'une chemise blanche neuve.

Je me borne à lui glisser le fax sous son nez. Il parcourt les quelques lignes en ronchonnant et le froisse rageusement.

— Mets-moi ça dans un sac, je me changerai là-bas ! ordonne-t-il.

— Non, j'ai passé une demi-heure à repasser ce matin, ce n'est pas pour tout gâcher parce que vous craignez d'être trop élégant.

Il me regarde, stupéfait.

— Vous avez votre travail, j'ai le mien, conclus-je en lui tournant le dos.

Je ne peux même pas lui reprocher de l'avoir voulu, il est aussi coincé que moi.

— Pas une raison pour avoir le même tailleur ! beugle-t-il en me poursuivant à la cuisine.

Il ne va pas me lâcher.

— Demain, vous ferez comme bon vous semble, je ne serai pas là pour vous casser les pieds, mais pour aujourd'hui, j'ai reçu des consignes. Si elles ne vous plaisent pas, tenez ! grondé-je en lui tendant le téléphone.

— Tu ne seras pas là ?

— C'est mon jour de congé.

— Samedi... tu sors ?

Je l'assassine du regard, nullement encline à répondre à son interrogatoire.

— Tu connais mon emploi du temps sur le bout des doigts et je n'ai pas le droit de connaître un bout du tien ? plaide-t-il. J'ignore ce que tu fais quand je ne suis pas là.

— Je vous dresserai la liste exhaustive de ce que je fais pendant vos absences et je vous fournirai un décompte horaire précis, si ça peut vous agréer, Monsieur Dickinson, affirmé-je en insistant sur son nom que j'ai pourtant accepté de ne plus utiliser.

Ce petit échange musclé m'a remise à ma place. Il ferme les yeux pour se calmer et j'en profite pour me faufiler jusqu'à sa chambre où j'ouvre la fenêtre. Un petit vent glacial pénètre la pièce. Matthew, qui m'a suivie, s'en trouve aussitôt anesthésié. Sa peau se couvre d'une chair de poule qui me fait plaisir à voir.

Vengeance mesquine !

— Vous allez prendre froid. Vous trouverez tout ce qu'il faut dans la salle de bains, suggéré-je, mielleuse à souhait.

— Mégère ! aboie-t-il en me claquant la porte au nez.

Je hausse les épaules et rejoins mon studio. Je me contente de l'avertir par SMS que son taxi est arrivé. Je constate après son départ qu'il a mis le costume.

* * *

Je consacre mon temps libre à élaborer la fiche horaire que j'ai menacé de lui produire. J'en sors un exemplaire vierge par l'imprimante et je complète à la main les cases. S'il veut à ce point savoir, je ne peux pas m'y opposer tant que ça concerne mon travail. Je raye les cases entre vingt-deux heures et cinq heures d'un trait rageur.

Je surfe ensuite sur les sites consacrés à Matthew et je parcours attentivement les pages de son blog abandonné depuis des mois. Ses fans n'ont pas désarmé et un groupe d'irréductibles s'acharne à le défendre bec et ongles contre les rumeurs de la presse. J'estime qu'il tient là un excellent moyen de redorer son blason et de satisfaire ses fans. Hélas, il m'apparaît rapidement que je ne leur arrive pas à la cheville pour ce qui est de connaître la vie et la carrière de mon client. J'ai beau le voir nu régulièrement, je ne sais rien de lui et je ne me souviens pas de l'avoir vu dans un film. Si je veux remettre ce blog à flot, il vaudrait mieux que je me renseigne un peu.

Matthew rentre dès seize heures. Je suis encore chez lui, penchée sur l'ordinateur de son bureau. Je dois faire appel à tout mon sang-froid pour ne pas trahir mon émotion quand je me tourne vers lui, il est splendide. Le costume gris taillé sur mesure et le gilet assorti sur la chemise immaculée lui vont comme un gant. Il est passé entre les mains d'un coiffeur qui a savamment retravaillé sa coupe habituelle. Ses yeux pétillent quand il constate mon éblouissement que je peine à dissimuler.

— Suis-je autorisé à quitter ce costume maintenant ? demande-t-il d'une voix douce.

— Euh... oui, bien sûr ! bredouillé-je, encore sous le choc.

Il incline la tête dans un geste éminemment étudié pour me déstabiliser davantage et il gagne sa salle de bains. Quand il revient, il a enfilé un jean et un tee-shirt, ses cheveux sont encore humides et il sent le frais. S'il est moins élégant, il n'en est pas moins séduisant.

— Tu ne me demandes jamais comment s'est passée ma journée, constate-t-il en piochant une pomme dans le panier posé sur le bar de la cuisine.

— Non. C'est une des premières leçons chez les majordomes, on ne pose pas de questions qui n'ont pas trait avec notre travail. On écoute, mais on ne questionne jamais.

— Tu n'es pas curieuse ?

— Ça n'y changerait rien !

Si je m'écoutais vraiment, je lui poserais des centaines, des milliers de questions.

— Je me suis trompé à ton sujet lorsque j'ai dit que tu étais comme toutes les autres, continue-t-il.

Je brûle d'envie de lui demander ce qu'il entend par là, mais je devine un piège dans ses paroles énigmatiques. Mon attitude fermée le désappointe. Il approche de mon écran et tombe sur mon décompte horaire, bien en vue sur le bureau. Il l'étudie avec attention.

— Pourquoi as-tu rayé les cases de la nuit ?

— Je dors de temps en temps.

— Ton contrat ne prévoit-il pas un service non-stop ?

— Souhaitez-vous que je vous veille ?

— Kate, je plaisante, fait-il marche arrière en constatant que ma colère n'est pas retombée. Tu as lu mon blog ?

— Oui. Vous manquez à vos fans. Ils se posent des questions à votre sujet.

— Quel genre de questions ?

— Aussi bien professionnelles que personnelles. Si je vous en dresse la liste, pourriez-vous y répondre quand vous aurez un moment ? Je mettrai votre blog à jour en fonction de ce que vous aurez répondu.

— Ce n'est pas une mauvaise idée. Le majordome sera renseigné par la même occasion.

— Si ça vous ennuie, on oublie.

— Ça ne m'ennuie pas. Je remplirai ton questionnaire, marmonne-t-il, vaincu par ma mauvaise humeur.

J'enregistre son accord.

— Qu'est-ce que j'ai de prévu demain ? demande-t-il innocemment.

— John Peters doit accueillir vos partenaires, il a organisé une réunion pour expliquer les grandes lignes de ce qu'il veut faire et il y a une soirée après, si ça vous tente.

Il croque dans sa pomme sans répondre. Je ferme mes documents et me lève, prête à regagner mon studio.

— N'oublie pas de verrouiller ta porte, plaisante-t-il.

— Je n'y manquerai pas, lui assuré-je.

Je doute qu'il ait le culot de venir vérifier, mais à tout hasard, je donne un tour de verrou. Je profite de ces quelques instants pour consulter ma propre messagerie sur mon portable. Ma journée shopping en compagnie de Cynthia est confirmée. Ça va me faire beaucoup de bien de bavasser entre filles même si je sais déjà que Matthew va revenir inévitablement hanter nos conversations. Finalement, je renonce à prendre un bain en voyant l'heure tardive. Je retrouve Matthew à ma place devant l'ordinateur. Son visage est tendu. Je jette un coup d'œil sur l'écran, la presse people. Sous ses airs bravaches, Matthew Dickinson est sensible à ce qu'on peut dire de lui et est miné de se voir descendre ainsi dans les journaux. Il sait sa carrière menacée, sans doute est-ce pour ça qu'il accepte de s'en remettre à moi sans trop protester.

— Quand est-ce que tu manges ? s'enquiert-il en me voyant disposer son couvert.

C'est bien le genre de question qui m'indispose au plus haut point. Je prends rarement le temps de manger convenablement, me contentant le plus généralement d'avaler un truc rapide, debout en cuisine, ou de croquer un en-cas en passant.

— Kate ? insiste-t-il en devinant ma réticence à lui répondre.

— Quand j'ai le temps.

— Tu as le temps, là, non ?

— Non !

Il se raidit, puis je vois un sourire se dessiner sur ses traits.

— Dans ce cas, j'ai un travail pour toi. Tu partages mon repas et pendant que nous mangeons, tu me poses les questions pour le blog et j'y réponds, je n'ai pas très envie d'y consacrer ma soirée seul.

Je le dévisage, sceptique, mais je suis coincée.

— Très bien, accepté-je en allant chercher une seconde assiette et des couverts pour moi.

Je m'installe en face de lui avec un bloc-notes où j'ai déjà relevé quelques-unes des questions qui reviennent le plus souvent. Je lui sers une part de la salade de pâtes et j'en prends une petite. Il se rend lui-même en cuisine et en revient avec une bouteille de vin blanc qu'il débouche. Sans me demander mon avis, il m'en verse un verre et goûte le sien avant de m'accorder son attention.

— Je t'écoute, commence-t-il.

— Vos fans veulent savoir sur quel genre de film vous travaillez, action ou romantisme ?

— Pour changer, ce sera un film avec un peu d'action.

— Vous êtes le méchant ou le gentil ?

— À ton avis ? minaude-t-il en m'adressant un regard torride dont il a le secret.

Je griffonne ma feuille sans hésiter, ce qui le fait ricaner. Il vérifie cependant ma réponse.

— Tu es bien sûre que je suis gentil ?

— Je me trompe ?

— Non.

— Les dates et les lieux de tournage sont un secret ?

— Pour l'instant, je sais juste que nous commençons par tourner à Paris jusqu'au mois de mai, le dix ou douze, je crois, puis nous irons faire un tour en Normandie.

— Moi aussi ? m'exclamé-je.

— Les fans veulent savoir ça ? me taquine-t-il en riant.

Je me rembrunis et passe à la question suivante.

— Oui, toi aussi, c'est ce qui est prévu au contrat, répond-il sans se préoccuper de ma question.

— Vous l'avez appris par cœur, ce contrat, ma parole !

— J'ai une excellente mémoire pour les textes.

— À ce propos, vos fans veulent savoir si vous avez besoin de beaucoup de concentration.

— Non. La plupart du temps, les émotions me viennent toutes seules.

— Acceptez-vous les questions personnelles ?

— Tu n'as rien mangé encore, observe-t-il.

Je picore quatre nouilles pour obtenir gain de cause.

— Les rumeurs de la presse sont-elles fondées au sujet de votre relation avec Hillary Jenkins ? demandé-je sans oser le regarder.

— Je vais avoir du mal à répondre à ça, dit-il d'une voix sourde.

Je sens mon sang abandonner mon visage.

— Très bien, que préférez-vous, les brunes ou les blondes ? Désolée, ce sont des questions qui reviennent souvent, m'excusé-je.

— La couleur des cheveux m'importe peu, je m'intéresse plus à ce qu'il y a dessous. Encore que j'aime bien les rousses, ça me rappelle l'Angleterre, ajoute-t-il en lorgnant mon chignon strict.

Je suspends mon stylo après la première partie de sa réponse.

— Chat ou chien ?

— Chien.

— Votre musique préférée ?

— Je suis assez éclectique, j'aime autant la variété pop, le jazz, le rock que certaines œuvres classiques.

— Êtes-vous musicien ?

— Oui.

— Quel instrument ?

— Guitare et piano.

— Votre couleur préférée ?

— Le vert, annonce-t-il en plongeant son regard dans le mien.

J'en avale de travers.

— C'est tout pour l'instant, déclaré-je en rebouchant mon stylo.

Il ne relâche pas la pression pour autant.

— En ce qui concerne Hillary, nous sommes tenus par contrat de maintenir la rumeur sur une éventuelle liaison entre nous tant que le film sera à l'affiche.

— Je croyais que ces méthodes étaient dépassées.

— Hélas, non !

Il semble désapprouver cette situation inconfortable pour lui.

— Il n'y a jamais rien eu entre Jenkins et moi, ajoute-t-il en m'observant attentivement.

— Je me débrouillerai pour contourner la question.

— Est-ce que si je te soumettais au même interrogatoire, tu répondrais avec franchise ?

— Je n'ai pas de blog à mon nom, je ne vois pas qui cela pourrait intéresser.

— Essayons quand même ! fait-il en me chipant mon bloc-notes et en suivant le même cheminement de questions.

Je croise les bras sur ma poitrine, je ne peux résister à son air faussement sérieux.

— Apprécies-tu ton nouveau travail ?

— Oui, admets-je après avoir réfléchi quelques secondes diplomatiques qui ne le trompent guère.

— Les termes de ton contrat te semblent-ils contraignants ?

— Oui.

— C'est vrai ?

Il relève la tête vers moi, je hausse les sourcils d'un air innocent.

— Si je dois vous veiller, oui !

Il sourit et reprend.

— As-tu peur des déplacements en province ?

— Oui. Je n'aime pas le camping.

— Déformation professionnelle sans doute, tu préfères les palaces ?

— Certainement !

— Chiens ou chats ?

— Chiens, des gros !

— Préfères-tu les bruns ou les blonds ?

— Peu me chaut !

— Quoi ?

— Je m'en moque, précisé-je en contournant cette expression désuète qu'il ne peut comprendre.

— Quel genre de films aimes-tu ?

— J'ai rarement l'occasion d'en voir, mais j'aime bien les vieux films policiers.

— As-tu un petit ami ?

Je me raidis un peu. Il relève un sourcil d'un air craquant et pose son stylo sur la pointe, prêt à écrire, attendant ma réponse.

— Je vais avoir des difficultés à répondre à ça, l'imité-je.

— Pourquoi ?

— Parce que je ne vois pas l'intérêt de cette question.

— Je t'ai répondu, moi.

— Ce n'est pas moi qui vous ai posé cette question, ce sont vos fans.

— Sortiras-tu avec lui demain ?

— Non.

— Le vois-tu souvent ?

— Non.

— Est-ce que c'est pour ça que tu trouves notre contrat trop contraignant ?

— Non !

— Et lui, est-ce qu'il n'est pas jaloux de savoir quel travail tu fais ?

— NON ! m'écrié-je, exaspérée. Je n'ai pas de petit ami, vous êtes satisfait ?

Il repose le stylo.

— Ce n'était pas si compliqué, sourit-il. C'est même plutôt amusant de poser les questions, je n'avais jamais envisagé les interviews dans ce sens-là. Je vais y regarder à deux fois désormais.

— Ravie que ça ait pu vous aider, bougonné-je en desservant la table.

Il s'éloigne vers la télé et s'accroupit devant l'étagère des DVD.

— *L'Assassin habite au 21*... prononce-t-il en français. Est-ce que ça vous conviendrait ce soir, Mademoiselle Dutilleux ?

— Soirée télé ?

— Tu veux bien ?

Je retrouve l'éclair d'angoisse dans ses yeux. La perspective de ne pas le voir le lendemain me chagrine un peu, j'accepte. Il met en route le lecteur et je m'assois sur le canapé, non loin de lui. Je n'ai pas grand-chose à faire pour traduire, il essaye de comprendre par lui-même. Son français s'améliore rapidement.

Dès la fin du film, je prends congé. Je n'ai pas encore fermé la porte que je le surprends à déboucher la bouteille de cognac et s'en servir un verre. Mon cœur se serre en le voyant chercher un peu de réconfort à sa solitude au fond de ce verre, même s'il ne vide pas la bouteille comme il l'aurait fait à une autre époque.

Avant de m'endormir, je ressasse les questions auxquelles je l'ai soumis et celles qu'il m'a posées. Je me demande quel intérêt il a pu trouver à me cuisiner. Sans doute suis-je pour lui un excellent passe-temps, juste avant le cognac.

* * *

J'ai préparé son café la veille et mis le programmateur en route. J'ai posé le planning de sa journée à côté de la cafetière, j'ai tout prévu, je n'ai aucune raison de me lever tôt. Je profite donc d'une grasse matinée bien méritée. Enfin, chez moi, la notion de grasse matinée étant relative, je ne me lève pas avant huit heures, ce qui, comparé aux habituels levers à cinq heures, relève de l'exploit.

Je plonge dans un bain bien chaud et je laisse mon corps se réveiller doucement. J'enfile ensuite une tenue beaucoup plus adaptée à mon âge, jean et tee-shirt moulant, je laisse mes cheveux libres sur mes épaules et j'accentue à peine mon maquillage. Cynthia me fera grâce de ses remarques sur mon look, cette fois, je suis conforme.

Je mets un peu d'ordre dans mon petit logement et descends sur le coup de midi. À aucun moment, je n'ai entendu de bruit du côté de Matthew Dickinson. J'espère qu'il n'a finalement pas vidé la bouteille et qu'il a pu se réveiller pour son rendez-vous. Je me suis cependant abstenue d'aller vérifier, ne voulant pas lui donner l'occasion de me narguer au sujet de mon jour de congé.

Durant tout le déjeuner, Cynthia me bombarde de questions sur Matthew. Je refuse de répondre à certaines d'entre elles, considérant avec une certaine déontologie que je suis contrainte à conserver une discrétion professionnelle exemplaire. Elle finit par se lasser. Notre après-midi shopping me permet de reconstituer un peu ma penderie. À force de vivre dans mon uniforme, j'ai complètement délaissé le reste de mes vêtements. Cynthia m'aide à en choisir des nouveaux. Quand nous nous séparons sur le coup de dix-huit heures, je fonce à la FNAC. Je n'ai pas beaucoup de mal à dénicher les films de Matthew. Je sélectionne le dernier sorti, un scénario où il incarne un garçon un peu torturé dans une histoire d'amour compliquée. Je passe à la caisse et je rentre chez moi, les pieds en compote.

En passant devant la porte de l'appartement, j'ai quand même un petit pincement au cœur. J'ai pris l'habitude de nos chamailleries quotidiennes. Même s'il n'a cessé d'être présent dans mes discussions, sa présence m'a fait défaut. Je sais qu'une fête réunit les acteurs du film à venir, je ne crains donc pas de le voir débouler. Je dépose mes achats chez moi, j'envoie promener mes talons hauts et je rejoins l'appartement. Matthew a laissé du bazar partout. Je fais le tour des pièces, consternée. La salle de bains est un vrai capharnaüm, un tas de vêtements traîne sur le sol. La bouteille de cognac gît, vide, près du lit. Je ne peux laisser ça en l'état. Je colle mon MP3, volume à fond, sur mes oreilles et commence mon ménage en ouvrant grand les fenêtres. Tandis que je ramasse pour la énième fois le caleçon de mon client récalcitrant, je chante à tue-tête.

« *Donc y a des jours où je me lâche*
Et j'envoie tout foutre en l'air. »

C'est alors que je surprends son reflet dans le miroir devant moi. Matthew est tranquillement adossé contre la porte. Je stoppe aussitôt mes singeries et coupe mon MP3.

— Qu'est-ce que vous faites là ? demandé-je, confuse d'avoir été découverte ainsi.

— Je ne regrette pas d'être rentré plus tôt, rigole-t-il.

Je note qu'il ne s'est pas rasé, mais qu'il est habillé correctement. Il a une mine fatiguée malgré son air amusé.

— Vous étiez censé être à une soirée, attaqué-je pour mieux me défendre.

— Je n'en avais pas envie. Et toi, n'étais-tu pas en congé ?

— J'étais juste passée au cas où.

Il quitte le chambranle de la porte pour approcher de moi, tout près. Je sens mes joues s'enflammer. Il lève la main et la glisse jusque sous mon oreille, il fait alors tomber mon écouteur et l'applique contre la sienne. Il appuie sur le bouton de mon MP3 attaché à la ceinture de mon jean. Il écoute attentivement en ne me lâchant pas des yeux. Je perçois les dernières notes de la chanson de Christophe Maé.

— Pas mal ! affirme-t-il sans que je sache s'il s'agit ou non d'une moquerie dont il est spécialiste ou s'il le pense véritablement. Je peux le garder jusqu'à demain ? reprend-il en désignant mon lecteur.

— Si vous le souhaitez, accepté-je en le lui remettant.

Il le fourre dans sa poche puis il dirige de nouveau lentement sa main vers moi. Il attrape une boucle de mes cheveux et la fait jouer entre ses doigts.

— Ils sont plus longs que ce que je croyais, observe-t-il.

Je me trouble. Voilà maintenant qu'il avait pronostiqué la longueur de mes cheveux...

— C'est pour ça que je les attache.

— C'est dommage, ça te va bien.

— Avez-vous mangé ou souhaitez-vous que je vous prépare quelque chose ?

— Toujours sur la défensive, n'est-ce pas ?

Je me glisse sous son bras et file vers la cuisine. Il ne tarde pas à m'y rejoindre.

— J'ai mangé assez comme ça, ne fais rien, finit-il par me répondre.

— Dans ce cas, je vais vous laisser.

— Je te le rendrai demain, dit-il en sortant mon MP3 de sa poche en guise d'au revoir.

* * *

Le dimanche s'annonce calme, Matthew a quartier libre pour la journée. Si moi, je me lève aux aurores, je décide de laisser mon protégé profiter de sa seule grasse matinée. Je gagne l'appartement sur le coup des sept heures trente, mais plutôt que d'aller le réveiller, j'allume l'ordinateur en coupant le son. J'imprime l'agenda et les horaires de tournage de Peters. Je note que contrairement à la semaine précédente où j'ai dû secouer Matthew de bonne heure, les prises de vue sont toutes programmées en nocturne. Je suis sûre que l'intéressé va apprécier.

Je profite de ce moment calme pour mettre le blog de Matthew à jour. La cote de popularité du site est en chute libre depuis des semaines. Quelques pics de fréquentation sont notables lorsqu'une nouvelle rumeur concernant sa relation avec Hillary Jenkins sort dans les journaux, mais l'absence prolongée de l'acteur a fini par décourager. Je publie donc en son nom un article où j'annonce son retour imminent et je promets de répondre aux questions posées sur le site. Les nouvelles circulent sur la toile plus vite qu'un cheval au galop, mais un coup de cravache me paraît nécessaire, je surfe sur Facebook. En remettant en route les réseaux, j'espère provoquer un électrochoc autant chez les fans que chez Matthew. Je sais qu'il vit particulièrement mal cette période de désamour. Hélas, plutôt que de lutter contre ce phénomène, il se laisse couler. Pire, il précipite sa noyade alors qu'il aime ce qu'il fait, passionnément. J'ignore ce qui a causé cela, peut-être la rançon du succès, la fatigue d'avoir enchaîné les tournages sans prendre le temps de souffler depuis quatre ans, la colère de se sentir pris en otage par des contrats qui lui aliènent sa vie privée au point de lui imposer une petite amie fictive pour les besoins d'une promotion, la lassitude d'être obligé de répéter la même chose, interview après interview, avec la même conviction.

Depuis quand n'a-t-il pas pu simplement mettre le nez dehors sans être aussitôt harcelé par des journalistes, des photographes qui le suivent dans le moindre de ses déplacements ? J'ai ma petite idée à ce sujet. *Depuis qu'il est ici.* Le plus grand secret a été gardé concernant cet appartement, un taxi vient le prendre chaque matin en bas de l'immeuble et le ramène chaque soir, il a réussi à déjouer la traque des photographes. Ici, il est libre, il est comme chez lui, il vit presque normalement à une exception près... moi !

— Déjà au travail ? entends-je derrière moi.

Dix heures ! Il vient à peine de se réveiller. Il ne porte encore que son caleçon et je note qu'il a froid en sortant de son lit.

— Café ?

Il grommelle un « oui merci » avant de prendre ma place tandis que je vais lui verser un grand bol de café noir. Je reviens vers lui et lui tends son tee-shirt récupéré dans sa chambre.

— Rien ne t'échappe jamais, ricane-t-il, reconnaissant, toutefois.

Je lui adresse un sourire très professionnel.

— Quel est le programme de ta journée ? demande-t-il.

— Tout dépendra de ce que vous désirez faire.

Je le vois tellement démuni que j'oublie tous mes projets personnels.

— Vous n'allez pas rester enfermé ici. Que diriez-vous de visiter Paris ?

— En métro ? rigole-t-il.

— En voiture, je crois que ce serait plus prudent pour vous.

— Tu m'invites ?

— Oui, si vous ne rechignez pas devant ma modeste 106.

Il avale son café et bondit sous la douche. Pendant ce temps-là, je vais enfiler une tenue plus appropriée à ce genre d'escapade. Nul doute que si je mets le nez dehors dans mon uniforme, je ne tarderai pas à attirer l'attention. Pour une fois, il est plus rapide que moi et il vient le premier frapper à la porte. Je lui crie d'entrer depuis la salle de bains où je finis à peine de m'habiller. Il se cale contre la porte, bras croisés en détaillant ma nouvelle apparence.

— Rien que pour ça, ça en valait la peine, déclare-t-il.

— Je n'ai pas besoin de vous faire de la publicité, vous êtes assez remarquable comme ça.

Je glisse mes doigts dans mon chignon pour enlever la barrette qui tient mes cheveux serrés.

— Attends ! s'écrie-t-il tout à coup.

J'arrête mon geste, stupéfaite. Il approche de moi, tout près.

— Je meurs d'envie de t'arracher ce chignon depuis le début, laisse-moi faire.

Je rougis violemment. Sans même attendre ma réponse, ses doigts défont habilement la pince et laissent les boucles s'en échapper. Son regard n'a pas quitté le mien. Je me noie. Il faut que je réagisse tout de suite. Je récupère ma pince en évitant de le toucher et je secoue ma tignasse pour la remettre en place. Il sourit en replaçant une mèche derrière mon épaule.

— Merci ! lance-t-il sur un ton joyeux qui allège alors l'atmosphère électrique.

— Nous pouvons y aller, confirmé-je en retrouvant un pouls presque normal.

Nous dégringolons les escaliers quatre à quatre et je le précède dehors. Il a enfoncé une casquette sur ses cheveux à la coupe si reconnaissable et porte une paire de lunettes de soleil. Avant de démarrer, je jette un coup d'œil de son côté, j'ai l'impression de lui offrir la liberté. Je viens d'ouvrir sa cage et l'oiseau savoure l'instant.

— Où souhaitez-vous aller ?

— C'est toi qui décides, comme toujours ! répond-il en se calant dans le fond du siège.

Je ne relève pas cette petite pique et j'enclenche la première. Je lui fais la tournée des quartiers du vieux Paris, l'île de la Cité, Notre-Dame, les quais de la Seine. Je l'emmène place du Tertre où il passe fort heureusement inaperçu parmi la foule des touristes. Je réussis à le dissuader de se faire croquer le portrait par un des peintres qui exercent leur art tout autour de la place. Nous grignotons une part de quiche dans un petit restaurant. Son téléphone portable sonne à plusieurs reprises, il coupe systématiquement la sonnerie après avoir vérifié l'identité de son correspondant. Le seul appel qu'il prend est celui de sa grand-mère. Il s'absente quelques minutes de la salle où nous déjeunons pour revenir, gai et pressé de continuer la balade. Je suis prise de panique lorsque des touristes italiennes lui demandent de les prendre en photo, mais il joue parfaitement son rôle et ne se fait pas reconnaître. Je m'abstiens de le sermonner, mais il s'aperçoit de mon stress et s'en moque gentiment. La journée passe comme un éclair et nous devons nous forcer à rentrer. Matthew proteste, évidemment.

— J'ai passé la meilleure journée depuis des années, laisse-moi en profiter encore un peu... j'ai vu mon planning, je n'ai pas à me lever tôt, plaide-t-il.

— Que voulez-vous faire ?

— Depuis combien de temps n'es-tu pas allée au cinéma ? me questionne-t-il.

— Je ne sais pas... longtemps.

— Me croirais-tu si je te disais que je ne mets plus les pieds dans une salle en d'autres occasions qu'une avant-première d'un de mes films ?

— Et donc ?

— Trouvons-nous un petit film sympa !

Ma mine sceptique l'encourage à insister.

— Très bien, mais nous évitons les grandes salles. Il y a un cinéma à trois rues de chez nous, et nous avons le temps de manger quelque chose avant la prochaine séance.

— Tu es décidément trop forte, se réjouit-il, d'un ton presque admiratif.

Tandis que je fais réchauffer le risotto, Matthew choisit un film dont je n'ai jamais entendu parler.

Nous avalons notre repas en quatrième vitesse pour être juste à l'heure devant le cinéma. Matthew s'est débarrassé de ses lunettes de soleil qui auraient été suspectes à cette heure-là. Je trouve qu'il prend des risques en s'affichant ainsi. Certaines personnes peuvent très bien le reconnaître, par chance aucun de ses films n'est à l'affiche.

— Donne-moi la main, me dit-il lorsque je lui fais part de mes craintes. Ça fera plus naturel et personne n'ira imaginer qui je suis.

Tout comme pour ma pince, il ne me laisse pas le temps de protester et s'empare de ma main droite. Son contact me fait l'effet d'une décharge et je la lui retire aussi sec.

— Ce n'est pas comme ça que nous allons passer inaperçus ! me fait-il sévèrement observer.

— C'est une précaution qui me paraît superflue.

— C'est toi qui m'as fait remarquer que je prenais le risque d'être reconnu.

— Oui, mais...

— Vois ça sous un aspect purement professionnel, insiste-t-il en me tendant sa main.

J'hésite, mais son regard dénué de toute trace d'humour achève de me convaincre, je lui rends ma main droite et il m'entraîne vers la caisse où je prends les tickets. Je ne prête qu'une attention limitée au film, Matthew, lui, n'en perd pas une miette. En fait, je passe le plus clair de mon temps à l'observer regarder l'écran avec avidité. Il est fantastique ainsi et je regrette que ce film ne dure pas deux heures pour profiter encore d'un tel spectacle. Il reste un moment silencieux à la sortie. Nous marchons lentement côte à côte pour rentrer.

— Tu n'as pas tellement aimé ce film, n'est-ce pas ?

— Et vous ? fais-je en secouant la tête.

— Je reconnais que le jeu de l'actrice était moyen, le mec était très bon.

— Je ne vous vois pas dans ce genre de film, osé-je lui dire.

— Et pourtant, j'en ai fait quelques-uns au début. Il me serait impossible d'accepter ce genre de rôle aujourd'hui.

— Pour quelle raison ?

— La première est que Philip Still ne me ferait même pas passer la proposition de scénario et que le budget ne couvrirait pas le salaire que je demanderais.

— Qu'est-ce qui vous oblige ?

— Tout, le salaire de mon agent, les frais annexes… je suis condamné aux superproductions, ricane-t-il, mais son rire sonne faux.

— Vous n'avez donc plus le choix de ce que vous voulez faire ?

— Non, admet-il d'un air triste. J'ai l'impression de jouer toujours le même rôle de héros romantique.

— Et le film de Peters ?

— C'est sans doute le projet le plus ambitieux que j'ai pu avoir. Il y a un peu d'action, ça change. Mais je vais encore tomber irrémédiablement amoureux.

— De qui, cette fois ?

— Sarah Duff.

— Je ne connais pas, avoué-je piteusement.

— C'est l'un de ses premiers grands rôles avec un réalisateur connu. Elle a tourné quelques épisodes de séries aux États-Unis.

Je devine une certaine réticence à évoquer son travail ce soir, je mets donc un mouchoir sur ma curiosité. J'abandonne mon compagnon de soirée sur le pas de ma porte. Il est plus de minuit et j'aspire à me mettre au lit. Matthew est visiblement content de la journée que nous avons passée. Il remercie comme il s'excuse, par des paroles détournées, pourtant, je saisis parfaitement ses sentiments avant qu'il me souhaite une bonne nuit.

3

Troublante confusion

Je reprends mes fonctions et mon costume dès sept heures, le lendemain. Sur le pas de la porte de l'appartement, je suis alertée par de drôles de bruits émanant de la chambre de la star. Dans le doute, je frappe. Matthew vient m'ouvrir lui-même, il est en nage dans un vieux tee-shirt et un pantalon de survêtement. Il a sorti du placard les haltères auxquels il n'avait pas touché jusque-là.

— Vous êtes réveillé depuis longtemps ? m'étonné-je tandis qu'il s'éponge.

— Une heure.

— Vous aviez besoin d'exercice ?

— Je me sentais un peu rouillé et les scènes que nous allons tourner prochainement nécessitent une bonne condition physique. Je crois qu'il est plus que temps que je me remette au sport.

— Souhaitez-vous que je contacte le coach sportif de l'hôtel ?

— Vous avez ça ?

— Oui, salle de musculation, remise en forme et piscine aussi.

Il m'adresse un petit sourire en coin craquant.

— Très bien, acquiescé-je, satisfaite de l'avoir surpris. Je m'en occupe ce matin. Ceci dit, apprêtez-vous à souffrir, car Benoît n'est pas un enfant de chœur.

— Pour un peu, on dirait que tu pratiques, se moque-t-il.

— Je pratique, assuré-je sans blaguer. Que croyez-vous ?

— Tu ne vis donc pas que pour le travail ? mord-il en reluquant mon chignon.

— Qui vous dit que cela ne fait pas partie de mon travail ? Désirez-vous un café ?

Il secoue la tête, désapprobateur, mais accepte la tasse que je lui tends d'office.

Fin de la partie.

Régis Morel me réserve un accueil chaleureux lorsque je passe dans la matinée. Ce que je réclame pour mon client ne présente pas de difficulté particulière et il se montre plutôt ravi de constater la bonne marche de nos affaires. Il convoque Benoît dans son bureau. Celui que tout le monde appelle « coach » est un véritable entraîneur sportif bardé de diplômes et au physique idéal pour séduire la clientèle aisée de notre établissement. Ces dames se plient volontiers à ses directives, juste pour le plaisir de le reluquer, tandis que ces messieurs apprécient son dynamisme autoritaire. Lui fait son boulot avec un sérieux qui ne se dément pas quels que soient les clients. Il sait toujours parfaitement s'adapter. En quelques mots, je lui explique la situation de Matthew Dickinson. Il écoute en hochant la tête et accepte bien volontiers de se charger de ce que j'appelle la remise en forme de l'acteur.

Nous réussissons ensemble à mettre au point un planning satisfaisant en fonction des horaires de chacun. Encore faut-il ensuite que le principal intéressé y consente. Or, je ne tarde pas à être la première étonnée de son enthousiasme au moment où je lui annonce ça. J'ai bizarrement l'impression d'être un vrai père Noël pour un gamin des rues. Matthew est tellement content que, dans son élan, il m'embrasse sur la joue. J'en demeure stupide quelques secondes et je dois prétexter une corvée en cuisine pour aller y cacher mon trouble. Les démonstrations de tendresse me mettent toujours très mal à l'aise, celles de Matthew sont pires encore que toutes les autres. Bien que nous ayons quasiment le même âge, je ne perds jamais de vue qu'il est mon employeur et que je ne suis pas autorisée à éprouver pour lui autre chose qu'un intérêt purement professionnel. Je dois absolument m'en tenir à des relations sobres, même si lui paraît s'en éloigner de temps en temps.

L'autre changement dans notre quotidien vient du planning de tournage lui-même. Les prises de vue de cette semaine ont lieu de nuit. Matthew part juste après le dîner. Ayant déjà vaqué à toutes mes corvées durant la journée, je suis libre de disposer comme je l'entends de ces moments de détente. Je profite donc de l'absence de mon patron pour regarder le film que j'ai acheté et dans lequel il tient le rôle principal. Ne disposant pas de lecteur DVD, c'est dans son appartement que je m'installe. Très vite, je me laisse emporter par cette histoire romantique à souhait. Il s'agit d'un vrai film pour midinette et, bien sûr, il faut que je tombe sous le charme du héros aussi facilement qu'une oie blanche. J'en suis à plus de la moitié du film lorsque j'entends le bruit de la serrure. Brusquement confuse, je bondis sur la télécommande pour arrêter le film, mais je ne réussis pas à récupérer le DVD dans le lecteur avant que Matthew pénètre dans le salon. Mon attitude évasive et rougissante éveille aussitôt ses soupçons.

— Soirée télé ? se soucie-t-il de savoir en avisant l'écran devenu tout bleu.

Je ne sais me défendre qu'en menant une contre-offensive.

— Que faites-vous là ? Il est à peine vingt-deux heures. Je ne m'attendais pas à ce que vous soyez de retour si tôt.

— Problème technique, les gars des effets spéciaux ont merdé. Peters a préféré reporter le tournage des scènes à demain. Que regardais-tu ?

— Euh… rien, je zappais.

— Avec la télécommande du lecteur DVD ? observe-t-il en désignant l'objet en question dans ma main.

La télécommande me brûle soudain les doigts, je m'en débarrasse dans le canapé. Il est plus rapide que moi et la rattrape avant que j'aie le temps de me rendre compte de mon erreur. Je me poste devant l'écran, mais, joueur, il esquive mon geste et appuie sur le bouton lecture.

— Oh oh ! Kate ! *Calling You* ! s'esclaffe-t-il comme je le craignais.

Je deviens pivoine.

— C'est à cause de votre blog, vos fans posent tout un tas de questions auxquelles je suis bien en peine de répondre. Je n'ai vu aucun de vos films.

— Forcément, tu as choisi le plus guimauve.

Plus il me voit rougir et m'empêtrer dans un embarras grandissant, plus il jubile.

— J'ai choisi celui qui suscite le plus d'intérêt chez vos fans.

— Et comment trouves-tu ce chef-d'œuvre ?

— Je n'ai pas pu voir la fin.

— Je comprends, fait-il en jetant un regard sur l'écran où il donne la réplique à la magnifique Juliana Moore, jeune et sublime comédienne, spécialiste elle aussi des rôles d'héroïne romantique. Veux-tu que nous regardions ensemble la conclusion évidente de cette histoire ?

— Ce n'est pas utile, grogné-je, me connaissant trop perméable à ce genre de comédie sentimentale.

— Je pourrais peut-être répondre aux questions de mes fans en même temps, suggère-t-il sournoisement.

Je me mords la lèvre. En envisageant les choses ainsi, je suis peut-être capable de contenir une larme ou deux d'émotion débile.

— Reste-t-il du café ? demande-t-il.

— Je vais en refaire.

Quelques minutes plus tard, je m'assois près de lui sur le canapé et il remet le film en route. Évidemment, j'oublie de poser la moindre question, je sirote mon café, les yeux rivés sur l'écran de la télé. Au bout d'un moment, Matthew éclate de rire devant ma mine boudeuse.

— Tu es trop drôle, tu dévores la télé des yeux.

Je hausse les épaules en faisant mine de l'ignorer.

— Pose-moi donc tes fameuses questions, suggère-t-il, visiblement peu enclin à me laisser tranquille.

Il se passe alors un phénomène étrange auquel je ne pensais pas être confrontée si brutalement. J'ai en face de moi l'incarnation du héros du film, c'est terriblement troublant. Je dois faire appel à tout mon sang-froid pour trouver la moindre question. Je consulte mon bloc-notes, mais ma propre curiosité l'emporte lorsque je le vois, à l'écran, poser ses mains sur le visage de Juliana et lui donner un baiser renversant.

— Comment faites-vous ça ? lui demandé-je sans cesser de regarder le film pour ne pas croiser son regard.

— Ça quoi ?

— Comment réussissez-vous à être aussi convaincant dans ce genre de scène ? On dirait que vous souffrez réellement d'un désir inassouvi lorsque vous l'embrassez. Je suppose que vous ne tombez pas amoureux de toutes vos partenaires.

— Ce n'est pas bien difficile de faire semblant.

Sa voix a perdu de sa gaîté. Je tourne la tête vers lui avec prudence. Il me sourit, mais une vague tristesse a envahi ses traits.

— Je pensais le contraire.

— Parce que tu n'es pas une actrice ou plutôt que tu ne joues pas la comédie. Les gens ont toujours tendance à travestir leurs sentiments et leur façon d'être. Toi, tu te comportes telle que tu es vraiment.

— Je ne pourrais donc pas jouer ce genre de scène ? m'étonné-je innocemment.

— Tout dépend du partenaire ! Lorsque l'un des deux partenaires est bon, l'autre n'a qu'à suivre, se laisser porter par le jeu, et tout paraît naturel. Veux-tu essayer ? propose-t-il, l'air sérieux.

— Non, refusé-je aussitôt en flairant un danger.

— Je t'en prie, Kate. Juste pour te faire une idée. Je remets la scène en arrière, tu regardes bien et nous la rejouons tous les deux. Tu verras que ce n'est pas bien dur.

— Quelle scène ?

— Celle-là ! dit-il en appuyant sur le bouton marche arrière de la télécommande.

J'observe le film avec angoisse. Mon pouls accélère de manière vertigineuse lorsque ses lèvres se posent de nouveau sur celles de sa partenaire.

— Vous ne me ferez pas faire ça ! assuré-je en reculant dans le fond du canapé.

Il stoppe l'image et se tourne vers moi avec un air de chasseur prêt à fondre sur sa proie.

— Ce n'est que du cinéma, Kate.

— Je ne suis pas une actrice, vous l'avez dit vous-même.

— Qu'as-tu à craindre d'essayer quand même ?

Il se lève et me tend la main d'un geste hautement déterminé. Je sens qu'il ne me lâchera pas tant que je n'aurai pas cédé à ce caprice.

— D'accord, soupiré-je, résignée, mais ne vous moquez pas de moi.

— Je te le promets.

Je respire un grand coup et me lève à mon tour du canapé pour lui faire face.

— Que dois-je faire ?

— Te souviens-tu des dialogues ?

— Non.

— Quelle piètre élève ! pouffe-t-il.

— Comment voulez-vous que je m'en souvienne ?

— Ça ne fait rien, approche !

Comme je ne bouge pas, c'est lui qui accomplit le dernier pas. Son bras s'enroule autour de ma taille. Son regard fixé sur moi change en une fraction de seconde et ses yeux noisette plongent dans les miens avec une intensité redoutable. J'en ai le souffle coupé. L'espace d'un instant, je voudrais fuir. Matthew perçoit mon recul et me ramène brutalement contre lui.

— Ne te sauve pas ainsi, je ne pourrais supporter que tu t'en ailles maintenant, clame-t-il d'une voix aux accents douloureux.

Si je reconnais les paroles du dialogue, je suis perdue. J'ignore s'il joue vraiment. Ses doigts légers glissent le long de ma joue et caressent mes lèvres très doucement. Je sens son haleine tiède sur mon visage, sa chaleur contre moi, son parfum. Nos regards s'accrochent pour ne plus se quitter. Je ne sais pas interpréter ce que je lis dans le sien. Il paraît tellement sincère. La caresse de sa main est si tendre. Je perds pied. Je sais que je devrais arrêter ça immédiatement, mais c'est déjà au-dessus de mes forces. Je suis envoûtée. Je le regarde comme dans un rêve se pencher sur moi. Ses lèvres effleurent les miennes. Mon souffle devient court, mon cœur cogne contre mes côtes. J'ai désespérément envie de ce baiser. Je sursaute, piquée au vif par cette réalité monstrueuse à laquelle je refuse de croire.

Ce n'est pas possible. Je n'ai pas le droit.

Prise de panique, je détourne la tête et je me dégage vivement des bras solides qui m'enlacent. Mon partenaire n'a pas cherché à me retenir. J'ose timidement le regarder. Matthew a l'air grave, ses sourcils froncés trahissent le trouble de ses pensées sans que je sache s'il joue encore ou s'il est redevenu lui-même. Depuis notre rencontre, il s'est contenté d'être Matthew Dickinson, pas l'acteur, pas le personnage, mais lui. Là, pour la première fois, il vient de superposer les deux devant moi et je constate avec effroi qu'il n'a nul besoin de maquillage ou d'artifice pour jouer la comédie. Je crois bien qu'il s'en rend compte aussi.

— Il est tard, je vais aller me coucher, annoncé-je aussi tranquillement que ce que mon état de nervosité le permet.

— À demain, Kate ! fait-il sans insister.

Il me tourne le dos et gagne sa chambre, je le suis des yeux, frustrée et inquiète. Il claque la porte derrière lui d'un geste rageur. L'espace d'un instant, Matthew a aboli les frontières que je m'acharne à dresser chaque jour entre lui et moi, entre le patron et son employée. En un éclair, j'ai brusquement découvert la réalité de ce que je ressens pour lui et cela n'a absolument rien de professionnel. Je tente de chasser l'idée farfelue qu'il éprouve peut-être la même chose que moi. Matthew Dickinson est un excellent acteur et je me suis laissé piéger par son talent indéniable au jeu de la séduction. Je me suis approchée trop près du soleil, je suis en train de me brûler les ailes. Je ne peux me permettre une telle erreur. Quoi qu'il m'en coûte désormais, je dois à tout prix étouffer ces sentiments qui me sont interdits.

Je passe une nuit affreuse. Sans arrêt, je revis ce baiser que Matthew ne m'a pas vraiment donné et dont je me languis pourtant.

Comment ai-je pu tomber dans ce piège dont j'avais tout lieu de me méfier ?

Suis-je inconséquente et naïve à ce point ?

Je me collerais des claques. Sous mes paupières closes, les lèvres de mon bel acteur se posent inlassablement sur les miennes et m'arrachent une plainte.

Bon sang, je l'aime !

Je l'aime sans en avoir le droit.

Je me tourne sur le côté pour tenter de trouver le sommeil. En vain. L'étreinte de Matthew me harcèle. Lorsque le réveil sonne, j'ai le sentiment de ne pas avoir dormi du tout. Je me lève sans entrain. Le miroir de la salle de bains me renvoie une image peu flatteuse. J'ai le teint pâle et les yeux gonflés. Je tente de réparer les dégâts grâce à un maquillage léger, mais j'aurai bien des difficultés à dissimuler les traces de ma mauvaise nuit.

À mon arrivée dans l'appartement, quelques minutes plus tard, je trouve Matthew en train de faire du sport avec une assiduité exemplaire. Son humeur ne paraît pas au beau fixe, elle non plus. Il me salue à peine d'un « bonjour » lâché du bout des dents. Je ne m'attarde surtout pas et je file préparer le petit déjeuner. Tandis que le café coule, je consulte la messagerie comme chaque matin. Still prend des nouvelles de son protégé et annonce de nouveaux rendez-vous avec la presse dans le courant de la semaine. L'emploi du temps de Matthew s'étoffe dangereusement. Il va falloir que je sois vigilante sur tout. Je surfe rapidement sur le blog. L'indice de fréquentation est nettement en hausse. Facebook me confirme le même élan. Le message est bien passé et les fans rappliquent au triple galop.

Matthew me rejoint tandis que je me concentre sur l'écran. J'imprime le programme de sa journée et je retourne en cuisine où je lui verse le café avant de partir faire le ménage de sa chambre. L'humeur massacrante de la star arrange plutôt bien mes affaires, ça m'évite de lui offrir ma mine de papier mâché. Je m'agite pour m'occuper l'esprit, je ramasse deux trois bricoles par-ci par-là quand il se plante devant moi sans prévenir. Je tente encore de fuir en lui refusant mon regard.

— Kate, s'il te plaît ? me retient-il.

— Excusez-moi, Monsieur Dickinson, mais j'ai plusieurs choses à faire avant votre départ. Benoît vous attend à dix heures.

Je n'ai pas fait deux pas pour m'éloigner de lui que sa poigne se referme sur mon bras.

— Quand vas-tu cesser de m'éviter ? rugit-il.

— Vous me faites mal ! protesté-je.

Je lève enfin les yeux vers lui. Je le vois blêmir, ses traits se durcissent tout à coup et ses mâchoires se contractent.

— Je suis désolé, Kate, crois-moi, dit-il d'une voix sourde.

— Vous n'y êtes pour rien, assuré-je maladroitement.

— Il me semble que si, au contraire. Je n'aurais pas dû te confronter à la réalité de ce que je suis. Je t'ai blessée, c'était stupide. Je m'en suis rendu compte trop tard.

— Ne vous excusez pas. C'est entièrement ma faute.

— C'est faux, je ne peux pas te laisser dire ça. Je...

— Monsieur Still m'a communiqué la date d'une nouvelle interview télé, coupé-je avec obstination.

Matthew lit dans le regard farouchement déterminé que je lui adresse que je n'ai plus envie de poursuivre cette discussion. Il hésite quelques secondes, puis renonce à son tour. Il se mure alors dans un silence boudeur qui ne me surprend pas. Par chance, il s'en va peu de temps après pour rejoindre le coach qui l'attend de pied ferme à l'Hôtel White. Il ne revient qu'en début d'après-midi pour repartir presque aussitôt sur le tournage, me laissant ainsi tout le loisir de remettre de l'ordre dans mon esprit embrouillé. Sa tentative d'excuses me perturbe plus qu'il le faudrait. J'entends encore chacun de ses mots, le soir venu, au moment de me coucher.

Qu'a-t-il déduit de ma réaction ?

Je ne sais pas. J'ai bien du mal à cerner le personnage désormais. Mes pensées troublées m'empêchent une nouvelle fois de dormir. J'entends le retour de l'acteur chez lui. Il est un peu plus de trois heures du matin. C'était prévu. Je veillerai à ne pas le secouer trop tôt pour lui permettre de se reposer efficacement.

* * *

Le lendemain, l'accueil de monsieur Dickinson est conforme à ce que j'attendais. Grognon et fermé comme une huître, il ne décoche pas un mot aimable. Je sens cependant peser son regard sur moi. Un regard attentif et sévère à la fois. Je m'applique donc à ne pas commettre la moindre erreur et à conserver la plus grande distance que permettent mes fonctions. Ma froideur l'agace, je le vois. Ça me fait mal, mais c'est ainsi que ça doit être. Je l'entends pousser un soupir exaspéré et c'est tout. Rien d'autre. Il se contente de répondre à mes questions d'ordre ménager et m'ignore complètement au moment de son départ pour sa séance de sport quotidienne. La porte qui se referme sur lui me fait l'effet d'une gifle. J'ai la gorge nouée.

Pourquoi a-t-il eu cette idée stupide ?

Un jeu idiot qui a tout changé entre nous et détruit ma confiance. Je voudrais tant retrouver le Matthew de la semaine d'avant, celui qui a réclamé ma main devant le cinéma, celui avec qui je pouvais rire et discuter sans avoir peur de faire un faux pas, sans me demander s'il est ou non lui-même ou s'il me joue la comédie.

Je ne sais pas me défaire de cette morosité. Elle plane dans l'atmosphère et pèse sur mes épaules. Le retour de Matthew dans l'après-midi n'arrange rien. Il suffit d'un regard pour comprendre que le malaise persiste. Des mots se bousculent dans ma tête, aucun ne passe le barrage de mes lèvres. Nos rares échanges relèvent du strict nécessaire et scrupuleusement professionnel.

Toute la semaine s'écoule dans cette ambiance tendue. Les horaires de tournage du film de Peters n'améliorent pas la situation. Même si Matthew est d'une constitution solide et récupère assez facilement, il ne rentre pas avant trois ou quatre heures du matin. Malgré moi, je guette son retour depuis mon studio et ne me rassure que lorsque j'ai entendu sa porte se refermer. Je le réveille un peu à contre-cœur vers dix heures pour son rendez-vous avec Benoît auquel il s'astreint avec une belle détermination.

Pour ma part, je commence à accuser la fatigue de nuits trop courtes et de journées difficiles pour mes nerfs. Il me prend parfois l'envie de dormir. Et c'est bien ce que j'ai l'intention de faire ce samedi. Pour cette journée de repos, j'avais encore prévu une sortie en compagnie de Cynthia. Je m'en sens incapable. Cynthia me connaît trop bien et depuis trop longtemps, elle n'aurait aucun mal à suspecter une embrouille. Pour une fois, je ne tiens pas à lui avouer l'objet de mes tourments. Lorsque je lui téléphone le vendredi pour lui annoncer ma défection, elle tente bien de savoir pourquoi. Je prétexte alors être retenue par mes obligations professionnelles sans pouvoir lui en dire davantage. S'agissant de monsieur Dickinson, Cynthia accepte cet argument sans broncher et compatit même à ma charge de travail. J'ai un peu honte, mais tant pis.

Je vais me coucher après avoir désactivé l'alarme de mon réveil, comptant sur les effets positifs d'une bonne grasse matinée pour recharger mes batteries à plat. Hélas, malgré mes intentions, je suis réveillée vers les huit heures. Je pousse un soupir en jetant un coup d'œil au réveil. Puisqu'il est tôt, je compte bien en profiter à un rythme tranquille. La journée débute donc par un bain rempli de mousse dans lequel je me prélasse agréablement. Depuis la salle de bains, je perçois le bruit de la lourde porte de Matthew de l'autre côté du couloir. Je lui ai laissé un mot avec son emploi du temps sur la table de la cuisine. Je sais que sa journée s'annonce chargée. Des scrupules m'envahissent. J'ai peine à ne pas accomplir ma tâche. Au moins, le minimum. Je prends ma décision avec un haussement d'épaules et je sors du bain.

Un soleil généreux inonde ma chambre quand j'ouvre le volet. La journée est quasiment estivale. J'opte donc pour un simple jean et un tee-shirt à bretelles, puis je remonte mes cheveux dans un chignon plus lâche que d'habitude. Je suis prête... d'une certaine manière.

L'appartement de Matthew est resté en ordre. Le papier que je lui ai laissé a fini sa carrière dans la corbeille. La petite boule dans ma gorge redevient gênante et ma relative bonne humeur se dilue dans le doute. Pour chasser le stress, je m'emploie au petit ménage ordinaire. J'entre dans sa chambre avec une certaine nostalgie. Il a encore abandonné ses affaires un peu partout et son lit ressemble à un champ de bataille. Je rallonge le drap et la couette, son oreiller embaume le parfum boisé qu'il a adopté depuis son précédent séjour à Paris. Chacun de ces petits détails prend bêtement une importance démesurée. Je suis payée pour faire ce travail, pas pour y chercher un quelconque espoir. Je me secoue et je passe à autre chose.

Quand j'ai enfin terminé de tout remettre en ordre, je m'installe devant l'ordinateur. Le blog connaît un sursaut d'affluence. Autant en profiter. Je poste un article dans lequel je retranscris les réponses que Matthew m'a données quelques jours auparavant. Le résultat ne se fait pas attendre. Un déluge de commentaires s'abat sur le site à une vitesse incroyable. Je prends le temps de répondre à certains d'entre eux. Cet exercice me tient prisonnière de l'écran jusqu'à plus de quinze heures. Je grignote juste un sandwich préparé à la va-vite en guise de déjeuner. La fatigue me rattrape. J'éteins l'ordinateur après avoir répondu à une dernière question, et je vais m'installer dans le canapé. J'allume la télé. Le DVD de *Calling You* se remet automatiquement en marche.

Pourquoi pas ?

Puisque je suis seule. Je suis déjà certaine de souffrir sur la scène du baiser, mais je dois être masochiste ou alors très fatiguée. Je pencherais volontiers pour cette seconde hypothèse car je ne dépasse pas la moitié du film, cette fois encore. Je m'endors comme une masse avant même la scène fatidique.

Un bruit me dérange, j'ouvre mes paupières alourdies. La pièce est plongée dans une semi-pénombre, une lampe d'appoint diffuse une lumière douce. Il doit déjà être tard et j'ai dû dormir longtemps, je me sens courbaturée. D'un coup, je réalise sa présence. Matthew est assis dans le fauteuil en face de moi, il ne fait rien d'autre que me regarder.

— Quelle heure est-il ? bredouillé-je, embarrassée.

— Vingt heures.

La surprise me fait bondir. En me redressant si vite, je suis saisie d'un petit vertige qui me fait chanceler. Matthew est tout aussi rapide et me rejoint en un éclair pour me soutenir.

— Ça va ? s'alarme-t-il.

— Oui, merci ! fais-je en le repoussant. Est-ce que… vous êtes là depuis longtemps ?

Ma réserve le ramène à plus de distance et de laconisme.

— Assez.

La confusion me cloue sur place et il n'a pas de mal à interpréter mon air étonné.

— Te regarder dormir est très intéressant. On apprend plus que lorsque tu es éveillée.

— Je suis désolée, ce n'était pas prévu au programme.

— Ton programme consistait-il à revoir *Calling You* ?

Un coup d'œil sur la télécommande près de lui m'informe qu'il est au courant. C'est inutile de nier.

— Ça ou autre chose, je crois que l'effet aurait été le même. Je me serais endormie.

— Tu n'es donc pas sortie ?

— Je me sentais fatiguée.

— Tu dors mal, tu ne cesses de remuer.

— Heureuse de l'apprendre.

— Et tu pleures, ajoute-t-il en me foudroyant du regard.

— Je devais faire un cauchemar. Je ne me souviens de rien.

— Kate… commence-t-il.

Je sens un frisson parcourir mon échine. Il faut que je trouve une porte de sortie.

— Avez-vous dîné ?

Je vois ses traits se fermer.

— Tu m'en veux, n'est-ce pas ?

— Je vais vous préparer quelque chose.

— Tu es en congé, me rappelle-t-il. Pourquoi refuses-tu de me dire ce qui te fait tant de peine depuis ces derniers jours ?

Il n'est pas décidé à me laisser en paix, je soupire. S'il faut lui mettre les points sur les I pour qu'il me lâche, tant pis.

— Je n'ai pas à vous faire part de mes problèmes personnels. D'autant qu'ils ne perturbent pas mon travail.

— Sauf si je suis la cause de ces problèmes.

— Non.

— Je ne te crois pas.

— Je le regrette.

Il repousse une mèche de mes cheveux derrière mon oreille. Mon pouls s'emballe.

— Je ne confonds jamais mon métier et la réalité, Kate. Je suis conscient que j'ai pu te donner une image trompeuse de moi. J'en suis désolé, ce n'est pas ce que je voulais. Ici, je ne joue pas. Grâce à toi, je décroche de mon personnage, tu me ramènes dans la réalité dès que je passe cette porte. J'ai commis une erreur en voulant te montrer stupidement ce dont j'étais capable alors que tu n'en avais pas la plus petite idée. Mais je ne suis pas un menteur, pas avec toi, je te le promets. Je voudrais que tu me pardonnes.

Son discours m'ébranle complètement. Je ne sais pas si ses paroles ne vont pas aggraver mon désarroi. Elles me permettent cependant de lui échapper.

— Je vous assure que je ne vous en veux pas.

— On fait la paix ? propose-t-il en me tendant la main.

Je me raidis à l'idée de ce contact qu'il m'oblige à consentir. J'accepte néanmoins et il me serre la main comme un vieil ami avant de me relâcher rapidement, j'en suis soulagée au plus haut point.

* * *

Comme je l'ai craint, les paroles de Matthew Dickinson tourbillonnent dans mon crâne durant une bonne partie de la nuit. *Il était sincère !* J'en suis sûre, du moins je veux m'en persuader, je le veux terriblement. Je me réveille aussi crevée que la veille. Matthew n'a rien de prévu en ce dimanche hormis une séance de sport en compagnie de Benoît à l'hôtel. Je songe alors que je pourrais profiter un peu, moi aussi, des équipements de notre établissement. Régis Morel m'a toujours laissée libre d'utiliser la piscine en dehors des heures de fréquentation par la clientèle, il ne me refuserait pas un petit plongeon.

Je vais réveiller la vedette vers les huit heures. Lorsque j'entre dans sa chambre, Matthew a repris sa bonne vieille habitude et dort nu, sur le ventre. Je reste quelques secondes à le contempler, son corps commence sans conteste à réagir aux séances de sport de Benoît ; ses muscles sont légèrement plus saillants. Ses traits sont détendus et ses cheveux en bataille lui donnent un air de mauvais garçon que j'aime bien. Le jour le dérange et je m'arrache rapidement à ma contemplation pour aller lui chercher un café. En passant, je lui envoie le drap gisant au sol sur les fesses. Je l'entends ronchonner. Quand je reviens avec son café à la main, il se redresse, l'air encore très endormi.

— Tu n'as donc aucune pitié ? maugrée-t-il.

— Si, tenez ! rétorqué-je en lui tendant sa tasse.

— Qu'est-ce que c'est que cette tenue ? s'étonne-t-il en se rendant compte que j'ai troqué mon uniforme contre un jean et un petit haut vert.

— Ça vous ennuie si je vous accompagne en voiture jusqu'à l'hôtel ?

— Pas du tout, au contraire, sourit-il en repoussant le drap.

Je m'enfuis vers la cuisine en ignorant son sourire espiègle.

— Qu'est-ce que c'est que ce sac ? demande-t-il encore lorsque nous descendons quelques instants plus tard.

— Il n'y a pas que vous qui avez besoin d'exercice.

— Musculation ?

— Non, piscine.

— Oh oh ! Tu sais nager, toi ?

— Riez, rieur ! répliqué-je en ouvrant la porte.

Je n'ai pas terminé mon geste que Matthew perd son sourire et me ramène dans le hall en me tirant par le bras.

— Bon sang, comment ont-ils fait ? grogne-t-il.

— Qui ça ? fais-je, pas loin d'être apeurée.

— En face, paparazzis ! répond-il en désignant un type en train de fumer une cigarette.

Je manque de m'étrangler.

— Il a dû vous suivre en sortant du tournage.

— Je pensais m'être plutôt bien débrouillé.

La voix de Matthew est furieuse. Sa belle liberté est désormais compromise.

— Rien ne dit qu'il sait que vous êtes ici. Laissez-moi aller chercher la voiture, il ne me connaît pas. Je vous attendrai juste devant l'entrée. D'accord ?

Matthew hésite, puis hoche la tête, l'air sombre. Je sors en évitant soigneusement de lorgner du côté du type. Je traverse la rue et gagne l'endroit où j'ai stationné ma vieille 106 blanche. Je démarre tranquillement et je fais le tour du quartier pour revenir m'arrêter devant la porte. Quelques secondes sont suffisantes pour que Matthew sorte de l'immeuble et grimpe à bord de ma voiture sans se faire remarquer du gars occupé à téléphoner.

— Êtes-vous sûr qu'il s'agit d'un photographe ? m'inquiété-je.

— Avec l'habitude, on apprend à les repérer à des kilomètres à la ronde.

— Je vérifierai auprès du taxi si la fuite ne vient pas de là.

— Inutile, Kate. Je sais très bien qu'ils arriveront à me mettre la main dessus tôt ou tard.

Matthew est sombre et résigné. Une idée jaillit comme un éclair dans mon cerveau.

— Et si nous déjouions leurs plans ? Le taxi pourrait très bien vous ramener jusqu'à l'hôtel tous les jours et je vous laisse ma voiture. Il suffira que vous la repreniez sur le parking souterrain pour rentrer. Je sais que ça fait un petit détour, mais ça peut les mener en bateau un bon bout de temps. Ils attendront bêtement devant l'hôtel tandis que vous serez encore tranquille ici.

— Mais toi ?

— J'ai le métro en cas de besoin.

— Ça me paraît une vachement bonne idée ! Je sens que je vais m'amuser pour une fois, rigole-t-il tout à coup.

Je fais alors une moue sceptique.

— Un Anglais à Paris… Hmm ! Que diriez-vous de commencer maintenant ?

— Tu crains pour ton tacot ? s'esclaffe-t-il.

— Oui, confessé-je en me garant le long du trottoir.

Je fais le tour du véhicule alors qu'il se glisse derrière le volant.

— Tu es bourrée d'imagination, affirme-t-il en démarrant sur les chapeaux de roue.

— Ne me faites pas regretter ma proposition, marmonné-je en surveillant le compteur de vitesse.

Matthew lève le pied et nous arrivons un quart d'heure plus tard aux abords de l'hôtel, je sors mon badge qui donne accès au parking souterrain et guide mon pilote jusque sur ma place réservée.

— Tenez, prenez-en soin ! lui dis-je en lui remettant mon badge.

Il le fourre dans sa poche et attrape nos deux sacs sur la banquette arrière.

— Au boulot, Mademoiselle Dutilleux ! lance-t-il joyeux, tout émoustillé du nouveau jeu que je viens de lui trouver.

Je le laisse rejoindre Benoît dans la salle de sport et gagne mon bureau, rien n'a été bougé depuis près d'un mois. Le directeur est encore présent en ce dimanche matin. Monsieur Morel n'a aucune objection à la proposition que j'ai faite à Matthew. Je le remercie et je lui fais part de mon intention de piquer une tête dans la piscine.

— Profitez-en, il n'y a personne en ce moment, semaine du troisième âge, se plaint-il avec humour.

Je ne peux m'empêcher de rire. Je me change rapidement dans le vestiaire, j'enfile mon maillot de bain, mon bonnet et mes lunettes de piscine et, quelques minutes plus tard, je plonge dans l'eau bleue entièrement à ma disposition. Je retrouve vite mes sensations, je suis de nouveau moi-même.

Lorsque je remonte du fond du bassin, Benoît et Matthew sont au bord de la piscine.

— Un problème ? demandé-je en avisant leurs mines de comploteurs à l'un et à l'autre.

— Non, juste ce jeune homme qui manque de souffle. La cigarette, c'est bien joli, mais ça n'aide pas à l'endurance, répond Benoît.

— Cigarette ? m'étonné-je, n'ayant jamais vu Matthew fumer et mon odorat n'ayant jamais détecté la moindre odeur de tabac hormis les fois où il est rentré de soirée.

— Uniquement pour les besoins des tournages ! assure-t-il en m'adressant son petit sourire narquois.

— J'ai pensé que tu pourrais le remettre à flot, continue Benoît, sérieux. Rien de tel que la natation pour améliorer le souffle, non ?

— Si je comprends bien, je deviens coach sportif en plus.

— Je savais que je pouvais compter sur toi, ricane Benoît tandis que Matthew ne pipe pas un mot, se contentant de me regarder d'un air intrigué.

— Ben voyons ! râlé-je inutilement.

— Matt, je te préviens qu'elle tient la forme quand elle est à la flotte, rigole l'entraîneur.

— Je vois, fait mon futur élève avant de suivre Benoît aux vestiaires.

J'entends le plongeon de Matthew alors que je suis sous l'eau. Je remonte à temps pour admirer son crawl plutôt bon. Je le félicite quand il est à ma hauteur.

— Tu croyais pouvoir me noyer ?

— Non, c'est juste à cause de la tête que vous faisiez il y a quelques minutes.

Matthew éclate de rire.

— C'est ta faute ! Ton bonnet et tes lunettes, je ne m'attendais pas à ça.

Mon orgueil s'en trouve titillé, je lui fais remarquer que je suis là pour nager, pas pour parader en maillot de bain sexy.

— Toujours pro, n'est-ce pas ? Tu es si douée que ça ?

— Je sais nager.

— Montre-moi si tu es rapide, exige-t-il en se mettant en position sur une ligne de départ imaginaire.

— Partez devant !

— Tu rigoles ou quoi ?

— Comme vous voulez.

Matthew donne lui-même le signal du départ. Les sensations bien connues des courses d'autrefois me reviennent. L'adrénaline me donne un coup de fouet et je délie mes mouvements plus amplement. Je touche le mur avec une bonne longueur d'avance sur Matthew qui s'accroche au bord en croisant ses bras sous son menton.

— OK, allez, avoue ! demande-t-il, essoufflé.

— Quinze ans d'entraînement. Après j'ai dû choisir entre la natation et les études.

— *Oh shit !* grimace-t-il en se laissant couler.

Pour la première fois en sa compagnie, je suis prise d'un véritable fou rire au point que je dois m'asseoir sur le bord. Je retire mes lunettes pour essuyer mes larmes. Matthew me contemple comme si je venais de la planète Mars. Son regard insistant finit par me ramener à notre affaire. Je réajuste mon bonnet sur mes cheveux déjà humides, mais j'abandonne volontiers mes lunettes sur le bord.

— Benoît a raison, vous manquez de souffle.

Il pouffe et consent à me suivre dans l'eau au rythme plus lent de la brasse. Matthew s'exécute moins habilement que pour le crawl, je passe tout près de lui et lui enfonce la tête sous l'eau. Quand il remonte, il me regarde surpris.

— Tu ne perds rien pour attendre, menace-t-il en se lançant à ma poursuite.

Rien que cette tentative lui vaut un effort qui le laisse à bout de souffle. Ma méthode n'est pas si mauvaise. Je le nargue en redémarrant dans l'autre sens sitôt qu'il arrive à ma hauteur.

— Kate, attends ! supplie-t-il, hors d'haleine.

J'ai pitié et je pirouette dans l'eau pour le rejoindre. Je suis à peine à quelques centimètres de lui qu'il me saute dessus pour m'expédier dans le fond. Je lui échappe rapidement, mais le traître n'abandonne pas. Je lui envoie une gerbe d'eau pour pouvoir approcher du bord sans risquer la noyade. Nous nous aspergeons copieusement en riant comme des enfants jusqu'à ce qu'il me prenne entre ses bras pour stopper mon attaque. Je cesse net de rire, sa main se lève vers mon bonnet de bain qu'il expédie sur le sol. Mes cheveux dégringolent dans l'eau. Je suis complètement anesthésiée. Son sourire s'est effacé et je suis troublée par ce que je crois lire dans ses yeux. Mes mains sur ses épaules solides le repoussent doucement.

— Vous... avez encore quelques longueurs à faire, murmuré-je, la gorge sèche et les joues en feu.

Il sourcille et ne me retient pas quand je m'écarte de lui. Il se laisse couler à mes côtés et se conforme sagement à mes conseils. Nous ne sortons du bassin qu'au bout de deux heures. Mon élève grimpe hors de l'eau le premier et me tend la main. J'hésite une fraction de seconde à la saisir, puis je le laisse me tirer au sec. Joueur, il me lance une serviette de bain à la figure.

— Je suis moins rapide sur le sol que dans l'eau, précisé-je à toutes fins utiles en m'épongeant.

Matthew lève un sourcil, vaguement vexé que je refuse son petit jeu.

— Je vais me changer. On se retrouve dans mon bureau ?

— OK ! se résigne-t-il.

Je lui passe devant et je lui balance à mon tour la serviette à la tête avant de me sauver rapidement vers les vestiaires où je parviens à m'enfermer avant qu'il ne me mette la main dessus. Pendant que je me douche, je me surprends à sourire béatement en songeant à nos petits jeux innocents. Je ne me suis pas amusée ainsi depuis longtemps. Je crains cependant d'être allée un peu trop loin.

En regagnant mon bureau, je rentre dans ma peau de gouvernante. Mon cœur refuse cependant de se soumettre à ma volonté, il bat une chamade infernale. S'il est le seul à se permettre une telle désobéissance, je suis sûre de parvenir à rester telle que j'étais jusque-là même sans mon sempiternel uniforme qui me protège de ce genre de digressions. Je passe en cuisine récupérer des petites choses à grignoter avant de repartir. La piscine m'a sérieusement ouvert l'appétit. Cette séance de natation a eu au moins ce mérite en plus de me procurer une fatigue physique saine. Il faut bien en convenir, même si je me suis moquée de Matthew, je ne vaux guère mieux, je suis rouillée. Matthew est déjà dans mon bureau, il regarde sans vergogne les photos dont je me suis servie pour fabriquer mon sous-main.

— Qui est-ce ? demande-t-il.

Je lui tends un sandwich au saumon fumé, au chèvre et à la ciboulette qu'il considère avec gourmandise. Je pose le doigt sur chacune des photos.

— Ma mère, mon père, Chris, mon frère, Cynthia, ma meilleure amie.

— Et là ? demande-t-il en désignant celle à laquelle je tiens le plus.

— Ma grand-mère.

— Et ce chien ?

— C'était mon labrador, elle est morte, il y a deux ans.

— Et ce trou-là ? s'enquiert-il en désignant un emplacement vide. Qui était-ce ?

— Personne ! soupiré-je, nullement désireuse d'évoquer ma vie sentimentale passée avec lui.

— Ton ex ? devine-t-il.

J'approuve d'un signe de tête résigné.

— Je savais bien que tu cachais un cœur sous ta tenue stricte, se moque-t-il.

Il est loin d'imaginer à quel point ce cœur est dur à maîtriser en cet instant.

— Très drôle ! ironisé-je.

— Tu ne racontes jamais rien, j'en suis réduit à deviner. Heureusement que tu dors parfois.

— C'est-à-dire ?

Il se pince les lèvres et s'assoit sur ma table pour me faire face.

— Tu es un brave petit soldat, Kate. Tu te protèges derrière ton travail, ta tenue, ton chignon serré, ton vouvoiement obstiné, mais au fond, tu es quelqu'un de très sensible et de terriblement seul. Tu ne te livres à personne, n'est-ce pas ?

J'accuse le choc. Le sang abandonne mon visage. *Comment a-t-il à ce point su sonder mon esprit ?*

— Pas plus que vous, répliqué-je, cinglante.

— C'est faux, tu vois bien. On me demande sans arrêt de me mettre à nu, de m'étaler sur ce que je pense, ce que je suis, ce que j'aime ou déteste.

— Répondez-vous seulement une fois la vérité ?

— C'est donc bien ce que je pensais ! s'écrie-t-il. *Zut, je me suis fait avoir !*

— Faut-il donc que je te supplie à nouveau de me croire ?

— Non, c'est inutile. C'est juste que... vous m'êtes apparu si différent.

— Je ne suis pourtant pas un monstre.

— Je suis sûre que vous sauriez l'être.

— On ne m'a pas encore proposé le rôle.

— C'est dommage.

— Je te propose un marché. Si je devais devenir un autre devant toi, je te ferais signe.

— Quel signe ?

— Que penses-tu de ça ? demande-t-il en se tirant légèrement le lobe de l'oreille comme s'il se grattait.

— Ça marche !

— OK, donc nous sommes d'accord, reprend-il en me tendant une main offerte que je serre bien volontiers, mais il ne la relâche pas. Et toi ?

— Quoi, moi ?

— Quand cesseras-tu de jouer ton rôle ?

— Je ne joue aucun rôle.

— Oh si, celui de la professionnelle parfaite, la cuirasse se fendille parfois, mais tu répares bien vite les fissures. Je ne sais pas qui vous êtes, Mademoiselle Dutilleux.

— Vous n'avez pas besoin de le savoir.

— Tout employeur doit se renseigner sur son personnel.

— Officiellement, vous n'êtes pas mon employeur, c'est Philip Still.

— Oh, pardon ! jubile-t-il, tout à coup.

— Quoi ? Ce n'est pas vrai ?

— Non.

Je le regarde d'un air ahuri.

— Le contrat a été souscrit par Still avec le mandat que je lui ai donné.

— Pour quelle raison ?

— Parce que je n'ai pas voulu te donner l'occasion d'utiliser cet argument contre moi. Je me connais trop bien, Kate, je ne voulais pas que tu me jettes à la figure un matin pas comme un autre que c'est moi qui ai souhaité t'avoir à mes côtés.

Mon cœur devient impossible à dompter, je suis en train de perdre le peu de sang-froid qui me reste. Cependant, je veux savoir.

— Pourquoi le vouliez-vous ?

— Parce que j'ai compris dès notre rencontre que tu ne trichais pas, que le fait que je suis Matthew Dickinson n'avait aucune importance pour toi.

— C'est si extraordinaire ?

— Tu n'imagines pas à quel point.

Je me force à respirer plus calmement.

— As-tu parlé de moi à quelqu'un ? poursuit-il.

— Oui, mon amie Cynthia. Il a fallu que je justifie ma « disparition » ! expliqué-je, un peu gênée.

— Et il ne t'est venu aucune autre histoire ?

— Je ne mens jamais.

Il penche la tête d'un air sceptique.

— Sauf à moi !

Je ne réponds pas, il n'a pas tout à fait tort.

— Quelle a été sa réaction ? veut-il savoir.

— Comme celle de milliers d'autres filles quand on évoque votre nom.

— Et pourquoi pas toi ?

— Parce que je ne juge pas quelqu'un sur sa seule réputation, quelle qu'elle soit. Et je ne vous connaissais pas.

— Pourquoi as-tu accepté ce travail ?

— Parce qu'il était bien payé, réponds-je, sur la défensive. Et que Monsieur Morel a influencé ma décision.

— Tu n'es pas du genre à te laisser influencer.

— Votre agent a été persuasif également.

— Je doute que cela suffise avec toi. Qui plus est, je ne t'ai pas ménagée, je t'ai même blessée.

— Alors je dois être masochiste, aboyé-je en reprenant ma main et en me dirigeant vers la porte dont il me barre l'accès d'un bond.

— Je suis peut-être aussi têtu que toi, Kate, menace-t-il.

— Mais quel intérêt ?

Un sourire éclaire son visage et je sais que je suis en train de perdre la partie, il est parvenu à me faire sortir de mes gonds et espère bien me faire craquer. *Que veut-il ? Que je lui avoue être tombée amoureuse de lui ? Que je me suis mise à son service uniquement pour le plaisir d'être près de lui ?*

Je m'arrête net. Je dois absolument verrouiller mes lèvres avant de commettre une irréparable erreur.

— Vous avez rendez-vous à dix-sept heures, éludé-je d'une voix calme et tranchante en soutenant son regard inquisiteur.

— Nous reprendrons cette conversation. Je finirai par obtenir ce que je veux, assure-t-il en me poignardant de ses yeux sombres.

Je suis à deux doigts de lui demander ce qu'il veut, mais mon instinct me commande de ne pas lui tendre cette perche trop évidente.

— Vous allez être en retard, Monsieur Dickinson, soufflé-je, déterminée à ne pas lui en laisser l'occasion.

Il me gratifie de son petit sourire en coin, se penche un peu et ouvre la porte. Il ne laissera pas tomber si facilement. J'ai cependant un avantage considérable sur lui, je connais son emploi du temps pour les deux semaines à venir. Il n'aura guère le temps de se consacrer à moi les jours prochains.

* * *

Je ne me suis pas trompée, Peters, le réalisateur, donne un petit coup d'accélérateur au tournage des scènes parisiennes qui traînent trop à son goût. En outre, sa vedette devant assurer le lancement d'*Ultima* dans le courant de la semaine suivante, il doit tirer parti du maximum de temps. Matthew part donc de bon matin, d'humeur exécrable, et rentre souvent tard le soir, d'humeur à peine meilleure même s'il prend garde à ne pas m'envoyer paître trop violemment.

Notre stratagème en ce qui concerne la voiture fonctionne si bien que je trouve sur le Net un article titrant *Un tournage grand luxe*, illustré d'un cliché de Matthew rentrant à l'hôtel. L'article se déchaîne sur le train de vie cxorbitant de la star qui se loge dans un palace sur le compte des producteurs. Je ne tarde pas à ressentir les effets de cet article sur le blog de Matthew. Je prends soin d'apporter un démenti cinglant au fait que la note est payée par la production sans contredire toutefois le fait qu'il habite bien l'endroit. Je sais par la suite que certains fans passent des heures devant l'hôtel pour espérer apercevoir leur idole. Ce détail me chagrine, je n'ai pas spécialement voulu tromper ceux qui ont soutenu Matthew pendant des mois, mais la fin justifie les moyens et mon seul objectif est de préserver la tranquillité de mon employeur.

Lorsqu'arrive le vendredi soir, j'imprime l'agenda de la semaine suivante. J'hésite presque à le lui donner. Le mercredi a lieu la sortie nationale d'*Ultima*. Hillary Jenkins doit le rejoindre ainsi que les autres membres du casting et le réalisateur pour un lancement sur les Champs-Élysées. Le fait que Matthew soit en France à ce moment-là a justifié cette organisation en grande pompe. Il doit assurer, seul ou avec Jenkins, pas moins de trois télés dont une au vingt heures d'un journal national. Seuls le samedi et le dimanche seront des jours calmes avant la tempête médiatique qui va s'abattre sur sa tête.

Matthew rentre sur le coup de vingt et une heures. Il n'a même pas pris le temps de se démaquiller avant de partir. Quand il pousse la porte, j'en reste figée. On dirait qu'il a été victime d'un véritable passage à tabac. Son visage est couvert de traces de sang descendant le long de sa tempe droite. Il éclate de rire en me voyant tétanisée devant lui. Il se frotte le lobe de l'oreille de manière si ostensible que je me souviens de son engagement à me prévenir de cette façon. Il fait mine de tituber jusqu'à une chaise et s'écroule dessus.

— Kate, apporte-moi un verre de cognac, je crois que j'en ai besoin.

Je croise les bras, faussement sévère.

— Je crois surtout que vous avez besoin d'une bonne douche.

— Ouais ! Tu vois, ça ne marche même plus avec toi, grommelle-t-il en se redressant sur sa chaise.

— Et si vous aviez été remarqué dans la rue ainsi maquillé ? grondé-je.

— J'avais mis la panoplie parfaite de l'acteur en fuite, réplique-t-il en jetant sa casquette sur la table. Oh, je crois qu'un camion de plusieurs tonnes m'est passé dessus, gémit-il en s'étirant.

— Et c'est ce qui est arrivé ?

— Oui, à peu près, dit-il en posant ses mains sur ses yeux.

— Préféreriez-vous ma baignoire ?

— Oh oh ! se réveille Matthew en souriant. C'est un grand honneur !

— Je vais vous préparer ça.

Lorsque le bain a coulé et que j'en ai profité pour ranger deux trois bricoles très personnelles, je reviens l'en avertir. J'ai tant de peine à supporter le maquillage atroce que j'évite de le regarder. Je le laisse gagner seul mon studio et je m'installe devant la télé en attendant de récupérer mon chez-moi. J'entends alors mon portable sonner.

— Kate, j'ai besoin de ton aide, fait la voix amusée de Matthew.

— J'arrive, accepté-je sans méfiance.

Il est déjà plongé dans l'eau sous une mousse dont je n'ai pas été avare.

— En quoi puis-je vous être utile ?

— Aide-moi à enlever ça, s'il te plaît ! réclame-t-il en désignant les traces de maquillage tenace.

Je farfouille dans mon placard pour en sortir le coton à démaquiller et une lotion capable de venir à bout du maquillage même *waterproof*.

— Fermez les yeux ! ordonné-je en présentant le coton devant son nez.

Il obéit, un sourire aux lèvres. Je tamponne alors délicatement sa peau.

— Kate, je ne suis pas blessé, je te rappelle ! Tu peux frotter plus fort, s'esclaffe-t-il.

— Je ne suis pas une spécialiste, je vous signale.

Je suis ses conseils et je respire plus facilement au fur et à mesure que ce rouge sombre s'estompe. Je dois néanmoins prendre une bonne dizaine de cotons pour venir à bout de ma tâche. Matthew se laisse faire sans broncher, suivant chacun de mes gestes avec attention. Je finis par rencontrer ses prunelles attentives et ce que j'y lis me déstabilise. Je me redresse aussitôt, saisie d'une angoisse que je refoule de mon mieux.

— C'est fini, déclaré-je.

Il ne répond pas. Je jette les cotons sales et range le démaquillant dans mon placard.

— Tu veux bien passer la soirée avec moi ? demande-t-il d'une voix sourde.

— Il est déjà tard.

— Tu es en congé demain.

— Pas vous !

— Le programme sera plus léger.

— Télé ? cédé-je en soupirant.

— J'ai vu que tu aimes les histoires d'espions !

— Oh ça ! rigolé-je en devinant qu'il parle de James Bond dont j'ai rapporté la collection presque complète en DVD.

— *Please !*

— Marché conclu.

— Génial ! se réjouit-il en faisant mine de sortir du bain.

Je m'enfuis aussitôt après lui avoir balancé une serviette de bain. Je l'entends rire jusque dans le couloir.

— Lequel as-tu choisi ? s'enquiert-il en revenant, vêtu de la simple serviette autour de la taille et les cheveux encore trempés.

— *Bons baisers de Russie,* si ça ne vous ennuie pas.

— Je pensais que tu serais plutôt branchée Pierce Brosnan.

— Ben non ! Ça vous embêterait beaucoup d'aller vous habiller ? explosé-je en constatant qu'il n'en manifeste pas l'intention évidente.

— Donnant, donnant ! Principe des vases communicants, tu connais ? Je mets, tu enlèves !

— Quoi ? m'offusqué-je en sentant mes joues s'enflammer.

— Ma petite visite dans ta chambre a été très instructive. Chouette, ta nuisette ! sourcille-t-il avant de corriger. Je ne te demande pas la lune, enlève au moins cette tenue ridicule et ce chignon.

— Commencez par aller vous habiller.

Il lève les mains en signe de reddition et revient à peine quelques secondes plus tard, uniquement vêtu d'un pantalon de toile large et élastique à la taille. Il arbore un sourire malicieux.

— Vous n'avez mis qu'un élément, je suis donc autorisée à n'en enlever qu'un, remarqué-je, joueuse et soulagée.

Je glisse la main dans mes cheveux et j'enlève ma barrette. Il a une moue boudeuse et s'installe sur le canapé. Je mets le DVD en route et je me colle contre l'accoudoir opposé. Durant le premier quart d'heure, je ne fais pas trop attention à mon voisin dont le silence finit par m'intriguer. Je risque alors un regard vers lui, Matthew s'est endormi. J'éteins la télé et je m'accroupis aux genoux du dormeur. Il a l'air épuisé. Nul doute qu'il serait bien mieux dans son lit. Son sommeil semble déjà profond. Il est bouleversant de beauté, le corps à peine éclairé par la lumière tamisée. Je suis saisie d'une envie de le toucher que je contrôle très difficilement. Mon cœur s'emballe, je me sens fautive comme une enfant qui profiterait d'un cadeau interdit. Il soupire légèrement et bouge la tête, je retire vivement ma main de son épaule où je l'ai posée.

— Matthew ! murmuré-je pour la première fois.

De m'entendre l'appeler par son prénom cause une drôle de sensation dans le creux de mon ventre. Jusqu'ici je me suis scrupuleusement tenue à Monsieur Dickinson ou pire, à rien, évitant de le nommer en m'adressant à lui. Je manque de tomber à la renverse quand il ouvre brusquement les yeux. Je reste interdite à ses genoux.

— Je suis désolée de vous réveiller, mais vous seriez mieux dans votre lit, m'excusé-je.

Il a l'air sérieux, presque fâché. Je me redresse et il suit mon geste en me faisant face, parfaitement réveillé. J'esquisse un mouvement de recul, mais je suis coincée entre le meuble et lui et il ne prétend pas me laisser le passage.

— Je suis certain de n'avoir pas rêvé, tu m'as appelé « Matthew ».

Je me mords la lèvre, prise en flagrant délit, je dois assumer.

— J'essayais de vous secouer, Monsieur Dickinson.

— Si tu m'appelles encore une fois « Monsieur Dickinson », je t'étrangle, menace-t-il d'une voix rageuse, mais un éclair de gaîté franche illumine soudain son regard.

— La presse se réjouira.

Il pose ses doigts sur ma bouche, je manque de m'en étrangler toute seule.

— Je ne plaisante qu'à moitié, ajoute-t-il. Je t'écoute.

Je tente de respirer de nouveau. Il fait glisser ses doigts le long de ma mâchoire et laisse retomber sa main.

— Bonne nuit, Matthew, cédé-je, grognon.

4

Jeux dangereux

Mon réveil sonne à huit heures. Je n'ai pas prévu d'enlever l'alarme en me couchant, au contraire. L'état de fatigue de Matthew la veille m'a donné une insomnie et je ne me sens pas le cœur à le laisser seul. Je me lève donc en hâte. Une heure plus tard, j'entre dans sa chambre, Matthew n'est pas si endormi que ça, il me sourit d'un air entendu qui manque de me vexer.

— Déjà réveillé ? remarqué-je innocemment.

— Et toi, déjà debout ? Il me semble pourtant que nous sommes samedi, roucoule-t-il en s'étirant. Que fais-tu là ?

— Je n'ai rien de mieux à faire. Ne vous plaignez pas, vous avez le café au lit, plaisanté-je en lui tendant sa tasse.

— Je ne me plains pas, je m'inquiète !

— Je suis parfaitement consciente de ce que je fais.

— Ça, je le sais. Ce que je veux savoir, c'est pourquoi.

— Vous avez un tournage dans une heure.

— Ce que tu peux être agaçante ! râle-t-il en sautant du lit. C'est juste une question de temps, tu ne t'en tireras pas à si bon compte.

— Votre agenda ne vous permet aucun rendez-vous supplémentaire pour les deux semaines à venir.

— Je sais me montrer patient.

Après le départ de Matthew pour une bonne partie de la journée, je m'active à faire le ménage et ranger un peu. Il rentre vers dix-huit heures, nettement plus en forme que la veille.

— Tu es restée ici toute la journée ? s'étonne-t-il en me voyant penchée sur l'ordinateur.

— Oui.

Il secoue la tête d'un air désapprobateur. Je suis sur le point de lui rétorquer quelque chose quand mon portable m'en empêche. Je souris en entendant la voix familière de Cynthia à l'autre bout.

— Cathie, qu'est-ce que tu fous ? On ne te voit plus. C'est Matthew qui te monopolise à ce point ? me gronde-t-elle gentiment.

Je jette un œil vers le principal intéressé que ma conversation semble captiver et je m'éloigne pour aller bavarder en cuisine.

— Oui et non. Je suis occupée.

— Les garçons ont prévu de sortir en boîte ce soir. Je suis chargée de te ramener.

Je grimace, peu enthousiaste, et je laisse ma réponse en suspens en apercevant Matthew, accoudé sur la table-bar, ne perdant pas une miette de mes propos.

— Qu'est-ce que j'irais faire en boîte ? marmonné-je en ignorant mon spectateur attentif.

— Cathie, je vais me faire tuer si tu ne viens pas. Laurent a insisté. Surprise, il paraît. Allez, arrête de te faire prier.

— Je n'en ai pas envie.

Sans crier gare, Matthew bondit sur moi et m'enlève le portable des mains avant que j'aie pu réagir.

— Allô, Cynthia ? s'enquiert-il tandis que j'essaye de récupérer mon téléphone. Il enroule son bras autour de moi, me maintenant physiquement à bonne distance de l'appareil. Oui, c'est moi, rigole-t-il à une exclamation que je perçois malgré la distance. Kate sera prête ce soir. À quelle heure devons-nous venir ?

— NOUS ? beuglé-je, incrédule, en me débattant contre ce diable trop fort pour moi.

— Oui, si ça ne t'ennuie pas, mais tu gardes mon identité secrète. OK ? Je peux compter sur toi ? s'assure-t-il avant de raccrocher, visiblement satisfait. Vous avez rendez-vous à vingt-deux heures, Mademoiselle Dutilleux, murmure-t-il ensuite à mon oreille, d'une voix terriblement séduisante.

C'est impossible qu'il ne remarque pas le frisson qui couvre ma peau. Furieuse, je me dégage de ses bras.

— Je n'irai pas.

— Oh si ! Pour la bonne raison que tu as renoncé à ton jour de congé et que je te le demande comme un service. J'ai besoin que tu m'accompagnes.

— Vous n'imaginez tout de même pas vous pointer dans une boîte sur les Champs ? Vous allez vous faire remarquer en cinq minutes et ce sera la panique.

— Je t'en prie, je n'ai fait que travailler depuis un mois et demi. Accorde-moi cette petite soirée.

— Vous vous êtes endormi dans le canapé, hier soir !

— Hier, c'était hier, Kate, cesse de râler.

— Comment comptez-vous vous y prendre ?

— Attends-moi un instant.

Il s'enfuit vers sa chambre. Je suis à deux doigts de profiter de son absence pour rappeler Cynthia, mais il revient trop vite. Je le regarde abasourdie. Matthew a discipliné ses cheveux et il arbore une paire de lunettes tendance.

— Simple accessoire ! M'aurais-tu reconnu au premier coup d'œil ? interroge-t-il.

— Peut-être pas.

— Dans l'ambiance d'une boîte de nuit, ce sera encore plus dur de deviner.

Je réfléchis quelques secondes avant de me décider.

— Deux précautions valent mieux qu'une, ajouté-je en cherchant un numéro dans mon répertoire téléphonique.

Matthew, intrigué, s'installe sur le tabouret et me regarde faire.

— Sam ? C'est Catherine. Soirée VIP, ce soir c'est possible ?

— Oui, où ça ?

— En boîte, sur les Champs.

— Dickinson ?

— Oui.

— T'es vache avec moi sur ce coup-là !

— Je te revaudrai ça.

— OK, mais c'est bien parce que c'est toi. Je vois avec Ben, hors de question que je sois seul. Ce type-là peut déclencher un tsunami. Je prends une voiture et je passe vous chercher. Quelle heure ?

— Vingt-deux heures.

— OK, ça marche !

— Je t'adore, Sam.

— Tu peux, maugrée-t-il avant de raccrocher.

Matthew me dévisage comme si je venais de la planète Mars.

— Je n'ai pas envie de devoir vous sortir des griffes de vos fans.

— Jalouse ?

— Prévoyante, rectifié-je en haussant les épaules.

Le temps d'avaler la pizza que j'ai commandée et l'heure est déjà venue de nous préparer. Matthew émerge métamorphosé de sa salle de bains, habillé de noir, pantalon sobre et chemise un peu ouverte sur un fin médaillon en argent. Ses cheveux d'ordinaire ébouriffés sont sagement coiffés dans un style si différent que j'ai du mal à l'apprécier tout de suite. Enfin ses lunettes concrétisent le look parfait du dandy intello. Je préfère nettement l'autre Matthew, le vrai.

— Et toi, tu sors comme ça ? me demande-t-il en lorgnant ma tenue stricte.

Je soupire en prenant à grandes enjambées la direction de ma chambre. J'enfile rapidement un pantalon noir ainsi qu'un petit top à bretelles de la même couleur, je défais mon chignon. Un coup rapide de mascara supplémentaire, un peu de gloss et j'estime avoir fait le strict nécessaire. Matt accueille mon retour avec un petit sourire narquois.

— Descendons, Sam doit déjà nous attendre, interviens-je avant de subir son ironie.

Sam patiente effectivement dans le hall. Je suis soulagée de le savoir là. Il nous précède jusqu'à la Mercedes dans laquelle Benjamin, son meilleur ami et accessoirement son entraîneur de karaté, nous attend. Ce dernier se faufile dans les rues de Paris avec une dextérité que je désespère acquérir un jour.

Je suis nerveuse au possible en constatant le monde au-dehors. Je déclarerais bien forfait, mais mes deux compagnons musclés s'amusent de mon inquiétude.

— Ne t'en fais pas, on ne le lâche pas, fait généreusement Sam. Mieux vaut qu'il change quand même de prénom.

— J'opte pour Mike, annonce ce dernier, d'un air amusé.

Je soupire, résignée, avant d'apercevoir Cynthia qui se fraye un chemin vers nous. Elle s'est apprêtée comme rarement et elle, qui ne dépasse pas un mètre cinquante-huit, a jugé utile de grimper sur dix centimètres de talons. La présence de Matthew doit l'avoir drôlement motivée pour qu'elle décide de subir pareille torture. Elle rougit lorsqu'il l'embrasse sur la joue. Cynthia est mon amie depuis l'école primaire. Nous sommes l'opposé l'une de l'autre, elle est blonde pour ce que je suis presque brune, elle est petite pour ce que je suis grande, elle est une bavarde incorrigible pour ce que je suis une vraie carpe, elle ose toujours le pire là où je ne tente jamais rien. Nos différences nous ont rapprochées, chacune puisant chez l'autre ce qui manque à sa personnalité. Nos chemins se sont éloignés du fait de nos scolarités différentes, mais notre amitié est restée intacte. Quand j'ai pris mes fonctions à Paris, elle m'a rejointe en collocation pour y terminer ses études. Elle a ensuite décroché un travail dans une banque malheureusement très éloignée de notre petit appartement commun. Nous avons donc encore suivi des parcours séparés tout en maintenant des rencontres régulières. Cynthia connaît tout de moi, tout comme je connais tout de sa vie. Elle m'a aidée à reprendre pied lors du décès de ma grand-mère et elle m'a soutenue lorsque j'ai décidé de mettre un terme à des fiançailles qui m'effrayaient plus qu'autre chose. Je lui fais entièrement confiance et ne doute pas une seconde qu'elle saura taire la véritable identité de Matthew.

— Mike, Mike, Mike, répète-t-elle pour être sûre de bien enregistrer ce nouveau prénom alors que celui de Matthew lui brûle les lèvres.

— C'est quoi cette histoire de surprise ? demandé-je en me souvenant de l'argument qu'elle a utilisé pour m'attirer ici.

— Je n'en sais rien. C'est Laurent qui m'a téléphoné en début d'après-midi pour s'assurer que tu serais là.

Je grimace, sceptique. Sam, en terrain connu, serre la main des vigiles qui nous font passer sur le côté. Cynthia est peut-être encore plus impressionnée par lui que par Matthew dont le look un peu bizarre tranche avec son image habituelle. Elle prend les devants pour réserver une table au fond où nous pouvons discuter malgré le bruit. Sam et Ben approuvent ce choix et s'installent avec nous. Matthew est d'un calme étonnant. Il me demande de passer commande d'une bouteille de champagne qu'un serveur nous apporte. Très vite, nous sommes rejoints par Lillie, Stéphane, Alexandre et Lucie à qui je présente Matthew comme un ami rencontré en Angleterre, puis Sam et Ben. Cynthia s'amuse du rôle que Matthew joue sans se forcer, mais parvient à rester suffisamment discrète.

L'ambiance monte d'un cran et la musique anime bruyamment la soirée. Cynthia accepte en rougissant une invitation à danser de la part de Matthew. Sam croit judicieux d'en faire autant avec moi afin de garder un contact étroit avec son protégé. J'accepte bien volontiers, j'ai des fourmis dans les jambes. Finalement, tout le monde se retrouve sur la piste. Au bout de quelques danses, je regagne notre table pour boire un peu, j'ai soif et j'ai chaud. Matthew a déjà repris place et me dévisage en souriant.

— Quoi ? fais-je, gênée de son examen attentif.

— Rien, je découvre, réplique-t-il.

Cynthia nous interrompt en revenant vers nous en quatrième vitesse. Elle est nerveuse et son sourire s'est envolé.

— Cathie, je t'assure que je ne savais pas !

— Cathie ? sourcille Matthew.

Je hausse les épaules pour reporter mon attention sur mon amie.

— Laurent est arrivé, grimace-t-elle. Et il n'est pas seul.

Je n'ai pas longtemps à attendre pour comprendre ce que ces précautions de langage signifient. Je manque de m'étrangler en apercevant de loin celui qui constitue *la* surprise.

— Je m'en vais, décidé-je en me levant comme un ressort.

— Kate ! bondit Matthew en me retenant par le bras.

— Je n'ai pas envie de *le* voir, supplié-je en me dégageant de sa prise.

Il tourne la tête vers Cynthia, impuissante. J'en profite pour déguerpir en me faufilant sur la piste. Je doute que Laurent et Rémi aient eu le temps de m'apercevoir. Matthew attrape alors ma taille et arrête ma fuite. Derrière lui, je vois Sam aux côtés de Cynthia dont le visage tourmenté plaide son innocence.

— Explique-moi ! exige-t-il.

— Non, je n'ai pas envie de le voir, c'est tout.

— C'est le type de la photo ? devine-t-il.

— Oui.

— Ça t'embête à cause de moi ? demande-t-il, visiblement contrarié.

— Non, à cause de moi, rectifié-je.

— Pardonne-moi, mais je ne comprends pas.

Je serre les dents, obligée de lui révéler ce que je comptais bien garder pour moi.

— Rémi et moi avons été fiancés.

Matthew marque un très bref moment d'hésitation, mais il poursuit son interrogatoire.

— Qu'est-ce qui s'est passé ?

— Nous nous entendions bien... jusqu'à ce qu'il se décide à me présenter sa famille. Rémi appartient au cercle très privé de l'aristocratie française et son père dirige un prestigieux cabinet d'avocats d'affaires à Lille.

— Sa famille ne t'a pas acceptée ?

— Si, j'ai été assez bien accueillie jusqu'à ce qu'il soit question de fiançailles. Ses parents ont insisté pour que je quitte mon travail qu'ils considéraient comme humiliant pour le prestige de leur nom.

— Et tu n'as pas cédé, c'est ça ?

— J'ai toujours aimé mon travail, Rémi le savait. Il a néanmoins obéi aux ordres de ses parents et m'a mise en demeure de choisir entre lui et mon job. À l'époque, nous n'étions prêts ni l'un ni l'autre à aucune concession. Ça s'est arrêté là, assez brutalement.

— Ça remonte à quand ?

— Un peu plus de deux ans, juste avant que je parte en Angleterre.

— Il me semble que tout a changé pour toi, il y a deux ans, relève-t-il avec perspicacité.

— C'est... le moins qu'on puisse dire.

— Vous ne vous êtes pas revus ?

— Non.

— Tu devrais lui parler, histoire de ne pas montrer que tu crains sa présence et que tu fuis.

— Je ne fuis pas ! m'exclamé-je.

— Ah bon ? Et qu'est-ce que tu es en train de faire alors ?

J'ouvre la bouche et la referme aussitôt devant l'évidence.

— Il me semble que tu as souvent tendance à déserter les champs de bataille, Kate !

— Cathie ? fait d'un coup une voix derrière moi.

Je suis coincée. Je me tourne vers un Laurent tout content de me retrouver. Il m'embrasse comme à son habitude et avise la présence de Matthew à mes côtés. Ce dernier lui tend une main chaleureuse tandis que je me charge de brèves présentations.

— Oui, j'ai appris ça en arrivant, acquiesce Laurent avec un grand sourire. Heureux de faire ta connaissance, Mike. Eh bien, Cathie, puisque c'est la soirée des surprises, j'en ai une pour toi.

Je suis incapable de jouer les innocentes, le stress me noue la gorge. Je me contente de hausser un sourcil interrogateur.

— J'ai reçu, il y a quelques jours, la visite de Rémi, il est de passage à Paris. Il voulait savoir si j'avais de tes nouvelles.

Je réussis à articuler un « ah » étranglé qui inquiète vaguement mon interlocuteur.

— Je lui ai appris que tu étais ici. Il ne le savait pas.

— Je... n'ai pas renoué de contact, en effet, avoué-je du bout des dents.

— Je ne sais pas si j'ai bien fait... Cathie, je suis désolé, mais il a beaucoup insisté pour avoir ton adresse.

— Tu la lui as donnée ? m'alarmé-je.

— Non. J'ai pensé que le mieux était que vous vous rencontriez en terrain neutre.

Son sourire a quelque chose de coupable, mais je ne peux pas lui en vouloir. Rémi et lui ont toujours été amis depuis le collège privé où ils se sont rencontrés. Si les aléas de la vie et les études les ont éloignés quelque temps, je ne suis pas surprise qu'ils se soient retrouvés. Résignée, je hoche la tête sans réussir toutefois à faire un geste. Laurent esquisse une moue charmeuse en me désignant le fond de la salle où se trouve notre table.

— Tu viens ? me demande-t-il gentiment.

Je donne une sorte d'accord mal formulé. Rassuré et satisfait du résultat de son entremise, Laurent se faufile entre les danseurs pour annoncer la bonne nouvelle. Je reste là, tétanisée, à chercher déjà les mots qui conviendraient en de pareilles circonstances.

Pourquoi aujourd'hui précisément ?

Près de moi, Matthew perçoit mon hésitation et mon trouble. Je le vois tout à coup se pencher vers moi. Sa bouche effleure ma joue qui s'enflamme et s'arrête à mon oreille.

— C'est le moment de me montrer tes talents d'actrice, Kate. Faire semblant, ce n'est pas si difficile, me dit-il d'une voix redoutablement suave.

Je m'écarte de lui rapidement pour juger de son sérieux. Il me retourne un sourire narquois au possible, puis sans crier gare s'empare de ma main. Avant même que je puisse réagir, il me tire de force et m'entraîne vers la table autour de laquelle sont réunis mes amis, me jetant ainsi dans la fosse aux lions. Au milieu de cette petite assemblée bavarde, Rémi fait office de vedette du jour. Il n'a pas changé en deux ans. Il a toujours la même allure un peu guindée, les cheveux châtains qui lui descendent jusqu'aux épaules et le style griffé haute couture. Il se lève comme un ressort quand j'arrive.

— Bonsoir, Cathie, dit-il de sa voix un peu plus haut perchée que dans mes souvenirs.

— Bonsoir, Rémi.

— Je suis très heureux de te revoir.

— Moi aussi, répliqué-je avec la conscience très nette de proférer là un gros mensonge.

À ce moment précis, son regard s'arrête sur la main de Matthew qui empêche toujours la mienne de trembler. Je ne peux ignorer ce contact qui me fait l'effet d'une brûlure. En fait, j'ai l'esprit plus occupé par ce geste que par la présence de mon ex-fiancé. Laurent interrompt nos retrouvailles embarrassées en proposant un toast. L'atmosphère s'allège et les conversations rendent impossible un tête-à-tête que je ne souhaite pas de toute façon. J'évite même de croiser son regard. Sans doute pour se faire pardonner, Laurent m'invite à l'accompagner sur la piste. Je saisis avec soulagement cette occasion de m'éloigner un peu.

— Ça va ? m'interroge-t-il en dansant.

— Oui, ça va.

Rassuré par ma réponse, il s'arrête là. La musique forte ne permet pas les longues conversations de toute manière. Tout en me trémoussant mollement, je remarque un aparté sérieux entre Cynthia et Matthew. Ma curiosité s'en trouve largement éveillée. Je rejoins donc la table. À peine suis-je arrivée que ma copine se lève en m'invitant à l'accompagner aux toilettes.

Comment refuser ?

Dans ce genre de situation, une virée aux toilettes entre filles signifie immanquablement : « Amène-toi, j'ai un truc urgent à te dire. » Ça sent l'explication de texte ou les confidences sulfureuses. Connaissant Cynthia, j'opterais volontiers pour la première hypothèse, d'autant qu'elle me considère déjà d'un œil sévère. Tandis que nous attendons notre tour aux abords des w.-c., elle me plante un doigt vindicatif dans l'épaule.

— Tu aurais pu me dire que Matt… Mike et toi…

— Quoi ? la coupé-je aussitôt en comprenant ses allusions. Mais qu'est-ce que tu racontes ?

— Il te tenait la main, reprend-elle en baissant d'un ton.

— C'était à cause de Rémi, plaidé-je pareillement.

— Eh bien, justement. Il vient de me poser tout un tas de questions à ce sujet, si tu vois ce que je veux dire.

Sur ces paroles qui me clouent le bec, elle me plante pour s'enfermer dans une cabine qui vient de se libérer. Il me faut attendre qu'elle en sorte pour lui tomber de nouveau sur le poil.

— Je ne sais pas ce que tu imagines, mais tu te trompes, attaqué-je pendant qu'elle se lave les mains.

— Je n'imagine rien, je constate les faits. Il s'intéresse drôlement à toi, je trouve.

— Il est toujours comme ça.

— Et toi ? C'est souvent que tu donnes la main à un homme comme lui ?

— Je ne l'ai pas souhaité.

— Arrête, bécasse ! Tu en pinces pour lui, avoue-le.

— C'est mon patron, Cynthia, protesté-je en assumant ce demi-aveu.

— Et alors ?

— Tu sais bien de qui il s'agit, non ?

— Écoute, Cathie, je te l'ai toujours dit, tu accordes trop d'importance à ton job. Tu finis par en perdre de vue l'essentiel. Si tu voulais bien enlever tes œillères, tu t'apercevrais que ce mec, quand bien même il est ce qu'il est, est tombé amoureux de toi.

— Non, ce n'est pas possible.

Visiblement, Cynthia a mal interprété le fait de nous avoir vus main dans la main ou conclut hâtivement à de l'amour sur un simple intérêt de Matthew pour une information que je lui refusais et qu'il pouvait enfin obtenir de quelqu'un d'autre. Elle ignore dans quel contexte nous vivons lui et moi et avec quelle énergie je défends ma position distante vis-à-vis de celui qui est mon employeur. Mais connaissant mon amie, je sais qu'il est inutile de chercher à la convaincre en cet instant. Nous remontons l'une et l'autre, convaincues de manière strictement opposée.

Ébranlée par cette discussion avec Cynthia et par les émotions du début de soirée, je me coule sur mon siège. Tout le monde a déserté la table, à l'exception de mon patron et de ses deux gardes du corps improvisés. La musique change tout à coup et les rythmes endiablés laissent place à une séquence propice aux rapprochements. C'est à ce moment-là que je vois Rémi revenir vers moi d'un pas décidé.

— Tu ne peux pas me refuser ça, Cathie, viens, supplie-t-il en me prenant la main.

Cet assaut physique ne me permet pas de refuser, en effet. Je le suis donc sur la piste, mais sans enthousiasme. Tandis que ses bras s'enroulent autour de moi, je reste aussi distante que possible, nouant sagement mes mains derrière sa nuque. Ma froideur le dérange. Je le devine à ses sourcils froncés. Pour rompre la glace, il se décide à engager un dialogue que je me suis évertuée à éviter jusque-là.

— J'espère que tu ne me tiens pas rigueur de cette petite supercherie, commence-t-il d'une voix un peu tendue.

— Quelle supercherie ?

— J'ai prié Laurent de ne pas évoquer ma présence, ce soir. Je craignais que tu refuses de venir.

— Il est fort probable que j'aurais refusé, en effet, avoué-je sans ménagement.

— Pourquoi ?

— Il me semble que nous nous sommes tout dit, il y a deux ans, Rémi, dis-je un peu sèchement en sentant venir le moment fatidique des reproches.

— Les gens changent en deux ans, Cathie. Et tu ne m'as pas tellement facilité les choses.

— Moi ?

— J'ai essayé de te joindre à plusieurs reprises. Je me suis même rendu chez toi.

J'ouvre des yeux ronds de surprise.

— Mes parents ne m'ont rien dit.

— Je le sais. Du moins, je m'en suis douté. Ton père ne m'a pas réservé un merveilleux accueil.

— C'était prévisible.

— Ils m'ont juste indiqué que tu étais partie sans me dire où exactement ni me donner de date précise de retour. J'ai compris que le fil était rompu… tout comme l'étaient nos fiançailles.

— Nous étions d'accord sur ce point.

— Non. C'est faux. Tu as pris cette décision toute seule.

Je m'arrête de danser pour le regarder. La colère me donne un coup de chaud.

— Tu m'as proposé une alternative intenable, lui rappelé-je. Il n'y avait pas de place pour la moindre négociation.

— J'y étais contraint.

— Je ne vois pas pourquoi je devais renoncer à mes aspirations personnelles. Nous sommes au XXIe siècle.

— Je sais, Cathie, je sais tout ça !

Ma colère retombe immédiatement. Rémi affiche un air malheureux qui me déboussole.

— Notre rupture a provoqué plus de dégâts que tu ne l'imagines, explique-t-il un peu tristement.

— Comment ça ?

— Contrairement à ce que tu penses, j'ai tenté de faire valoir tes arguments auprès de mes parents. Après ton départ, et lorsque j'ai compris que tu me refusais tout contact, je n'ai pas manqué de leur dire tout le mal que je pensais de leurs considérations absurdes qui m'avaient obligé à te blesser et à renoncer à toi.

— Qu'ont-ils dit ? bredouillé-je, mal à l'aise.

— Ils ne sont pas adeptes des excuses, alors j'ai quitté la maison pour un petit appartement. Depuis tout va mieux, ils ont pris conscience que j'avais le droit de choisir librement ma vie.

— Et tes études ?

— Elles se terminent. Mon père souhaite que j'intègre son cabinet.

— Ce n'est pas ce que tu voulais ? m'étonné-je de son ton atone.

— Si, pour le job, en tout cas.

Je me mords la langue, craignant que ma curiosité me pousse au faux pas, mais c'est sans compter sur l'obstination de mon ex-petit ami.

— J'ai commis une erreur, Cathie, je le reconnais, et nous étions sans doute un peu jeunes, toi et moi, pour un tel engagement.

— Sans doute, tu as raison.

— Je ne commettrais plus la même erreur aujourd'hui. Je te laisserais libre de faire ce que bon te semble.

— Malgré l'avis de ta famille ?

— La leçon a été retenue par tout le monde, je pense.

— Tu penses ou tu es sûr ?

— Cela n'a pas une grande importance, dans la mesure où moi, je sais ce que je veux.

Son regard m'enveloppe d'une façon qui m'angoisse un peu. Ses mains s'emparent de ma taille et me ramènent tout contre lui.

— Donne-moi une seconde chance, Cathie, me dit-il à l'oreille.

Un frisson désagréable me parcourt. Ces mots que je pressentais sont tout ce que je ne souhaitais pas entendre.

Comment Rémi peut-il croire que nous pourrions reprendre notre histoire comme s'il ne s'était rien passé depuis ?

Machinalement, je lève les yeux vers notre table. Matthew nous observe d'un air grave et fermé. L'étreinte de Rémi me paraît subitement insupportable. Je me dégage de ses bras.

— Je ne te demande pas de me répondre tout de suite, ajoute-t-il comme si cette réserve permettait de calmer mon appréhension. Mais promets-moi d'y réfléchir.

— Rémi, je… ne sais pas si…

— Tiens, fait-il en sortant un bout de papier de sa poche. Voici mon adresse et mon numéro de téléphone. Appelle-moi quand tu voudras.

Il me met le bout de papier dans la main en voyant que je ne tente même pas de le prendre. Ce contact me fait l'effet d'un coup d'électricité. Encore une fois, Rémi me force sans même s'en rendre compte. Ça suffit à me secouer et je me laisse aller presque malgré moi à une bien cruelle plaisanterie.

— Tu avais raison, en deux ans, beaucoup de choses ont changé. Je ne suis pas tout à fait libre, déclaré-je d'un trait.

Un masque affligé s'abat sur ses traits fins. Son regard prend à son tour le chemin de la table et fixe Matthew.

— C'est lui ? interroge-t-il d'une voix plus sourde.

— Oui et non, hésité-je à m'enfoncer carrément dans le mensonge le plus éhonté. Nous n'en sommes qu'au tout début d'une histoire qui me tente terriblement.

— Il ne te ressemble pas.

— Il ne faut pas se fier aux apparences.

Ma remarque le renvoie à notre propre relation.

Qui pourrait en effet penser que la gouvernante de l'Hôtel White est la fille d'un capitaine d'industrie qui pourrait largement se la couler douce en profitant des largesses familiales ?

Quelle importance ?

Quelle connerie !

Rémi devine ma colère.

— Toi, tu n'as pas changé, sourit-il. Tu es toujours aussi insaisissable et rebelle.

— C'est mon plus bel héritage.

— J'ai appris pour ta grand-mère. Je suis navré.

Ma gorge devient douloureuse, il est temps d'en finir.

— J'ai soif, soufflé-je en me détachant de lui.

Cette fois, il ne me retient pas et me suit jusqu'à la table. Cynthia m'interroge du regard et je lui refuse toute explication immédiate. De l'autre côté, je sens la pression de celui de Matthew. J'aurais tellement aimé que mon mensonge fût vrai. Je lui offre un visage bouleversé de cette évidence.

— Viens ! dit-il en se levant d'un bond.

Sans réfléchir, j'accepte aussitôt en me jetant à corps perdu vers lui. Il fait un petit geste pour intimer l'ordre à Sam de rester sur place.

— Qu'est-ce qui ne va pas ? s'enquiert-il dès que nous sommes éloignés.

— Je crains d'avoir commis un énorme mensonge, avoué-je en rougissant.

— Je peux savoir ?

— Non.

— Kate, insiste-t-il en relevant mon menton que je tiens obstinément baissé.

— J'ai prétendu que vous… étiez presque mon petit ami, confessé-je, honteuse.

— Oh, et pour quelle raison ?

— Rémi affirme qu'il m'aime toujours. Il souhaite que nous reprenions notre relation.

Je sens les muscles de Matthew réagir autour de ma taille. Il cherche mon regard.

— Et toi ?

— Je n'ai rien trouvé d'autre à faire que d'inventer ce mensonge pour le repousser.

— Pourquoi ne lui as-tu tout simplement pas dit non ?

— Parce que je n'en ai pas eu le courage. Je l'ai blessé déjà une fois.

— Que comptes-tu faire à présent ?

— Je n'ai pas l'intention de le rappeler.

— Et comment veux-tu lui faire comprendre qu'il est inutile d'insister ?

— Je ne sais pas.

— Moi, j'ai une petite idée, s'égaye-t-il. Tu sais de quoi je parle.

Je frémis. *Bien sûr que j'ai deviné.*

— Non, soufflé-je, affolée.

— Fais-moi confiance. Il suffit que tu suives l'exemple, c'est facile.

Son étreinte se fait plus étroite et je me noie dans l'eau de ses yeux. Je vois ses lèvres approcher dangereusement des miennes. Mon cœur bat contre mes tempes.

Un baiser, même un baiser de cinéma !

Il est si tentant malgré son déguisement.

Mais demain ?

Mon brave petit soldat de cerveau réagit vivement. Je prends soudainement peur.

— Matthew, non ! m'écrié-je en sentant son haleine sur mon visage.

Il s'arrête aussitôt et son regard me cloue sur place.

— Tu ne seras donc jamais une actrice, Kate, affirme-t-il en fronçant les sourcils.

— Sans doute, en conviens-je piteusement en même temps que je réalise que mon imprudence aurait pu coûter cher.

Il me sourit et me ramène contre lui. Je me laisse aller, son parfum boisé emplit mes narines et je ferme les yeux. J'oublie l'endroit, le bruit, les gens, son déguisement. Des milliers de femmes rêveraient d'être à ma place en cette minute et je ne la céderais pour rien au monde. Je perçois les battements de son cœur contre moi et la légère caresse de ses doigts sur ma nuque. Le slow prend fin, mais il ne me relâche pas. Il glisse ses doigts sous mon menton et ses lèvres se posent délicatement sur les miennes sans s'y coller vraiment. Je suis tétanisée, incapable du moindre geste, je ne respire plus. J'ai soudain envie qu'il aille plus loin, qu'il m'embrasse pour de bon.

— Cathie ?

Je rouvre les yeux, Matthew me sourit malicieusement. Il a vu venir Rémi dans mon dos et a saisi l'occasion. Il se détache de moi pour rejoindre la table et je me retourne, pantelante, vers mon ancien fiancé. Entre Rémi et moi, rien n'est plus possible. Les sentiments que j'ai un jour éprouvés pour lui sont morts, définitivement morts. Je lui adresse un pauvre sourire.

— Je dois filer. Si tu en as envie, tu as mon adresse, dit-il.

Il m'embrasse sur la joue sans me regarder et fend la foule. Je reste immobile à regarder l'endroit où il a disparu. Je me sens triste et un peu coupable.

— Je sais ce que tu vas me dire, grogné-je à l'intention de Cynthia qui arrive vers moi.

— Non, tu ne sais pas !

Je soupire en l'interrogeant d'un signe de tête.

— Tu as bien fait, pour Rémi. On ne bâtit pas du neuf avec des ruines.

Sa remarque me fait sourire. Je n'aurais pas spécialement employé ces termes, mais je pense la même chose.

— Quant à... Mike, articule-t-elle pour se forcer à employer le bon prénom, pourquoi ne lui fais-tu pas comprendre que tu l'aimes ?

— Parce que je n'en ai pas le droit. Nous sommes liés par un contrat de travail, les sentiments n'ont rien à voir là-dedans.

— Tu as tort.

— Je vais rentrer, décidé-je à bout de forces.

— Tu te défiles, mauvaise joueuse !

— Oui, je me défile, ne t'en déplaise !

— Il est à peine une heure.

— Demande à Sam de veiller sur lui. Dis-lui de le ramener pas trop tard et fais en sorte qu'il ne soit pas ivre mort.

— Mais toi, comment vas-tu rentrer ?

— Je prends le taxi, ne t'en fais pas !

— Cathie ! pleurniche Cynthia.

— Pas ce soir, s'il te plaît !

Je lui pose une bise rapide sur la joue pour la remercier et zigzague entre les danseurs jusqu'au vestiaire. Je peux sortir de la boîte sans encombre et je ne tarde pas à trouver un taxi. Il est une heure et demie quand je pousse la porte de chez moi. Je file à la salle de bains me débarrasser des relents de boîte de nuit. Alors que cette confrontation avec Rémi devrait monopoliser mes pensées, je ne cesse de songer à ce baiser léger de Matthew. Je dois être folle. Ce petit geste occupe à lui seul mon esprit. Rémi appartient déjà au passé, la page était tournée depuis longtemps pour ce qui me concerne. Je ne suis pas responsable des scrupules et des remords qu'il a pu éprouver. Ce baiser, à l'inverse, me stresse pour l'avenir. Même si je sais que Matthew jouait la comédie de l'amour, moi, je ne jouais pas et tout mon être avait un désir violent de lui. Ça fait deux fois qu'il me contraint à cet exercice dangereux. Mieux vaut éviter de renouveler cette expérience si je veux rester maîtresse de moi-même. Forte de ces nouvelles résolutions, je me glisse, épuisée, sous la couette. Avant de m'endormir tout à fait, il me semble entendre du bruit derrière ma porte.

* * *

Ma nuit me paraît avoir été bien courte quand mon réveil me tire du lit. Je réintègre ma tenue de gouvernante parfaite et je vérifie machinalement mon portable. Sam m'a laissé un message m'indiquant qu'il a ramené Matthew comme prévu et qu'il me remerciait de lui avoir permis de rencontrer ma délicieuse Cynthia. Je souris, il m'a bien semblé que mon amie a été plus sensible aux muscles évidents de Sam qu'à la beauté grimée de la star de cinéma. Je lui renvoie un message de remerciement.

Ce dimanche est la dernière pause avant la tornade médiatique que va provoquer la sortie du film le mercredi suivant. J'ignore ce que Matthew souhaite faire de sa journée. Il est à peine neuf heures quand j'entre dans sa chambre. La douche a été très optionnelle pour lui, ses vêtements sont éparpillés sur le sol. J'entrouvre les rideaux et la fenêtre. Matthew se frotte les yeux. À sa mine chiffonnée, ses cheveux en bataille et son air sombre, je comprends qu'il est inutile de le brusquer.

— Tu veux ma mort ? rouspète-t-il en lorgnant le réveil.

— Café, éludé-je en lui tendant son bol.

— Pourquoi as-tu joué les Cendrillons, hier soir, et filé en cachette ? attaque-t-il.

— Mon service commence à sept heures.

— Tu aurais pu me prévenir, aboie-t-il, de mauvaise humeur.

Son attitude agressive me heurte. J'ai soudain l'impression d'avoir commis une erreur en l'introduisant dans mon cercle privé.

— J'ignorais que je devais aussi rendre des comptes sur mon emploi du temps pendant ma journée de congé.

— Ce n'est pas ce que j'ai voulu dire, corrige-t-il en se levant.

Le caleçon aussi a été optionnel, je tourne la tête pour éviter d'avoir à subir le spectacle de sa nudité et je m'enfuis vers la cuisine.

— J'aurais aimé que tu me préviennes.

— Qu'est-ce que ça pouvait bien vous faire ? Vous étiez entre de bonnes mains.

— Je me serais moins inquiété, espèce de petite sotte ! crie-t-il avant de claquer la porte de la salle de bains.

Petite sotte !?

Je m'accroche au bar de la cuisine pour ne pas tituber sous l'effet de la colère. Je jette un œil sur le petit déjeuner, tout est prêt. Je décide alors de le laisser se débrouiller seul pour le reste de la journée. Je lui laisse deux mots griffonnés sur un papier près des croissants et je regagne mon studio. Je défais d'un geste rageur mon chignon serré et j'enlève ma tenue professionnelle. Le temps estival dont nous bénéficions en ce début du mois de juin me fait opter pour une robe légèrc. Je fourre mes affaires de piscine dans un sac et je m'apprête à sortir quand ma porte s'ouvre brutalement. Matthew, furieux, a juste passé un pantalon, il est encore tout humide et son parfum envahit l'espace de ma chambre.

— Il ne me semble pas vous avoir dit d'entrer, tonné-je.

— Je t'avais prévenue de verrouiller ta porte, réplique-t-il sur le même ton.

— Considérez ça comme un simple oubli de ma part.

— Qu'est-ce que c'est que ça ? demande-t-il en collant mon mot sous mon nez.

— Puisque j'ai été trop « sotte » pour renoncer à mon jour de congé hier, eh bien, je le prends aujourd'hui.

Matthew perd aussitôt son air furibond et un petit sourire en coin étire ses lèvres.

— Je t'ai vexée ?

— Oui.

— Ce n'était pas dans mes intentions, affirme-t-il d'une voix chaude et douce.

Je le regarde, méfiante.

— Lorsque Cynthia est revenue en expliquant que tu étais partie, j'ai d'abord cru que tu étais en compagnie de ton ex-fiancé.

J'ouvre la bouche pour réfuter l'idée même, mais il exige mon silence.

— Quand j'ai su que tu étais partie seule, je me suis inquiété pour toi. J'ai demandé à Sam d'aller voir s'il te trouvait dehors et de te ramener, mais il est revenu bredouille alors j'ai voulu rentrer. J'ai frappé à ta porte, mais tu n'as pas répondu.

— Je dormais, bredouillé-je, confuse.

— Je m'en suis douté, tes clés étaient sur la porte. Je n'ai pas insisté. Je n'aurais pas dû te traiter de petite sotte, s'excuse-t-il.

— Pourquoi n'êtes-vous pas resté plus longtemps ?

— Quel intérêt ? Où comptais-tu aller ? demande-t-il en évitant soigneusement de répondre à ma question.

— À la piscine de l'hôtel.

— Accepterais-tu que je t'accompagne ?

— Si vous le voulez.

Matthew réapparaît quelques minutes plus tard, muni de ses affaires. Je prends les devants pour aller chercher ma voiture, aucun photographe à l'horizon. Devant l'hôtel en revanche, une belle brochette de curieux a élu domicile. J'engage ma 106 dans le parking souterrain aussi rapidement que possible. Cette nouvelle tempête entre nous s'achève dès que nous plongeons dans l'eau bleue du bassin.

* * *

Le lundi marque le début d'une semaine sur les chapeaux de roue. Une opération de promotion exceptionnelle est prévue dans la capitale. Matthew, coincé par le tournage de Peters, n'assure que cette étape des sorties mondiales de ce long-métrage à gros budget, il ne faut absolument pas rater cet unique rendez-vous avec la presse et le public.

Dès le retour de Philip Still, le lundi soir, l'attitude de l'acteur change du tout au tout, y compris et surtout à mon égard. La seule chose qui me permet de rester calme et d'occulter les sentiments que j'éprouve pour lui, c'est de me concentrer sur mon travail. Sa mauvaise humeur évidente à l'arrivée de son agent m'y aide.

Still profite des séances de tournage de Matthew pour me féliciter. Il n'a eu que des échos positifs de Peters sur le comportement de son poulain. La presse s'est montrée désorientée par la discrétion inhabituelle du jeune acteur qui ne lui a guère donné l'occasion de se régaler de ses frasques nocturnes depuis plusieurs semaines. Les journalistes n'ont rien de croustillant à se mettre sous la dent. Ils se contentent des informations que je fais passer sur le blog depuis que je l'ai réactivé. J'ai pris soin d'y mettre quelques photos récentes afin d'ajouter du crédit à ces mises à jour.

Philip Still est satisfait de voir la cote de popularité de Matthew reprendre des couleurs. Il me pose quelques questions sur nos rapports qu'il juge tendus depuis son arrivée. J'élude la chose en lui affirmant que Matthew se plie d'assez bonne grâce à son planning bien qu'il en conteste parfois l'utilité. Pour le reste, je préfère garder nos escapades secrètes. Still paraît plutôt content de cet état de fait comme s'il avait craint que nous nous soyons bien entendus.

Durant les deux jours précédant la soirée spéciale, Matthew se contente d'avaler un café rapide avant de partir sur le tournage et rentre tard le soir, fatigué. Je le laisse alors en tête-à-tête avec son agent et je tente de me divertir chez moi en lisant un bouquin.

Le mercredi matin, je trouve Matthew déjà debout en entrant dans l'appartement. Il me tend une tasse de café alors que je passe la porte de la cuisine.

— Vous êtes matinal, lui fais-je remarquer.

— Je n'ai presque pas fermé l'œil de la nuit.

— Je ne pensais pas que vous seriez si nerveux.

— Je déteste tout ce bordel, maugrée-t-il. Et encore, je ne fais que cette sortie, je peux remercier Peters.

— Votre agent est content, lui dis-je innocemment.

Je vois alors Matthew se rembrunir à mes paroles.

— J'ai dû te paraître… désagréable, s'inquiète-t-il.

— Un peu.

— N'y vois rien de personnel. Je souhaite juste tenir Still éloigné de ma vie privée autant que je le peux. Moins il en sait, mieux je me porte. Est-ce que tu saisis ?

— Je suppose que oui.

— Kate, durant ces jours prochains, ne…

Son discours est interrompu par l'arrivée de son agent. Matthew se ferme comme une huître. Il cherche cependant mon regard avant qu'il ne soit trop tard et se frotte l'oreille de manière discrète. Je sais alors qu'il jouera son rôle d'acteur, quitte à être désagréable. J'accepte mal cette idée. Je trouve cette manière de vivre proprement insupportable.

Vers dix-neuf heures, je retrouve les deux hommes habillés en grande pompe. J'ai eu beau avoir préparé moi-même le costume du héros, je reste bouche bée devant lui.

— Ferme la bouche, Kate, tu n'es pas un poisson, me chuchote-t-il en passant devant moi.

— Qu'en pensez-vous ? s'enquiert Still.

— Tout m'a l'air correct, affirmé-je d'un ton détaché.

En réalité, je suis sous le charme. Matthew est sublime dans son smoking noir. Même sa coupe désordonnée a quelque chose de classe. Il s'est rasé de près et sent divinement bon. Il rendra à coup sûr toutes les femmes de l'assistance complètement folles. Je connais son planning par cœur, ils sont attendus sur les Champs-Élysées avec le reste des acteurs et le réalisateur. La soirée est censée se poursuivre par un dîner et l'équipe doit aller faire la fête dans un club privé. Il aura la journée suivante pour se reposer. Matthew doit être le jeudi soir au journal télévisé de TF1 à vingt heures avec Hillary Jenkins.

Je profite de ma soirée en solitaire pour regarder un DVD dans l'appartement avant d'aller me coucher. Le lendemain, je diffère mon arrivée jusqu'à dix heures. Quand je pénètre dans l'appartement, je trébuche sur les chaussures de Matthew, abandonnées dans l'entrée. Je retrouve sa veste et sa chemise par terre. Sur la table basse, je remarque la bouteille de cognac vide à laquelle il n'a plus touché depuis des semaines ainsi qu'un verre sale. Et puis je le vois, lui, profondément endormi dans le canapé. Ses traits sont fermés malgré le sommeil lourd dans lequel il est plongé. Il sent l'alcool à plein nez. J'hésite à le réveiller immédiatement. Je fais le tour de la pièce en récupérant sur mon passage tout ce qui traîne avant d'aller à la cuisine mettre le café en route. La chambre de Matthew est plongée dans l'obscurité. Je vais droit à la fenêtre dont j'ouvre sans ménagement les volets.

— Ferme cette putain de fenêtre ! entends-je soudain beugler dans mon dos.

Je sursaute, surprise. Dans le lit de Matthew, Hillary Jenkins tente de se soustraire à la clarté vive de cette matinée ensoleillée. Je reste muette de stupeur. L'actrice a le même air déglingué que la première fois où je l'ai surprise dans le lit de son partenaire de cinéma. Certes Matthew dort encore cette fois dans le canapé, mais ceci ne m'éclaire pas davantage sur la raison pour laquelle elle a passé la nuit dans l'appartement.

— La fenêtre ! hurle Jenkins.

Je réagis enfin en tirant les rideaux.

— Café ! aboie-t-elle.

Je manque m'emporter avant de me souvenir à temps de mes fonctions réelles. Jenkins est l'invitée de mon patron, je dois la servir comme je le ferais pour lui malgré toute l'antipathie que j'éprouve envers elle.

— Tout de suite, Mademoiselle Jenkins ! réponds-je aussi aimablement que possible.

— Te fous pas de ma gueule en plus ! rugit-elle en remontant le drap sur son squelette dénudé.

Je préfère ignorer cette remarque agressive.

— Où est-il ? réclame-t-elle avant que je quitte la pièce.

— Monsieur Dickinson dort encore.

— J'en ai rien à foutre, dis-lui de venir !

— Non, tranché-je alors d'une voix nette.

— Pour qui tu te prends ? je t'ordonne d'aller réveiller Matt et de lui dire de venir me retrouver, bondit-elle dans le lit.

— Comme vous voudrez, cédé-je pour ne plus subir ses hurlements.

Je vais dans la cuisine, verse le café et m'apprête à en porter une tasse à Hillary Jenkins pour gagner encore quelques minutes de sommeil à Matthew.

— Bonjour, Kate, fait sa voix enrouée dans mon dos.

Il fait pitié à voir, ses yeux sont cernés, ses traits tirés, et il semble souffrir.

— Aspirine ? suggéré-je.

— S'il te plaît, tente-t-il de sourire.

Je glisse une tasse de café sur la table devant lui et je vais dans la salle de bains chercher les comprimés.

— Où est Matthew ? grince Jenkins. Et mon café ?

— Les deux ne vont pas tarder, Monsieur Dickinson vient de se réveiller. Je vous déconseille de lui hurler dessus ce matin, préviens-je en passant.

Jenkins enfile la chemise de Matthew que j'ai posée sur le rebord du lit et me suit dans la cuisine.

— Non, mais pour qui elle se prend celle-là ! s'égosille-t-elle.

Matthew la dévisage d'un air farouche.

— Et mon café ? insiste-t-elle.

— Je vous le verse, Mademoiselle Jenkins, assuré-je poliment.

— N'en fais rien, Kate, marmonne alors Matthew.

— Quoi ? hoquette la jeune vedette.

— Tu n'as pas à lui parler comme ça.

— C'est ta bonniche, non ?

Malgré les hurlements furibonds qu'elle fait subir à son crâne douloureux, Matthew l'attrape par le bras sans ménagement et la force à le suivre dans sa salle de bains. Il l'envoie brutalement contre le lavabo en lui jetant sa robe à la figure.

— Rhabille-toi et fous le camp d'ici, Jenkins ! s'exclame-t-il, furieux.

Je tente d'intervenir pour le calmer, mais il me saisit le bras à mon tour pour m'éloigner de la pièce. Il est pâle à faire peur et ses yeux lancent des éclairs. J'ai l'impression qu'il a dû faire un effort énorme pour ne pas être plus violent contre elle. Je ne pense plus qu'à fuir.

— Si vous n'avez plus besoin de moi, je vais vous laisser, balbutié-je.

— Reste là, ce n'est pas à toi de partir, rugit-il, nullement calmé.

— Je n'aurais pas dû...

— Regarde-moi ! ordonne-t-il.

Je détourne la tête, confuse. Il relève alors mon menton du bout des doigts.

— Kate, ne crois pas ce que cette cinglée vient de dire.

— Ça ne fait rien, elle n'a pas tort, j'ai oublié de rester à ma place.

— Je ne t'ai jamais traitée comme une domestique, s'exclame-t-il.

Un bruit dans la chambre nous rappelle la présence de Jenkins. Matthew s'écarte de moi.

— Appelle un taxi, s'il te plaît, me demande-t-il.

Jenkins revient s'asseoir dans la cuisine. Il la considère d'un air mauvais.

— Je te promets que tu me payeras ça très cher, je te déteste ! menace la jeune femme.

— Tu vas devoir me supporter encore quelques mois puisque nous y sommes contraints.

— Et elle ? demande-t-elle en me désignant de la main.

— Ça ne te regarde pas.

— Oui, tu fais bien ce que tu veux de ton personnel, raille-t-elle.

— Si ça t'amuse de le penser !

Par la fenêtre, j'aperçois le taxi que j'ai commandé.

— Ton taxi est en bas. Fais gaffe, y a deux paparazzis sur le trottoir d'en face depuis ce matin, annonce-t-il plus calmement.

Je regarde, surprise de ne pas les avoir remarqués. Deux hommes patientent à bord d'une voiture stationnée devant l'entrée de l'immeuble. Jenkins sort en claquant la porte.

— Vous ne l'accompagnez pas ? m'inquiété-je au sujet des photographes.

— Qu'elle se débrouille, elle a l'habitude ! soupire-t-il en me rejoignant derrière le rideau.

— Comment ont-ils su ?

— Still ! laisse tomber Matthew, maussade. Il veut le maximum de bruit autour de la sortie d'*Ultima*. Il trouve que j'ai été trop sage. C'est lui qui a organisé cette foutue soirée. Et il nous a ramenés ici tous les deux en se faisant bien remarquer des paparazzis aux abords du club.

— Vous allez devoir être encore plus vigilant.

— Tu parles ! souffle-t-il. Ça va devenir un enfer. Tu ne sais pas ce que c'est, Kate !

— Ma proposition tient toujours au sujet de ma voiture.

— Ça n'y changera pas grand-chose, ils vont vite découvrir la supercherie maintenant qu'ils ont l'adresse exacte. Tiens, regarde !

Je me penche vers la fenêtre pour apercevoir Hillary, qui tente de grimper dans le taxi en se protégeant le visage des flashs derrière son sac à main de soirée. Elle s'engouffre dans le véhicule qui est mitraillé par les photographes. L'un d'eux se retourne vers notre fenêtre et Matthew me fait reculer. Un frisson me parcourt. Je n'avais encore jamais réalisé la violence de ce genre de situation.

— Combien de temps ça va durer ?

— Ça n'a pas de fin. C'est juste pire à cause du film. Nous avons encore deux semaines de tournage à Paris avant de partir en province. Durant tout ce temps, ils vont rester là.

— Tout le temps ?

— Ils savent que je ne suis pas à l'hôtel.

Il se tourne vers moi, l'air vaguement amusé.

— Tu vas devoir quitter cette tenue… affreusement provocante, sourit-il.

— Comment ça, « provocante » ?

— Tu te baladerais avec un panneau lumineux que tu n'attirerais pas plus l'attention.

— D'accord, cédé-je. Est-ce que ce sera suffisant ?

— Tant qu'on ne nous surprendra pas ensemble, oui.

— Fini les promenades dans Paris ?

— Je le crains.

— C'est dommage.

— Je suis vraiment désolé pour Jenkins, ajoute-t-il.

— Ce n'est pas grave.

— Mais pourquoi ne lui as-tu pas flanqué une baffe ? s'étonne-t-il, agacé. Comment peux-tu supporter ça ?

— Je me dois de traiter vos invités comme vous-même.

— Elle n'était pas mon invitée. Je refuse que tu t'abaisses à ce genre de choses.

Je le regarde, interdite.

— Mais c'est mon métier, Matthew !

Il se fige lorsque j'emploie son prénom.

— Pas de cette façon.

— Je savais qu'il arriverait ce genre de situation délicate et j'en ai accepté les règles. Je mets un point d'honneur à accomplir ma tâche du mieux possible. J'essaye même d'anticiper et je crois que je ne me débrouille pas trop mal. J'ai juste perdu ça de vue quelques secondes. Cela n'arrivera plus, Monsieur Dickinson, murmuré-je en m'écartant.

L'emploi volontaire de son nom est un coup dur à encaisser pour lui. Je le vois serrer les dents. Je ne lui laisse pas le temps de rebondir.

— Je vais préparer votre tenue pour ce soir. Je vais aussi vous imprimer les derniers articles de votre blog que j'ai mis à jour au cas où la journaliste vous poserait des questions.

— Kate...

— Vous devriez aller prendre une douche, l'interromps-je en quittant la pièce.

Il ne tente plus de me retenir et j'entends claquer la porte de la salle de bains. J'ai tenu le coup, mais au prix d'un effort considérable sur moi-même. Mon cœur semble vouloir se venger, il cogne contre mes côtes à m'en faire mal. J'essaye de maîtriser les larmes qui menacent de déborder. Chaque jour, la lutte devient plus difficile. J'ignore si je pourrai encore tenir longtemps, surtout quand je le vois si attentionné à mon égard. J'en ai assez de le repousser aussi durement, comme un chien qui mordrait la main qui le caresse. J'espère, tout en le redoutant, qu'il se lassera un beau jour. Je sais que j'en souffrirai, mais je n'ai pas d'autre perspective.

Philip Still emmène sa vedette dîner juste avant l'interview. S'il est moins élégant que la veille, le jeune acteur se ressemble davantage. Still lui tape sur l'épaule, satisfait, et descend le premier après m'avoir saluée. Matthew s'attarde dans l'entrée.

— Tu regarderas le journal ? me demande-t-il d'un ton soucieux.

— Oui.

— Tu m'attends ce soir ?

— Vous comptez rentrer tôt ?

— Je ne sais pas... je voudrais juste que tu sois là.

Son air inquiet mine mes bonnes résolutions et je m'entends accepter sans vraiment comprendre. Il ne me remercie pas, ses yeux plongent dans les miens d'une manière trop troublante, j'abdique la première.

* * *

Je grignote un simple morceau de pain pour tout repas tant mon estomac est encore noué par cette journée difficile et, à l'heure pile, je me cale dans le canapé pour suivre le journal. La présentatrice du JT est Catherine Levier, l'impératrice du journal du soir. Pour la première fois depuis de nombreuses années, je suis les nouvelles avec intérêt. Vers vingt heures quinze, Catherine accueille sur le plateau les deux invités prestigieux. Matthew et Hillary sont assis côte à côte, leurs épaules se touchent tant ils sont près l'un de l'autre. Jenkins, très maquillée, refuse de décrocher le moindre sourire. Matthew est nettement plus détendu et son charme hypnotise la caméra. Catherine Levier s'adresse principalement à lui. Dès le début de l'interview, Matthew réprime un petit sourire moqueur et ôte l'oreillette qui lui assure la traduction.

— Vous parlez français ? s'étonne Catherine en direct.

— Oui, j'ai beaucoup appris depuis que je suis en France, reconnaît-il avec un accent irrésistible. J'ai un excellent professeur.

Je frémis sur mon canapé. Je n'ose croire qu'il parle de moi. Catherine Levier lance la bande-annonce d'*Ultima* dont je découvre les premières images. Matthew campe un ange déchu redoutable qui tombe amoureux du personnage incarné par Hillary Jenkins. Leur couple est éblouissant à l'écran. La journaliste interroge les deux acteurs sur leurs rôles respectifs. Matthew livre quelques anecdotes de tournage tandis qu'Hillary compte ses mots en anglais pour évoquer son rôle qui va probablement lui ouvrir les portes du Tout-Hollywood.

Catherine aborde enfin le sujet que la plupart des spectateurs attendent, leur prétendue liaison. Matthew se tourne vers sa partenaire en se frottant l'oreille. J'en suis sûre, ce petit geste n'est destiné qu'à moi. Il adresse un sourire éblouissant à Jenkins qui met son talent d'actrice au service de leur promotion. Ils ont l'air amoureux comme le sont leurs personnages. J'en ressens un petit pincement au cœur même si je connais le talent de Matthew dans ce domaine. Il parvient par une pirouette à revenir au sujet du film. J'admire sa grande habitude des médias. La présentatrice le questionne sur son actualité, comme prévu, elle mentionne les informations récemment publiées sur le blog.

— Il semble que vous ayez décidé de revenir vers vos fans après une période mouvementée au point de vue personnel, le titille-t-elle.

Matthew marque un temps d'hésitation comme s'il réfléchissait avant de se confier de manière intime.

— Ce tournage avec John Peters est l'occasion pour moi de repartir sur des bases nouvelles. Je me sens beaucoup mieux depuis que je suis ici et je remercie tous mes fans de m'avoir conservé leur confiance. Je leur dois beaucoup et je continuerai à bavarder avec eux sur mon blog.

— L'air de Paris vous a donc été salutaire ?

— On dirait, répond-il en la gratifiant de son regard lumineux.

Catherine les remercie tous les deux d'avoir accepté de répondre à ses questions et leur souhaite le succès qu'ils méritent.

— Merci, *Catherine*. C'est un joli prénom, mais tellement dur à prononcer pour moi, plaisante Matthew dans un français impeccable.

Il décoche un sourire époustouflant, Catherine Levier manque de s'en étrangler en direct. Je reste bouche bée devant mon poste de télé. J'ai entendu le message, je ne suis pas la seule, mon portable sonne sitôt l'interview terminée.

— Cathie, t'as vu le journal ?

— Oui, Cynthia, articulé-je, encore sous le choc.

— Je n'ai pas rêvé, c'étaient plus que des sous-entendus. Le message est clair là, non ?

— Je crois que je vais démissionner. Ça devient trop difficile.

— Tu déconnes ou quoi ?

— À quoi ça nous mènerait ? À une aventure d'une nuit, d'une semaine ? Tu sais bien que ça n'est pas possible.

— T'es complètement stupide ! aboie-t-elle avant de me raccrocher au nez, furieuse.

À compter de cet instant, je suis quitte pour patienter en me torturant toute seule. Je tente de me distraire devant un film. Je finis cependant par somnoler. Des doigts frais sur ma joue me réveillent en sursaut. Matthew est accroupi devant moi, l'air grave. Je cherche, hagarde, l'heure autour de moi.

— Il est un peu plus de vingt-trois heures, dit-il.

Malgré son calme apparent, je détecte une légère odeur d'alcool. Je me redresse vivement, me soustrayant à sa main.

— Tu as regardé ? me demande-t-il.

— Oui.

— Et tu as attendu.

Je réponds un oui méfiant, son attitude n'est pas normale. Sa prestation télé lui a certainement coûté plus que ce que je me suis imaginé. Deux fois en deux jours, j'aspire à ce que cette promotion se termine.

— Jusqu'où serais-tu prête à répondre à mes demandes ? reprend-il, trop joueur à mon goût.

— Pour ce soir, je crois qu'il vaut mieux en rester là.

Il se redresse en vacillant. Je le regarde, hautement désapprobatrice.

— Cesse de me juger, Kate ! Aide-moi, plutôt.

— Vous mériteriez que je vous laisse vous débrouiller seul.

— Ce ne serait pas juste ! J'ai besoin de toi.

Il me suit docilement jusque dans sa chambre. Je l'oblige à s'asseoir sur son lit, il s'allonge carrément. Je le débarrasse de ses chaussures et de ses chaussettes. Il ne bouge déjà plus, il s'est endormi comme une masse. Je profite de son sommeil pour déboutonner sa chemise, mais il se redresse soudain et défait lui-même son vêtement puis, sans crier gare, ses lèvres se plaquent brutalement sur les miennes. Mon sang ne fait qu'un tour, ce n'est pas de cette façon que je voulais qu'il m'embrasse et certainement pas fouetté par l'alcool. Je le repousse de toutes mes forces et je parviens à me dégager de ses bras.

— Ne me dis pas que tu n'en as pas envie, Kate ! rugit-il.

— Vous êtes saoul, Monsieur Dickinson !

— Monsieur Dickinson... le revoilà, celui-là ! Je ne suis pas complètement ivre, si tu veux savoir.

— Dans ce cas, vous trouverez ma démission sur votre bureau quand vous vous réveillerez demain.

— Je refuse.

— Que vous le vouliez ou non, ça n'y changera rien. Je ne suis pas votre esclave.

— Non, Kate, tu n'es pas mon esclave. Je m'excuse. Ça te va ? marmonne-t-il.

Je reste stupéfaite, les excuses ne sont pas le fort de Matthew.

— Considérant votre état, oui.

— Et tu oublies cette histoire de démission ? s'enquiert-il, nerveux.

— Pour l'instant.

— C'est une menace ?

— Un avertissement.

Il serre les dents et je le vois réellement malheureux.

— Vous devriez dormir, lui conseillé-je gentiment.

Il hoche la tête et s'approche de moi.

— J'ai besoin de toi, soupire-t-il.

— Vous avez surtout besoin de sommeil. Le tournage reprend demain et Peters compte sur vous.

— Tu es impitoyable, se plaint-il tandis que j'ouvre ses draps.

— Vous me remercierez un autre jour, souris-je malgré moi en voyant son air boudeur.

* * *

Le lendemain matin, je descends chercher les journaux habituels. Sur le chemin du retour, je me contente de jeter un rapide coup d'œil sur les titres évoquant la prestation de Matthew au journal de la veille. L'un d'eux est affirmatif : *Dickinson, Jenkins, les fiançailles parisiennes !* Les quelques lignes suivantes évoquent la transformation spectaculaire de l'acteur. L'article prétend que ce changement radical de comportement est dû à la présence à ses côtés de son ange gardien, Hillary Jenkins. Grâce à elle, il aurait repris le droit chemin. Le tout est illustré d'une photo de la jeune femme sortant de l'immeuble la veille et tentant de se camoufler derrière son sac. La légende assure que la belle a passé une tendre nuit près de son amoureux dans leur petit nid douillet caché au cœur de la capitale. Une autre photo du couple sortant main dans la main des studios de la télévision conforte les rumeurs de fiançailles.

Je m'arrête net en découvrant l'article et la photo du dernier journal que j'ai acheté. La silhouette de la jeune femme entrant dans l'immeuble n'est autre que la mienne et le titre ajoute au drame : *Qui est-elle ?* Je ne me suis rendu compte de rien, je ne sais même pas quand cette photo a été prise. D'un seul coup, je me sens épiée et je cours presque en rentrant dans le hall de l'immeuble.

Tandis que le café coule, je lis l'article en question. Le journaliste affirme, à juste titre d'ailleurs, qu'une mystérieuse inconnue réside à la même adresse que l'acteur. Il pose clairement la question de mon identité et de ma présence quotidienne près de Matthew Dickinson. Je me demande s'il s'agit du paparazzi dont la voiture grise est stationnée à quelques mètres de la mienne, ce matin encore. La rue des Indes jusque-là paisible est subitement devenue l'endroit idéal pour y garer sa voiture et je soupçonne au moins trois autres véhicules d'abriter ces chasseurs d'images.

Sur le plateau que je lui prépare, je pose, en plus de sa tasse de café, un verre dans lequel fond un comprimé d'aspirine. Je dissimule ce dernier journal tout en dessous de la pile. Je connais son tempérament explosif à ce sujet et présume qu'il n'ira pas jusqu'au bout de sa lecture avant d'envoyer tous les magazines à la poubelle. Matthew a toutes les peines du monde à émerger et avale l'aspirine en premier comme je m'y attendais.

— Je sais ce que tu penses, grommelle-t-il d'une voix rauque en observant ma mine défaite.

En réalité, je ne parviens pas à me remettre de la très mauvaise surprise du journal.

— Vous avez rendez-vous sur le plateau à neuf heures. Souhaitez-vous que je fasse appel à Sam pour vous accompagner ?

— Ils sont encore là ?

— Oui et plus nombreux.

— Dans ce cas, ce n'est pas de refus, accepte-t-il en attaquant son café et sa lecture.

Sam ne fait aucune difficulté pour me rendre ce service. Lorsque je reviens l'en avertir, je trouve Matthew blême, les mâchoires serrées, plongé dans la lecture d'un journal posé à plat sur le lit. J'émets malgré moi un juron en constatant qu'il a entamé la lecture à l'envers. Il est bien évidemment tombé sur l'article me concernant. Il relève la tête vers moi, l'air furieux.

— Il ne manquait plus que ça ! rugit-il. Tu étais au courant ?

— Je l'ai découvert ce matin, comme vous. Je suis désolée, je ne me suis rendu compte de rien, m'excusé-je piteusement.

— Tu n'y es pour rien, assure-t-il. Mais tu risques d'être harcelée à présent.

— On ne me reconnaît pas sur cette photo. Et ils préfèrent vous savoir fiancé à Hillary Jenkins, rétorqué-je plus incisive que je l'aurais voulu.

— Foutaises ! lance-t-il en expédiant les autres journaux à la poubelle à l'exception de celui-là dont il relit l'article.

Je me demande par quelle malchance il a inversé la pile des journaux.

— Kate, prends-moi au sérieux quand je te dis que ça craint !

— Je vous crois.

— C'est pour ça que tu as encore cette tenue ridicule et ce chignon ? rouspète-t-il.

Je me raidis, s'il a oublié son attitude de la veille, j'en garde, moi, un souvenir amer. Cette tenue me permet de remettre les choses à leur place.

— Je suis inquiet pour toi, affirme-t-il plus gentiment. Je ne cherche rien d'autre, je t'assure.

— Très bien ! cédé-je en décrochant ma pince. Je reviens dans un moment.

Après m'être changée, je profite de ce que Matthew est sous la douche pour aérer la chambre. Je vois trop tard l'effervescence que provoque, deux étages plus bas, l'ouverture de la fenêtre et je referme aussitôt en essayant de reprendre mon calme.

— Kate ? s'inquiète Matthew en revenant vêtu de sa seule serviette de bain.

— Je ne peux même plus ouvrir la fenêtre, soufflé-je, confuse.

Il jette un regard dans la rue puis me force à lui faire face.

— Si tout va bien, nous serons partis d'ici dans une semaine.

— Comment faites-vous pour supporter ça ?

— Je ne le supporte pas et tu le sais mieux que personne, sourit-il amèrement. Je suis conscient d'exiger beaucoup de ta part et je ne suis pas toujours à la hauteur. Tu as raison de m'en vouloir. J'ai été un crétin fini hier, n'est-ce pas ?

— Je n'aurais pas employé ces termes.

Il émet un petit ricanement amusé et penche la tête d'une manière séduisante.

— Plus de menace de démission ? interroge-t-il.

— Je ne peux pas vous le garantir.

— Que te faudrait-il comme garantie ?

— Je ne peux pas vous empêcher de boire.

— C'est tout ? Je m'attendais à ce que tu m'interdises de t'embrasser.

— Parce que c'était un baiser ? Ça ressemblait plus à une agression, rétorqué-je, sans humour.

— Dans ce cas, tu as raison, il vaudrait mieux que j'arrête de picoler.

J'approuve de la tête, il me tend sa main.

— Marché conclu ?

— Marché conclu !

Il repousse une mèche de mes cheveux et lorgne ma tenue.

— Il va faire chaud aujourd'hui ?

— Oui, vous allez souffrir sur le tournage, à moins que vous ne restiez comme ça, le taquiné-je.

Il sourcille, étonné de ma hardiesse inhabituelle. Son sourire en coin renaît sur ses lèvres et je devine le contenu de ses pensées.

— Vous pouvez bien vous balader nu si vous le souhaitez, pour ma part, je suis vaccinée.

— Comme tu voudras, répond-il en dénouant sa serviette et en me la fourrant dans les mains.

Bien évidemment, je rougis stupidement et il s'esclaffe en regagnant la salle de bains.

5

Au vert

Chaque épisode de tension entre nous est invariablement suivi d'une nette amélioration durable. Nos rapports évoluent ainsi par à-coups parfois brutaux, mais chaque étape franchie l'est définitivement. Bien que la présence des paparazzis au bas de l'immeuble nous empêche d'être aussi libres qu'avant, nous parvenons à gérer cette pression sans trop de difficultés. Pour ma part, j'évite de sortir tant que la vedette est à la maison. Son départ de l'appartement crée un relâchement des journalistes qui se montrent moins vigilants aux allées et venues. J'ai abandonné ma tenue noire de gouvernante pour une allure décontractée que la chaleur exceptionnelle me fait apprécier. Matthew ne manque pas l'occasion de me faire part de sa grande satisfaction à ce sujet.

Philip Still a repris l'avion dès la fin des opérations de promotion d'*Ultima*, non sans avoir laissé un contrat publicitaire à signer. Matthew ne prend même pas la peine d'ouvrir le dossier rouge pourtant bien en évidence sur le bureau. L'agenda de ce dernier s'est sensiblement allégé. John Peters ne laisse cependant pas son acteur profiter de son succès et le tournage du film reprend bon train. Matthew est impatient de quitter Paris surchauffé. Ses journées commencent vers neuf ou dix heures du matin et se terminent rarement avant vingt et une heures.

Je passe mon temps à mettre à jour son blog, faire le ménage, les courses nécessaires, vérifier l'état de sa penderie à laquelle lui n'accorde pas la moindre attention. Durant mon temps libre, je peux combler toutes mes lacunes en matière de filmographie de Matthew Dickinson. Je suis même allée voir *Ultima* en cachette.

Le soir venu, nous dînons désormais ensemble et passons le reste de la soirée à regarder la télé, à jouer avec la console comme des enfants ou juste à bavarder. Matthew ne rechigne pas à me raconter les scènes qu'il a tournées dans la journée, à détailler son rôle, les exigences du réalisateur, ses rapports avec ses partenaires dont certains n'ont pas encore entamé le tournage. J'apprends que le film s'intitulera *Under the Dark*. Et je sais enfin qu'une autre star nous rejoindra en Normandie, Sean Hendricks. J'enregistre précieusement chaque information pour en divulguer, avec son accord, quelques bribes sur le blog, le lendemain.

Si je tente de maintenir une certaine distance entre nous, je dois admettre que l'ambiance est nettement plus vivable quand je baisse un peu la garde. Matthew en profite pour me soutirer des confidences sur ma famille ou sur mon enfance. Je me livre avec parcimonie, mais sa curiosité et sa patience ont souvent raison de mes réticences. Le seul domaine où je ne le laisse pas s'aventurer est sans doute celui qui le concerne pourtant le plus, mes sentiments. Cette période de calme n'a pas arrangé les choses de ce point de vue là. Nous vivons dans une intimité de petit couple, à peine troublée par nos obligations. Matthew est loin d'imaginer à quel point je suis émue lorsque je pousse la porte de sa chambre le matin et que je le trouve encore endormi, nu le plus souvent. Je tâche de dissimuler de mon mieux mon plaisir quand il réclame ma présence, le soir. De son côté, il se montre étonnamment gentil et sincère durant ces semaines. Il ne joue plus les acteurs, se contente d'être lui-même, sans artifice. Il ne touche plus la moindre goutte d'alcool, y compris en mon absence. Pour être sûr de pouvoir partir en province plus tôt, il a accepté de travailler le week-end complet, j'ai donc eu moins de scrupules à prendre mes jours de congé.

L'équipe du film va prendre la route de Normandie le vingt-cinq juin. Nous allons nous sentir presque en vacances au bord de la mer. Matthew se montre enthousiaste tandis que j'entrevois déjà le tas de corvées que je vais devoir accomplir en quelques jours. Son statut de star lui laisse néanmoins la courtoisie de m'aider.

* * *

Le vingt-cinq juin au matin, Sam doit nous accompagner jusqu'à la gare Saint-Lazare où un wagon spécial a été réservé pour l'équipe du film. Les paparazzis devinent une effervescence inhabituelle et mitraillent Matthew lorsqu'il apparaît sous une casquette et des lunettes de soleil. Je suis descendue la première et j'attends déjà dans la Mercedes. Un photographe a le culot d'essayer de me prendre en photo à bord du véhicule, mais Sam s'interpose avec tant d'énergie que l'impudent recule. Tous ces événements me sont si étrangers que j'ai du mal à rester calme. Matthew, inquiet de mon stress, me prend la main durant tout le trajet.

C'est à bord du wagon spécial que je fais la connaissance de ceux dont je vais partager le quotidien durant plusieurs mois. John Peters, le réalisateur, est un homme d'une cinquantaine d'années, à l'allure passe-partout, loin de la représentation que je m'en étais faite. Il sait me mettre à l'aise rapidement en évoquant nos échanges quotidiens de mails. Il a l'air parfaitement au courant des rapports entre son acteur principal, avec qui il semble presque paternel, et moi. Matthew est détendu en sa compagnie et de les voir ensemble me rassure. Pour la première fois, son travail prend une réelle consistance dans mon esprit.

Sarah Duff, la partenaire de Matthew, me paraît sympathique au premier abord, encore qu'un peu réservée. Jolie brunette au visage mutin, je m'étonne de son jeune âge, mais je ne doute pas qu'elle endossera son rôle avec brio. Nous sommes de la même taille et d'un gabarit similaire, j'ai l'étrange impression de serrer la main de mon double et je crois qu'elle remarque aussi ce détail en me rendant une poignée de main amicale.

Je vais partager ma caravane avec l'habilleuse, Vicky, et la maquilleuse, Sue. Les deux jeunes femmes d'une trentaine d'années sont déjà bien connues dans le métier. Elles ne s'en montrent pas moins charmantes et m'accueillent chaleureusement. Durant le voyage, elles se font le plaisir de me raconter des anecdotes au sujet de grandes stars avec lesquelles elles ont eu la chance de travailler.

Trois bus affrétés en sortie de la gare de Deauville nous emmènent en rase campagne normande. Je n'ai pas retrouvé Matthew depuis Saint-Lazare. Il est monté avec ses partenaires et Peters dans le bus de tête tandis que j'ai pris place en papotant avec mes deux futures colocataires dans le suivant. Le voyage ne dure pas très longtemps et à la sortie d'une bourgade du nom de Méluzon se dresse sous mes yeux ébahis un véritable village reconstitué. Vicky et Sue s'égayent de ma surprise. Les caravanes sont en fait d'énormes camions comme ceux qu'utilisent les forains. Celle que nous allons partager toutes les trois est située à proximité immédiate de celle de Matthew qui doit pouvoir compter sur chacune de nous à tout moment. Vicky entre la première et approuve en connaisseuse.

— Pas mal, cette fois !

— Pas mal ? soufflé-je, épatée du confort inattendu que je trouve à l'intérieur.

— On a connu bien pire, c'est l'avantage de bosser avec un producteur qui a du blé et un réalisateur connu. Ce que tu vois là est d'un niveau exceptionnel.

— Mmm, palace plutôt que boui-boui !

— Tout à fait, approuve Sue. Si ça ne vous ennuie pas, je prends la chambre à gauche… on dort toujours mieux de ce côté-là.

— Et toi ? me demande Vicky.

— Peu importe !

— Prends celle du bout, peut-être, comme tu vas te lever aux aurores. Et ça va pas tarder, parce qu'on commence dès demain.

— En plein champ ?

— Le plateau de tournage est situé à un kilomètre. L'équipe a dégoté une usine désaffectée pour les scènes de bagarre et ils ont un vrai manoir pour le reste. Tu sais, il vaut mieux être un peu en retrait et bénéficier d'un cadre de vie plus agréable. C'est la même différence qu'entre aller au bureau et travailler à la maison. Déjà qu'on vit tous ensemble pendant des mois !

J'approuve de la tête en comprenant leurs explications. Je traverse ce qui fait office de séjour meublé de deux canapés en cuir marron, d'une table, d'un écran plat, d'un espace cuisine entièrement équipé. La salle de bains est munie d'une douche, des w.-c. et d'un ingénieux système de vasque incluant un espace de rangement fort appréciable. La porte d'à côté est la mienne. Je deviens l'heureuse occupante d'une jolie chambrette aux douces couleurs ivoire et bois clair. Le lit prend, à lui seul, la majeure partie de la pièce, mais des placards intégrés dans les cloisons permettent d'y ranger toutes mes affaires. Je vais passer ma curiosité chez mes deux voisines. Nos chambres respectives sont aménagées de la même façon à l'exception des quelques centimètres carrés supplémentaires dont je bénéficie.

Un charmant jeune homme vient, quelques instants plus tard, décharger nos valises et le matériel des filles. Il m'indique qu'il a déjà livré les valises de Matthew dans la caravane d'à côté. J'abandonne mes rangements et je vais frapper à sa porte. Je reste stupéfaite dès l'entrée. Le camping-car de la vedette est d'un luxe éblouissant. La pièce, baignée d'une lumière douce, est constituée d'un grand canapé de cuir ivoire, d'une petite table en bois blond et d'une console de toute évidence destinée au maquillage. La cuisine débouche sur un couloir au bout duquel se trouvent la chambre et la salle de bains attenante. Les placards intégrés ainsi que la petite commode jouxtant le lit aux formes arrondies sont blancs comme tout le reste du mobilier et de la salle de bains dont une cabine de douche gigantesque occupe le centre.

— Qu'en penses-tu ? m'interroge Matthew.

— Je me demande pourquoi vous voulez encore descendre dans des palaces.

— Sans doute pour le service en plus, réplique-t-il. Comment trouves-tu ton nouveau chez-toi ?

— Forcément moins bien depuis que j'ai vu le vôtre ! rigolé-je.

Il est tenté de m'envoyer une nouvelle vanne, mais il s'en abstient. Je remarque seulement l'éclair de malice qui passe dans son regard.

— Je vais défaire vos bagages et je vous laisserai tranquille.

— Je n'ai pas envie de passer ma soirée seul, rétorque-t-il.

— Il me semble que vous êtes plutôt bien entouré désormais.

— Je t'attends pour dîner.

— Comme vous voudrez… Monsieur Dickinson !

— Tu mériterais que je t'étrangle.

— Qui sait ? Un jour vous en viendrez peut-être aux actes, lancé-je en m'enfuyant vers sa chambre où m'attendent ses valises.

Matthew sort rejoindre Peters à sa demande sur le plateau technique. Le tournage ne commence que le lendemain, mais le directeur de la photographie a besoin de prises de vues pour d'ultimes mises au point. Lorsque j'ai fini, il ne me reste que le temps d'aller ranger mes propres affaires avant le dîner. Les filles ne s'étonnent nullement de la demande de la vedette. Elles m'expliquent que l'équipe du film mange dans une cantine aménagée pour l'occasion, mais que Matthew et Sarah Duff bénéficient d'un traitement de faveur et se font livrer leurs repas dans leurs caravanes respectives. Sue ajoute que les stars ont souvent d'étranges exigences et que Matthew n'est pas le pire en la matière. Dans leurs propos, j'ai l'impression de retrouver l'image que donnent de lui les magazines people. Cet état de fait me dérange un peu.

Toutes les personnes que j'ai rencontrées jusqu'ici sont très gentilles. J'en oublie mes craintes initiales et je vais faire un tour vers la cantine d'où émane une agréable odeur de sauce tomate. J'y rencontre Monique, elle est originaire de la région et a été recrutée spécialement pour le tournage. Elle est âgée d'une cinquantaine d'années, tout en rondeurs joviales. Elle doit assurer chaque jour la préparation et la distribution de tous les repas pour tous les membres de l'équipe ainsi que pour les acteurs eux-mêmes. Elle me fait découvrir sa cuisine digne d'un véritable restaurant. Elle dirige une joyeuse petite troupe de cinq personnes. Je retrouve là l'ambiance des cuisines de l'hôtel, je m'y sens chez moi. Je sais dès lors où trouver une compagnie réconfortante en cas de besoin.

C'est John Peters lui-même qui m'avertit du retour de Matthew. Il passe la tête par la porte, alléché par la bonne odeur. Il complimente Monique dont il paraît déjà apprécier les talents culinaires. Je rentre vite après avoir salué tout le monde. Matthew est sous la douche, je m'affaire à dresser la table pendant que le plat réchauffe dans le four. Fidèle à lui-même, l'acteur fait son retour en serviette de bain. Je me presse d'aller fermer les stores encore entrouverts, ce qui lui arrache un éclat de rire.

— Ce ne serait pas la première fois qu'on me voit à poil, s'esclaffe-t-il. Tous les scénaristes prennent un malin plaisir à me coller des scènes de nu exprès pour attirer les foules.

— Vous n'êtes pas sur le plateau, le réprimandé-je.

— Ce que tu peux être prude ! grogne-t-il en s'approchant dans mon dos pour renifler le plat que je viens de sortir du four.

Son parfum surpasse celui du gratin, je dois me concentrer pour ne pas me brûler.

— Allez vous habiller, soufflé-je sans me retourner.

Il soupire bruyamment derrière moi, mais gagne sa chambre. Le repas se passe dans une atmosphère de rentrée scolaire. Peters nous rend visite quelques minutes en début de soirée pour me recommander un réveil presque à l'aube. Je vois Matthew grimacer, mais il ne se plaint pas. Peters me glisse une invitation à venir assister au tournage sur le plateau et je l'en remercie. Je prends congé rapidement en prévision de la journée du lendemain malgré les protestations de Matthew.

Le réveil me sort du lit à cinq heures du matin. Les filles ont bien fait de me laisser la chambre près de la salle de bains. Je tâche de faire le moins de bruit possible. Ne sachant pas si mes colocataires sont adeptes du café, je préfère m'abstenir de remuer en cuisine. Je m'habille sobrement et je relève mes cheveux en un chignon lâche. Vers six heures moins le quart, je suis plus qu'étonnée de trouver Matthew installé dans le magnifique canapé blanc, un script en main.

— Déjà levé ?

— Pas depuis longtemps.

Je mets le café en route. Un des gamins employés par Monique frappe à la porte pour nous donner le petit déjeuner, je le remercie gentiment sous l'œil attentif de Matthew. J'ai rarement eu l'occasion de le voir anxieux avant un tournage et je finis par m'en ouvrir à lui.

— Je sens que je vais avoir du fil à retordre avec les scènes d'action, me confie-t-il.

— Des cascades ?

— Quelques-unes.

— Vous n'allez pas les faire, tout de même ?

— Certaines me sont strictement interdites, mais j'ai tenu à en faire moi-même une ou deux.

— Mais pourquoi ?

Matthew relève le nez de son bol, l'air amusé et surpris.

— Tu t'inquiètes ?

Je me ressaisis aussitôt.

— Non, ce serait juste stupide de vous blesser.

— Dommage, j'aurais apprécié te voir trembler… histoire de vérifier que tu as un cœur.

— Je vois que vous êtes parfaitement réveillé, aboyé-je en retournant vers la cuisine.

— Kate, je plaisantais ! Tu n'as aucun humour, se plaint-il en passant derrière moi.

Pendant qu'il se prépare dans la salle de bains, je jette un œil sur la messagerie.

— Philip Still réclame le contrat publicitaire qu'il vous a laissé avant de partir. Il s'étonne de n'avoir rien reçu, informé-je Matthew quand il revient quelques instants plus tard. Je me souviens de ce contrat, mais je ne l'ai pas revu depuis notre départ.

— C'est normal, je l'ai foutu à la poubelle, affirme-t-il calmement.

— Pourquoi ?

— Je n'ai pas envie de devenir une image pour de la bouffe.

— Pourquoi Still vous a-t-il proposé ça ?

— Il s'agit d'un contrat d'un million d'euros. Still devait craindre que je ne tourne plus.

— C'est une proposition difficile à repousser, sourcillé-je en apprenant le montant exorbitant du contrat en question.

— Je n'ai pas besoin de ça, Kate !

— Que dois-je lui répondre ?

— Laisse tomber, je m'en chargerai moi-même, j'appellerai Still dans la journée.

— Comme vous voudrez.

— Quoi de neuf dans le petit monde virtuel de Matthew Dickinson ? me taquine-t-il en me voyant surfer sur son blog.

— Notre arrivée ici n'est un secret pour personne. J'ai retrouvé des photos de notre campement prises par des fans.

— Pas étonnant ! Tu vas pouvoir lâcher un peu plus d'infos.

Vicky frappe alors à notre porte avec les vêtements destinés à la scène que doit jouer Matthew. En termes de vêtements, ils ressemblent plutôt à des hardes, chemise déchirée et pantalon à peine en meilleur état.

— Je crois bien qu'on commence par la fin, ce matin, observe l'acteur d'un air boudeur.

Sue débarque avec tout son barda moins de cinq minutes plus tard. Matthew a déjà passé ses vêtements déchirés. Je n'ose pas imaginer quelle action peut bien le mettre dans un tel état. Il s'installe dans le fauteuil en cuir face à la console sur laquelle la maquilleuse a étalé ses pinceaux. Je laisse tomber mon ordinateur pour admirer la parfaite maîtrise et la grande dextérité de la jeune femme. Sous ses doigts, Matthew se couvre de bleus et de blessures qui me font peine à voir tant ils sont réalistes.

À aucun moment, il ne décroche une parole à ma colocataire. Elle s'enquiert à une ou deux reprises de son confort quand elle lui demande de rester immobile plusieurs minutes de suite, il y répond chaque fois par un grognement. La séance de maquillage dure près de deux heures et le résultat est stupéfiant. Matthew attend que Sue ait remballé ses affaires et qu'elle soit sortie pour se retourner vers moi en grimaçant.

— Qu'en penses-tu ?

— Vous êtes affreux !

— T'es dure !

— Êtes-vous toujours aussi distant avec les techniciens ? attaqué-je, agacée par son attitude durant ces deux heures.

Il fronce les sourcils, il a l'air encore plus dramatique.

— C'est un métier qui exige tellement qu'il arrive un moment où on ne sait plus trop où placer la frontière entre le public et le privé. J'ai appris avec le temps à me méfier de tout le monde.

— Je comprends.

— Donc, tu n'apprécies pas ma nouvelle apparence ? s'égaye-t-il.

— Non !

— Tant mieux, je n'aime pas ton chignon ! lance-t-il avant de sortir.

* * *

Durant les jours qui suivent, le plateau prend des allures de camp retranché. Des barrières ont dû être mises en place et la production a engagé des vigiles pour éviter que des fans ne pénètrent carrément sur les lieux du tournage. Une foule de plus en plus nombreuse est prête à patienter des heures derrière les barrières, juste pour apercevoir les vedettes. La moindre apparition furtive de Matthew déclenche des cris d'hystérie. La star ignore ces acclamations et n'accorde jamais le moindre regard à ses admirateurs.

Pour ma part, je profite de mes journées pour faire le tour du camp. Ma première visite est toujours pour les cuisines de Monique où je peux passer plusieurs heures en sa compagnie, quitte à prêter main-forte pour la corvée d'épluchage. J'ai l'impression d'être utile, ce qui me permet de ne pas penser à autre chose et surtout pas à Matthew. Je rends régulièrement visite aux figurants, j'aime bien discuter avec eux de leurs impressions. Ils sont fiers de participer à un tel événement. Beaucoup d'entre eux connaissant mes fonctions me demandent si la vedette est toujours aussi glaciale. J'ai beau prétendre que Matthew Dickinson peut se montrer charmant, ils sont peu à me croire. Vicky et Sue trouvent qu'il est du genre réfrigérant. Elles envient ma capacité à le supporter. Je finis par désespérer de corriger un jour cette image trompeuse et Matthew ne m'y aide guère.

Nous sommes déjà presque à la fin du mois de juillet et jusque-là, je n'ai pas voulu déranger le réalisateur dans son travail. John Peters s'étonne finalement de ma grande discrétion en venant nous rendre visite dans la caravane de Matthew, un dimanche soir. Il insiste pour que je vienne le lendemain. Je ne suis pas la seule à remarquer le silence assourdissant de la vedette du film, Peters m'explique en riant qu'il compte aborder des scènes délicates. Je ne saisis pas son allusion sur le moment. Vicky et Sue m'apportent la solution du mystère, le matin même. Je comprends à leurs échanges professionnels sur les tenues et le maquillage que Matthew et Sarah sont attendus pour le tournage des scènes intimes. J'ai alors un long moment d'hésitation pendant que Sue achève la préparation du personnage. Mon silence embarrassé n'échappe guère à celui qui m'observe au travers du miroir devant lui.

— Je préférerais que tu ne viennes pas, finit-il par déclarer.

Je vois Sue suspendre un instant son travail. Les paroles de la star en sa présence sont si rares qu'elles résonnent encore plus spectaculairement.

— Pourquoi ? demandé-je, interloquée.

— Regarde sur le bureau. C'est la scène d'aujourd'hui, lis ! ordonne-t-il gentiment.

Un exemplaire du script y est ouvert, retourné sur l'envers. Sue me dévisage, étonnée. Je prends la reliure cornée et je regagne le canapé. Il s'agit d'une véritable scène d'amour, pire, de sexe. Je me sens bêtement rougir tant les explications données par le script sont claires. Je relève un visage sans doute trop expressif vers lui.

— Vous allez vraiment faire ça ?

— A priori, oui.

Sue a fini, il ôte les serviettes en papier qui protègent son col et vient s'asseoir à côté de moi. Ma voisine de chambre m'adresse un furtif coup d'œil avant de prendre congé. Jusque-là Matthew ne m'adressait pas plus la parole qu'à elle en sa présence, elle vient d'avoir un aperçu de ce que sont nos rapports.

— Pourquoi ne voulez-vous pas que je vienne ?

— Ta présence risque de me rendre nerveux, avoue-t-il.

Son attitude me heurte plus que de raison et je ne peux m'empêcher d'insister malgré la petite voix qui me conseille de lui obéir sagement.

— Pourquoi ma présence, en particulier, vous gênerait tant ?

Il tourne la tête vers moi, les sourcils froncés, les yeux brillants, il est magnifique ainsi. Je retiens mon souffle en attendant sa réponse.

— Je te sais beaucoup trop sensible à ce genre d'action, je t'ai vue devant la télé, affirme-t-il.

— C'est ridicule, réfuté-je, piquée au vif par son argument.

— Ça, je n'en suis pas sûr ! Kate... je...

L'assistant de Peters frappe à la porte et nous indique que Matthew est attendu sur le plateau. Je trouve là le moyen de mettre un terme à notre discussion et j'emboîte le pas de l'assistant tandis que l'acteur traîne les pieds. Il me boude jusqu'à notre arrivée. Peters m'accueille gentiment. Il me fait prendre place près de lui tandis que les assistants techniques se chargent de la mise en place des acteurs et que Sue fait les ultimes retouches sur le maquillage de Sarah Duff. Dans la grande pièce aménagée en chambre, une bonne trentaine de personnes s'agitent comme des abeilles dans une ruche. J'ai cependant la désagréable sensation d'être une voyeuse.

Peters s'entretient un moment avec son assistant et va discuter sur le plateau avec les deux acteurs qu'il fait venir près de lui. Je le vois faire des gestes, mimer une scène, prendre Sarah dans ses bras en détaillant ce qu'il souhaite voir. Matthew approuve de la tête, mais ses traits sont fermés. De son côté, Sarah semble tout aussi nerveuse que son partenaire. Le réalisateur revient se placer derrière son pupitre à mes côtés et donne alors le feu vert. Je ne quitte pas la scène des yeux, mon pouls accélère dangereusement quand Matthew prend Sarah dans ses bras.

Peters met rapidement fin à cette première tentative. Il retourne vers les acteurs et redonne quelques explications. Un nouveau « action » s'élève derrière moi. Je perçois tout de suite une sensible différence dans le jeu de Matthew, mais Peters ne se montre pas plus content. Au final, ils recommencent dix fois avant que le réalisateur décide que c'est satisfaisant. Cette seule prise de vue pour une scène de cinq minutes dure plus de deux heures. Je profite d'une pause pour aller boire un café. Peters, lui, est infatigable, il affirme vouloir profiter d'un moment où les deux acteurs sont chauds pour enchaîner.

Je renonce à m'y rendre tout de suite et je reste un moment avec mes colocataires à l'arrière. Un assistant réclame les services de Sue quelques instants plus tard et je reviens en sa compagnie vers Peters. Je reste alors statufiée derrière la caméra qui tourne. Matthew n'a pas remarqué ma présence dans l'ombre. Sarah et lui sont entièrement nus, l'un contre l'autre. Peters laisse leur jeu se dérouler sans intervenir une seule fois. Un silence de plomb plane dans la pièce surchauffée. Matthew a ce masque dur que je lui ai déjà vu quand il interprète ce genre de scène. Je me sens presque mal de les voir ainsi enlacés. Je fais un pas en arrière, c'est alors que Matthew se fige. Peters interrompt aussitôt la prise de vue. Il demande à revoir la bande tandis que Vicky se presse d'apporter des peignoirs aux acteurs.

J'éprouve le besoin de prendre l'air et je sors précipitamment. La maison est entourée d'un parc immense dans lequel coule un ruisseau, je vais m'asseoir au bord de l'eau. L'image de Matthew, bien réel cette fois, gémissant dans le cou de sa sublime partenaire, me hante. Il avait raison, je n'aurais pas dû venir sur le plateau. Même s'il ignore mes sentiments à son égard, il a deviné à quel point j'en serais troublée.

— Kate ?

Je me retourne après avoir essayé de me composer un visage que j'espère serein. Matthew est entièrement rhabillé.

— Viens, on rentre ! Le tournage est suspendu pour aujourd'hui, m'apprend-il.

— Mais pourquoi ? fais-je en me levant maladroitement.

— J'ai demandé à John de différer cette scène.

Je le dévisage, stupide. Je me sens fautive et mes joues me trahissent. Ses yeux plongent dans les miens avec un peu trop de perspicacité.

— Tu devrais me remercier de prendre soin de tes nerfs, murmure-t-il avec un sourire désarmant.

— Mes nerfs ?

— OK, tout ça, c'est quand même ta faute. Je n'arrive pas à me concentrer.

— Pour quelle raison ?

— Disons que ce n'est pas une situation normale. Pour la première fois, j'ai l'impression de jouer un rôle. Avec toi dans le coin, je n'arrive pas à rentrer dans la peau du personnage. J'ai l'impression d'être déconnecté.

— Devant Rémi, vous avez joué votre rôle convenablement, lui rappelé-je timidement.

— Sans doute parce que ma partenaire était, ce soir-là, plus crédible que celle d'aujourd'hui.

— Je ne suis pas une actrice.

— Justement !

Il lève la main vers mon visage pour en écarter une mèche, agitée par le vent léger, qui s'obstine devant mes yeux. Je ressens un élan de tout mon corps vers lui et je suis persuadée qu'il éprouve la même chose. Nous restons figés, l'un en face de l'autre, sa main se pose délicatement sur ma joue en feu jusqu'à ce qu'un toussotement nous ramène à la réalité.

— Pourquoi n'as-tu donc pas été capable de me donner ça tout à l'heure ? interroge John Peters qui vient prendre des nouvelles de son acteur récalcitrant.

Matthew retire sa main et baisse la tête en souriant.

— Je ne sais pas...

— Matt, ce n'est pas à moi que tu vas faire gober ça. Là, à l'instant, je viens de voir ce que je veux à l'écran. Je veux une vraie tension.

Peters me regarde en réfléchissant et je me ratatine sur moi-même, penaude. Matthew semble deviner ses pensées et intervient avant que le réalisateur n'en exprime une seule.

— John, j'aimerais avoir quelques jours de vacances, demande-t-il.

Peters ne répond pas immédiatement. Il cherche sur le visage de sa vedette la réponse à ses interrogations muettes. Matthew se laisse étudier sans broncher. La relation entre eux est assez étonnante et se passe de mots.

— Je te demande juste de tourner les scènes suivantes avant, le staff est déjà prêt et Sean doit nous rejoindre mardi, ça m'ennuierait de le décommander. Je te donnerai congé pour une semaine, une seule, Matt. Gray n'aura qu'à s'en prendre à moi. À ton retour, je veux que tu me donnes ça ! exige-t-il en tendant l'index vers Matthew après avoir porté son attention sur moi.

— Tu l'auras.

— Merci, Catherine ! Grâce à vous, je suis rassuré sur les compétences de ce jeune homme, me lance John Peters en s'éloignant à grands pas.

— C'était si mauvais ? questionné-je innocemment Matthew.

— Lamentable ! rit-il, enfin détendu.

— Qui est Gray ?

— Le producteur, autrement dit le porte-monnaie qui va voir le tournage suspendu pendant une semaine.

— Pourquoi ces vacances ?

— J'ai besoin de vérifier quelque chose.

Je sourcille, mais je renonce à le questionner davantage.

* * *

Le village de Méluzon est éloigné de quatre kilomètres. J'emprunte une des voitures de l'équipe pour aller récupérer au bureau de poste le colis que j'attendais. En rentrant, je dois fendre la foule des fans toujours à l'affût du passage de Matthew. J'ouvre la vitre de la voiture et j'avise une fille d'une vingtaine d'années que j'ai déjà repérée quelques jours auparavant. Elle s'accoude volontiers à ma portière.

— Ça fait longtemps que vous êtes là ? demandé-je.

— Je suis en vacances dans le coin, j'ai lu sur le blog de Matthew Dickinson qu'il était en tournage ici. Ça fait trois jours que j'essaye de le voir, se plaint-elle.

— Je vais essayer de vous dégoter un autographe. Comment vous appelez-vous ?

Son visage se fend d'un sourire radieux.

— Oh, merci ! Je m'appelle Énora.

— J'ai noté, lui confirmé-je en redémarrant.

L'enthousiasme de la jeune Énora me réchauffe le cœur. J'en veux à Matthew de se montrer si glacial envers ceux qui lui vouent tant d'amour sans même le connaître. Je déballe mon colis sur le bureau de sa caravane. Lorsqu'il rentre en milieu de matinée, il reste stupéfait devant le tas de photos soigneusement empilées.

— Qu'est-ce que c'est ?

— Des photos de vous, évidemment !

— Que comptes-tu faire de ça ?

— Tenez, lui dis-je en lui tendant un stylo. Écrivez sur celle-là, « bises, merci Énora » et vous signez.

— Qu'est-ce que tu mijotes ?

— Rien, signez-en seulement une et je m'occupe des autres.

Matthew s'exécute en me regardant cependant d'un air méfiant. Je récupère ma photo dédicacée que je fourre dans une pochette avec le reste de la pile. Dès son départ dans l'après-midi, je me mets au travail. J'ai toujours eu un certain don de faussaire. Imiter la signature de mes parents sur le carnet de notes de mon frère était devenu un jeu d'enfant. Le mien n'ayant jamais eu de motif de me faire rougir, j'employais ce talent uniquement au profit des autres. Je sors la pile de photos sur lesquelles je reporte la fausse signature de la star sans autre fioriture. Lorsque j'en ai signé près d'une centaine, j'en range une partie et garde l'autre à portée de main.

L'après-midi est déjà bien entamé, je dirige mes pas vers les cuisines. Monique est déjà en pleine préparation du repas du soir. Je lui propose mon aide qu'elle accepte volontiers, un des commis de cuisine étant malade. C'est en lui prêtant main-forte que je lui annonce mon intention de dîner à sa cantine le soir même.

— Mais ta vedette, qu'est-ce qu'elle va dire ?

— Il dira ce qu'il voudra, j'en ai marre de cet isolement. Je vous entends rire depuis la caravane.

— Alors pour fêter l'événement, que dirais-tu d'un apéro géant ?

— C'est une idée géniale, gloussé-je. Que puis-je faire pour t'aider ?

— Je vais avoir besoin de main-d'œuvre pour réaliser quelques toasts, ma fille !

Je passe ainsi le reste de l'après-midi à badigeonner du pain de mie. J'aperçois les membres de l'équipe de tournage rentrer, les uns après les autres. Je m'excuse auprès de Monique et l'assure de ma présence aux alentours de vingt heures. Matthew rentre presque en même temps que moi. Je lui fais part aussitôt de mon intention de dîner parmi les techniciens. Il me regarde stupéfait.

— En quel honneur ?

— Le plaisir de partager un moment de convivialité. Venez, ça vous changerait de votre habitude d'être toujours enfermé.

— Sans façon, décline-t-il, comme je m'y attendais.

Sur le coup des vingt heures, je l'abandonne à son triste sort. Je suis accueillie chaleureusement et on nous remercie de cette idée que tous s'accordent à trouver formidable. John Peters se joint à nous avec grand plaisir et même s'il constate, déçu, que ses deux acteurs principaux snobent la fête, il fait néanmoins ouvrir quelques bouteilles de champagne. Je verse deux flûtes et je vais jusqu'à la caravane de Matthew. Il m'adresse un regard surpris et rieur quand je lui tends le verre de champagne.

— Il ne manque que vous. Venez ! Je vous assure que vous passerez un bon moment.

— Je suis convaincu que tu es à l'origine de cette curieuse fête improvisée.

— Allez savoir ! réponds-je en levant mon verre. Matthew ?

Il hésite, puis lève son verre à son tour.

— Je te suis, cède-t-il, goguenard.

Notre arrivée est saluée par un tonnerre d'applaudissements et des exclamations de joie. Matthew s'en montre étonné. Intérieurement, je jubile. John Peters porte un toast au succès du film qui est encore loin d'être fini. Sarah Duff cède elle aussi à la curiosité et accepte de se joindre à nous. C'est donc l'équipe au grand complet qui s'installe autour des tables. Fidèle à mes habitudes, je ne résiste pas au besoin d'aider au service. Tout d'abord agacé par mon absence, Matthew trouve l'occasion de montrer à tous qu'il est capable d'un certain humour. Il se lève et débarrasse avec moi les assiettes sales des membres de l'équipe. Il fait preuve d'un talent comique fort apprécié.

Finalement, chacun prête son concours en cuisine dans la bonne humeur générale. Deux techniciens sont allés chercher leurs guitares et le chef opérateur allume un feu de camp. Nous sommes environ une trentaine à nous asseoir autour du brasier. Je ramène avec moi deux grandes cafetières entièrement vidées. Matthew s'installe près de moi. Les guitares passent de mains en mains au gré des inspirations jusqu'au moment où Matthew en réclame une. Sa voix se pose merveilleusement sur les notes limpides de l'instrument. Toute l'assistance est sous le charme. Lorsque la chanson s'arrête, le silence se prolonge quelques secondes. Nous sommes tous subjugués par ce talent dont personne n'était au courant. Peters applaudit le premier, immédiatement suivi des autres. Je ne peux me résoudre à les imiter. Une grosse boule dans ma gorge menace de déborder. J'ai ressenti une immense tristesse avec cette mélodie magnifique et mes sentiments me submergent. Je file rapidement dissimuler mon trouble en cuisine.

— Qu'est-ce qu'il y a, fille ? demande Monique en me voyant revenir vers elle. Tu sembles toute tourneboulée.

— Je ne savais pas que Matthew jouait aussi bien.

— Oui, j'ai entendu. Ça m'a collé des frissons. Eh bé, tu vas pouvoir lui dire, le vlà qu'arrive ! me fait-elle remarquer en désignant l'entrée de la cuisine.

— Besoin d'aide ? propose malicieusement Matthew.

— Non, gars, c'est fini pour ce soir. C'était drôlement joli, ta chanson. La petite peine à s'en remettre, clame Monique.

Je manque m'étrangler. Matthew sourcille en me regardant.

— Ça t'a vraiment plu ?

— Plus que ça ! Vous en avez beaucoup d'autres comme ça ?

— Quelques-unes. Ce ne sont que des morceaux que j'ai griffonnés sur des papiers, je sais même plus où ils se trouvent.

— Vous devriez les chercher.

Matthew s'amuse de mon enthousiasme.

— Merci, Kate... pour cette soirée. C'était de loin la meilleure que j'ai passée sur un tournage.

— Cette petite, c'est un rayon de soleil ! s'écrie Monique en repassant vers nous.

— Le rayon de soleil a très envie de s'éclipser, affirmé-je. Demain, une autre journée nous attend.

Avant de prendre congé, l'acteur déclare soudain à Monique qu'il compte prendre ses repas dans sa cantine. Elle manifeste bruyamment sa joie, ce qui fait que le reste de l'équipe est au courant. Je ris encore en regagnant ma caravane avec un Matthew aussi gai que moi. Il hésite au moment de me dire bonsoir. La lumière dans le séjour indique que Vicky et Sue sont déjà rentrées.

— Tu as une drôle de façon de forcer les gens, affirme-t-il.

— Je n'ai forcé personne. Comme on dit chez moi : « On ne prêche pas un convaincu. »

— Nous en reparlerons une autre fois, Mademoiselle Dutilleux, élude-t-il.

— Bonne nuit, Monsieur Dickinson.

— Bonne nuit, Kate.

Sa voix se fait velours et j'ai toutes les peines du monde à m'éloigner de lui pour rentrer. Je suis ravie de cette journée. Je me glisse avec plaisir sous ma couette et je ne compte pas trois moutons avant de m'endormir.

* * *

Matthew est d'excellente humeur le lendemain matin. Son apparition au-dehors déclenche aussitôt les cris de ses fans. Je remonte alors rapidement dans la caravane et je reviens vers lui en lui tendant un paquet de photos et un crayon.

— Signez-en quelques-unes de manière très ostensible.

— C'est quoi, ce truc ? fait-il en découvrant, ébahi, sa signature sur le reste des photos. Tu joues les faussaires à présent ?

— Vos fans désespèrent de jamais vous approcher, réponds-je tandis qu'il signe quelques exemplaires vierges.

Je lui confisque le stylo et je m'enfuis en courant vers les barrières gardées par les vigiles. Je distribue les autographes que les fans s'arrachent en quelques secondes. Parmi eux, je retrouve Énora à qui je tends la dédicace que j'ai extorquée à la star. Elle sautille sur place, enchantée.

— C'est son stylo ? demande-t-elle en désignant le crayon que je tiens toujours en main.

— Oui. Tiens, je te l'offre.

La jeune fille le fourre aussitôt dans son sac.

— J'aurais bien aimé qu'il vienne jusqu'à nous, reprend-elle d'un ton maussade.

— Il doit tourner une scène difficile et il a un peu de mal à se concentrer. En tout cas, il vous remercie du fond du cœur d'être venus le voir.

— Dites-lui qu'on l'aime, s'écrie une autre jeune fille derrière.

Je reviens en trottinant vers ma caravane, le cœur léger d'avoir accompli ma petite idée. Matthew n'est pas encore parti. Il m'observe d'un air songeur.

— Vos fans me demandent de vous dire qu'elles vous aiment, le taquiné-je.

— Tu es décidément quelqu'un à qui on ne s'habitue pas.

— C'est un compliment ça ?

— C'était gentil de ta part.

— Dans ce cas vous signerez les quatre cents autres photos.

— Certainement pas, tu le fais mieux que moi.

— Lâcheur ! lancé-je en rentrant chez moi.

— Kate... merci !

— Oh, deux fois en deux jours, prenez garde, vous mollissez !

— Et toi, tu deviens impertinente.

— C'est juste. Je vais reprendre ma tenue de majordome et mon chignon.

— Ça, je te l'interdis. J'ai eu bien trop de mal à t'en débarrasser.

— C'est vous qui l'aurez voulu, menacé-je, joueuse.

Il hausse les épaules et s'éloigne.

* * *

Sean Hendricks est attendu dans la soirée. Peters a fait appel à lui pour quelques scènes où il incarne un rival temporaire du personnage de Matthew. Je suis étonnée qu'il ait accepté ce qui ne représente pour lui qu'une apparition. Dans mon esprit, Hendricks est déjà une star confirmée.

— Il a fait deux films qui ont à peu près bien marché, c'est tout. Il a construit le reste de sa popularité à coups de contrats publicitaires, m'explique Vicky.

— Pourquoi avoir fait appel à lui ?

— Deux beaux gosses à l'affiche, les salles vont se remplir de nénettes, rigole-t-elle.

Lors du dîner, Matthew fait le tour de la table pour serrer les mains des techniciens qu'il n'a pas encore eu l'occasion de croiser dans la journée. Ils échangent même quelques plaisanteries. Il s'installe en face de moi, au bout de la rangée, et me gratifie de son petit sourire en coin sans faire le moindre commentaire. Il se montre abordable envers tout le monde au cours du repas et va saluer Monique en cuisine. Elle en est si émue qu'il a droit à une part de tarte supplémentaire, soulevant ainsi une clameur de protestations des autres convives. Il s'en tire avec une élégante révérence qui recueille quelques applaudissements.

La place de Peters est restée vacante. Le réalisateur fait la visite du plateau avec Hendricks pour qu'il puisse démarrer dès le lendemain. C'est au moment du café que Peters amène la vedette vers nous. Sean Hendricks est souriant, beau à tomber. Ses cheveux bruns coupés très court, son visage aux traits fins mais volontaires, et ses yeux lumineux lui confèrent un air mystérieux intimidant. Sa poignée de main est franche et ses yeux se vrillent sur les miens avec une intensité insupportable. Je le salue rapidement et Peters confisque ses acteurs pour le reste de la soirée. Je décide de rester avec Vicky et Sue qui se remet difficilement de sa rencontre avec le beau Sean.

Le lendemain, je trouve Matthew déjà debout en venant préparer le café. Il s'amuse de mon air sérieux. J'ai du mal à croire qu'il ait autant changé en quelques jours. Je suis loin encore d'imaginer la surprise qu'il réserve en sortant, quand je le vois s'avancer vers les grilles où j'entends monter de véritables hurlements de joie. Les vigiles ont un mal fou à contenir les fans qui s'agglutinent devant eux pour être sûrs d'approcher Matthew. Il salue d'abord les gardiens tout aussi épatés que les fans puis serre quelques mains qui se tendent frénétiquement vers lui. Un des vigiles doit le récupérer des griffes d'une fille qui est parvenue à l'attirer trop près des barrières. Il met alors un terme à ce bain de foule improvisé et revient tranquillement vers moi. Je suis encore sous le choc de la surprise, mais l'inquiétude est venue contrarier ma joie.

— Je crois qu'il vaudrait mieux ne pas récidiver trop souvent, déclaré-je quand il arrive à ma hauteur.

— Tu penses comme le vigile Antoine.

— Si ça venait à se savoir que vous allez à leur rencontre, ils seraient encore plus nombreux demain.

— Disons que j'ai accompli ma bonne action du jour. Tu as eu peur ?

— Un peu, pauvre Antoine ! ironisé-je, et Matthew éclate d'un rire sonore.

Son départ, un peu plus tard, ramène la tranquillité et le silence. Durant toute la journée, un calme reposant règne dans le camp. Pratiquement toutes les équipes techniques sont mobilisées sur le plateau. La météo est au beau fixe et une chaleur estivale donne des airs de vacances à notre camping grand luxe. Après avoir mis à jour le blog de Matthew et rangé sa caravane, je file rejoindre Monique en cuisine. J'approuve son choix de repas froid pour le soir et lui apporte mon aide. Après une telle journée de travail, je suppose qu'ils seront morts de fatigue. En fait, il n'en est rien. Petit à petit, nous assistons, depuis la cantine où je finis de dresser les tables, au retour des techniciens et des figurants. Ils sont tous d'excellente humeur. Le tournage a dû bien se passer.

Mon impression est confirmée à l'arrivée groupée de Peters et des acteurs. Matthew et Sean semblent s'entendre, Sarah Duff fait visiblement l'objet de leurs plaisanteries qu'elle prend avec humour sous l'œil paternaliste du réalisateur. Le sourire de Matthew s'élargit quand il m'aperçoit, il se penche vers moi pour me demander ce qu'il y a de bon au menu. Sean nous observe, intrigué. Je rétablis aussitôt une distance plus convenable entre Matthew et moi avant de répondre, ce dernier s'installe à sa place habituelle. Sean Hendricks s'attable à côté de lui tandis que Sue et Vicky se rapprochent sensiblement pour mieux profiter de la présence du bel acteur. Dès le début du repas, je me sens observée par la paire d'yeux bleus en face de moi. Pour me soustraire à cet examen gênant, je ne cesse de faire des allées et venues vers la cuisine. C'est après avoir débarrassé les assiettes que je comprends que je suis devenue *le* sujet de conversation.

— Je voulais savoir qui tu étais exactement, déclare Sean en me souriant d'une façon renversante.

Je sourcille, embarrassée. Matthew, lui, détourne son regard devenu nettement soucieux.

— Cette petite est un amour ! tonne Monique en s'appuyant sur mon épaule. Elle est aux petits soins pour tout le monde ici, j'ai rarement vu ça ailleurs.

— Tu parles ! lance Roger, le directeur de la photographie. Matt préfère la garder pour lui seul.

— C'est normal, c'est lui qui l'emploie, précise John Peters en me regardant.

Je rougis stupidement.

— C'est vrai ? s'enquiert Sean en se tournant vers Matthew.

— Oui, admet ce dernier, contrarié.

— J'aimerais comprendre, insiste Sean en reportant son regard hypnotique sur moi. Quelles sont tes fonctions ?

— Je suis ce qu'on pourrait appeler une « gouvernante ».

— Une gouvernante ? s'exclame Sean, à la fois surpris et amusé.

— Je déteste ce qualificatif ! aboie soudain Matthew en se levant.

— C'est pourtant ce que je suis, répliqué-je d'un ton froid, douchée par sa réaction.

— Ça n'amuse que toi, me jette-t-il en abandonnant sa serviette sur la table.

Je hausse les épaules tandis qu'il nous quitte après avoir salué brièvement.

— SSSSSSS ! siffle Roger. En voilà un qui n'a pas apprécié !

— Je suis désolé, je crois que j'ai créé un malentendu entre vous, s'excuse Sean.

— Non, vous n'y êtes pour rien. J'ai l'habitude des sautes d'humeur de Matthew Dickinson. Il est seulement rare qu'il y ait des spectateurs, le rassuré-je.

— J'en suis témoin, confirme Sue, la seule qui a eu l'occasion d'en profiter.

La réaction tempétueuse de Matthew a refroidi l'ambiance et les convives quittent un à un la cantine. Il ne reste bientôt plus que Vicky, Sue, Peters, Hendricks et moi. Au bout d'un bon moment durant lequel la conversation tourne autour du film, Peters annonce son intention d'aller se coucher. Il est déjà plus de vingt-deux heures, les filles finissent par se lasser à leur tour et me demandent si je les accompagne.

— Non, je vais finir de débarrasser. J'ai besoin de me changer les idées.

Elles nous souhaitent donc bonsoir sans insister et prennent le chemin de notre caravane. Sean est resté assis à sa place.

— Tu es sûre que je n'ai pas causé d'embrouilles ? s'inquiète-t-il.

— Certaine !

— Pourquoi Matt a-t-il réagi comme ça ?

— Ça, je l'ignore.

— Comment t'es-tu retrouvée ici ?

— C'est une histoire entre Monsieur Dickinson et moi. Il m'a engagée pour gérer son emploi du temps pendant ce tournage.

— Tout le monde a l'air de t'apprécier.

— J'ai du temps libre pendant que Matthew travaille. Je ne sais pas rester à ne rien faire.

— J'ai cru que tu étais une jeune actrice encore inconnue, affirme-t-il, séducteur au possible.

J'ai du mal à rester stoïque.

— Eh bien, non.

— C'est dommage, j'aurais bien aimé te donner la réplique.

— Matthew prétend que je n'ai aucun talent.

— Matt ne semble pas apprécier ce qu'il a à sa juste valeur.

— Je crois que vous portez peut-être un jugement hâtif.

— Je voulais juste te faire un compliment, je me suis planté.

Je suis un instant déstabilisée. Sean me poignarde de ses yeux irrésistibles.

— Je vais aller me coucher, bredouillé-je.

— Je t'accompagne, si tu permets. Catherine, c'est ça ?

— Appelez-moi Kate, comme tout le monde, ris-je en le voyant buter sur la prononciation de mon prénom.

— OK, Kate, à condition que tu m'appelles pareillement par mon prénom.

— Très bien, Sean !

— Ouf, je me suis fait pardonner pour cette soirée ratée, plaisante-t-il. Accepterais-tu que je t'invite à une soirée que je tâcherai de réussir cette fois ?

— Le moins qu'on puisse dire c'est que tu ne perds pas ton temps, objecté-je.

— Je ne suis ici que pour quelques jours. J'ai assez peu l'occasion de rencontrer des êtres humains normaux. Alors ?

— Je ne sais pas.

— C'est Matt qui te pose un problème ?

— Je suis son employée, je dois l'avertir.

— Dans ce cas, tu me diras.

Je hoche la tête en guise d'assentiment et nous quittons la cantine. Sean me raccompagne jusqu'à ma porte. La caravane de Matthew est encore éclairée, mais je n'ai pas le cœur à lui rendre visite.

— Ton patron ne dort pas encore, ne fais pas de bruit ! chuchote Sean à mon oreille.

Il pose un baiser léger sur ma joue. Je n'ai même pas eu le temps de le voir venir. Il m'adresse un ultime regard à faire fondre la banquise et s'éloigne rapidement tandis que je rentre penaude. Je mets longtemps avant de m'endormir. Mes pensées glissent sans arrêt vers Matthew. Je n'ai pas très bien compris ni accepté son mouvement d'humeur public à mon égard. Je ne vois pas en quoi le fait de rappeler ce que je suis l'a à ce point contrarié.

* * *

Quand j'ouvre la fenêtre de ma chambre le lendemain, la chaleur qui règne déjà au-dehors est écrasante. Il est tout au plus six heures et demie, mais le thermomètre doit flirter avec les vingt-cinq degrés. La journée promet d'être caniculaire même ici, en

Normandie. J'opte pour une robe légère d'un bleu marine profond que j'ai pris la précaution d'emporter et je remonte mes cheveux pour ne pas souffrir trop de la chaleur que je n'apprécie pas particulièrement. Vicky est déjà levée quand je sors de la salle de bains, elle pousse un sifflement approbateur.

— Tu vas faire des ravages, me taquine-t-elle en me faisant tourner sur moi-même.

— Ce n'est pourtant pas ce que j'ai de plus présent dans mes bagages.

— Pour ça, demande-moi, j'ai tout un stock prêt à servir. Je suis sûre de te dégoter des petites merveilles.

Je la remercie avant de rejoindre la caravane de Matthew, munie des croissants récupérés à la cuisine. Ce dernier dort toujours. Un grognement rageur accueille le rayon de soleil puissant qui inonde la chambre lorsque j'entrouvre les stores.

— Kate, pitié ! grommelle-t-il.

Compatissante, je referme un peu le volet.

— Il va faire très chaud aujourd'hui, annoncé-je.

Matthew sort la tête de son oreiller et reste abasourdi, appuyé sur son coude.

— Café ? proposé-je aimablement.

— Oui, répond-il en fronçant les sourcils, l'air contrarié.

Je file vers le séjour, satisfaite de l'effet de surprise. Il ne tarde pas à m'y rejoindre. Comme d'ordinaire, il ne porte qu'un simple caleçon. Je verse un nouveau café dans le bol qu'il me rend. Je sens sa présence derrière moi, je perçois même un très léger souffle sur ma nuque, un frisson délicieux. Je feins l'indifférence et me retourne avec précaution. Matthew m'observe sans rien dire, il reçoit sa tasse sans me remercier. J'ai du mal à comprendre sa mauvaise humeur de plus en plus perceptible.

— Qu'est-ce qui ne va pas ? finis-je par demander, quand au bout de trois phrases, il s'est contenté d'onomatopées pour me répondre.

— Tu es rentrée tard, hier soir, attaque-t-il.

— Pas tant que ça, j'ai fini d'aider à la cuisine.

— Pourquoi te donnes-tu tant de mal ? Ce n'est pas ton boulot, me rappelle-t-il.

Je me mords la langue pour ne pas jurer.

— Je sais, mais ça me fait plaisir d'aider Monique. Vous n'avez pas à vous plaindre, c'est du bénévolat, et il me semble que mon travail officiel n'a pas à en souffrir quand bien même cela vous déplaît que je vous le rappelle.

— Ça ne regardait personne, se justifie-t-il.

— Sauf que personne n'ignore que je suis votre employée. Je ne vois pas quel mal il y a à cela.

— Tu ne comprends rien ! rugit-il, furieux.

Deux grandes respirations m'aident à calmer mes nerfs à vif.

— La présence de Sean Hendricks a déclenché un sursaut de féminité ? insinue-t-il en me toisant des pieds à la tête.

— Sauf si Sean Hendricks parvient à prouver qu'il fait la pluie et le beau temps et qu'il est responsable des trente-cinq degrés annoncés, non !

— Il a été assez aimable pour te raccompagner. Que penses-tu de lui ? reprend Matthew, inquisiteur.

— Je ne crois pas que vous ayez besoin de savoir ce que je pense de Sean.

— Sean ? Formidable, cingle-t-il d'un ton acide.

La colère me monte à la tête dans une vague qui noie mes meilleures intentions.

— Je suis libre de fréquenter qui je veux comme je veux, Monsieur Dickinson. La façon dont j'occupe mon temps libre ne regarde que moi, que ce soit pour faire la vaisselle ou pour sortir avec quelqu'un qui me plaît. Pour le reste, ne craignez rien, je continue à remplir mon décompte horaire.

— Sean Hendricks te plaît ? relève-t-il.

— Ce n'est pas ce que j'ai dit.

— Si ! aboie-t-il.

— Vous êtes attendu sur le plateau dans moins d'une heure.

— Bien sûr, Catherine Dutilleux se défile, coasse-t-il.

— Au fait, j'ai oublié de vous dire que ce soir je dîne dehors, balancé-je d'un ton calme et déterminé.

Je vois Matthew perdre le sourire narquois qu'il arborait.

— J'ai accepté une invitation de Sean, ajouté-je avant de faire une sortie théâtrale.

Il ne me reste plus qu'à dégoter Hendricks rapidement avant que Matthew ne lui mette la main dessus. Il m'ouvre lui-même quand je frappe à sa porte. Il vient de prendre sa douche et il est en peignoir de bain, les cheveux mouillés et pas encore rasé. Mon cœur fait un petit bond devant tant de masculine beauté.

— Kate ? Un problème ? s'inquiète-t-il devant mon air mal remis de ma dispute avec Matthew.

— Non, je voulais te dire que… j'acceptais ton invitation à dîner.

— Génial ! Ce soir ?

— Sans problème.

— Matthew n'a pas bronché ?

— Je n'ai pas vraiment attendu son accord, grimacé-je.

— OK, je vois le genre. Ne t'inquiète pas, je lui expliquerai.

— Si j'étais toi, je n'aborderais pas le sujet.

— Nous en rediscuterons ce soir, je dois me préparer.

— Je te laisse, acquiescé-je en m'éloignant.

— Fais-toi jolie !

Je souris et je galope jusqu'à ma caravane.

— Vicky ? hurlé-je en rentrant comme une tornade. J'ai besoin de tes services. Tu sais, ta proposition… il me faut une robe pour sortir ce soir !

— Sortir comment ?

— Dîner.

— Qui ça ? Matthew ?

— Non, Sean !

— Oh, ben ça ! hoquette-t-elle. Matt est au courant ?

— Oui.

— Comment a-t-il pris le truc ?

— Je n'en sais rien, nous sommes un peu… fâchés.

— OK, je vais te trouver un truc de dingue.

— Merci ! soupiré-je, soulagée.

* * *

Durant toute la journée, je ressasse les propos agressifs de Matthew. J'ai en mémoire ses phrases cinglantes, le fait que je suis rentrée en compagnie de Sean, le fait que je l'aborde facilement et pas lui. Si ce n'est pas de la jalousie, ça en a la saveur plutôt agréable de mon point de vue. Heureusement, plusieurs tâches administratives me permettent d'oublier un peu mes folles idées et de me remettre à ma place. Vers dix-huit heures, Vicky et Sue affichent des mines de comploteuses en rentrant.

— Écoute, ne te fâche pas, Kate, mais on sait où Sean a l'intention de t'emmener dîner. Sue l'a entendu prendre la réservation pendant qu'elle le maquillait, explique Vicky. Du coup, ça a été plus facile pour moi de choisir ta robe. Regarde, qu'est-ce que tu en penses ? s'enquiert-elle en dépliant devant moi une sublime robe de mousseline de soie grise au décolleté souligné de broderie argent.

— D'où sors-tu cette merveille ? soufflé-je, sous le charme.

— C'est un modèle qui ne va pas à Sarah, mais je suis certaine qu'il conviendra parfaitement à ton teint clair. Allez, dépêche-toi, passe-la que je vois si j'ai des retouches à faire pendant que Sue te maquille.

— Hein ?

— Ne discute pas ! Sean sera là dans moins d'une heure.

J'enfile à la hâte la robe de Vicky. Elle siffle en me voyant revenir.

— Tu es magnifique. Je me suis pas trompée, estime-t-elle, satisfaite. Mets ça !

Elle me tend une paire de chaussures assorties dont le talon haut me fait un peu peur. Vicky fronce les sourcils, mécontente d'un pli qu'elle juge fâcheux à la taille. Personnellement je n'y vois rien de dramatique, mais elle se saisit de ses précieuses épingles pour l'ajuster parfaitement. Je lui rends la robe et Sue ne me laisse pas souffler. Elle me fait asseoir sur une chaise du séjour et sort son matériel.

— Laisse-toi faire, gronde-t-elle quand je lui fais remarquer que je ne suis pas une star invitée à une remise de trophée.

Sue prend son temps tandis que Vicky achève sa couture. Mes deux complices m'aident à enfiler la robe sans ruiner mon maquillage. Sue attache mes cheveux dans un joli chignon dont des boucles sauvages s'échappent le long de mes joues. J'enfile les chaussures et seulement à ce moment-là, j'ai le droit de me regarder dans le miroir. Je manque de ne pas me reconnaître. Le résultat du travail de mes amies est plus qu'une transformation, c'est une véritable métamorphose.

Cendrillon devenue princesse.

Un joli rose égaye mes joues quand je constate la façon dont ma poitrine est mise en valeur et dont ma taille fine est soulignée. La robe joue légèrement sur mes genoux et les talons hauts élancent ma silhouette.

— Ça te plaît ? veut savoir Sue.

— Je ne me reconnais pas, je suis... belle !

— Mais tu es belle, y a que toi pour penser le contraire, assure Vicky.

Deux coups à notre porte m'interrompent dans ma contemplation.

— Ça doit être Sean, chuchote Sue en allant ouvrir.

— Kate est là ? monte alors une voix qui me fait sursauter de confusion.

— Oui, répond Sue en cédant le passage à Matthew.

Il entre et se statufie.

— On va vous laisser. Je préviens Sean que tu es prête, suggère Vicky.

— Oui merci, Vic... dis-lui que j'arrive tout de suite, assuré-je, décidée à défier Matthew qui ne semble pas se remettre du choc que lui a causé ma tenue.

— Je venais voir si tu sortais vraiment ce soir, je suis fixé, dit-il.

— Vous pouviez vous contenter du téléphone.

— Je préférais te présenter mes excuses en face.

Je le dévisage, incrédule.

Des excuses ?

Je sens mon estomac se nouer. Puis mon esprit imagine un autre mobile à cette visite.

Et si Matthew cherchait un moyen pour gâcher la soirée à défaut de m'empêcher de m'y rendre ?

— Je les accepte. Ne vous inquiétez pas, je serai à l'heure demain matin.

— J'en doute. Sean Hendricks apprécie les jolies femmes et je ne crois pas qu'il te laissera lui échapper facilement.

Son allusion trop grossière me choque.

— Puisqu'il apprécie les jolies femmes, je ne crains rien.

— Tu es stupide.

— Je sais, vous me l'avez déjà dit.

— Kate, arrête ça ! Je ne veux pas te voir souffrir pour ce bellâtre. Au demeurant, tu es… magnifique, ajoute-t-il doucement.

— Merci de votre prévenance, Monsieur Dickinson. Je dois y aller.

Ses traits se durcissent sous le coup bas que je lui porte. Il a l'air malheureux et mon cœur flanche. J'aurais tellement préféré qu'il soit à la place de Sean. J'ai l'impression qu'un océan nous éloigne sans arrêt l'un de l'autre.

— Je serai là demain matin, murmuré-je sur le pas de la porte.

Il se tourne vers moi, les sourcils froncés, l'œil noir, puis il réprime un petit ricanement amer et je sors, déçue. Sean m'attend près d'une voiture de sport incroyable. Dans son costume noir, il me fait penser à James Bond dont il pourrait incarner le rôle à merveille, son seul défaut étant sans doute de n'être pas anglais. Il me complimente sur ma tenue et m'ouvre galamment la portière. Sean a vingt-huit ans et joue sur la gamme complète du parfait gentleman. Cela m'amuse plus que ça ne m'impressionne véritablement. Je me laisse cependant faire avec complaisance, après tout, ça ne m'arrive pas tous les quatre matins. Il prend la route sans chercher à m'épater par la vitesse du bolide, devinant que cet argument paraîtrait trop grossier. La voiture à elle seule constitue déjà matière à découverte pour moi. Une Ferrari n'a rien de commun avec ma pauvre 106 d'occasion. Il se gare après une demi-heure de trajet devant l'entrée du plus grand hôtel de Deauville. Habituée à cette ambiance, je n'ai guère de mal à me sentir à l'aise.

— Tu es quelqu'un de stupéfiant. Moi qui pensais t'épater ce soir, j'en suis pour mes frais, rigole Sean sans fausse modestie.

— J'ai l'habitude de ce genre d'endroits. Je travaille depuis plus de deux ans dans un palace, expliqué-je sans détour.

— Oh ! Je savais que Matt avait des goûts de luxe.

— Nous devrions laisser Matthew Dickinson en dehors de notre conversation.

— Laisse-moi juste te dire que le tournage ne s'est pas très bien déroulé aujourd'hui. Ton patron a eu ses humeurs. Il a voulu me casser la figure.

— Quoi ? sursauté-je, décontenancée.

— Je crois que tu constitues un sujet sur lequel il ne vaut mieux pas le chatouiller.

— Te casser la figure ? répété-je, abasourdie.

— La scène de bagarre entre nous aurait pu être plus vraie que nature si Peters n'était pas intervenu.

— Qu'est-ce que tu lui as dit ? l'accusé-je.

— Hey, doucement ! C'est Matt qui a commencé. Notre soirée ne lui plaît pas. Il a peur que je t'enlève, sourit-il en jouant de son regard.

— C'est idiot !

— Pourquoi dis-tu ça ? Ça ne te tenterait pas, une escapade en ma compagnie ?

— Sean... pourrait-on revenir à des sujets moins professionnels ?

— Mais ça n'a rien de professionnel.

— Parler de Matthew, c'est professionnel !

— Je ne suis pas sûr qu'il l'entende de cette façon. Il est jaloux ce soir et je t'assure qu'à te voir, je peux le comprendre.

— Sean, je ne suis pas sensible à la flatterie.

— Alors, champagne ?

— Volontiers, accepté-je pour mettre un terme à cet échange délicat.

Le reste de la soirée est nettement plus agréable. Sean évoque sa carrière, sa jeunesse passée dans les quartiers chics de Los Angeles qui lui a donné envie de faire ce métier. Il me pose de très rares questions sur moi, préférant nettement se livrer. Je l'écoute parfois d'une oreille distraite, songeant à plusieurs reprises à ce que Matthew doit être en train de penser. Jusqu'au bout, Sean se montre d'une courtoisie sans faille. Vers vingt-trois heures, toutefois, je manifeste mon désir de rentrer.

— Tu es pressée ? me demande-t-il.

— Je dois me lever tôt demain.

— Matthew a bien de la chance de te trouver à son réveil, murmure-t-il en enlaçant ma taille pour sortir.

— Vu la façon dont je le tire du lit, ça m'étonnerait qu'il s'estime chanceux.

— Pourrais-je espérer bénéficier du même traitement ?

Je desserre son étreinte et je lui fais face.

— J'ai bien assez d'un patron récalcitrant.

— Je ne parlais pas de te payer pour ça, moi, dit-il d'une voix sourde et sensuelle.

— J'aimerais rentrer, coupé-je plus sèchement.

Le trajet du retour me paraît durer une éternité. Je crains que le bel acteur se soit mépris sur le sens de mes paroles, car il glisse sa main sur mon genou en conduisant. Je le repousse gentiment, ce qui déclenche son rire.

— J'ai la sensation bizarre de faire exactement tout ce qu'il ne faut pas avec toi.

— C'est un peu ça. Je ne suis pas le genre de fille que tu as l'habitude de fréquenter. Il ne faut pas te fier à mon déguisement de ce soir.

— Tu es sublime.

— Ça ne change rien à ce que je suis.

— Je suis sincère avec toi, je ne vais pas te raconter de salades inutiles, ni te proposer le mariage demain.

— Je m'en doutais bien.

— Alors c'est quoi ? Dis-moi ce qui t'empêche de passer la nuit avec moi.

— Je vais te paraître sans doute stupide, mais je suis de celles qui croient encore au grand amour. Je ne sépare pas le sexe et les sentiments, pour moi, l'un ne va pas sans l'autre.

— Waouh ! s'esclaffe-t-il. C'est beau le romantisme !

— Tu peux rire, mais c'est comme ça.

— Je ne me moque pas, j'admire.

— Très drôle !

Sean engage la voiture dans l'allée menant au campement et éteint le moteur.

— Je n'ai donc aucun espoir de te convaincre ?

— Non.

— Dans notre milieu, on ne rencontre pas souvent des femmes comme toi, je respecte ton choix. J'ai passé une très bonne soirée, affirme Sean d'un ton tout à fait sincère.

— Moi aussi.

— Il n'empêche que je trouve que Matt a vraiment de la chance, boude-t-il en m'ouvrant la portière.

— Souviens-toi, service grand luxe ! Mes tarifs sont inabordables désormais, plaisanté-je.

— Tu regretteras ton refus le jour où j'irai chercher mon Oscar à la tribune.

— Je ne suis pas sûre d'y être jamais invitée, rectifié-je, sceptique.

Préférant couper court à notre conversation, je prends le chemin de ma caravane. Sean me donne le bras jusqu'à ma porte. Je veux le remercier une dernière fois avant de rentrer, mais il en profite pour m'attirer à lui. Je lui résiste en plaquant mes mains contre sa poitrine.

— Tu es en train de tout gâcher, menacé-je, plus en colère qu'autre chose.

— Je tiens à ce que tu saches ce que tu rates.

— Je n'ai pas besoin de ça.

— Tu m'obliges encore à faire preuve d'élégance. À demain, Kate, sourit-il, vaincu.

— À demain ! soupiré-je, soulagée.

Je le regarde s'éloigner et je risque un œil vers la caravane de Matthew où la lumière brille encore. Il me semble apercevoir une ombre derrière les stores, mais peut-être est-ce l'effet de mon propre désir. Toute la soirée, il a été présent dans mon esprit, nos relations actuelles me préoccupent énormément. Je ne sais plus où j'en suis exactement et j'ignore ce qu'il pense. Il m'arrive de croire qu'il éprouve un certain intérêt pour moi, mais chaque fois, nos rapports se tendent comme si nous refusions l'un et l'autre d'abolir les frontières purement professionnelles que nous avons établies entre nous.

6

Fly me to the moon

Le lendemain, Vicky et Sue me pressent de questions sur ma soirée. Je ne leur en livre que l'essentiel. Lorsque je les interroge sur l'incident entre les deux acteurs, la veille, Vicky m'explique que Matthew s'est montré particulièrement nerveux avant la prise de vue et qu'il a clairement agressé Sean au moment de la scène de bagarre.

— Sean lui a dit un truc qui ne lui a pas plu et Matt s'en est pris à lui. Il a fallu que les techniciens interviennent pour les empêcher de se battre pour de bon. Il paraît que la prise de vue était du coup… géniale.

— Et après ?

— Matt est allé se calmer dehors et Peters a suspendu le travail. Il est allé le trouver, mais j'ignore ce qu'ils se sont dit.

Je me hâte de me préparer pour aller voir de moimême l'état de Matthew. À mon arrivée, je n'ai aucun scrupule à faire du remue-ménage pour lui rappeler ma promesse d'être à l'heure. Quand j'entre dans sa chambre, il se redresse, encore à moitié endormi.

— Bonjour, Matthew, lui envoyé-je, aimablement. Café ?

— Pourquoi me poses-tu chaque matin la question alors que tu en connais la réponse ? grommelle-t-il.

— Déformation professionnelle.

— Tu as l'air de bonne humeur.

— Je le suis, pas vous ? attaqué-je sournoisement.

Matthew ne me répond pas, avale son café et passe directement à la douche sans prendre le temps de me suivre à la cuisine contrairement à d'habitude. J'ai donc le loisir de préparer le petit déjeuner et de prendre un café, seule, en regardant les titres de la presse sur Internet. Quand il arrive, son humeur est à peine meilleure. Il se moque pas mal de savoir que son dernier film rencontre un succès monstre. J'ai l'impression de me heurter à un gamin capricieux à qui on aurait refusé quelque chose.

— Puis-je savoir ce qui ne va pas ? réclamé-je finalement.

— Tout va bien.

— Ce n'est pas l'impression que vous donnez.

— Je n'ai pas passé une excellente soirée, admet-il enfin.

En d'autres temps, je me serais abstenue de relever, mais j'en suis arrivée à un tel point de confusion que j'ose lui en demander la cause. Matthew plante son regard farouche dans le mien.

— Je ne pensais pas que tu rentrerais si tôt. Sean Hendricks n'a pas dû apprécier.

— Il s'est montré courtois. Il me semble avoir entendu que ça n'avait pas été votre cas.

— La rumeur circule vite.

— Terriblement.

— C'est une explication que tu attends ?

— En aucune façon, vous le savez bien.

Matthew s'étire, puis son sourire en coin renaît sur ses lèvres.

— Ça te dirait d'aller prendre le frais dans la campagne anglaise ? demande-t-il.

— Comment ça ?

— J'aimerais que tu m'accompagnes chez moi.

— Officiellement, je n'ai pas de congé prévu avant le terme de notre contrat, répliqué-je, malicieuse.

— Dans ce cas, te voilà contrainte d'accepter.

— Je n'apprécie pas la coercition.

— C'est toi qui as mentionné notre contrat. Moi, c'est une invitation que je te proposais.

Je reste bouche bée. Matthew gagne cette manche.

— Vous ne doutez jamais ?

— Avec toi, toujours, répond-il sérieusement. Tu ne fais rien comme les autres, je ne sais jamais à quoi m'attendre. Quand je pense faire bien, tu te vexes et quand je me montre odieux, tu encaisses sans broncher. J'avoue que je suis démuni, Kate, je ne sais plus comment faire.

Je le dévisage, ahurie. Cette confession me bouleverse au plus profond de moi.

— Comment puis-je vous aider ? interrogé-je.

— Cesse de te retrancher en permanence derrière ton rôle de gouvernante.

— Matthew, vous...

— Et cesse cette prévenance, ça en devient ridicule, explose-t-il. Je ne supporte plus que tu me tiennes ainsi en respect comme au bout d'un fusil. Je veux t'entendre me parler... en français.

J'encaisse difficilement le choc. Dans mon esprit, je l'ai toujours vouvoyé même si dans notre langage habituel, l'anglais opère une confusion. Matthew l'a fort bien deviné et son exigence n'est pas anodine. En réclamant que je m'adresse à lui en français, il me demande de renoncer à ce qui est encore la meilleure façon de me protéger des sentiments que j'éprouve pour lui. Nous sommes cependant parvenus à un point de rupture, je ne peux le nier. Matthew approche de moi, tout sourire, et se pose sur le bord de la table.

— Eh bien, je t'écoute.

— Ce n'est pas drôle.

— Allons, Kate, fais un effort !

Je ferme les yeux et je prends une grande respiration. Matthew attend patiemment, sans mot dire.

— Tu vas être en retard, lâché-je enfin, au prix d'un effort considérable et sur un ton presque agressif qui lui arrache un rire sonore.

— Je suis certain que tu peux faire mieux que ça, insiste-t-il sans bouger.

— C'est un jeu stupide.

— Je t'agace ?

Je me mords la lèvre comme à chaque fois que je suis tentée de lui répondre, mais que je m'abstiens. Lui affiche une expression contrariée.

— J'aimerais aussi que tu arrêtes cette réserve inutile. Je sais très bien ce que tu penses.

— Alors quel intérêt de le dire ?

— J'aime bien quand les choses sont claires, je préférerais mille fois que tu me balances une vacherie plutôt que de te voir prendre ton air entendu.

— Je ne prends pas mon air entendu.

— Si, et tu le sais très bien !

— Là, Matthew, tu m'agaces ! lancé-je, hargneuse.

— Merci, Kate, sourit-il en esquissant une révérence.

Il m'a bien eue, ma colère retombe aussitôt.

— Tu devrais vraiment filer, Peters va t'attendre.

— Sais-tu que c'est le dernier jour de tournage d'Hendricks ? Peters a décidé de tailler dans les scènes, ce qu'il a tourné lui convient comme ça.

Matthew ne quitte pas mon visage des yeux, guettant sans doute ma réaction. Je me garde bien d'afficher mon étonnement.

— Accepterais-tu de dîner ici, avec moi, ce soir ? ajoute-t-il face à mon mutisme.

— Tu en as déjà marre de la cantine ?

— J'ai besoin de tranquillité.

— Je fais le nécessaire auprès de Monique, assuré-je, intérieurement ravie de cette proposition.

Matthew part avec l'air joyeux qu'il avait perdu depuis quelques jours. Incapable de me concentrer sur autre chose, je décide d'aller trouver Monique en premier. En traversant le camp, je salue les techniciens qui se préparent à rejoindre le plateau. Sean Hendricks sort de sa caravane, il vient aussitôt à ma rencontre.

— Bonjour, Kate.

— Bonjour, Sean. Bien dormi ?

Il éclate de rire et je devine que je viens de commettre une bévue.

— Pourquoi ne m'as-tu pas dit que c'était ton dernier jour de tournage ? l'interrogé-je.

— Parce que je l'ignorais moi-même jusqu'à ce que Peters vienne me le dire ce matin.

— John t'a-t-il donné une raison ?

— Le scénario a été revu en raison de la journée d'hier. Il paraît que ce qui a été tourné était satisfaisant et qu'il n'y a pas besoin de recommencer. Je crois surtout que Matt ne tient pas à ce que je reste dans le coin, ajoute-t-il.

Je suis la direction vers laquelle son regard porte. À quelques mètres de nous, en grande conversation avec Peters, Matthew nous jette des coups d'œil réguliers.

— Je ne crois pas qu'il ait demandé ça à Peters. Ça ne lui ressemble pas. Matthew ne craint pas de partager l'affiche.

— L'affiche, non, sourit Sean, énigmatique, en faisant courir ses doigts sur ma joue. Ce qu'il craint de perdre, c'est toi ! Regarde-le. Il crève d'envie de m'arracher la tête. Combien tu paries qu'il le fera si je t'embrasse là, devant lui ? propose-t-il sournoisement.

Je fais un bond en arrière, livide.

— C'est bien ce que je pensais, souffle-t-il, amer. Tu ne prendrais pas le risque de le faire souffrir, n'est-ce pas ?

— Je ne sais pas ce que tu imagines, mais...

— Je n'ai pas besoin d'imaginer, il n'y a qu'à vous regarder. Tu l'aimes, ça crève les yeux et il le sait. Matthew joue avec tes sentiments, Kate.

— Quel intérêt aurait-il à faire ça ?

— Le même que celui que j'aurais eu à te conquérir. Matt a eu beaucoup de chance de te découvrir en premier. Son seul tort est de vouloir te posséder par l'argent et de croire qu'il suffisait de te faire signer un contrat de travail pour t'obliger envers lui. Tu as vendu ton âme au diable, Kate.

— Dis que je suis cupide ! me révolté-je.

— Ce n'est pas ce que je veux dire. Juste que tu es en train de te planter sur son compte.

— Qu'est-ce que tu en sais ?

— Ce que j'en sais ? Je suis bien placé pour connaître les acteurs, crois-moi. La carrière de Matthew Dickinson passera toujours avant le reste. Même s'il t'avoue un jour qu'il t'aime, il ne voudra pas assumer votre liaison. Que dirait la presse ? Imagine les titres, une star et sa gouvernante ! Dickinson est bien trop imbu de sa notoriété pour afficher un amour qui ruinerait sa carrière. Tu n'occuperas jamais le siège voisin du sien aux Oscars.

Mon estomac est noué à faire mal, mais je ne veux pas lui faire le plaisir de montrer mes doutes.

— Je n'aurais pas non plus occupé le siège voisin du tien, sois honnête, Sean !

— Non, mais je n'utilise pas des méthodes aussi basses que lui pour obtenir ce que je veux. Réfléchis ! insiste-t-il en me retenant par le bras.

— Je sais très bien qui je suis, il était inutile de me le rappeler de manière aussi grossière, tranché-je, glaciale.

Je dégage mon bras brusquement et m'enfuis en courant vers la caravane de Matthew où je m'enferme seule. La colère cède très vite la place au désespoir. Je suis consciente d'aimer quelqu'un qui n'est pas pour moi.

Était-ce utile d'entendre cette vérité de la bouche d'un autre ?

Sean s'est trompé sur un point cependant. Ce n'est pas Matthew qui me retient par contrat, c'est moi qui m'y soumets pour le seul stupide bonheur d'être près de lui. Je suis moi-même l'instigatrice de cette supercherie dont je suis aussi la première victime. Je suis mon propre bourreau. Je perçois le bruit de la clef dans la serrure, mais je n'ai pas le temps de me recomposer un visage serein avant que Matthew rentre dans le séjour.

— Que t'a-t-il fait ? s'écrie-t-il en me saisissant aux épaules.

Je ne parviens pas à trouver le moindre mensonge, je tente une bien maigre diversion.

— Que fais-tu là ? interrogé-je en ravalant mes larmes.

— Je te préviens que je ne sortirai pas d'ici tant que tu ne m'auras rien dit, rugit-il.

— Peters t'attend.

— Non, plus maintenant ! Ne détourne pas la conversation.

— Je ne veux pas te mêler à quelque chose qui ne te concerne pas.

— Cathie ! souffle-t-il d'une voix tendre.

Je me fige, mon surnom dans sa bouche me fait frissonner de la tête aux pieds et mon cœur déborde. Un sanglot rauque m'arrache la poitrine. Matthew m'attire à lui. Incapable d'autre chose, je me laisse aller contre son épaule. Il se contente de me tenir serrée entre ses bras, sa main plaquée contre ma nuque comme pour m'aider à supporter cette difficile étape. Je serre les dents et tâche de me ressaisir.

Il ne doit pas savoir !

Mes pleurs inondent sa chemise. Je prends une bouffée d'air et je desserre son étreinte.

— Je... vais te chercher une autre chemise, bredouillé-je.

Matthew ne l'entend pas de cette oreille et verrouille de nouveau ses bras autour de ma taille.

— Hendricks va te présenter des excuses, tu peux me croire ! Quoi qu'il t'ait fait...

— NON ! crié-je paniquée à l'idée qu'il puisse apprendre de Sean l'objet de mon chagrin. Laisse-le, il n'y est pour rien. Je... il y a de vieilles blessures qui ont du mal à se refermer, en parler n'améliore pas forcément les choses, inventé-je, en proie à une inspiration bienvenue.

— De quoi parles-tu ?

— Sean et moi avons évoqué quelques souvenirs hier... je lui ai parlé de ma grand-mère... il a mal saisi le chagrin que m'a causé sa mort.

— C'est ça ? s'étonne-t-il, le visage torturé.

Je hoche la tête, soulagée d'avoir trouvé cette histoire.

— Il a juste été un peu maladroit, c'est tout.

Matthew me serre contre lui, une étincelle de doute trouble son regard.

— Décidément, il me semble que je ne sais rien de toi, dit-il.

— Tu as autre chose à faire que de te préoccuper de mes problèmes.

— Tu te préoccupes bien des miens.

— Parce que c'est mon travail.

Matthew se tend brusquement et m'écarte de lui. La colère passe sur son visage.

— Ton travail ! C'est toujours ton unique réponse.

— Je n'en ai pas d'autres à te donner.

— Très bien, comme tu voudras, cède-t-il en se dirigeant vers la sortie.

— Je n'ai pas encore prévenu Monique pour ce soir, fais-je, pensant qu'il n'aurait sans doute pas envie de dîner avec moi en tête-à-tête.

— Je n'ai pas changé d'avis, lance-t-il sans se retourner. Préviens-la.

Je reste pantelante après qu'il a refermé la porte derrière lui. Il me faut plusieurs minutes pour me remettre de cet échange éprouvant. J'ai le sentiment, pour la première fois, de n'être plus seulement mon propre bourreau, mais d'être devenue aussi celui de Matthew. Je refuse de l'impliquer dans quelque chose dont je suis seule responsable. Si j'en avais le courage, il vaudrait mieux que je parte avant de commettre une erreur, avant de l'obliger à me faire mal. Mais voilà, ce courage, je ne l'ai pas. Je suis donc condamnée à faire semblant, même si mes talents d'actrice ne sont pas à la hauteur.

Quand je traverse de nouveau la cour vers les cuisines, je suis redevenue la souriante et disponible gouvernante de Matthew Dickinson. Monique accueille la nouvelle de notre défection avec un amusement teinté de malice.

— Matthew se rattrape de ta sortie, taquine-t-elle. On ne l'a pas vu ici hier soir et il n'a pas ouvert sa porte à Jérémie que je lui avais envoyé.

— C'est qu'il n'avait pas faim.

— Tu as dû lui manquer.

— Matthew n'a pas besoin de moi pour manger, réfuté-je.

— Ce garçon tient à toi comme à la prunelle de ses yeux, roucoule-t-elle à voix basse en se penchant sur moi.

— Monique, tu dis n'importe quoi !

— Ce n'est pas à un vieux singe que tu vas apprendre à faire la grimace, hé !

Je pense alors que j'aurais mieux fait de rester couchée. Je laisse Monique à ses suppositions pour me retrancher en terrain plus calme. Je passe ainsi le reste de la journée devant l'ordinateur, me contentant de grignoter quelques biscuits dans l'après-midi. Une des jeunes filles qu'il a rencontrées à la barrière a publié la photo qu'elle a prise de Matthew sur le Net. Elle a ajouté une photo de l'autographe que je lui ai donné. Un véritable buzz s'est aussitôt créé autour de ce cliché. Sur la messagerie en revanche, Philip Still est furieux du refus que lui a opposé Matthew au sujet du contrat publicitaire. L'agent me somme de convaincre son poulain de signer un exemplaire du nouveau contrat qu'il est parvenu à négocier à un meilleur tarif. Estimant que cette mission ne relève pas de mes attributions, j'imprime seulement le mail et je le mets à disposition du principal intéressé sur le bureau.

Je vois par la fenêtre les premiers retours du plateau. J'éteins l'ordinateur et je vais rapidement jusqu'à ma caravane. Je remets de l'ordre dans ma coiffure, dissimule les vestiges de mon stress sous un maquillage léger et troque ma robe ivoire contre une autre plus habillée de couleur noire. Quand je suis un peu rassurée par mon apparence, je regagne le logement de Matthew. Monique m'envoie Jérémie. Le jeune garçon me donne, avec le plat à réchauffer, une bouteille de champagne ainsi qu'un petit plateau empli de toasts. Je le regarde surprise.

— C'est Monique, elle a dit de vous porter ça, explique-t-il, un peu confus.

— Tu la remercieras, souris-je en le renvoyant.

Je mets la bouteille au frais, un peu sceptique. J'ignore comment Matthew interprétera cette attention que Monique me force à avoir. Il est exclu que je le laisse croire que l'idée est de moi. Matthew marque un temps d'arrêt en rentrant une demi-heure plus tard. La table est déjà dressée et je finis de préparer le repas.

— Qu'est-ce qu'on fête ? interroge-t-il, surpris.

— Monique a dû penser que tu avais besoin d'un remontant, expliqué-je aussitôt.

— C'est aussi Monique qui t'a conseillé de te changer ? observe-t-il, un sourire aux lèvres.

— Tu devrais aller prendre ta douche, éludé-je.

— Bien, chef ! rigole-t-il en s'exécutant.

Matthew n'est pas long à me rejoindre, il s'est habillé d'une belle chemise noire et d'un pantalon assorti.

— Grande classe pour quelqu'un qui ne veut pas sortir, me moqué-je gentiment.

— Je tenais à te faire honneur.

Il siffle, épaté, lorsque je débouche la bouteille de champagne.

— À quoi veux-tu trinquer ? demandé-je.

— Mmmm... à la semaine de vacances qui s'annonce.

— Quand partons-nous ?

— Demain.

— Déjà ? Mais rien n'est prêt !

— Qu'est-ce que tu veux préparer ? Il te faut dix minutes pour mettre quelques fringues dans un sac et boucler le reste.

Je grimace.

— Kate, nous ne partons que huit malheureux petits jours, précise-t-il.

— Je sais, marmonné-je, résignée.

Le champagne frais coule agréablement dans ma gorge serrée.

— Hendricks est parti, annonce-t-il au bout d'un moment.

Il me regarde un peu bizarrement et je n'ajoute aucun commentaire. La sonnerie du four interrompt cet examen gênant et j'en profite pour servir le repas. J'ai finalement bu tout mon verre de champagne et Matthew m'en verse un autre. Je ressens déjà une légère euphorie et je me promets d'ignorer le contenu de ma flûte. Quand nous avons terminé le repas, il affiche un air joueur.

— Kate, est-ce que je peux toujours te demander la lune ?

— Que puis-je faire pour toi ?

Il va insérer un CD dans le lecteur. Dès les premières notes, je reconnais « Fly Me to the Moon ». La voix de Sinatra vibre, forte et chaleureuse, dans mes oreilles où le champagne fait bourdonner mon sang. Matthew me tend la main.

— Mademoiselle ?

— Oh... astucieux ! conviens-je en me levant.

Il enlace ma taille et s'empare de ma main droite. Il est excellent danseur, je n'ai aucune difficulté à suivre son rythme souple. Je me laisse porter par la voix du crooner et le parfum de mon partenaire. Matthew me fait virevolter au bout de sa main. La tête me tourne et un vertige grisant m'arrache un petit rire incontrôlable. Il me ramène sur sa poitrine et je cesse net de ricaner. Ses yeux interrogent les miens avec une intensité telle que je ne sais comment m'y soustraire. Le champagne m'a ôté toute faculté de raisonnement lucide. Je perçois très loin les échos de la chanson...

« (...) baby, kiss me ! »

Et les lèvres de Matthew se posent alors sur les miennes avec une douceur infinie.

* * *

Je me réveille péniblement. Un mal de tête lancinant me rappelle les trois verres de champagne que je me suis stupidement infligés. Je me redresse comme un ressort au milieu du lit gigantesque. Je repousse le drap, je porte encore ma robe de la veille. Ma migraine me fait hésiter sur le bord du lit et je me secoue pour gagner la salle de bains. Le reflet du miroir n'est guère élogieux. Je défais le reste du chignon qui gît sur mon crâne douloureux et je me déshabille. Je laisse ensuite l'eau de la douche ruisseler sur mon visage pour éliminer les vestiges de mon maquillage. Je me demande où peut être Matthew puisque j'ai ainsi honteusement occupé son lit. L'image d'Hillary Jenkins me saute à la figure. J'en ai un frisson désagréable. Je coupe l'eau et j'enfile un peignoir de bain.

Matthew dort sur le canapé, lui non plus ne s'est pas changé. J'ai beau essayer de me creuser la cervelle, je ne me souviens de rien, le trou noir, hormis un détail de poids.

Matthew m'a embrassée.

Sur mes lèvres, la douce sensation de son baiser se ranime.

Que s'est-il passé ensuite ?

Je me suis sentie glisser, glisser et puis...

Oh ce mal de tête !

Je laisse Matthew dormir encore un peu et je prépare un café corsé dont j'ai plus que besoin. Mon agitation réveille le dormeur. Je l'entends grogner en s'étirant.

— Je n'ose pas te demander si tu as bien dormi, avoué-je timidement en lui apportant un bol.

— Ça peut aller, répond-il en me regardant par-dessus sa tasse. Et toi ?

Je grimace pour toute réponse.

— Mal au crâne ?

— Oui. Je suis désolée, je me suis comportée comme une idiote.

— Non, comme une jeune femme normale de vingt-trois ans, rectifie-t-il. Je sais désormais que le champagne a des effets positifs sur ta personnalité.

— Je vais aller me changer et préparer les bagages.

— Catherine Dutilleux, le retour ! grogne-t-il, apparemment vexé.

— Les meilleures choses ont une fin.

— C'est ce que tu penses vraiment ?

— Quoi ?

— Que notre soirée faisait partie des meilleures choses.

— Ce n'était pas désagréable, mais je ne me souviens pas de grand-chose.

— Ce fut très instructif pour ma part, déclare-t-il en souriant de son air narquois dont j'ai appris à me méfier.

— À quel sujet ? Les effets du champagne ?

— Aussi, mais ce n'est pas ce qui a le plus retenu mon attention.

Je me mords la lèvre, il arrête mon geste du bout de son index et mes joues deviennent brûlantes.

— Tu ne te souviens de rien ? insiste-t-il.

— Non.

— Je t'ai embrassée, Kate.

Mon cœur cogne contre mes côtes.

— Et je t'ai laissé faire ? fais-je semblant de m'étonner.

— Mieux que ça !

Cette fois, je me raidis pour de bon. Il est entré là où j'ignore tout.

— C'est-à-dire ?

— J'ai beaucoup aimé ta façon de réagir à ce baiser.

— Je me suis endormie.

— Juste après, confirme-t-il.

— Après quoi ?

— M'avoir dit que tu m'aimais.

— NON ! m'écrié-je en reculant brusquement.

— Kate, ne te fâche pas, conseille-t-il.

— Je vous promets que cela n'arrivera plus... c'est hors de question que je touche de nouveau au moindre verre de champagne. Je suis désolée, vraiment, Monsieur Dickinson ! débité-je, paniquée en m'éloignant du canapé où il reste tétanisé devant ma réaction.

Un pas supplémentaire de ma part et Matthew bondit comme un fauve. Ses traits sont durs et déterminés, j'en ai presque peur. Il me plaque le dos contre le mur sans ménagement.

— Je t'ai prévenue que je t'étranglerais si tu m'appelais encore « Monsieur Dickinson ».

Il n'a pas l'air de plaisanter et je commence à perdre gravement le contrôle de mes nerfs.

— Lâche-moi !

— Non ! Cette fois, j'ai tout mon temps et tu ne m'échapperas plus, prévient-il, menaçant.

— Il ne faut pas accorder d'importance aux bêtises que j'ai pu raconter hier soir, je n'étais pas moi-même.

— Oh que si, tu l'étais même plus que jamais !

— J'étais ivre. Tu as profité d'un moment de faiblesse, l'accusé-je.

— Peut-être ! Mais c'était le seul moyen pour que tu cesses de jouer la comédie.

— La comédie ?

— De nous deux, c'est toi qui joues le plus un rôle et depuis bien longtemps.

— Je ne joue pas ! me rebellé-je en me débattant.

Il m'enlace plus étroitement et me poignarde de ses prunelles incandescentes.

— Quand cesseras-tu de mentir et de me repousser sans arrêt ? Tu joues mal.

Je cherche vainement une réplique cinglante. Il relève mon menton en m'obligeant à soutenir son regard de lave. Il est si beau et si dangereux que je perds pied. Ma main droite posée à l'endroit de son cœur pour le tenir éloigné de moi perçoit les battements rapides qui secouent sa poitrine. Sa voix de velours pénètre jusqu'à mon âme.

— Je sais très bien ce que tu ressens. Arrête ça, pour nous deux !

Je jette mes dernières forces dans la bataille que je sais perdue d'avance.

— Non.

Matthew se raidit sous cet ultime refus. Sa main se plaque soudain derrière ma tête et il fond sur ma bouche. Tout s'écroule d'un coup autour de moi. Alors que je voudrais encore me défendre, ce baiser anéantit ma volonté, démolit mes dernières résistances et m'envahit. Je capitule et je cède au même emportement. Je l'entends soupirer de soulagement quand il me devine enfin acquise. Il se détache doucement de moi et capture ma tête entre ses mains, ses yeux hypnotisent les miens.

— Dis-le encore, murmure-t-il.

Je le dévisage, affolée par les conséquences de ma faiblesse. Je suis au bord d'un précipice, à deux doigts d'y plonger, retenue par le seul fil d'un doute lancinant.

— Je ne peux pas, soufflé-je en tentant de recouvrer un calme illusoire.

— Pourquoi ? Qu'est-ce qui t'en empêche ?

— Toi.

Matthew fléchit la tête et soupire. Je m'apprête à souffrir. Sa voix est étonnamment tranquille et grave quand il reprend.

— Tu ne me feras pas croire que tu ignores ce qui se passe, Kate, ce que je ressens pour toi. Tu sais très bien, depuis le début, que j'ai mis tout en œuvre pour te garder près de moi. Je pensais que tu finirais par comprendre, mais tu t'obstines à rester derrière ton masque de gouvernante. Ça ne me suffit plus. Je te veux, à moi, entièrement à moi.

Mon cœur s'envole si fort que j'en ai mal. Ses lèvres se posent de nouveau sur les miennes. Son baiser tendre prend une dimension de plus en plus sensuelle jusqu'à m'en couper le souffle. Il s'écarte à peine pour me contempler comme si j'étais la huitième merveille du monde.

— Pourquoi cherches-tu tellement à me fuir ? demande-t-il doucement.

— Nous ne vivons pas sur la même planète, Matt. J'ai besoin de te rappeler qui tu es ?

— Tu ne vas tout de même pas laisser Hendricks te convaincre de ses salades ?

— Comment sais-tu ça ?

— Parce qu'il ne s'est pas privé de m'informer de votre petite discussion. Bien trouvé le coup de la grand-mère, pour une fois, j'ai failli marcher.

Je blêmis, mais il me sourit avec indulgence.

— Tu es loin d'imaginer dans quel nid de vipères j'évolue.

Mon cerveau s'est remis en marche automatique et la profondeur du précipice dans lequel je me suis jetée la tête la première m'apparaît soudain encore plus angoissante.

— Sean n'avait peut-être pas entièrement tort, je ne...

Le téléphone de Matthew, sur la table, interrompt l'expression de mes sourdes inquiétudes. Il n'y jette qu'un coup d'œil furtif sans me relâcher pour autant et un sourire éclaire tout à coup son visage.

— Nous aurons le temps d'en discuter plus tard, nous sommes attendus. Va boucler ton sac, je m'occupe du mien. Rejoins-moi ici dans un quart d'heure ! s'égaye-t-il comme un enfant la veille de Noël.

— Je peux savoir ? réclamé-je néanmoins.

— J'ai réservé un vol pour l'Angleterre. L'aéroport de Deauville vient de me confirmer l'heure du départ, ils ont trouvé un pilote disponible.

— Un pilote ? Pour nous ?

— Oui, bien sûr !

Matt s'étonne de ma réaction. Contrairement à moi, il est habitué à ce genre d'imprévus et il a largement les moyens de s'offrir un tel luxe.

— As-tu prévenu Still ? demandé-je en lorgnant le mail que j'ai imprimé la veille.

— Non et je ne comptais pas le faire. Kate, je t'en prie, cesse de tergiverser. Reviens vite... s'il te plaît !

Matthew serre ma taille dans l'étau de ses bras et il effleure à peine ma bouche. Je dépose les armes et je m'enfuis en peignoir de bain vers ma caravane. Heureusement, Vicky et Sue ne sont pas là, je n'ai pas envie de justifier ma tenue plus qu'équivoque. J'enfile à la hâte une blouse légère sur un jean et jette, dans un sac de voyage, le strict minimum pour un séjour d'une semaine.

Moi qui ai l'habitude de tout gérer, de tout prévoir, de tout maîtriser, je me sens dans le flou le plus absolu, au radar, guidée par mes seuls sentiments et j'ai peur. J'ai toujours pris soin de faire taire mon cœur pour n'écouter que ma raison.

Pourquoi ai-je donc cédé cette fois ?

C'était la pire des choses à faire ! Nous sommes si différents, nous appartenons à deux mondes qui ne font généralement que se croiser sans se reconnaître. Sean avait raison, Matthew a une carrière éblouissante devant lui.

Et moi... ?

— Tu es prête ? s'écrie Matthew en ouvrant à la volée la porte de ma caravane.

Il a juste pris le temps de passer sous la douche et de faire son sac. Il attrape mon bagage d'une main, mon poignet de l'autre et m'entraîne derrière lui. Emportée par ce véritable tourbillon, je laisse mes scrupules de côté, prévoyant de trouver un moment pour en discuter avec lui.

De nombreux fans se pressent aux abords du camp, l'apparition de Matthew provoque une agitation fébrile derrière les barrières et quelques flashs d'appareils photo crépitent avant qu'il ne me pousse à bord d'une voiture qui attend. Le chauffeur évite de ralentir au moment de passer les barrières que les vigiles ouvrent avec prudence. Matthew détourne la tête des vitres et n'offre aux photographes que la fugace image de sa nuque. Je reste songeuse quant aux risques que notre relation peut lui faire prendre. Il devine l'objet de mes réflexions et me prend la main.

— Ne t'inquiète pas de ça, nous avons réussi à éviter les paparazzis jusqu'ici, veut-il me rassurer.

Je jette un coup d'œil nerveux sur le chauffeur que je sens à l'écoute. Matthew acquiesce de la tête et se contente de serrer ma main plus fort. Notre arrivée à l'aéroport de Deauville est mieux que préparée. Un personnel aux petits oignons s'occupe de transférer nos bagages et de nous escorter jusque dans l'appareil. L'hôtesse nous explique que nous sommes à bord d'un Falcon 50 spécialement conçu pour des personnalités exigeantes. Je souris sur le qualificatif employé, Matthew remarque mon expression amusée.

— Je suis généralement très exigeant, affirme-t-il, moqueur, à la pauvre hôtesse qui pâlit.

Elle ne se démonte pas cependant et nous présente notre pilote et son assistant sur le vol.

— Nous serons à Londres dans une heure. Arrivée prévue à dix heures, assure-t-il.

Le pilote remercie Matthew de sa confiance et nous laisse en compagnie de notre hôtesse. Je me sens mal à l'aise sous son regard alors qu'elle fait preuve de la plus grande courtoisie. D'ordinaire, je suis à la place de cette jeune femme, de l'autre côté, au service des gens. Or, depuis quelques minutes, je ne sais plus où me mettre, ni comment réagir, je ne suis plus moi-même. Matthew lui demande aimablement de nous laisser tranquilles jusqu'à l'arrivée et elle s'éclipse discrètement vers le poste de pilotage.

— Qu'est-ce qui se passe ? interroge-t-il en m'attirant près de lui dans le confortable fauteuil en cuir beige.

— J'ai l'impression que tu m'as obligée à sauter dans le vide et sans parachute.

— Qu'est-ce que je pouvais faire d'autre, Kate ? Quand j'ai appris les basses manœuvres d'Hendricks, j'ai décidé d'arrêter le jeu stupide que nous jouons l'un et l'autre depuis des semaines. Ça ne pouvait plus durer comme ça. J'en ai eu assez d'attendre et de m'inquiéter et je n'ai pas supporté de te voir souffrir par ma faute.

Je me tourne vers lui, bouleversée.

Comment peut-il imaginer qu'il est responsable de ce que je ressens pour lui ?

Il caresse ma joue de ses doigts frais.

— J'aurais dû te forcer à m'avouer tes sentiments depuis bien longtemps.

— Je ne t'aurais pas laissé faire.

— Tu es du genre coriace, s'esclaffe-t-il. Mais je t'ai prévenue que je finirais par savoir.

— Depuis combien de temps te doutes-tu de ce que je ressens pour toi ?

— J'ai lu dans tes yeux que tu accepterais de travailler pour moi le jour de mon départ de l'Hôtel White, quand je t'ai demandé de m'appeler. Je n'ai été vraiment sûr que lorsque tu as refusé de m'embrasser. Tu as parfaitement fait la différence entre moi et le rôle que je voulais jouer. J'ai manqué tout foutre en l'air, ce jour-là, et j'ai eu peur que tu t'en ailles. Ce sont tes larmes, le lendemain, qui m'ont apporté la confirmation de ce que je devinais. J'étais allé beaucoup trop loin ou pas assez. Mais tu ne m'as jamais laissé l'occasion de te pousser à nouveau dans tes retranchements. Je ne savais pas comment faire pour éviter de te brusquer plus que ce que tu aurais été capable de supporter. J'étais certain que tu t'enfuirais à l'occasion d'une alerte trop chaude. Comme le soir de l'interview télé.

— Qu'est-ce qui t'a pris ?

— J'avais décidé de tout mettre au clair. En sortant du studio, je suis allé au bar. J'espérais trouver une inspiration soudaine, explique-t-il en faisant un rictus embarrassé.

— Tu as failli surtout me permettre de mettre à exécution un projet qui commençait sérieusement à me titiller.

— Tu voulais vraiment démissionner ?

— Oui.

— Pourquoi ?

— Parce que j'ai ressenti l'urgence de la fuite. Tes allusions devenaient de plus en plus claires et j'avais de moins en moins la force d'y résister.

— J'ai failli devenir dingue... j'ai cherché une bonne partie de la nuit comment j'allais justifier ma conduite. Et en plus cette histoire d'article sur toi !

— C'est justement ce qui me préoccupe le plus, Matt.

— C'est un faux problème. Jusqu'ici nous nous sommes parfaitement débrouillés.

— Nous vivons comme des reclus. Nous ne sommes pratiquement jamais descendus ensemble de l'appartement à l'exception du jour de notre départ et de ce matin. Malgré tout un journaliste a réussi à détecter ma présence à tes côtés.

— Après le tournage, nous choisirons un endroit discret pour nous installer, assure-t-il.

— Tu as déjà sur ton bureau pas moins de six propositions de scénarios, tu n'en as regardé aucun, répliqué-je, sceptique.

— Je comptais faire une petite pause avant. J'ai enfin réussi à obtenir de toi ce que je veux depuis des mois, Kate, ce n'est pas pour y renoncer tout de suite.

— Des mois ? Depuis quand ?

— Depuis le jour où je t'ai stupidement blessée à la main.

— Mais c'était le lendemain de ton arrivée à l'hôtel, protesté-je, abasourdie.

— Je sais bien ! rit-il. Je me suis rarement fait engueuler par une fille pour une histoire de canapé taché. Tu as su attirer mon attention. Cette nuit-là, j'avais envie de te revoir, seul à seul. J'ai payé le garçon d'étage pour qu'il trouve le moyen de te faire venir. Je n'avais pas prévu de te faire mal, mais ça m'a donné l'occasion de constater que tu étais vraiment différente des autres femmes.

— Tu... l'as payé ? frémis-je en pensant aux paroles de Sean Hendricks.

— Juste un pourboire pour qu'il aille te chercher, se défend-il.

— Pourquoi m'as-tu proposé ce travail ?

— Je n'imaginais pas que tu céderais à mon charme en un battement de cil. J'ai su tout de suite qu'il fallait développer d'autres arguments que ceux qui me rendent irrésistible aux yeux de milliers de filles.

— Milliers ? Tu es loin du compte, coupé-je, un brin ironique.

— Peu importe, la seule femme au monde qui m'intéressait se fichait pas mal de moi. J'avoue que j'ai été un moment désorienté. L'idée de ton patron de te mettre à mon service exclusif m'a servi. J'ai accentué le trait pour convaincre Still de tous les avantages que représenterait ton travail à mes côtés, surtout pour lui. J'ai été odieux en sa présence, je te dois des excuses depuis longtemps.

— Je crois que j'avais deviné.

— Je sais ce que Sean t'a dit à mon sujet, Kate. Je n'ai pas songé un seul instant à te convaincre par l'argent. Cette seule idée me rend malade. Je voulais seulement me donner l'occasion de te montrer que je n'étais pas l'acteur dépeint dans les magazines. T'avoir rien qu'à moi ne me déplaisait pas, mais je ne suis pas dupe, je sais trop bien que tu n'aurais pas hésité à reprendre ta liberté si tu en avais eu envie.

— J'ai accepté ce contrat de mon plein gré, Matt, et malgré tous les événements, je suis restée.

— Il ne prendra fin qu'à l'issue du tournage, dit-il d'un air malicieux.

— Ça ne nous laisse que trois mois devant nous, comment envisages-tu la suite ? demandé-je, inquiète.

— Je n'y ai pas encore réfléchi, reconnaît-il. Mon seul objectif était de profiter de chaque minute avec toi. Pour le reste, je pense que nous pouvons continuer à vivre comme nous l'avons fait jusqu'à présent, au moins durant ces trois mois. Ça nous donnera du temps pour trouver un endroit à l'écart de l'agitation médiatique.

— Ils ne tarderont pas à savoir. Je ne suis pas sûre que tu apprécies.

— Je m'en tape. Si ma réputation était à ce point importante, tu n'aurais pas eu autant de mal à redorer mon image, chérie, m'objecte-t-il.

L'usage de « chérie » me fait dresser les poils sur les bras. Il me serre contre lui et mes dernières angoisses s'éteignent.

— Comment ta famille va-t-elle prendre la nouvelle ? interrogé-je.

— Seule ma grand-mère est au courant et c'est chez elle que nous allons. Amy est quelqu'un d'exceptionnel, tu vas l'apprécier.

— Et tes parents ?

— Ma mère et mon père dirigent une clinique vétérinaire à Londres. Ils ont toujours eu beaucoup de travail, c'est Amy qui m'a élevé. Tu verras, elle est fantastique, fait-il, enthousiaste.

— Elle nous attend ?

— Je l'ai appelée ce matin, confirme-t-il.

— Serons-nous tranquilles là-bas ?

— Personne ne sait que le tournage est suspendu et je n'ai pas prévenu Still. Il ne risque donc pas de m'envoyer la presse.

— Que dira-t-il... pour nous ?

— Je n'avais pas l'intention de le prévenir de ça non plus.

— Secret d'État ?

— Ça vaudra mieux, pour nous deux. Cesse donc de vouloir tout planifier ! Contente-toi de penser à nous, rien qu'à nous, je t'en prie ! supplie-t-il, charmeur.

Il ne prend même pas la peine de vérifier que nous sommes seuls avant de m'embrasser.

— Je t'aime, Kate. Tu es la plus belle chose qui me soit arrivée dans la vie.

— Et ta carrière ?

— Je t'ai dit un jour que je ne confondais pas les choses. Je refuse de mélanger le travail et ma vie privée, n'en déplaise à Still. J'élèverai des murailles autour de nous, s'il le faut.

— Et moi ?

— Je sais que tu aimes ton travail. Je n'exige rien de toi, mais j'ignore comment les choses vont évoluer. Je suppose que le mieux est d'attendre encore quelques mois pour en discuter.

— Sans doute, approuvé-je, maussade.

Je pressens déjà la difficulté d'être à la fois gouvernante dans un palace à Paris et la petite amie de Matthew Dickinson. Cela me coûtera quelques nuits blanches à réfléchir à cet épineux problème.

L'hôtesse interrompt notre conciliabule quelques minutes avant l'atterrissage. L'appareil se pose à dix heures précises sur l'aéroport de Blackbushe à l'ouest de Londres. Une voiture avec chauffeur nous attend à notre descente d'avion. Matthew félicite les services de la compagnie par le biais du commandant de bord qu'il va saluer avant de partir.

* * *

Amy Dickinson réside dans un endroit charmant et très prisé d'Angleterre appelé les Cotswolds, région de collines verdoyantes situées entre Bath et Stratford-upon-Avon. Nous parcourons un peu plus d'une centaine de kilomètres pour gagner une région dont le paysage s'épanouit comme le décor d'un conte de fées sous mes yeux ébahis. Le chauffeur engage la voiture dans une longue rue bordée de vieilles maisons et de boutiques d'un autre temps. Un grand nombre de promeneurs rend cette artère très animée. Matthew me montre plusieurs vitrines en m'indiquant les merveilles qu'on peut y découvrir.

— Là, c'est le pub de mon meilleur ami, Steeve, nous irons lui rendre visite ce soir, annonce-t-il. Ça fait des mois que j'ai pas eu l'occasion de le voir.

— Tu ne crains pas d'être dérangé ?

— Ici non, je suis chez moi, les gens du coin auraient même tendance à me protéger des curieux. C'est assez drôle. Regarde, nous sommes arrivés, dit-il.

Il me désigne, au bout d'une allée bordée d'arbres à l'ombre rafraîchissante, une maison presque ensevelie sous les feuillages variés qui l'entourent. La porte basse, garnie d'un petit rideau blanc, s'ouvre sur une silhouette de taille moyenne, à l'allure très digne.

— C'est Amy ! sourit Matthew qui fait aussitôt stopper la voiture pour en jaillir comme un diable hors de sa boîte.

Il se précipite et soulève de terre une dame d'un certain âge, au chignon parfait, qui ne s'en montre ni surprise, ni fâchée, bien au contraire. Je descends de voiture et Matthew vient me chercher par le bras. Amy me saisit les mains et me dévisage avec douceur. Elle veille à parler lentement avec chaleur pour m'accueillir.

— Matt me parle de toi depuis si longtemps, Kate, tu permets que je t'appelle ainsi ?

— Bien sûr, Madame Dickinson !

— Oh non, non pitié ! Tout le monde m'appelle Amy, même ce garnement, dit-elle en riant tandis que Matt pose tendrement son bras sur ses épaules.

— Bien, Amy.

— Ce n'est pas juste, il a fallu des mois avant que je parvienne à lui faire oublier de m'appeler Monsieur Dickinson et toi tu y arrives en deux secondes, grommelle-t-il, amusé.

— Je te l'ai dit, Matt, tu ne sais pas t'y prendre, roucoule la vieille dame en plongeant son regard clair et joyeux dans le mien. Ne restons pas dehors, venez, vous devez avoir envie de vous rafraîchir.

Matthew me fait entrer dans la vaste cuisine aux meubles en bois peints et dont le centre est occupé par une immense table de ferme malmenée par le temps. Après qu'elle nous a servi un thé glacé, Amy m'enlève à sa vedette de petit-fils qu'elle envoie s'occuper des bagages. Elle me fait les honneurs de sa maison en personne. Un petit séjour se trouve juste derrière la cuisine. Simplement meublé d'une table, de quelques chaises et d'un vaisselier, on devine qu'il ne sert qu'à certaines occasions particulières. Cette pièce débouche sur un salon bibliothèque au charme très britannique. La bibliothèque suscite mon émerveillement. Les livres de Shakespeare occupent toute une étagère.

— Notre grand Shakespeare est natif des Cotswolds, il est venu au monde et il est mort à Stratford, m'explique Amy. Matthew t'a-t-il dit que j'ai été comédienne ?

— Oui, il m'a dit que vous aviez arrêté votre carrière pour élever vos enfants.

— J'adore le théâtre, j'aime beaucoup relire ces pièces, raconte-t-elle en caressant la tranche des livres serrés les uns contre les autres dans le meuble.

— Vous avez joué du Shakespeare ?

— Entre autres... malheureusement, ce milieu a tendance à ne vous juger que sur votre capacité à déclamer les illustres phrases de notre auteur culte. J'avais envie de rire et de m'amuser et ça, c'était d'un chiant !

Je reste bouche bée devant cette dame encore très belle pour son âge, son air un peu bourgeois, son chignon sans défaut. *Et elle trouve Shakespeare... chiant !*

— Tu n'es pas d'accord ? me demande-t-elle, l'œil rieur. Quand on a vingt ans, on n'a pas envie de tragique.

— C'est vrai.

— Je vais te montrer ta chambre avant que mon voyou de petit-fils me prive de ta présence.

Elle me précède dans un étroit escalier en pierre. Sur le palier, elle me désigne la partie gauche de la maison comme ses appartements privés sur un ton faussement hautain que n'aurait pas renié la reine en personne. Je ne peux m'empêcher de rire. Elle ouvre enfin la dernière porte du couloir de droite. La chambre n'est pas très grande, mais elle est si joliment décorée qu'on s'y sent bien. Je dispose d'un grand lit et d'une penderie.

— Il y a un petit cabinet de toilette derrière cette porte, m'explique-t-elle. Tu y trouveras tout ce qu'il te faut, mais n'hésite pas à me dire s'il te manque quelque chose.

— Merci, Amy, cette chambre est magnifique !

— C'était la mienne lorsque j'étais enfant. Cette maison appartient à ma famille depuis trois générations. Je sais que tu y seras bien. Je suis contente qu'il ait décidé de t'amener, Kate, ajoute-t-elle en me souriant.

— Matt ne m'a pas vraiment donné le choix.

— Il se montre souvent abrupt, mais c'est plus par peur qu'autre chose. Dans son milieu, il ne vaut mieux pas montrer ses faiblesses.

— Je sais.

— Tu sembles inquiète, devine-t-elle.

— C'est juste que j'ai l'impression d'avoir appuyé sur la touche « avance rapide ». Comment se fait-il que vous soyez tellement au courant ?

— Matthew a toujours aimé se confier à moi et je sais mieux que quiconque lorsqu'il ne va pas bien. Je dois te remercier pour ce que tu lui apportes. Je craignais tant pour lui, je le retrouve enfin tel qu'il était avant de devenir une star.

— Il me semble que je ne le connais pas vraiment, confié-je.

— Alors tu apprendras à le connaître ici mieux qu'ailleurs. Matthew est un garçon formidable et il t'aime sincèrement.

— Je l'aime tout autant.

Amy pose sa main sur mon bras.

— Je reconnais son pas dans le couloir, glousse-t-elle. Il va essayer de nous espionner à travers la porte comme lorsqu'il était enfant et qu'il cherchait à savoir où se trouvaient les cadeaux de Noël. Entre, voyou ! ordonne-t-elle tout haut.

— Vous êtes déjà en plein commérage ? bougonne Matt en poussant la porte.

— Nous parlions de toi, confesse sa grand-mère.

— Le contraire m'aurait étonné, dit-il en couvant la vieille dame d'un regard tendre.

— Allez, je te la rends, mais soyez à l'heure pour déjeuner ! conseille Amy tandis que Matthew m'entraîne déjà par la main tel un tourbillon.

— Promis, Majesté ! lance-t-il en nous faisant dévaler l'escalier à toute vitesse.

Derrière la maison, le jardin d'Amy a tout du typique jardin anglais, avec sa profusion de roses, de pivoines, d'hortensias, de fleurs multicolores aux senteurs capiteuses. Un petit escalier de pierre descend vers un autre endroit plus secret avec ses grands arbres et sa pelouse impeccable. Matthew nous fait asseoir contre le tronc d'un tilleul certainement plus que centenaire.

— Je passais le plus clair de mon temps à jouer ici lorsque j'étais enfant, me raconte-t-il en jetant un regard circulaire sur le jardin.

— À quoi jouais-tu ?

— J'ai dû tuer cet arbre-là, celui-là et celui-là en duel, répond-il en montrant quelques pommiers du doigt.

— Pour les beaux yeux d'une princesse ?

— Non, pour le trésor ! J'aime bien les films d'action, Kate.

Matthew se penche sur moi et m'oblige à m'allonger tout à fait dans l'herbe fraîche à l'ombre de l'arbre.

— Maintenant que tu as découvert ma cachette, je n'ai pas le droit de te laisser t'enfuir, affirme-t-il, l'air grave.

Je prends une expression tout aussi contrariée.

— Que vais-je devenir ?

— Si j'avais encore dix ans, je t'aurais tuée sans le moindre remords. Tu as beaucoup de chance, je n'ai plus dix ans.

— Alors que comptes-tu faire de moi ? Me couper la langue pour que je ne parle jamais ?

— Non, tu pourrais encore te servir du reste.

— Me crever les yeux et me perdre en plein désert ?

— Tu es encore plus horrible que je ne l'étais, s'insurge-t-il.

— M'enfermer à vie ?

— C'est une solution qui ne serait pas pour me déplaire, admet-il en souriant délicieusement.

— Je trouverais sans doute un moyen de m'échapper.

— Je n'en vois plus qu'une seule, dans ce cas !

— Laquelle ?

— Te rendre absolument dingue de moi au point de t'enlever la plus petite envie de t'éloigner.

Matthew approche son visage du mien et ses lèvres effleurent le bout de mon nez. Mon souffle se fait court et mes bras se nouent autour de son cou. Ses yeux rieurs se ferment et je vois passer l'expression d'un réel plaisir sur ses traits. Il parcourt ainsi mon visage, du bout des lèvres, suivant le tracé de mes sourcils, fermant mes paupières, redescendant par l'arête de mon nez, dessinant le contour de ma mâchoire. Il suspend sa délicieuse exploration à quelques millimètres à peine de mes lèvres sans les toucher vraiment. Matthew retient le temps, les quelques secondes divines qui précèdent un plaisir absolu. Mon cœur ne palpite plus, je ne respire plus. Un silence, un calme, presque un vide !

Soudain la tempête se déchaîne, brutale, quand il prend possession de ma bouche. Je ne peux retenir un gémissement où la souffrance de l'attente cède au plaisir. Mon cœur redémarre dans une course effrénée qui me soulève de terre. Matthew émet un véritable rugissement et me serre encore plus fort entre ses bras. Le temps n'a plus d'importance. J'ai le sentiment qu'il me donne dans ce baiser tout ce qu'il a contenu jusque-là.

Matthew ne retient plus le temps, il veut le rattraper tout entier. Il me laisse à peine l'occasion de reprendre mon souffle avant de m'embrasser à nouveau, éperdu, émerveillé lui-même de ce qu'il ressent. Nous avons mis le doigt dans un engrenage enivrant. Ses bras se dénouent et ses mains vagabondent sur mon corps. Matthew m'embrasse, me caresse, pèse sur moi d'une façon qui me trouble. C'est une envie sensiblement différente qui parcourt mes veines, un désir violent qui me fait complètement paniquer. À bout de souffle, je le repousse.

— Je promets de ne pas dévoiler l'emplacement de ton trésor, tu as gagné, soupiré-je derrière un sourire de façade.

Il me dévisage, à la fois radieux et perplexe. Ses mains se font plus sages et encadrent mon visage.

— Je veux plus qu'une promesse, Kate, exige-t-il en plongeant un regard sérieux dans le mien. Je veux tout, je te veux, toi !

Sa voix est sourde et son regard plus dur. Son sourire s'est effacé. Des petites aiguilles s'agitent dans mon estomac. Je n'ose plus bouger. Il caresse doucement ma joue et remet une mèche de mes cheveux en place. Je suis tétanisée. Ses paroles tourbillonnent dans ma tête comme un cyclone dévastateur, je ne suis plus capable de réfléchir convenablement. Le tintement d'une cloche résonne au bout du jardin. Matthew fronce les sourcils.

— Amy a dressé la table, affirme-t-il. Tu ne perds rien pour attendre. Nous reprendrons cette petite conversation plus tard.

— Ce n'était pas une conversation, c'était une prise d'otage, m'insurgé-je, soulagée de pouvoir me soustraire temporairement à sa terrible emprise.

— Dépose une plainte ! lance-t-il en se relevant et en me tendant une main secourable.

Il m'attire contre lui et remet de l'ordre dans ma chevelure.

— Qui me croirait ?

— Personne, je le crains.

La cloche résonne de nouveau.

— Vous allez être en retard, Monsieur Dickinson, annoncé-je en retrouvant les accents sévères contre lesquels il a tant lutté.

— *Nous* allons être en retard, Mademoiselle Dutilleux, rectifie-t-il sur le même ton.

* * *

Le déjeuner se déroule sur l'immense table en bois de la cuisine dans une ambiance familiale que j'ai presque oubliée. Sur le visage d'Amy, je retrouve les expressions de ma propre grand-mère quand nous parlions ensemble d'un sujet qui nous intéressait pareillement. Les senteurs de la cuisine, l'odeur du beurre fondu, celle sucrée du pudding qu'Amy a confectionné, les bruits de leur conversation, celui de la grande horloge dont le tic-tac me parvient distinctement aux oreilles, les dessins sur le bois usé de la table, les petits trous de couteaux avec lesquels Matthew certainement, s'est amusé, les coups plus profonds d'un objet lourd tombé par inadvertance ou maladresse, mon esprit vagabonde loin, quelques années auparavant, dans une cuisine certes plus petite, mais tout aussi chaleureuse où j'étais bien, attendue, écoutée et aimée. J'entends le murmure d'une voix qui aurait pu être celle de ma grand-mère, à cela près qu'elle m'aurait appelée Cathie. Matthew pose sa main sur la mienne et je sursaute.

— Où étais-tu partie ? s'enquiert-il gentiment.

— Nous devons te saouler avec nos bavardages, fait Amy, compatissante.

— Pas du tout ! protesté-je énergiquement. Je pensais à autre chose.

— Trois sous pour tes pensées, sourit Matt.

Je coule un regard attendri sur Amy de l'autre côté de la table.

— Je retombe en enfance, avoué-je à voix basse.

— Ce sera pire quand tu auras goûté ceci, affirme Amy en déposant le plat contenant le pudding sur la table.

Elle m'adresse un sourire si adorable, je voudrais m'enfuir pour tenter d'échapper aux fantômes d'un passé que je ne retrouverai plus jamais. Seules la main de Matt sur la mienne et la crainte de blesser sa grand-mère m'en dissuadent. Amy, fine et perspicace, ne me laisse plus l'occasion de m'absorber de nouveau dans mes rêveries douloureuses. Elle me harcèle de questions sur Paris, sur l'hôtel, affirmant qu'elle adorerait y demeurer quelques jours, chouchoutée par quelqu'un comme moi. Matthew nous abandonne lâchement au moment de faire la vaisselle, nous laissant Amy et moi seule à seule.

— Votre déjeuner était délicieux, la complimenté-je.

— Merci, Kate.

— Et votre jardin est un paradis.

— Il me permet de faire un peu d'exercice. Matthew ne m'a pas toujours facilité les choses, il a commis tout un tas de dégâts là-dedans.

— Il me l'a dit. Il a tué quelques pommiers.

— Et ravagé mes roses en voulant m'offrir le plus gros bouquet du monde, ruiné mes pivoines et j'en passe. C'était un garnement, mais tellement adorable !

— Encore aujourd'hui.

— Pire aujourd'hui, Kate, bien pire ! Il possède un charme ravageur auquel il est bien difficile de résister. Je me demande comment tu as pu le tenir en respect si longtemps.

Je la regarde, ahurie. Son air si naturel m'incite à lui révéler ce que je n'aurais confié qu'à une seule personne si elle avait été encore vivante.

— Parce que... je l'aime.

Amy s'essuie les mains, elle se tourne vers moi, attentive à mes paroles, les traits empreints de douceur. Je laisse mon cœur enfin soulager le poids de semaines et de mois d'une véritable torture.

— Ça n'a pas été facile d'accepter sa proposition.

— Pourquoi l'as-tu fait ? demande-t-elle.

— J'ai pesé le pour et le contre.

— Le pour a gagné.

— J'ai fait en sorte que oui, je crois.

— Matthew aurait insisté si tu avais refusé.

— Il vous l'a dit ?

— Il n'en a pas eu besoin, j'ai compris ce qu'il avait en tête. Je n'étais pas d'accord avec sa méthode, je dois te l'avouer.

— Je n'aurais sans doute pas accepté une invitation classique.

— Je comprends mieux Matt quand il dit que tu n'es pas comme tout le monde. Si tu l'aimais, pourquoi le repousser ?

— Dans un premier temps, j'ai cru qu'il se plaisait à jouer les Dom Juan. Et puis je me suis vite aperçue qu'il se comportait différemment avec moi, jusqu'à ce jeu idiot.

— Le baiser de cinéma ! soupire-t-elle en secouant la tête d'un air désapprobateur tandis que j'ouvre des yeux ronds en constatant qu'elle sait tout ou presque de ce que je lui raconte. Je lui ai dit qu'il fallait user de ça avec parcimonie. Ce gamin en fait toujours qu'à sa tête. Pour ma part, ce n'est pas le truc que je préfère. Et ensuite ?

— Les allusions de Matt devenaient de plus en plus claires, en même temps, je ne pouvais pas le mettre dans une situation délicate.

— Pourquoi ?

— Je suis son employée.

— Je savais que ce contrat était une mauvaise idée.

— J'ai voulu partir, démissionner.

— Qu'est-ce qui t'a fait changer d'avis ?

— Au fil des semaines, il a ruiné tous mes efforts, c'est devenu chaque jour plus difficile. Je n'ai jamais eu le courage de m'enfuir.

— Tu regrettes ?

— Je mentirais si je disais oui.

— Mais ?

— Je ne sais pas où ça nous mène.

— Où veux-tu que l'amour conduise, Kate ?

Mon esprit se met à bouillonner d'idées auxquelles je refuse de penser. L'image parfaite d'un couple ne peut s'appliquer à nous, pas à nous, pas à Matthew Dickinson.

— J'ai peur de souffrir.

— Ça ne servait à rien de faire ce que tu as fait si tu joues perdant d'avance, lâche Amy, cinglante.

Je reçois le camouflet en pleine figure. Elle fronce les sourcils comme l'aurait fait ma grand-mère en me disant mes quatre vérités.

— Qu'est-ce que tu crois ? Que l'amour tombe tout cuit dans le bec ? Non, Kate. Il faut savoir souffrir, se battre parfois même contre soi pour mériter ça. Matt n'a jamais abandonné quand il a su ce qu'il ressentait pour toi. Et crois-moi, son pire ennemi, ce ne sont pas les autres, en ce moment. Son pire ennemi, c'est toi !

— Moi ?

— Bon sang, mais qu'est-ce qui t'empêche d'être heureuse et de le rendre heureux ? demande Amy en ouvrant grands les bras.

Je reste coite avec mon torchon dans les mains.

— Si parce que tu as peur de souffrir, tu refuses d'aimer et de te laisser aimer, tu ne vivras jamais tout à fait, ajoute-t-elle.

Son ton déterminé me colle des frissons. De stupides larmes envahissent mes yeux.

— Matthew t'aime comme un fou. Si tu l'abandonnais, tu le briserais, Kate, et tu te briserais toi-même. Alors, dans ton fameux pour ou contre, peux-tu me dire si tu es prête à courir ce risque ?

— Non, m'exclamé-je sans même prendre le temps de réfléchir.

— Dans ce cas, oublie tes craintes et aime passionnément... et sèche ces larmes avant qu'il revienne, il va croire que je t'ai torturée, rigole-t-elle en me lançant son torchon à la figure.

L'horloge dans le coin de la cuisine sonne les quatre heures.

— Je n'ai plus besoin de ton aide, va le rejoindre ! sourit-elle en me reprenant les torchons des mains. Tu le trouveras dans sa chambre, la première porte à droite près de la tienne.

Dès mon arrivée sur le palier, je suis guidée par des notes de musique. La mélodie est belle et douce, comme le morceau qu'il a interprété lors de la fête improvisée. Quand le son s'interrompt, je frappe à la porte. Je perçois le bruit de ses pas sur le parquet et il ouvre, la guitare à la main. J'hésite à entrer dans son sanctuaire. Matthew ricane et me tire par le bras avant de refermer la porte derrière nous.

— Je t'ai connue plus entreprenante, se moque-t-il.

Je vais à la fenêtre pour mieux dissimuler ma gêne. Sa chambre donne sur le jardin tandis que la mienne s'ouvre sur l'allée. L'ambiance de la pièce est radicalement plus masculine que dans la mienne. Les petites fleurs du papier peint sont ici remplacées par un fond uni de beige relevé, çà et là, de tableaux que je devine choisis par Matthew lui-même. Rien dans cette chambre n'évoque sa carrière, pas la moindre photo, affiche, ni une seule des nombreuses récompenses qu'il a reçues. Le garçon qui dort ici n'a rien d'une star, il aime les choses simples, franches, les livres, les CD bien rangés sur des étagères et le son qui sort de la guitare qu'il gratte, assis au milieu du grand lit. Le son de sa voix se pose sur ses notes comme sur une eau limpide. Je ne prends pas garde aux paroles tant je suis absorbée par son timbre sublime. La dernière note ténue, mais vibrante fait naître un frisson sur ma peau. Matthew attend qu'elle ne soit plus qu'un souvenir avant de relever les yeux sur moi.

— C'est magnifique, soufflé-je.

— J'ai cette musique en tête depuis plusieurs semaines, chaque fois que tu as cherché à m'éviter. J'avais besoin d'exprimer… ma déception.

— Comment sera la suivante ? taquiné-je depuis la fenêtre.

— Mmm sans doute plus gaie, comme ça, dit-il en tirant quelques accords plus rythmés.

— J'aime aussi. Tu pourrais composer et écrire d'autres chansons, tu n'aurais pas de mal à trouver un volontaire pour distribuer ton CD qui s'arracherait.

— Ça ne serait pas pour me déplaire, mais je n'ai pas le temps, grimace-t-il.

— Si tu les mets juste sur un papier, moi, j'ai le temps de te fignoler ça.

— Qu'est-ce que tu ne sais pas faire, dis-moi ? ricane-t-il.

— Je voulais seulement jouer du piano, ça s'est transformé en heures complètes à répéter des notes sur du papier. Alors qu'en dis-tu ?

— Marché conclu, viens voir ! réclame-t-il en me tendant la main.

Je traverse l'espace jusqu'à son lit où je m'assois sur le bord.

— Tu arrives à me déchiffrer ? demande-t-il en me donnant un papier couvert d'annotations.

— Joue pour voir !

Matthew reprend sa mélodie et chantonne les mots que je découvre en même temps sur son papier. Si la mélodie est sublime, les paroles me frappent en plein cœur. Matthew chante les yeux fermés, son visage superbe reflète les sentiments confus qu'il a éprouvés à mon égard. La dernière petite note produit chez moi la même réaction épidermique. Il rouvre les yeux et me dévisage avidement.

— Toutes les autres seront plus joyeuses, mais celle-ci restera la plus belle, assure-t-il.

— La plus triste aussi.

— Plus maintenant.

— J'étais loin d'imaginer ça.

— Il n'y a pas de plus grand sourd que celui qui ne veut pas entendre, commente-t-il.

Il pose sa guitare et se glisse jusqu'à moi. Il ne laisse plus le temps s'arrêter, cette fois, avant de poser sa bouche sur la mienne. Le sentiment de panique est immédiat.

Est-ce le fait d'être seule avec lui, sur son lit, son empressement à m'embrasser ?

Je me dégage un peu trop vivement de ses bras.

— Kate... de quoi as-tu peur ? s'inquiète-t-il en me laissant lui échapper.

Sa voix trahit son agacement. J'exhorte mon pouls à ralentir en vain. Il se lève et approche de moi sans me toucher. Sa pression physique est pire encore que son étreinte.

— J'ai besoin de temps, Matt. Je n'ai pas envie de précipiter les choses, j'ai besoin de mettre de l'ordre dans ma tête avant d'arriver à un point de non-retour.

— Je comprends. Je savais que ce ne serait pas simple. C'est pour ça que j'ai voulu nous éloigner des autres, t'avoir pour moi seul, détachés de toute contrainte, précise-t-il doucement.

— Tout est allé trop vite.

— Trop vite ? Mais nous vivons ensemble depuis bientôt cinq mois ! objecte-t-il.

— Et nous nous connaissons à peine. Que sais-tu de moi ?

— Deux, trois petites choses intéressantes, sourit-il.

— Et qu'est-ce que je sais de toi ?

— Tu connais mes mauvaises manies, mon habitude de dormir nu et mon goût pour le cognac, plaisante-t-il.

— La marque de tes chaussures, le nom de ton parfum, la taille de tes chemises, les aliments que tu détestes, ceux que tu aimes, ton emploi du temps sur le bout des doigts, énuméré-je en bonne professionnelle. Je connais Matthew Dickinson oui, mais toi ? Je ne sais rien de toi.

— Je n'ai jamais été quelqu'un d'autre que moi en ta compagnie, tu le sais. Je n'aime pas plus les betteraves que cet imbécile d'acteur !

Je ne peux réprimer un sourire, il en profite pour enlacer ma taille comme si je venais de lui donner la permission.

— Oublie cinq minutes ce que je suis, Kate ! Accorde-moi ces quelques jours pour te convaincre que je ne t'ai jamais menti. Je ne te brusquerai plus, je te le promets.

Je dois faire appel à tout mon sang-froid pour oser le regarder. Il penche la tête et glisse sa bouche dans mon cou.

— Je t'aime, susurre-t-il.

Sa voix fait naître des frissons sur ma peau qui ne lui échappent pas.

— Tu n'as rien contre de la musique plus rock ? demande-t-il taquin.

— Non, au contraire !

— Dans ce cas, emporte un gilet, nous allons rentrer tard, annonce-t-il en m'entraînant par la main.

Il me laisse à peine le temps de fouiller ma valise que je n'ai pas encore défaite et nous dégringolons l'escalier en colimaçon. Amy brode, assise dans le jardin à l'ombre de la petite tonnelle attenante à la maison.

— Ne nous attends pas ce soir, Amy, prévient Matt en embrassant sa grand-mère.

— Salue ce grand voyou de Steeve pour moi et dis-lui que sa mère peut venir chercher ses pots de géraniums. Amusez-vous bien et soyez prudents tout de même ! bougonne la vieille dame en lui indiquant du doigt la porte de sortie.

J'adresse un petit signe de la main à mon hôtesse. Elle me lance, par-dessus les petites lunettes qu'elle a chaussées pour broder, un malicieux clin d'œil et nous regarde partir en souriant.

7

Le point de non-retour

Les maisons de Chipping Campden sont en pierres blanchâtres, collées les unes aux autres comme pour mieux se soutenir entre elles. Le plus souvent construites sur deux ou trois étages, la plupart des bâtisses de la rue principale accueillent au rez-de-chaussée, une boutique de mercerie, de vêtements, d'épicerie, de souvenirs ou encore de déco. Plusieurs restaurants se disputent la clientèle nombreuse qui arpente les rues pavées en profitant du charme intemporel de cet endroit.

Matthew n'a pas pris de précaution particulière, seule une casquette protège sa si célèbre coupe de cheveux désordonnée. Cependant, il ne s'attarde pas. Nous faisons juste un crochet par le Chipping Campden Market Hall, ni plus, ni moins que la place du marché. Il ne me laisse que peu de temps pour m'émerveiller et pousse bientôt la porte du pub à la façade verte qu'il m'a indiqué en passant. L'intérieur est lumineux malgré le rouge sombre dominant et le bois foncé qui sert de décor naturel à la pièce. Plusieurs tables au fond sont occupées, des touristes pour la plupart à en juger à leurs bagages ou à leur façon d'admirer l'endroit avec curiosité. Le bar à lui seul vaut le détour, des étagères étroites montent jusqu'aux solives du plafond, chargées d'innombrables bouteilles et de verres scintillants à la lumière.

— Matt ! s'écrie soudain un grand et fort gaillard posté derrière le bar.

Il délaisse aussitôt sa corvée d'essuyage pour venir saluer Matthew dans une accolade virile.

— Qu'est-ce que tu fous là ? On ne t'attendait pas de sitôt !

— L'air pur me manquait, rigole Matthew en repoussant le géant d'une bourrade amicale. Comment vas-tu ?

— On ne peut mieux, répond le jeune homme avant de reporter son attention sur moi.

Je me sens toute petite face à cet athlète d'un mètre quatre-vingt-dix au moins et au quintal bien sonné. Malgré sa stature impressionnante, il émane de son visage une gentillesse non feinte. Ses cheveux tirant sur le roux et son teint clair trahissent ses origines anglaises à coup sûr. Matthew enlace ma taille et me cale contre lui.

— Steeve, je te présente Kate. Cette espèce de brute est mon meilleur copain depuis l'école primaire, m'explique-t-il à voix basse.

Le géant me secoue la main en riant à la bonne blague de son ami.

— Ne l'écoute pas, Kate, je n'ai rien d'une brute. Je suis enchanté, mais drôlement surpris. Matt, qu'est-ce qui t'arrive ?

— Quoi ? ricane mon compagnon.

— Depuis quand tu ramènes une fille, toi ?

— Je ne vois pas pourquoi je n'aurais pas le droit, et puis ce n'est pas *une fille* ! corrige-t-il, goguenard.

— Ah, et c'est quoi ? Un poisson rouge ?

— Merci de me trouver figure humaine, interviens-je en riant malgré moi.

Mon accent franco-anglais fige le géant sur place. Il plisse les yeux d'un air comique et lève la main exigeant un instant de réflexion.

— Hummm... laisse-moi deviner... Française ?

— Oui.

— Trop fort là, Matt ! Tu peux mc dire comment t'as déniché cette perle ?

— Tu n'as qu'à voyager plutôt que de rester derrière ton bar.

— Inutile, le monde entier vient à moi ici, pourquoi veux-tu que je bouge ? fait-il remarquer en désignant les clients attablés dans sa salle. T'étais pas fiancé ? taquine encore le rouquin.

— Steeve, laisse tomber ! gronde Matthew, rieur. Verse-nous deux bières plutôt que de dire des âneries ! Ils sont là ?

— Dans la petite salle ! Les bières, comme d'hab ?

— Comme d'hab !

— Je vous amène ça. Ils vont pas en revenir à côté, fait Steeve en secouant la tête.

Matthew soupire et son bras se fait plus pressant autour de moi. Je devine sous ses airs bravaches, la petite pointe d'anxiété qui l'anime avant de franchir la porte.

— Ne crains rien, ils sont parfois un peu remuants, mais ils sont tous gentils, prévient-il.

— Tu dis ça pour me rassurer ?

Il se contente de déposer un baiser furtif dans mon cou et pousse la porte. Les conversations que nous percevions de l'autre côté cessent aussitôt. Un silence stupéfait, à peine troublé par un fond sonore musical, nous accueille. Puis d'un coup, les éclats d'une joie sans retenue montent en échos sous la voûte en pierre de la petite cave où nous venons d'entrer. Alors Matt m'est arraché par des accolades et des embrassades joyeuses qui s'éternisent tant qu'il n'est pas passé de mains en mains, de bras en bras, de joue en joue. Lui que j'ai toujours vu fuir les contacts physiques, même les poignées de main les plus anodines, se laisse faire avec un plaisir non dissimulé, se livre sans précaution et pire, rend des marques d'affection sans la moindre hésitation, confiant et heureux. Passé ce premier moment de retrouvailles, je sens peser sur moi des regards où je lis la même surprise que dans celui de Steeve quelques minutes auparavant.

— Quoi ? tonne Steeve dans mon dos, me faisant bondir au passage. Vous n'avez jamais vu une fille ? Entre, Kate, ils ne vont pas te manger, ajoute-t-il en me poussant doucement d'une main tandis qu'il pose sur la table devant nous deux chopes énormes d'une bière ambrée, surmontée d'une mousse abondante.

La joyeuse et bruyante équipe se compose de six garçons, Steeve compris pour seulement deux filles.

— Kate, je te présente Judy, Mel, Jason, Ethan, Taylor, Scott et Chad, énumère Matt en me désignant chacun d'entre eux.

Ils hochent successivement la tête ou me font un petit signe à l'appel de leurs prénoms. Matt prend une courte inspiration et plonge son regard dans le mien, on dirait qu'il a attendu ce moment depuis longtemps.

— Je vous présente Catherine. Vous pourrez l'appeler Kate uniquement si elle vous y autorise, affirme-t-il comme pour dédramatiser l'annonce.

— Et qui est cette jeune et jolie personne ? relance Judy, petite blonde, aux grands yeux bleus, du genre curieux de tout et amusé d'un rien.

— J'aimerais qu'elle devienne un peu plus que ma petite amie, répond-il sans cesser de me regarder.

— Roooouh ! applaudit Judy tandis que des exclamations surprises s'élèvent.

— Foutez-leur la paix ! grogne Steeve qui, de toute évidence, prend la tranquillité de son copain très à cœur.

— Oui pour une fois qu'on a l'occasion d'avoir Matt ici, ajoute Chad.

Sa voix trop haut perchée pour un garçon attire mon attention. Grand et mince, les traits fins, les cheveux mi-longs, Chad assume pleinement un côté androgyne qui détonne dans ce groupe par ailleurs assez homogène. Mel est brune pour ce que Judy est blonde. Les garçons, eux, sont pratiquement tous bâtis sur le même modèle athlétique. Je ne tarde pas à comprendre pourquoi dès que je m'intéresse à la décoration de la petite pièce qui nous sert de pub privé.

— Vous êtes rugbymen ? demandé-je quand ils se sont lassés de taquiner Matt en me posant tout un tas de questions que je juge parfois indiscrètes et auxquelles je réponds par des boutades qu'ils ont la gentillesse d'apprécier.

Je récolte pour ma perspicacité une salve d'applaudissements bruyants.

— Nous appartenons au club de Bath.

Le rugby n'est pas spécialement ce que je connais le mieux et la réputation du club de Bath n'est pas encore parvenue à mes oreilles, je me contente donc de hocher la tête, m'abstenant de tout commentaire malheureux qui aurait tôt fait de déclencher une avalanche de plaisanteries.

— Ils espèrent intégrer l'équipe première, mais j'ai sans doute plus de chances de me faire remarquer qu'eux sur le terrain, rigole Matt en répliquant à leurs taquineries.

— Hey ! Mauviette, quand est-ce que tu nous fais profiter de tes talents d'ailier ? réplique Scott, moqueur.

— Tu as fait du rugby ? m'étonné-je.

— Je me suis arrêté avant de perdre mon nez, confirme Matthew.

— Ha ha ! ricane Jason qui s'est visiblement peu soucié de l'arête parfaite de son nez.

— Vous êtes jaloux, lance Judy.

— De Matt, tu rigoles ? s'esclaffent en chœur Jason et Ethan, toujours plus prompts à le mettre en boîte que les autres.

— Attends, tâte-moi ça ! bondit Scott en exhibant son biceps droit sous mon nez.

— Pas mal, confirmé-je.

— Pas mal ? s'insurge le garçon.

— Qu'est-ce que tu crois ? fait alors Matthew en se levant à son tour et en enlevant carrément son tee-shirt.

Les filles poussent des cris de joie tandis que les copains de Matt en restent ébahis. Benoît a parfaitement joué son rôle de coach sportif et la carrure initialement bien dessinée de mon compagnon a agréablement gagné en muscles. J'ai beau avoir l'habitude de le voir se balader régulièrement nu ou presque devant moi, l'envie de le toucher me picote les doigts.

— Qui a faim ? fait la voix tonitruante de Steeve dans l'encadrement de la porte.

Une clameur monte aussitôt. Je devine que tout le monde attendait ce moment avec impatience. Steeve nous apporte suffisamment de provisions et de bières pour tenir un siège. Le patron du bar opte même pour une fermeture prématurée au public de façon à pouvoir venir passer le reste de la soirée en notre compagnie. La présence de Steeve rend l'ambiance encore plus festive. Je vois alors un Matthew fort différent de l'image qu'il donne par ailleurs. Il est heureux et détendu, il blague facilement et encaisse les vannes à son encontre avec humour. Ils le connaissent tous depuis leur plus tendre enfance et le considèrent uniquement comme un ami. Steeve est sans conteste celui auquel Matt se confie le plus facilement. Leurs apartés nombreux ne semblent étonner, ni déranger leurs amis habitués. Le plaisir se lit sur leurs visages à tous les deux. Pour ma part, les filles ne tardent pas à me mettre le grappin dessus, trop contentes de recevoir enfin le renfort d'un nouvel élément féminin dans cette tanière de jeunes mâles sportifs.

La soirée se prolonge fort tard dans la nuit. La journée a été longue et chargée en émotion, je décroche petit à petit des conversations. Matthew surprend plusieurs de mes bâillements et finit par avoir pitié de moi. Même s'il a du mal à se résoudre à quitter le pub et ses amis, il apprécie de sortir au grand air de la nuit. Steeve vire d'ailleurs tout le monde dans la bonne humeur en menaçant d'employer à la plonge. Les amis de Matthew nous saluent avant de s'éparpiller dans les ruelles livrées à quelques rares touristes encore éveillés. Une brise tiède rend l'atmosphère plus respirable que les trente degrés de la fin d'après-midi. Tandis que nous remontons la rue principale, je suis surprise par les flashs d'appareils photo et instinctivement, je me raidis sous le bras de mon compagnon posé sur mes épaules.

— Des touristes, ce n'est pas rare ici. Ils adorent faire des clichés de nuit, sourit-il en se retournant sur l'endroit d'où provenaient les flashs.

— Tu avais l'air heureux, ce soir.

— Je l'étais, je le suis encore.

Il resserre son étreinte autour de moi et je me laisse aller contre lui. D'autres flashs crépitent dont je ne me soucie plus. Nous rentrons sans faire de bruit dans la maison endormie. Matthew m'accompagne jusque devant ma porte.

— Tes amis sont adorables. Ils t'aiment beaucoup.

— Tu les as impressionnés, mais ce n'est pas fait pour me surprendre. Je sais que je peux compter sur eux, je leur fais confiance, ils ne m'ont jamais trahi.

— Pourquoi dis-tu ça ?

— Parce que je sais que tu t'inquiètes.

— Tu as l'habitude, pas moi.

Matt fronce les sourcils d'un air sévère.

— C'est la première fois que j'amène quelqu'un ici, Kate, ne me parle pas d'habitude.

Mon air sceptique provoque un éclair de colère contenue dans son regard.

— Fais-moi confiance, rien qu'une fois, murmure-t-il d'une voix sourde.

Je veux protester que ce n'est pas une question de confiance en lui, mais en moi seule, Matthew ne m'en laisse pas l'occasion, il scelle mes lèvres par un baiser léger.

— Bonne nuit, chuchote-t-il en s'écartant avant que j'aie le temps de réaliser.

Lorsque mon « bonne nuit » lui parvient, il est déjà sur le seuil de sa chambre. À plus de deux heures du matin, je me glisse sous les draps, j'évacue hors du lit l'édredon trop chaud. La bière, les sandwichs de Steeve, la musique, l'ambiance festive, les amis de Matthew, et enfin ses paroles douces et patientes, tout me revient, m'empêchant de sombrer tout à fait.

Combien de temps supportera-t-il mes hésitations ?

Mon cœur se serre, le souvenir de son baiser passionné dans le jardin, l'élan formidable de mon corps, mon abandon presque absolu... *Presque*. Les paroles d'Amy m'ont apporté un soulagement, mais pas la possibilité de surmonter encore les craintes qui me hantent. À force de trop vouloir me protéger de lui, de le tenir à l'écart, je ne parviens plus à me défaire des arguments solides qui constituaient mes remparts et qui s'imposaient à mon esprit quand mon corps trahissait tout l'amour que je m'évertuais à museler. Je ne sais plus comment faire.

* * *

Je vois le jour se lever sans avoir réellement dormi, mes yeux se ferment malgré moi, mais mon esprit n'abandonne jamais son infernal travail. Je somnole ainsi depuis plusieurs heures quand ma porte s'ouvre sans qu'on ait frappé.

— Vous allez être en retard, Mademoiselle Dutilleux ! lance Matthew d'une voix forte où percent des accents moqueurs.

Il dépose une tasse de café sur le chevet et va entrouvrir les volets qui maintiennent la pièce dans une obscurité relative. La lumière vive me poignarde les yeux et je trouve refuge sous mon oreiller. Matthew éclate de rire et s'installe contre moi dans le lit. Il n'est vêtu que de son sempiternel caleçon. Je sens sa chaleur et la douceur de sa peau contre la mienne à peine couverte par la fine nuisette que je porte. Je ne lui ai jamais donné l'occasion de me voir dans une tenue pareille et je me hâte de remonter le drap sur moi. Il ignore superbement mon geste.

— Tu es tombé de ton lit ? l'interrogé-je, étonnée.

— Presque ! J'ai mis le réveil pour être sûr de pouvoir te doubler sur ce coup-là. Bien dormi ?

— Non.

— Ça se voit, dit-il en observant ma petite mine.

— Et toi ?

— Pas beaucoup.

Je finis mon café et il me confisque la tasse des mains pour la mettre sur le chevet puis il s'accoude plus confortablement sur le côté. L'examen minutieux auquel il me soumet avant de reprendre la parole m'indispose.

— Que dirais-tu d'une journée tranquille, nous avons mérité de nous reposer, non ?

— Ce n'est pas de refus, je serais sans doute une piètre compagne de sortie aujourd'hui.

— Dans ce cas je vais utiliser tes maigres talents d'actrice, si tu veux bien.

— Quoi ?

— Ne t'emballe pas, je veux seulement que tu m'aides à apprendre ce foutu texte que je ne parviens pas à me mettre dans le crâne, se défend-il en promenant son doigt le long de la bretelle de ma nuisette.

Ma peau réagit à son contact, une lueur passe dans son regard qu'il dompte rapidement. Je regrette qu'il se sente ainsi en permanence obligé de se justifier.

— Si ma mémoire est bonne, Peters t'a prévenu qu'il allait tourner à nouveau les scènes de sexe à ton retour, lui rappelé-je, nullement dupe.

— Si ta mémoire est bonne, il a aussi dit qu'il exigeait de moi un niveau de crédibilité que je n'étais pas capable de lui donner.

— Et comment comptes-tu t'y prendre ?

— En répétant avec la seule personne qui peut me donner cette crédibilité, déclare-t-il sans détour. J'ai vraiment besoin que tu m'aides, Kate.

Mes joues deviennent de plus en plus brûlantes. Il pose sa main sur l'une d'entre elles.

— Je ne te demande rien d'autre que d'être là, je t'en prie, Cathie.

Mon cœur bondit dans ma poitrine au son de mon prénom.

— D'accord. Quand veux-tu t'y mettre ?

— Dès que nous serons prêts, il fait un temps superbe, j'ai envie de squatter le jardin.

— Quelle heure est-il ?

— Neuf heures à peine.

Je sourcille, impressionnée par son dynamisme rare à une heure aussi matinale et après une nuit aussi courte.

— Dans ce cas, laisse-moi tranquille que je puisse me préparer, grogné-je en le poussant hors du lit.

Je m'attends à ce qu'il résiste, à ce qu'il s'amuse avec mes nerfs. Au lieu de ça, il se lève docilement, sans émettre la moindre objection. Quand il est sorti, je réalise qu'il n'a pas tenté une seule fois de m'embrasser. J'en demeure stupide, assise dans mon lit. Une sensation de vide fait naître une boule dans ma gorge. Sans doute était-il trop préoccupé par ce qu'il avait envie de me demander ou peut-être prend-il soin de ne pas m'effrayer, sachant mes réticences à ce sujet. J'ai beau interroger mon reflet dans le petit miroir de la salle de bains, je n'obtiens pour toute réponse qu'une moue boudeuse.

À en juger au soleil qui déboule dans ma chambre quand j'ouvre tout à fait les volets, la journée sera chaude, j'opte donc pour une robe grise légère aux fines bretelles. Je relève mes cheveux dans un chignon lâche, seulement retenu par une pince.

Amy s'affaire dans sa cuisine où flotte une délicieuse odeur de confiture.

— Comme tu es jolie ainsi ! s'exclame-t-elle quand je passe la porte en souriant.

— Je ne m'attendais pas à ce qu'il fasse aussi chaud en Angleterre, plaisanté-je.

— C'est un été exceptionnel… à tout point de vue, glousse-t-elle en remuant la grosse cuillère en bois plongée dans la bassine de cuivre.

Je me penche dessus pour en observer le contenu.

— Myrtilles ?

— Oui, acquiesce-t-elle, l'air sérieux.

Je passe le bout du doigt sur la cuillère en bois.

— Elle a l'air d'être prête.

— C'est aussi mon avis. Tu t'y connais en confiture ?

— J'en faisais chaque année avec ma grand-mère, nous dévalisions le verger, à chaque saison, pour en avoir des tas de différentes.

— Ta grand-mère te manque, n'est-ce pas ? demande-t-elle gentiment en reposant la cuillère dans la bassine après avoir coupé le feu.

— Énormément. Je retrouve ici les parfums et l'ambiance qui régnaient chez elle.

— Ça te dirait de goûter MES confitures ? propose Amy en changeant de sujet. Choisis dans le placard, là-bas, je sors le pain.

À l'endroit qu'elle m'indique, dans un grand placard en bois peint, je trouve une bonne dizaine de pots alignés les uns à côté des autres dans un ordre parfait. J'opte sans hésiter pour la marmelade d'orange dont je raffole. Amy a pendant ce temps-là sorti l'artillerie lourde, un énorme pain de campagne trône sur une planche à découper et la cafetière à l'ancienne fume sur un repose-plat à côté de ma tasse.

— C'est Matt qui a fait le café, je suis bien incapable d'apprécier ce breuvage exotique, dit-elle.

— Où est-il passé ? m'étonné-je.

— Il est dans le jardin. Il ne va pas tarder dès qu'il sentira l'odeur de la nourriture.

Amy m'invite à me tartiner généreusement une belle tranche de pain. À la première bouchée, je gémis de bonheur. Je n'ai pas le souvenir de m'être à ce point régalée depuis des années. Le pain croustillant encore tiède, le beurre frais fondant sur la mie moelleuse à souhait et la douceur acide de la marmelade, je ferme les yeux pour profiter de chaque détail gustatif de ce véritable festin.

— Ça a l'air si bon que j'ai envie de te faucher ta tartine, lance la voix de Matthew tout près de moi.

J'ouvre les yeux, il est assis sur la chaise juste en face, les coudes posés sur la table et l'œil pétillant.

— C'est un régal !

— Tu serais excellente pour une pub.

— À condition que ce soit la confiture d'Amy et pas un truc industriel. On ne vante bien que ce qu'on aime vraiment.

Matt me regarde avec circonspection puis se sert une grosse tartine. Amy s'installe près de nous à table, une tasse de thé à la main.

— Tout est prêt ? s'enquiert-elle.

— Oui, merci, Amy, j'ai tout ce qu'il nous faut.

— Tes parents ont téléphoné hier, glisse-t-elle tandis que son petit-fils engloutit son pain.

J'avale ma dernière bouchée de travers. Matthew ne réagit pas à cette nouvelle.

— Ils viennent déjeuner samedi, ajoute-t-elle.

— Bien ! se contente-t-il de répondre.

— Matt... souffle Amy, anxieuse.

— Tout ira bien, grand-mère, ils n'auront pas à se plaindre du vilain petit canard de la famille.

— Tu sais très bien qu'ils ne pensent pas cela. Ils sont comme tous les parents, ils s'inquiètent pour toi et avoue que tu ne leur as pas facilité la tâche, ces derniers temps.

— J'avoue, concède Matt, incapable de rester sérieux.

— Tu es un garnement.

— Il faut bien que j'aie quelque chose de toi, réplique-t-il en se levant de table.

Il ne me laisse pas le choix et m'entraîne par la main. Il nous fait traverser le jardin fleuri d'Amy et exige que je ferme les yeux à l'approche de l'escalier menant au verger en contrebas. Il guide ma main sur la vieille rampe en fer forgé qui sécurise la descente hasardeuse des marches en pierre un peu disjointes.

— Regarde, dit-il enfin tout bas.

Il a mis à profit le temps que je lui ai laissé pour aménager ce petit coin de verdure en un joli nid douillet. Sous le tilleul, il a installé des coussins et étalé une grande couverture. Un panier en osier, couvert d'une serviette, m'informe sur le programme du déjeuner. Un appartement à l'extérieur, ombre ou lumière au choix, la nature et le chant des oiseaux pour seule compagnie.

— Après vous, chère amie ! invite-t-il en faisant mine d'ouvrir une porte imaginaire.

— J'aime beaucoup ta déco, ça fait très nature, plaisanté-je.

Il mime la fermeture de la porte et donne deux tours d'une clé invisible qu'il me tend.

— Personne ne viendra nous déranger, mais si tu veux t'enfuir, voici la clé, dit-il l'air sérieux.

Mon estomac s'agite, le goût amer de la frustration me dérange de nouveau. Je n'ai pas envie de m'enfuir, au contraire. Ses bras étonnamment distants me manquent, ses baisers me manquent. Je saisis la clé imaginaire et je fais semblant de la lancer au loin.

— C'est malin, comment vas-tu sortir d'ici ? gronde-t-il toujours aussi sérieux.

— Je n'ai pas l'intention de partir.

Matthew croise les bras sur sa poitrine et me regarde d'un air sceptique.

— Tu sais pourtant à quoi tu t'exposes. Tu acceptes de courir un tel risque ?

— Nous sommes ici pour répéter une scène de cinéma, non ? Je sais que je ne suis pas une actrice exceptionnelle, mais si je peux t'être utile, allons-y !

— Soit ! sourcille-t-il en me désignant le script posé sur la couverture.

Matthew s'assoit sur les coussins entassés contre le tronc de l'arbre. Il me fait signe de le rejoindre et ouvre son épais livre à la page qui l'intéresse. Je m'installe en tailleur près de lui. Il pose le livre sur mes genoux et pendant que je parcours les pages rapidement, il m'explique la scène. Les personnages se font l'aveu de leur passion dans un élan d'une sensualité que je trouve un peu exagérée sur le papier, mais qui à l'écran saura sans doute transporter les spectatrices amoureuses de Matt vers les sommets du romantisme. À les lire comme ça, hors contexte, les dialogues me paraissent déconcertants.

— C'est toujours comme ça, on te donne ce genre de choses à apprendre par cœur du jour au lendemain et on te demande de restituer ça comme si ta vie en dépendait, me raconte-t-il.

— Je comprends que tu puisses avoir du mal. Ce texte est…

— Ridicule ?

— Non, pas ridicule, disons… décalé.

— Pas si tu reprends la scène en entier. Tu n'en as lu qu'un extrait.

— Comment je m'y prends ? interrogé-je en tournant les pages.

Matt se rapproche de moi et, passant son bras droit par-dessus mon épaule, tourne les pages à ma place. Son souffle léger caresse mon cou et mon pouls accélère malgré moi. Il pose son index sur le titre d'une page.

Scène quatre-vingt-huit !

— On peut commencer là.

Puis il reprend son bras et se repositionne bien vite à l'écart de ma petite personne.

Aïe !

Nous faisons une première lecture commune de la scène ; je lis mon dialogue sans chercher à y mettre la moindre conviction. Matthew, quant à lui, trouve déjà des accents qui me font hésiter de temps à autre. Nous reprenons cette même scène, six fois de suite. À la dernière lecture, ni lui, ni moi n'avons plus besoin du support du livre, Matthew se lève et, sans me tendre la main comme il l'aurait fait auparavant, exige que j'en fasse autant. Je me demande comment mon simple contact physique peut à présent le déranger. La petite boule dans ma gorge se manifeste de nouveau. Je déglutis en vain, elle reste là, gênante.

— Prête ? demande-t-il, prudent.

Je hoche la tête en prenant une grande inspiration, mon cœur bat une chamade digne d'une première sur les planches. Je suis sûrement ridicule. Il approche alors de moi et son regard seul me consume.

— Léna, je savais que tu viendrais, commence-t-il.

J'ai bien du mal à retrouver mon texte dans mon cerveau encombré par un tout autre souci et je bredouille la suite d'une façon maladroite. Ça ne paraît pas le déranger, il poursuit du même ton exalté. Je sais que sa tirade débouche sur un baiser, je ne vois cependant rien venir de tel, il reste à bonne distance de moi.

— Au moins, j'ai réussi à retenir ce maudit texte, affirme-t-il sur un ton léger.

— Tant mieux ! bougonné-je en retournant m'asseoir.

— Tu n'as pas l'air satisfaite, constate-t-il. C'est un bon début, surtout pour toi.

— Oh merci, mais tu aurais tout aussi bien pu te servir d'un magnétophone.

Matthew sourit et je sens qu'il a deviné à quoi je pense.

— Si on reprenait encore une fois ? propose-t-il.

— Si tu veux, soupiré-je en me relevant.

— Je te préviens que je vais t'embrasser, cette fois, annonce-t-il sans ciller.

— Ah ! C'est nécessaire ? ironisé-je.
— Ça peaufine la scène.
— Et pourquoi me préviens-tu ?
— Je sais que tu n'aimes pas que je t'embrasse pour de faux. Y tiens-tu vraiment ?
— Une promesse est une promesse.
— Prête ?
— Oui.

Matthew entre pleinement dans la peau de son personnage en un battement de cil. Je vois s'opérer la métamorphose avec le même étonnement que la première fois. Je récite mon texte mécaniquement, tendue de plus en plus au fil des lignes qui me rapprochent inexorablement du baiser dont j'ai tellement envie, en vrai. Ses doigts glissent sous mon menton, je ferme les paupières et son haleine effleure mes lèvres et c'est tout. Hagarde, je rouvre les yeux, la bouche de Matthew se trouve à quelques millimètres de la mienne, suspendue. Il ne bouge pas, le regard fixé sur moi, attentif. La boule de ma gorge m'étouffe. J'oublie la scène, le texte et ma stupide retenue.

— Je t'aime, Matt ! soufflé-je.

Ses yeux s'illuminent d'un éclat féroce, mais son visage reprend très vite un masque placide. Il détache ses doigts de moi et je me sens alors dévastée, abandonnée. Des picotements aigus sous mes paupières annoncent mes larmes imminentes.

— Ce n'est pas dans le texte, chuchote-t-il.
— Non.
— Tu as jeté la clé, Kate ! me rappelle-t-il froidement.
— Lâche-moi avec cette stupide clé, tu vois bien que je n'ai pas envie de partir, aboyé-je, les nerfs à vif.

Je m'écarte alors de lui, incapable d'en supporter davantage.

— De quoi as-tu envie ?

Ses paroles résonnent comme un claquement de fouet. Je n'ai pas vu venir le coup. Sous l'effet du choc, mon cœur s'arrête, mes jambes se dérobent et je manque de défaillir. Matthew n'esquisse pas le plus petit geste pour m'aider. Je m'agrippe au tronc du tilleul en lui tournant le dos. Je respire par à-coups douloureux. Je ne peux pas, je n'y arrive pas, les mots meurent au bord de mes lèvres. Ça en devient insoutenable.

— De quoi as-tu envie ? répète-t-il à voix si basse que je ne suis pas certaine de comprendre.

Mon esprit se brouille, mon esprit borné, têtu, qui tient les dernières défenses contre l'ennemi.

L'ennemi ?

Parce que je considère donc Matthew comme un ennemi ?

Mon cœur indiscipliné se révolte, il propulse le sang dans mes veines à une allure vertigineuse. Mes mains se crispent sur l'écorce de l'arbre.

— Kate ! insiste-t-il devant mon mutisme torturé.

Sa voix tendue, impatiente, sa voix seule se pose sur moi, pas ses mains. Je ne peux même plus lui reprocher de se montrer trop empressé, je ne dispose plus d'aucun argument. Mon esprit, ce brave petit soldat, subit une nouvelle défaite. Toute résistance est devenue inutile, j'ai atteint le point de non-retour que je redoutais, celui qui ne me permet plus de reculer devant une évidence et de m'enfuir hors d'atteinte.

— De toi, gémis-je.

Son silence est assourdissant. Je n'ose pas me retourner, le regarder en face. J'arrête de respirer, l'oreille aux aguets de son souffle. Sa voix dure retentit comme un coup de tonnerre dans ma tête.

— Es-tu bien sûre de ce que tu viens de dire ?

Un frisson glacial se diffuse le long de ma colonne vertébrale. Une angoisse monstrueuse me donne la force de l'affronter. Je remarque ses poings fermés, emprisonnés sous ses aisselles comme s'il voulait empêcher ses mains de se tendre vers moi. Il attend, me laisse me débattre contre moi-même, il me refuse son aide, me refuse ses bras, me maintient en respect loin de lui, tout comme je l'ai fait durant des semaines. Alors je comprends ce qu'il a ressenti quand je le torturais ainsi.

Matthew me laisse boire la coupe amère de la frustration jusqu'à la lie. Il ne fera rien pour arranger les choses, je le devine en le voyant maîtriser la moindre expression de son visage. Il me tient enfin en son pouvoir et jouit pleinement de sa victoire toute proche. En moi, le combat fait rage, le petit soldat tente un ultime coup d'éclat, ne pas se rendre en vaincu, il aiguillonne mon orgueil. Je me raidis contre son attitude, je n'admets pas ses doutes. Une ombre de sourire naît sur les lèvres de mon adversaire. Il connaît mes points faibles.

Tu es tombée dans son piège, affirme le soldat vexé.

Tu l'aimes, Cathie, dis-lui ! conseille mon cœur en s'emballant devant l'urgence.

Comme pour confirmer ça, mon corps rompt les chaînes de l'obéissance aveugle au soldat, je fais malgré moi un pas vers Matthew, tremblante. Je suis épuisée de cette lutte, j'admets ma défaite la tête haute, je me suis bien battue.

— Je t'aime, Matthew, affirmé-je aussi clairement que me le permet ma gorge serrée.

La cuirasse qu'il m'oppose ne cède pas. Il reste immobile, statue magnifique. Je me hisse alors jusqu'à ses lèvres. L'assaut de ma bouche sur la sienne entame sa résistance, son souffle devient plus court et ses lèvres frémissent. De vaincue, je deviens assaillante. Il me donne les munitions pour le battre. Il veut perdre. Pire, il veut que *JE* déclare la guerre et que *JE* lui fasse déposer les armes. Une sensation brûlante irradie mon ventre, ma langue force la bouche de Matthew qui rugit de plaisir sous cette attaque brutale à laquelle il ne s'attendait pas. Ses mains se libèrent enfin pour me serrer contre lui plus fort. Il ne peut longtemps contenir sa fougue et mon dos percute brutalement l'écorce dure de l'arbre. J'en émets un gémissement, pas une plainte, un aveu. Le point de non-retour est franchi.

J'enfonce mes doigts dans sa tignasse désordonnée. Mes mains descendent sur ses épaules, glissent le long de son dos et s'aventurent sous son tee-shirt. Quand ma caresse atteint son ventre, ses muscles se contractent sous mes paumes. Il me poignarde d'un regard farouche où je lis un désir violent.

Que cherche-t-il à savoir ?

Moi, je ne doute plus, je lui enlève son tee-shirt. Son parfum me monte aux narines, injectant une nouvelle dose d'adrénaline dans mes veines. Mes doigts glissent sur son torse nu. Matthew frissonne malgré la chaleur. Il tend les bras et pose ses paumes contre le tronc de chaque côté de ma tête. Il s'abandonne avec ravissement à la lente découverte de mes doigts sur sa peau incroyablement douce. J'ai rêvé tant de fois ces gestes qu'ils me paraissent évidents. Je ne rêve plus et c'est meilleur encore.

Matthew s'offre à moi sans retenue, à la condition que j'accomplisse seule le chemin. Il doit crever d'envie de faire ce qu'il exige de moi à présent. Je regarde son visage, ses traits tendus, le battement de son pouls précipité dans la petite veine de son cou. Il doit vouloir ça, mais il est prêt à m'en céder le droit. Ce n'est pas juste. Je laisse retomber mes bras le long de mon corps, mais je ne cède pas un centimètre dans la faible distance qui nous sépare. Je sens son souffle sur mon visage tout comme il doit sentir le mien. Nous nous regardons intensément, comme deux lutteurs cherchant à évaluer les forces de l'autre. L'atmosphère est chargée d'électricité, une petite goutte de sueur perle sur son front. *Combien de temps pourra-t-il résister à ma provocation ?*

— Tu as décidé de me rendre dingue ? chuchote-t-il d'une voix éraillée.

— Peut-être.

La petite perle d'eau descend le long de sa tempe.

— Tu sais, j'ai un double de la clé, si tu veux !

— Il n'y a pas de porte, Matt, nous sommes au milieu d'un jardin.

— Exact ! Tu es aussi libre de partir.

Je ne bronche pas, il ne s'en tirera pas aussi facilement.

— Tu me laisserais partir, vraiment ? Tu ne lèverais pas le petit doigt pour essayer de me retenir ?

— Je te l'ai promis, répond-il en serrant les dents.

— Même maintenant ?

— Dis-moi ce que tu veux, soupire-t-il.

— Je te l'ai déjà dit.

— Je veux te l'entendre dire encore.

Matthew retourne l'arme contre moi, me met le doigt sur la gâchette et me supplie de presser la détente. J'ai perdu cette bataille. Ma capitulation peut se passer de mots. Une interrogation passe sur son visage. Je guide alors sa main droite dans mon dos jusqu'à la fermeture éclair de ma robe. Je le sens hésiter. Je me hisse donc jusqu'à ses lèvres brûlantes et j'y pose les miennes. Il ne respire plus, il est cloué sur place, endurant un supplice qu'il n'a pas envisagé de cette façon. Je veux qu'il réagisse, qu'il prenne sa part de responsabilité dans ce que nous nous apprêtons à faire, je veux qu'il fasse ce dont il a envie depuis si longtemps.

— C'est toi que je veux, murmuré-je à son oreille.

Ses bonnes résolutions s'évanouissent sous cet assaut. Sa langue cherche la mienne avec une avidité brutale, il baisse d'un coup la fermeture de ma robe et fait glisser sans ménagement mes bretelles. Ses bras se referment sur mon corps où chacune de ses caresses laisse désormais un sillon de feu.

* * *

La chaleur a encore augmenté, nous devons probablement être au tout début de l'après-midi lorsque j'ouvre les yeux. C'est un bourdonnement d'insecte près de mon oreille qui me tire de la douce rêverie dans laquelle j'ai sombré. Matt dort, enroulé autour de moi, la tête sur ma poitrine. Sa respiration légère sur ma peau est agréable, rassurante. Il a le visage paisible, magnifique, tout comme son corps que je me suis régalée à caresser, plus qu'en rêve, mieux qu'en rêve. Personne n'est venu nous déranger effectivement, mais je suppose qu'il a pris ses précautions bien avant de savoir où cela nous mènerait. *Préméditation ?* Je n'en suis pas sûre et je m'en moque.

Matthew remue, je ne suis pas mécontente de retrouver un peu de liberté de mouvement et de détendre mon bras engourdi. Un grognement m'avertit que mon compagnon est lui aussi réveillé.

— Tu as faim ? s'enquiert-il quand mon estomac manifeste son désaccord avec le régime que je lui fais subir.

— Oui, confessé-je bien volontiers.

Il ne s'embarrasse pas de savoir qu'il est nu, il ramène le panier à provisions vers nous et en tire un vrai festin. Je relève par pudeur la couverture sur ma poitrine. Il se cale contre moi, se servant de mon ventre comme appui-tête confortable. Amy est sans doute l'auteur des merveilleux sandwichs que nous dégustons. Elle a même pensé à ajouter deux verres et une bouteille de vin rosé qu'elle a soigneusement emballée. Le vin n'est plus très frais, mais nous ne faisons aucune difficulté à le boire. Matthew se redresse et m'attire contre lui. Ses yeux brillent magnifiquement.

— Je t'aime, déclare-t-il d'un ton solennel.

— Moi aussi.

— Tu ne regrettes rien ?

— Pas encore !

— Pourquoi « pas encore » ? se raidit-il.

— Parce que je sais que des moments comme celui-ci sont rares et que nous ne tarderons pas à nous laisser rattraper par nos obligations.

— Pourquoi compliques-tu toujours les choses ? s'agace-t-il.

— Je ne sais pas, un instinct de préservation, sans doute.

— Je t'aime et c'est tout ce qui compte, Kate, je n'ai pas envie de penser à autre chose maintenant.

— À quoi veux-tu penser ? le taquiné-je.

— Devine ! répond-il, la mine gourmande.

Je fais semblant de réfléchir, mais il se lasse très vite de ce petit jeu, il fait glisser la couverture et son corps se coule sur le mien. Nous reprenons tous deux une répétition qui n'a pas besoin de texte.

Il est beaucoup plus tard quand j'entends la petite cloche au bout du jardin. L'ombre du tilleul s'étire plus longue, les heures ont filé comme de l'eau entre les doigts. Matthew rechigne à me laisser sortir de ses bras où il me retient, bercée par ses caresses le long de mon dos. L'obstination du tintement a cependant raison de sa patience. Il tarde à se rhabiller pendant que je rassemble les vestiges de notre pique-nique dans le panier. Je finis par lui balancer son tee-shirt à la tête. Il ne daigne même pas l'enfiler et le noue autour de sa taille.

— Que va croire ta grand-mère ? le grondé-je.

Il attrape ma taille et me bécote. Sa voix joueuse se fait velours.

— Elle n'est pas née de la dernière pluie, tu sais ! Si elle a actionné la cloche, c'est que je lui ai dit de le faire. Ne nous voyant pas revenir à ce qui doit être environ dix-neuf heures, elle n'a pas besoin d'explications.

— Tu lui as dit que tu allais répéter ton texte jusqu'à cette heure-là ?

— Non, répond-il, curieusement laconique.

Je lui adresse une œillade meurtrière. Il s'esclaffe.

— Qu'est-ce que tu crois ? Que je lui ai dit que j'avais l'intention de te faire l'amour sous le tilleul ? Amy sait, elle n'a pas besoin que je lui précise quoi que ce soit.

— Tu as prémédité ton coup, l'accusé-je sans colère, le sourire aux lèvres.

— Et comment !

— Et tu en es fier ?

— Assez.
— Tu es démoniaque.
— Je n'ai pas eu à te forcer beaucoup.
— Je n'avais pas l'intention de te supplier, non plus, me défends-je.
— Serais-tu vraiment partie ?
Mon cœur bondit dans ma poitrine, je ne peux faire autrement que d'être honnête.
— Non.
— Je ne t'aurais pas laissée t'en aller, Kate ! assure-t-il en fronçant les sourcils d'un air grave.
— Tu m'as menti ?
— Non, pas tout à fait. Disons que j'avais l'intention, pas les moyens.
— Pourquoi ?
— Parce que je ne peux pas faire autrement. Il est hors de question que je te laisse t'enfuir. Je ne te laisserai jamais faire, Kate, c'est au-dessus de mes forces.
— Je devrai donc me sauver en douce ?
— En as-tu l'intention ? m'interroge-t-il en me dardant un regard noir.
— En ai-je l'air ?
— Parfois, quand tu réfléchis trop.
La cloche, qui résonne une nouvelle fois, me dispense de lui répondre.
— Amy s'impatiente, fais-je remarquer à son petit fils qui en convient en riant.
La vieille dame nous accueille d'un grand sourire. Elle m'accorde généreusement le temps de prendre une douche avant de passer à table.
— Tarte au fromage, explique-t-elle quand elle me voit renifler la bonne odeur qui flotte dans l'air à mon retour dans la pièce.

Matthew est allé remiser le panier à provisions dans l'arrière-cuisine. Je remercie timidement Amy de ce qu'elle a fait pour nous. Elle m'adresse alors un merveilleux sourire et caresse ma joue d'une main si douce. Ma grand-mère n'aurait pas fait autrement. Je suis submergée par un tas d'émotions, toutes joyeuses, belles, mais si fortes. Quand les pas de Matthew approchent dans le couloir, Amy m'abandonne prestement pour sortir la tarte du four. Je me recompose vite un visage serein, je ne parviens seulement pas à maîtriser le sourire idiot qui me vient naturellement.

— Alors ce texte ? s'enquiert Amy en s'asseyant près de son petit-fils.

— Je crois que j'ai à présent une meilleure idée de ce que je dois faire, affirme Matthew en fixant sur moi un regard que je juge trop explicite.

Je me rabats piteusement sur le contenu de mon assiette. Je n'ai hélas pas compté sur l'impitoyable ressemblance entre la grand-mère et le petit-fils. Ces deux-là ont décidé de me chauffer à blanc.

— Les répétitions ont donc été bonnes, insiste-t-elle d'un ton faussement innocent.

— Kate est nulle, lâche Matt, en connaisseur.

— À ce point ?

La voix d'Amy monte vers des aigus qui me font désespérer de son soutien à mon égard. La complicité entre elle et son voisin est si évidente. Je n'ai d'autre choix que d'entrer dans leur jeu.

— Non, j'ai été parfaite, riposté-je en repoussant mon assiette vide.

Matt fait semblant de s'étrangler.

— À quel moment, je te prie ? siffle-t-il, sournois.

J'ai nettement moins l'habitude de tricher que les deux comédiens en face de moi, ce n'est pas chose facile.

— Euh… surtout à la fin.

— Ben voyons ! persifle-t-il.

— Et si vous me montriez ça ? propose tout à coup la facétieuse Amy.

— Bonne idée ! bondit mon traître de petit ami en se levant comme un ressort.

J'ai beau afficher un air effaré, il m'attrape le poignet et me plante d'autorité devant lui à l'autre bout de la cuisine tandis qu'Amy adopte une position de spectatrice attentive.

— Tu te souviens de ton texte ? ose-t-il me demander.

— Oui, soupiré-je, agacée et confuse.

— Prête ?

Je grimace, Matthew explose de rire. Il s'oblige néanmoins à reprendre son sérieux avec une grande maîtrise. J'assiste une fois encore à sa transformation, son regard se durcit, ses traits changent d'expression.

Et si j'osais après tout ? Que puis-je craindre de lui à présent ?

Je me glisse dans la peau de Léna. Je lui donne sans réserve les souvenirs, les impressions, les désirs de cet après-midi sous le tilleul. Les dialogues ne me semblent plus aussi stupides et les mots ne me sont pas difficiles à prononcer. Je me coule dans ses bras et laisse parler mon instinct. Matthew sourcille en m'observant avec étonnement, puis son regard s'adoucit. Une petite vague agite mon ventre au fur et à mesure que nous nous rapprochons de la fin. Les mains de Matthew encadrent mon visage.

Ses yeux !

C'est lui, pas l'autre, le personnage de papier, Matthew est pleinement lui-même à cet instant.

— Je t'aime, Kate ! murmure-t-il.

Il ne bouge plus, tendu. Comme cet après-midi, il souhaite que je fasse le premier pas, que je vienne à lui. Un courant électrique ne ferait pas plus d'étincelles au moment où mes lèvres se posent sur les siennes. Ses mains me plaquent contre lui avec force. Son baiser n'a rien d'un baiser de cinéma. L'espace d'un instant, j'oublie où nous sommes. Il faut qu'Amy réagisse pour nous ramener à la réalité. Je m'écarte de lui et je dénoue ses bras de ma taille. Tout dans son attitude et sur ses traits m'indique qu'il ne demande qu'à prolonger la scène. Il réprime un petit rire et me ramène contre lui. Amy applaudit de sa place. Matt secoue la tête, désapprobateur. Son petit sourire en coin me rassure.

— Tu m'as fait perdre le fil, c'est malin ! gronde-t-il.

— Moi ?

— C'est ce que tu appelles « nulle » ? C'est l'une des plus belles scènes que j'aie vues en direct. Si tu la joues comme ça, Matt, ce sera formidable, commente l'ancienne actrice de théâtre en connaisseuse.

Mon cœur bondit contre mes côtes.

— Si tu embrasses Sarah Duff comme ça, je te tue, menacé-je sur un ton faussement détaché.

Cette boutade lui rend aussitôt son sérieux.

— Je crois que j'ai commis une erreur finalement, affirme-t-il.

— Quelle erreur ? m'inquiété-je de son ton sévère.

— Faire semblant d'aimer et embrasser ne m'a jamais posé de problème parce que je ne ressentais rien et qu'on n'exigeait rien de mieux. Peters attend autre chose de moi, cette fois.

— Et alors ? interroge Amy en s'approchant de nous.

— Comment veux-tu que je lui donne ça ? Comment veux-tu que j'imagine quelqu'un d'autre à la place de Kate à présent ?

— C'est ton métier, Matt, tu dois te servir de tes sentiments personnels, de tes expériences pour offrir ce que le public attend de toi. Tu dois dépasser le stade où tu t'arrêtes aujourd'hui si tu veux progresser. À ton avis, pourquoi Peters a-t-il accepté cette pause dans le tournage en dépit du bon sens et des producteurs ? C'est un vieux loup, il a bien vu que tu avais besoin de Kate. Elle seule pouvait t'apporter ce qui te manquait. Tu dois utiliser ce que tu as ressenti. Un vrai acteur donne tout ce qu'il a. Je suis certaine que Kate comprendra.

— Je ne suis pas certain d'en être capable.

— Bien sûr que si, tu l'es ! Amy a raison, confirmé-je à voix basse après que j'ai digéré la sensation un peu désagréable d'avoir été utilisée.

— Et tu prétends être jalouse ? s'énerve-t-il.

— Ça n'a rien à voir, Matt. Tu vas lui donner une scène que nous avons répétée, pas le reste !

— Écoute-la, elle est pleine de bon sens, insiste Amy.

— Ça, je le savais déjà, soupire-t-il. Je me demande ce que je ferais sans elle maintenant.

Il enfouit son visage dans mon cou et son souffle me chatouille délicieusement. Amy me lance un regard complice et repart discrètement vers sa cuisine.

— Tu ne seras pas là le jour du tournage, n'est-ce pas ? murmure-t-il.

Je me contente de hocher la tête, incapable de savoir moi-même si j'en ai envie.

— Je te demande beaucoup ? veut-il savoir.

— Demandez-moi la lune, Monsieur Dickinson, chuchoté-je en souriant pour le rassurer.

— Alors, apprête-toi à sortir les horaires de vol !

— Quand tu veux !

— Je suis sérieux, Kate.

Il ne plaisante pas effectivement.

Qu'ai-je d'autre à lui donner qu'il n'a déjà ?

Je n'ai plus les idées suffisamment claires pour y réfléchir sereinement. Sa bouche sur la mienne m'ôte toute faculté de raisonnement.

— Je dois aider, Amy, éludé-je en profitant d'une pause.

— Dans ce cas, je file sous la douche, esquive-t-il en lorgnant la pile de vaisselle.

— Lâcheur ! s'exclame sa grand-mère en le voyant déguerpir.

Je lui chipe le torchon des mains et je m'attaque aux verres.

— Merci pour lui, Kate. Je sais que ça ne doit pas être facile pour toi. J'espère que tu ne m'en veux pas, commence-t-elle.

— Non, Amy.

— Je dois te faire une confidence, mon enfant, poursuit-elle avec prudence. Peters a appelé ici avant votre départ de France.

— John Peters ?

— Il a parfaitement compris ce qui manquait à Matthew. Il voulait que je le conseille pour mieux le diriger, il a vraiment envie de faire quelque chose de très bien sur ce film.

— Il vous a raconté le tournage de la scène ?

— Oui. Il m'a aussi dit ce qu'il avait deviné entre vous. Je n'ai pas pu faire autrement que de confirmer les sentiments de mon petit-fils à ton égard.

Quand il m'a dit que Matt voulait quelques jours de vacances, j'ai compris que ça ne pouvait qu'être bénéfique pour lui et je lui ai suggéré de le laisser faire. Je suis désolée de ces cachotteries.

— Vous connaissez Matthew mieux que personne, Amy, je suppose que vous avez bien fait.

— Et toi, comment te sens-tu ?

— Je ne sais pas encore.

— C'est-à-dire ? s'inquiète-t-elle de mon ton maussade.

— Nous sommes ici déconnectés du reste, alors tout va pour le mieux. Je ne sais pas comment va se passer notre retour sur le plateau. La perspective de savoir Matt en train de rejouer cette scène avec Sarah ne m'enchante guère, mais je n'ai pas le choix.

— C'est sans doute l'une des raisons qui font que les couples ne durent pas dans ce milieu, admet Amy tristement. J'ai tenté de poursuivre ma carrière après mon mariage. Si j'en étais restée à des succès d'estime, ça aurait pu fonctionner, mais plus le succès est là, plus les choses se compliquent. Je passais de moins en moins de temps avec mon mari, il supportait de moins en moins mes absences et il détestait me voir endosser le rôle d'amante éperdue dans les bras d'autres que lui.

— Que s'est-il passé ?

— C'est cruel de devoir choisir entre deux passions. J'adorais le théâtre, ce contact avec le public, ces rôles qui me donnaient l'occasion d'être différente chaque soir. Mais j'adorais aussi réintégrer ma peau d'Amy Dickinson en rentrant chez moi, je rêvais d'avoir des enfants et mon mari était un homme merveilleux. La naissance du père de Matt m'a apporté la sérénité. J'ai mis un terme à ma carrière et j'ai été enfin l'épouse et la mère que je devais être.

— Sans regrets ?

— Si bien sûr avec des regrets. À quoi penses-tu ? devine-t-elle en me voyant tristement songeuse.

— À ma grand-mère, c'est étrange comme vous avez toutes les deux des points communs. Elle aussi faisait son métier avec passion et elle aussi a tout sacrifié à son amour et à sa famille.

— L'époque était différente, me rassure Amy.

— Qu'est-ce qui vous empêcherait aujourd'hui de remonter sur les planches ?

— Oh, Kate, je suis une vieille femme maintenant, j'ai soixante-dix ans !

— Il existe tellement de possibilités pour quelqu'un comme vous, vous pourriez enfin vous offrir le luxe d'interpréter les rôles qu'on ne vous proposait pas à l'époque.

— Qui voudrait encore de moi ?

Les joues d'Amy rosissent comme pour contredire son discours trop raisonnable.

— La notoriété de Matt vous ouvrirait des portes.

— Et lui ferait une mauvaise publicité si je venais à me tromper, objecte-t-elle. Tu es gentille, Kate, mais un seul Dickinson suffit. Je n'ai pas envie d'ajouter des soucis à Matthew. La presse d'aujourd'hui est féroce. Il en fait assez les frais comme ça.

— Quel rapport avec ses parents ? osé-je demander en me souvenant de la remarque de Matt à ce sujet.

— J'ai toujours protégé ma famille. J'ai fui Londres, j'ai refusé toutes les interviews que la presse m'a proposées après l'arrêt de ma carrière. Mon fils n'a jamais eu à subir la pression médiatique, il s'est tourné vers des études plus classiques. Quand Matt a commencé sa carrière et qu'il a repris le nom de Dickinson, la presse a vite fait le rapprochement.

— Dickinson n'est pas son vrai nom ?

— Le vrai nom de Matt est Forest. C'est Philip Still qui a eu l'idée de reprendre mon nom de jeune fille. D'un point de vue purement médiatique, ça a fonctionné. Mais Matthew a été embarqué dans la tempête à une telle rapidité, n'importe quel garçon de cet âge aurait perdu la tête.

— Qu'est-ce qui s'est passé ?

— Dès le départ, les réalisateurs se sont arraché le phénomène Dickinson. La presse ne l'a plus lâché et il a fini par douter de son propre talent en croyant que seul le nom qu'il portait le rendait intéressant. Il a commencé à détruire son image à coup de scandales, de caprices, le tout amplifié, déformé par les journalistes en quête de sensationnel. Mon fils m'a reproché de lui avoir monté la tête avec mes histoires de théâtre et d'avoir fait de lui un phénomène de presse à scandale. Matthew a eu beau le lui dire, James est resté sur ses positions. Ses rapports avec ses parents étaient distants, ils sont devenus conflictuels. À chaque nouvel article dans les journaux, James et Vivian imaginent le pire. Et je dois dire que j'ai moi aussi pris peur ces derniers temps. Matthew avait beaucoup changé, il était devenu méfiant, agressif, coléreux. Or tu sais à présent qu'il n'est pas comme ça. J'ai invité James à venir le constater lui-même samedi. J'aimerais tellement que mon fils se rende compte que Matt est un jeune homme bien et qu'il possède un talent exceptionnel, qu'il cesse de croire que je suis la cause de tout ça.

— Depuis quand ne se sont-ils pas vus ?

— Près d'un an. Ils se contentent désormais de rares coups de fil, répond Amy d'une voix triste.

Je tais mes commentaires.

Depuis combien de temps n'ai-je pas vu ma propre famille ?

Quelques coups de fil jamais très longs, des banalités, les soucis paternels, les supplications de ma mère pour que je revienne près d'eux et le silence de Chris. Ma famille, ce sont mes amis, le personnel de l'hôtel, mon directeur qui veille sur moi comme un père, Cynthia qui me fait office de sœur. Je songe alors qu'elle doit attendre mon coup de fil.

— Est-ce que Matt t'a dit quelque chose ? s'enquiert Amy.

— Non, il ne m'a pas dit un mot à ce sujet.

— Tu es, en ce moment, la seule chose qui compte pour lui. J'ignore comment Matt va réagir devant ses parents en ta présence.

— Et comment vont-ils réagir eux, à ma présence ? Est-ce qu'ils savent ?

— Non ! Je compte sur l'effet de surprise pour leur faire ouvrir les yeux sur les mensonges qu'ils lisent à longueur de journée. Ne m'en veux pas, Kate, supplie-t-elle en posant sa main sur mon bras.

— Je ne vous en veux pas. Je crois que j'aurais fait pareil.

— Quand je vois l'amour que tu lui portes, je me dis que ce garnement a bien de la chance.

— Je peux vous renvoyer le compliment.

— Tu sais bien que ce n'est pas la même chose. Je suis seulement sa grand-mère.

— Et je ne suis que sa gouvernante, rétorqué-je amèrement.

— Kate ! s'offusque-t-elle.

— Je dois… passer un coup de fil ! éludé-je avant de m'éloigner.

Amy me suit des yeux, embarrassée par ma dernière remarque. Je sais que j'en ai dit trop, mais cette femme a le don d'ouvrir les vannes chez moi. Je sors dans le jardin, le soleil est déjà en train de se coucher, les jours raccourcissent tellement vite. J'allume mon portable. Cynthia déborde d'enthousiasme, Sam l'a invitée au restaurant.

— Et toi ? finit-elle par me demander. C'est bien l'Angleterre ?

Je concentre ma conversation sur les Cotswolds. Cynthia ne se doute pas un seul instant de ce que je lui cache.

— Vous rentrez quand à Paris ?

— Je ne sais pas encore. D'ici un mois ou deux, je pense.

— Et après ?

— Moi, je retourne à l'hôtel comme prévu, réponds-je d'un ton plus agressif que je l'aurais souhaité.

— Ça n'a pas l'air de t'emballer, devine-t-elle.

— C'est sûr que ça va me paraître monotone, mais c'est ainsi !

— Et Matt ?

— Comment veux-tu que je le sache ? Il repartira pour un autre tournage, certainement.

— J'ai lu dans la presse qu'il était nommé aux Movies Awards.

— Ah bon ?

— Il est pressenti dans, attends, j'ai l'article pas loin… dans les catégories « meilleur film », « meilleur acteur », « meilleur combat » et « meilleur baiser », rien que ça ! Mais comment se fait-il que tu ne sois pas au courant ?

— De quand date ton journal ?

— De ce matin, je l'ai acheté exprès quand j'ai vu qu'il parlait de Matthew surtout que… Cathie, tu n'es vraiment au courant de rien ?

— Rien, quoi ? m'emporté-je en soupçonnant un problème.

— Y a une photo de Matthew… et de toi !

— Quoi ? bondis-je. Qu'est-ce que c'est que cet article ?

— Je crois que c'est le jour où vous êtes partis, on te voit monter à bord de la voiture en compagnie de Matthew. Le mec annonce que tu vis bel et bien avec lui.

— Et merde ! Matthew va être furieux.

— C'est quoi, le problème ?

— Tu n'imagines pas ce que c'est, Cynthia ! Te faire traquer dès que tu bouges un orteil… ça finit par rendre dingue.

— Ça se tassera.

— J'en doute surtout s'ils ont un nouvel os à ronger.

— Matt et Jenkins pourront encore jouer les jolis cœurs aux Movies Awards. Ils sont nommés tous les deux dans la catégorie « meilleur baiser », je te signale.

La porte de la cuisine s'ouvre. J'en perçois le petit grincement dans mon dos. Je promets de rappeler très vite avant de raccrocher.

— Tout va bien ? demande Matthew en enroulant ses bras autour de moi.

Je réponds un « oui » timide et mon téléphone se met à vibrer dans ma main, signal d'un message.

— Philip Still ! annoncé-je en lorgnant l'écran. Pourquoi m'appelle-t-il ?

— Parce que, moi, je ne lui ai pas répondu.

Je me tords le cou pour le regarder, surprise par son ton dur.

— C'est peut-être important.

— Rien n'est plus important que toi, sourit-il. Éteins ça !

8

Urgence

À notre retour, Amy lit, confortablement installée dans un fauteuil, près de la bibliothèque. N'ayant pas l'intention de lui faire subir mes bâillements incontrôlables, je préfère monter me coucher. Une petite étincelle malicieuse allume son regard quand Matthew annonce son intention d'en faire autant. Elle nous souhaite une bonne nuit et replonge le nez dans son livre. À aucun moment, je ne me suis posé la question de savoir comment Matthew envisageait la suite de notre relation. Ce détail me vient à l'esprit lorsqu'il m'entraîne dans sa chambre plutôt que de me laisser regagner la mienne.

— Tu n'imaginais pas te débarrasser de moi tout de même ? gronde-t-il en refermant la porte derrière nous. Je t'ai prévenue que je ne te laisserai pas t'enfuir.

— Je ne cherchais pas à m'enfuir et tu le sais bien.

— Qu'est-ce qui te tracasse ?

— Pourquoi dis-tu ça ?

— Tu sembles soucieuse.

— Pas du tout ! mens-je avec l'aplomb que me donnent mes talents tout neufs de comédienne.

— Kate, j'ai discuté avec Amy !

— Ah !

— Ah ! répète-t-il comme une confirmation de sa propre inquiétude.

Il me pousse jusqu'à ce que mes jambes rencontrent le lit et que je sois contrainte de m'y asseoir. Il appuie sur mes épaules pour me forcer à m'allonger et s'installe sans vergogne sur moi en pesant de tout son poids.

— Bien ! commence-t-il, visiblement satisfait. Maintenant, j'ai tout mon temps, je ne te laisserai pas dormir tant que tu ne m'auras pas dit ce qui t'ennuie.

— Je m'inquiétais... pour la venue de tes parents, inventé-je à moitié.

— D'accord, commençons par ça, si tu veux.

Je soupçonne à ses paroles qu'il ne se contentera pas de ce simple subterfuge.

— Amy m'a dit que tu n'avais pas vu tes parents depuis un an.

— C'est vrai. Je n'apprécie pas qu'on se mêle de mes oignons surtout quand on a tort.

— Ce sont tes parents, Matt !

— Il n'empêche qu'ils ont tort. Pour eux, le métier que je fais est indigne, vulgaire et indécent. Je ne suis bon qu'à exposer ma gueule dans les magazines et à claquer un fric trop facilement gagné alors qu'eux se crèvent dans leur hôpital pour clebs de luxe.

— Tu n'as pas cherché à les convaincre du contraire non plus.

— Pourquoi l'aurais-je fait ? Est-ce qu'ils ont cherché à me connaître avant de juger ? Est-ce qu'ils m'ont soutenu ? Ils ont accusé Amy, ils ont cru les autres, les magazines, pas moi, ni ma grand-mère.

— Tu ne comptais pas assister à ce repas, n'est-ce pas ?

— Tu es perspicace, inspecteur Dutilleux.

— Amy en espère beaucoup.

— Je sais. Les choses ont un peu changé dans mon esprit depuis cet après-midi. Amy a raison, il est temps de leur prouver qu'ils ont tort. Tu en es la preuve la plus éclatante.

— Qu'est-ce que tu veux dire ?

— Ma mère s'attend à me voir épouser Jenkins de manière imminente.

Un hoquet m'échappe, il sourit, amusé.

— Ça n'est pas fait pour me rassurer, couiné-je.

— Nous ne leur devons rien et je n'en attends rien, je veux seulement réhabiliter Amy. Elle souffre de l'attitude intransigeante de mon père. C'est pour elle que j'accepte, le reste n'a aucune importance.

— J'espère que ça fonctionnera.

— Et ensuite ? Quelle est l'autre chose qui te préoccupe ?

— Cynthia m'a dit qu'une photo était parue dans la presse, ce matin.

— Une photo ?

— De nous deux, lors de notre départ.

— Oh, je vois ! fait-il en fronçant les sourcils, visiblement contrarié. Si c'est tout ce qu'ils ont à se mettre sous la dent, nous pouvons encore espérer nous en tirer.

— Ou alors ça va aiguiser leur appétit, boudé-je. Tu fais l'objet des meilleurs pronostics.

— À quel sujet ?

— Movies Awards, lâché-je en articulant chaque mot. Tu le savais ?

— Oui, bien sûr, admet-il en pesant davantage sur moi quand je veux me dégager.

— Depuis quand ?

— Un petit bout de temps. La production d'*Ultima* a si bien manœuvré qu'ils ont lieu en octobre, après la sortie du film et ses excellents résultats au box-office. Je fais mieux que d'être un excellent pronostic, Kate, je suis assuré de remporter tous les prix.

— Tu dois donc t'y rendre ?

— C'est prévu au contrat.

— Comme Jenkins ?

Matthew saisit mon menton entre ses doigts et m'oblige à le regarder en face. Il a l'air presque en colère.

— Ce sera la toute dernière fois que nous entendrons parler de Jenkins. Mon contrat ne prévoit pas au-delà de cette date, ce sera fini après ça.

— Le tournage sera terminé d'ici là ?

— Je ne sais pas, nous avons encore bien deux mois de travail. Qu'est-ce que ça change ?

Sa bouche titille la mienne avec persuasion.

— Tu vas me manquer.

— Pourquoi est-ce que je te manquerais ? Il est hors de question que je te laisse en France, tu viens avec moi.

— Jenkins tiendra ce rôle mieux que moi. Vous êtes nommés ensemble, c'est à elle de t'accompagner. Personne ne comprendrait ma présence. Tu t'exposerais bêtement aux pires suppositions, protesté-je en me souvenant des paroles de Sean quelques jours auparavant.

— Qu'est-ce que c'est que cette connerie ? OK ! Eh bien, je t'annonce que si tu n'y es pas, je n'y serai pas non plus.

— Tu as signé un contrat.

— Toi aussi.

Le camouflet est cinglant. Je me raidis si fort qu'il doit user de sa force pour me retenir.

— Ce n'est pas ce que je voulais dire, Kate.

— Je croyais qu'il n'était pas question de contrat entre nous tant que nous étions ici, m'insurgé-je.

— Alors pourquoi ne cesses-tu pas de revenir toi-même sur ton stupide rôle de gouvernante ?

— Mais je...

— Amy m'a raconté, coupe-t-il d'une voix teintée de tristesse.

— Ça m'a échappé.

— Alors nous sommes quittes.

— Nous sommes quittes.

Matt pèse lourd et ses mains serrées sur mes poignets sont de vrais étaux.

— Je pourrais faire un meilleur usage de mes mains si tu voulais me lâcher, roucoulé-je.

Un éclair traverse son regard. Il me libère lentement, puis s'accoude, intrigué. Mes doigts font glisser la fermeture éclair de ma robe qui finit par tomber au pied du lit. Je ne suis pas habituée à ces initiatives. Mes courtes fiançailles avec Rémi ne m'ont pas laissé un souvenir impérissable à ce sujet. J'ai même craint un moment être ce genre de fille pour qui le sexe n'est qu'un passage obligé et ennuyeux. Ma période de célibat sage et paisible m'a parfaitement convenu. Ce n'est qu'au contact de Matthew que j'ai découvert ce qu'était le vrai désir, cet élan puissant qui s'empare du corps, de l'esprit, qui vous consume de l'intérieur. Il m'a offert tout ça et encore bien davantage cet après-midi. Je ne suis pas rassasiée de lui.

Les gestes me viennent naturellement, sans aucune gêne. Matt me contemple, émerveillé. Mes mains se faufilent jusqu'aux boutons de sa chemise qu'elles défont un à un. Je le déshabille lentement, me rappelant mon trouble lorsque j'ai dû le mettre au lit, le soir de l'interview télé. Cette fois-ci est fort différente, plus exaltante. Il s'est vite rebellé cet après-midi et sa fougue a tout emporté sur son passage. *Jusqu'où me laissera-t-il aller maintenant avant de reprendre le contrôle ?* Je suis tentée de lui poser la question, mais je ne cède pas à cette facilité. Sa chemise va rejoindre ma robe sur le plancher. Il attend, immobile, aux aguets. Ses abdominaux magnifiquement sculptés sont contractés comme s'ils se préparaient à subir un choc.

Ce n'est pas un choc, mais un effleurement. L'effet est cependant le même, il sursaute à mon contact avant de se détendre. Mes mains suivirent le parcours de ses muscles, il ferme les yeux, renverse la tête sur le lit, s'abandonne à mes caresses. Mon désir est fouetté par son habile passivité, peut-être plus que s'il avait pris l'initiative. Le feu me consume d'autant plus que mes mains s'enhardissent sur son corps. Je concentre toute mon attention sur les sensations que perçoivent mes doigts. La peau de Matthew est chaude, douce. Mes mains marquent une toute petite hésitation et descendent encore. Matthew se tend comme un arc et m'adresse un regard sauvage. Il ne fait cependant rien pour m'empêcher de continuer. Il me laisse me rendre entièrement maîtresse de lui, réfrénant son propre désir à la limite du soutenable. Je le vois serrer les poings au-dessus de sa tête pour se contraindre à ne rien faire, étouffer ses plaintes dans le creux de son coude. Son affolement est mon plaisir. Cette nuit, je découvre ce que faire l'amour signifie.

* * *

Pour une fois, mon sommeil n'est pas troublé par des rêves idiots ou par le petit soldat rebelle qui fait toujours le siège de mon cerveau et qui, de temps en temps, essaye encore de me convaincre de mes erreurs. Je sombre comme une masse, le nez dans son cou, entourée de ses bras. Le soleil est déjà puissant quand j'ouvre les yeux.

— Bonjour, Mademoiselle Dutilleux, fait sa voix de velours à mon oreille.

— Bonjour, Monsieur Dickinson, articulé-je d'une voix pâteuse, ensommeillée.

— Bien dormi ?

— Merveilleusement bien, affirmé-je un peu vite avant de me rendre compte à quel point je suis courbaturée de partout.

Je grimace en étirant mes jambes. Matthew s'esclaffe.

— Aurais-tu quelques petites difficultés à te mouvoir, ce matin ?

— Je ne vois absolument pas de quoi tu veux parler.

— Donc tout va bien, pouffe-t-il en me plaquant sur le dos et en pesant sur moi.

Mes bras n'ont même plus la force de le repousser.

— Je n'aurais pas dû sauter mes séances de piscine, je suis rouillée, confessé-je en riant.

— Je me demande ce qui a bien pu te mettre dans un état pareil, joue-t-il en affichant un rictus dubitatif.

— Moi aussi. D'ailleurs, dès demain, je réintègre mon lit.

— Impossible ! Maintenant que j'ai goûté à ça, je ne peux plus m'en passer, déclare-t-il, sérieux. Tu m'as offert la plus merveilleuse nuit de toute mon existence, Cathie. Je crois que je ne m'en lasserai jamais.

— Un jour, forcément.

— Alors quand je ne serai plus qu'un vieillard impuissant et toi, une grand-mère chevrotante. Je t'aime, Kate, dit-il comme une évidence.

— Je t'aime aussi.

— Café ?

— Je vais descendre.

— Tu ne bouges pas de ce lit, je m'en charge, annonce-t-il d'un ton ferme.

Je le regarde enfiler rapidement un pantalon, s'étirer souplement comme un chat et se diriger vers la porte après avoir déposé un tendre baiser sur mes lèvres. Dès qu'il a refermé la porte derrière lui, je me détends au creux du lit. Son parfum et la chaleur de son corps sont encore vivaces, je me pelotonne sur son oreiller.

Un vieillard impuissant et une grand-mère chevrotante !

Matthew le pense-t-il vraiment ? Le petit soldat se réveille d'un coup.

Tu te fais des illusions, ma vieille !

Amy, elle-même, a préparé le terrain en expliquant pourquoi les couples ne durent pas dans le milieu du spectacle. Je n'arrive pas à projeter notre relation au-delà de ces quelques jours. Et pourtant, j'aime Matthew, de tout mon cœur, de tout mon corps, sans doute déjà beaucoup trop.

Attends-toi à souffrir ! menace le petit soldat.

Je voudrais que mon cœur le fasse taire, qu'il se révolte contre cette idée, mais il reste étrangement muet. En l'absence de Matt à mes côtés, mon cœur n'a pas la force de lutter, il me faut ses mains, ses bras, ses lèvres pour anéantir mes craintes, faire taire cette ritournelle dans mon crâne. S'il n'est pas là, je vis un naufrage. J'entends le bruit de ses pas sur le parquet. Mon cœur fait enfin un bond dans ma poitrine. Je respire de nouveau quand la porte s'ouvre sur le plus magnifique garçon de la Terre.

— Mademoiselle Dutilleux, fait-il en me tendant un bol tout en esquissant une révérence un peu raide.

— Merci, Monsieur Dickinson, vous pouvez disposer, le nargué-je.

— OK ! acquiesce-t-il avant de grimper dans son lit, muni de sa propre tasse de café.

— Quel est le programme de la journée ? Veux-tu encore répéter ?

Matthew sourit et glisse sur moi un regard évocateur.

— Tout dépend de ce que tu entends par « répéter ».

— Je parlais de ton texte, précisé-je en vue de clore ce débat qui ne nous mène pas par le plus court chemin vers la table du petit déjeuner.

— Je n'ai pas envie de travailler. Je suis en vacances, je te rappelle.

— Mmm, alors hier ?

Il pouffe légèrement et m'attire contre lui.

— Tu n'es qu'une chipie ! grommelle-t-il.

Mes doigts sont irrésistiblement attirés sur sa peau nue. Il capture ma main dans la sienne.

— Amy nous attend, explique-t-il d'une voix rauque.

— Je vais me préparer.

Je l'entends pousser un soupir quand je sors du lit.

— Kate ! me retient-il avant que je passe la porte. Je t'emmène en balade.

Je souris, rassérénée, et je fonce à ma salle de bains. L'eau chaude de la douche fait du bien à mes muscles raidis. Un sentiment fort agréable de bien-être me parcourt, la sensation d'être entière, de me découvrir un corps neuf, presque différent. Le petit soldat n'ose pas protester, preuve que j'ai raison. Quand j'ai fini ma toilette, séché mes cheveux et enfilé un jean et un fin top à bretelles, je descends à la cuisine où Matt et Amy sont en grande conversation. Amy m'accueille comme si je faisais partie de sa famille depuis toujours, mon bonheur augmente encore. De fait, mon appétit est assez remarquable. Je dévalise le placard de ses confitures maison sous l'œil goguenard de mon amoureux qui, sans se faire remarquer, mange au moins autant que moi.

— Où allons-nous ? interrogé-je entre deux tartines.

— Les Cotswolds regorgent de petits villages superbes, je crois que tu vas aimer. Nous devons passer au pub avant, Steeve nous prête sa voiture, prévient Matthew en se levant de table.

— Alors, sauvez-vous ! ordonne Amy en nous chassant d'un geste de la main.

Matt prend soin de s'équiper de sa casquette et de ses lunettes de soleil, il passe ainsi pratiquement inaperçu parmi les visiteurs déjà nombreux en ce milieu de matinée estival. Nous marchons d'un pas tranquille, main dans la main, sans nous soucier le moins du monde des appareils photo toujours en action près de nous. Seules les vieilles pierres attirent les gens ici ; les touristes sont à mille lieues de penser qu'ils sont en train de croiser Matthew Dickinson sous les arcades du Market Hall.

Le café de Steeve est bondé. Il ne reste plus une table de libre. Le géant sympathique sert des cafés, des thés, des chocolats à tout va, distribuant par-ci par-là quelques pâtisseries. L'odeur sucrée des crumpets tout chauds me chatouille le nez, dès le seuil. Matthew me pousse vers la petite porte, derrière le bar, sur un signe de Steeve. La cave voûtée me paraît froide sans les amis de Matt pour faire résonner les rires et les chansons.

Matthew résiste à la bourrade de son ami quand ce dernier vient enfin nous saluer. J'ai droit à plus d'égards, Steeve m'embrasse sur les deux joues.

— Vous voulez un café ?

— Non, merci, nous sortons du petit déjeuner.

— T'as vu la presse, ce matin ? demande Steeve, d'un air désapprobateur.

Matt secoue la tête et Steeve sort pour revenir aussitôt muni d'un journal sur papier glacé qu'il tend à mon amoureux. Mes mains deviennent moites tout à coup, sans que je sache pourquoi.

— J'sais pas quel est le connard qui a fait ça, mais je te promets que si j'avais l'occasion de lui mettre la main dessus, je me priverais pas de lui faire bouffer son portable, rugit le jeune homme, furibond et sincèrement désolé.

— Laisse tomber, ça devait bien arriver un jour, réplique Matt d'une voix étonnamment calme après avoir consulté brièvement l'article.

— Je peux savoir ? demandé-je.

Matthew me cède alors le magazine.

« La maîtresse cachée de Dickinson ! Qui est cette jolie jeune femme que la star embrasse en pleine rue, tandis que sa fiancée, la talentueuse Hillary Jenkins,

vient à peine de rentrer à Los Angeles après avoir assuré seule la quasi-totalité de la promotion de leur film ?

Alors qu'il était revenu à de meilleures dispositions, que tout le monde saluait son retour au firmament des stars adulées du public et appréciées des réalisateurs, le voici à présent incapable de gérer son succès et de résister à d'autres tentations que les soirées bien arrosées favorisent certainement. Gageons que Jenkins n'appréciera pas cette trahison.

Cette belle inconnue a déjà été aperçue à son bras à Paris et nous la retrouvons ici à Chipping Campden où Dickinson a trouvé refuge durant quelques jours de vacances. Quel est donc le véritable motif de cette escapade amoureuse ? »

Les photos ne sont pas très bonnes, mais suffisamment nettes pour qu'on nous y reconnaisse. Elles ont probablement été prises par un amateur, le soir où nous avons fait la fête, ici même. J'avais finalement raison de me méfier des flashs dans la nuit. Si Matt n'a rien à craindre de ses amis, il n'est pas à l'abri d'un visiteur perspicace et dénué de scrupules, surtout si cela lui rapporte suffisamment d'argent. Trois clichés illustrent cet article fumeux. Les deux premiers ont été pris l'avant-veille et nous montrent en train de nous embrasser devant le pub de Steeve, puis serrés l'un contre l'autre, en remontant la rue principale pour rentrer chez Amy. Le troisième est certainement la photo dont m'a parlé Cynthia. Celle-là est bien meilleure que les deux précédentes.

— Si tu voulais être peinard, c'est foutu ! Tout le monde sait où tu te planques maintenant. On reconnaît même ma façade.

Matthew se pince les lèvres et récupère le magazine qu'il envoie promener sur la table, d'un geste dédaigneux.

— Il y a bien trop de monde en ce moment pour faire attention à moi. Dans le meilleur des cas, ça te fait de la pub.

— Tu comptes quand même te balader sans protection ? s'inquiète Steeve.

— Je n'ai pas l'intention de rester enfermé, confirme Matthew en me tirant à lui jusqu'à ce que ses bras puissent m'emprisonner.

Le grand gaillard me jette un coup d'œil amusé. L'intuition qui allume son regard me fait monter le fard aux joues.

— J'ai comme l'impression que ça t'arrange, cet article, insinue-t-il.

— Pour une fois qu'ils disent presque la vérité, ce n'est pas moi qui vais le leur reprocher, commente seulement mon compagnon.

— Et pour Kate ? interroge son ami, coupant court à mes propres inquiétudes.

Matthew scrute mon visage de ses prunelles incandescentes.

— À part les gens qui la connaissent, personne ne pourra l'identifier à partir de ça. Son anonymat est sa meilleure protection. Si quelqu'un vient te poser des questions, envoie-le au diable ! Bon, tu me passes tes clefs, maintenant ?

— Tu crois vraiment que c'est prudent ? marmonné-je quand son copain repart dans sa salle de café.

— Nous pourrions nous cloîtrer dans ma chambre, je suis sûr que nous trouverions quelque chose à y faire, mais je crains de te taper rapidement sur les nerfs, rigole-t-il avec désinvolture.

Je fais une moue dubitative. Le stress est revenu m'habiter.

— J'ai passé assez de temps ici sans jamais prendre la moindre précaution. Plus tu en fais des tonnes, plus tu te fais remarquer. Reste cool et ça ira, me tranquillise-t-il.

Je peine à lutter contre ses arguments assénés à coups de petits baisers sur l'arête de ma mâchoire. Steeve revient avec un trousseau de clés.

— Elle est garée derrière. Si t'as besoin d'un coup de main, appelle ! conseille-t-il gentiment.

— Merci, Steeve, je te revaudrai ça, accepte Matt en lui tapotant sur l'épaule.

— Matt, fais gaffe… pour elle ! ajoute Steeve, résolument sérieux.

— Ne t'inquiète pas pour ça !

Rien que de traverser le café bondé me fait déjà peur. J'appréhende le moindre regard, la moindre tête qui se tournerait vers nous. Matt soupire de me sentir trembler.

— Steeve, file-moi ton plateau ! réclame-t-il en me repoussant vers son copain qui lui obéit sans rechigner.

— Qu'est-ce que tu fais ? beuglé-je en le voyant se défaire de sa casquette et en ajustant le plateau sur sa main droite.

— Et retiens-la ! conseille-t-il au gaillard qui pose alors son bras sur mes épaules en m'imposant l'immobilité.

— Qu'est-ce qu'il fait ? interrogé-je mon gardien qui sourit en connaisseur.

— Il va te montrer que tu n'as rien à craindre. Matt s'est souvent amusé à berner les clients, ici. Les gens n'y voient que du feu.

Sous mes yeux éberlués, Matthew s'approche sans hésitation d'une dizaine de jeunes gens, nouvellement attablés, dans le fond.

— Des jeunes, les pires, chuchote Steeve derrière moi.

— Les pires ?

— Si quelqu'un est susceptible de reconnaître Matt, à ton avis ?

J'ai la gorge trop sèche pour déglutir et chasser la boule qui m'étouffe. Les jeunes gens se consultent bruyamment quand Matt réclame leur commande. Je le vois plaisanter avec certains d'entre eux. Bien entendu, son charme ne laisse pas les filles indifférentes, mais de toute évidence, aucune d'entre elles ne fait le lien entre le serveur et la star. J'ai hâte qu'il revienne vers nous. Steeve a finalement pitié de moi.

— Bouge pas ! m'intime-t-il en allant rejoindre Matthew qui prend tout son temps, probablement trop au goût de Steeve aussi.

Matthew comprend le conseil en voyant son ami avancer. Il lui fourgue le plateau et la note où il a inscrit la commande dans les mains et récupère le trousseau de clés et sa casquette sur le comptoir. Il attrape ma main et salue une dernière fois son copain avant de sortir. J'attends d'être dans la rue pour respirer de nouveau.

— Était-ce bien nécessaire ? attaqué-je au bout de quelques minutes pendant lesquelles il se contente d'attendre l'orage qui menaçait dans mon regard.

— Ça marche à tous les coups, jubile-t-il.

— Peut-être, mais d'ordinaire les gens ne s'attendent pas à te trouver là. Avec l'article de ce matin, Chipping Campden risque de devenir une attraction.

— Tant mieux, nous serons ainsi plus tranquilles ailleurs, réplique-t-il.

Ce diable de garçon a donc réponse à tout, je capitule. La voiture de Steeve est un petit modèle de cabriolet. Matt semble parfaitement la connaître et en un rien de temps, le toit disparaît automatiquement dans le coffre. J'apprécie de pouvoir profiter du grand air sous le soleil. La température est moins cuisante que les jours précédents, le ciel offre quelques nuages épars. Mon chauffeur n'est pas pressé, il n'emprunte que de petites routes sinueuses, perdues dans la campagne. Nous nous arrêtons plusieurs fois pour parcourir à pied, les ruelles des villages les plus typiques dont il me fait le commentaire aussi bien qu'un guide touristique. À aucun moment, je ne ressens la moindre pression d'un regard insistant. Les touristes s'occupent surtout de profiter de ce qu'ils sont venus chercher là.

Pour déjeuner, Matthew me fait franchir le seuil d'un tout petit établissement. Une vieille dame au chignon blanc impeccable est en train de prendre une commande auprès d'une tablée familiale. Sans un mot de bienvenue, elle nous fait signe de la suivre jusqu'à une porte qu'elle ouvre le temps nécessaire pour nous laisser le passage et qu'elle referme derrière nous. Matthew paraît entièrement à son aise et se moque de mon air ahuri. Nous sommes enfermés, seuls, dans cette arrière-salle meublée de cinq petites tables qui ne peuvent guère accueillir plus de deux convives chacune. La porte se rouvre sur la petite dame aux cheveux blancs. Elle approche de Matthew en m'ignorant et ce n'est que lorsqu'elle est quasiment sous son nez, qu'elle lui adresse un sourire charmé.

— Alors, brigand ! Amy m'a dit que tu étais arrivé et c'est seulement maintenant que tu viens me voir ?

— Désolé, Loïs, je n'ai pas eu beaucoup de temps.

— Tu as vu la presse ? demande-t-elle d'une voix où pointe la colère.

— Oui.

— Ça fait marcher le commerce de Chipping Campden.

— C'est pour ça que nous sommes venus nous réfugier chez toi. Loïs, je te présente Kate, s'égaye-t-il.

Le visage ridé se tourne vers moi et je reconnais dans le sourire qu'elle m'adresse une expression qui m'est familière.

— Amy m'a dit beaucoup de bien de toi, jeune fille, me lance-t-elle.

— Loïs est ma grand-tante, la sœur d'Amy, explique enfin Matthew.

— Ravie de vous rencontrer, souris-je en lui tendant la main.

Loïs a une poigne énergique et garde ma main prisonnière de la sienne.

— Les photos du journal ne vous font pas honneur. Vous êtes bien plus jolie que ce qu'on voit sur ce torchon. Vous auriez pu être un peu plus discrets, gronde-t-elle en menaçant son petit-neveu de son index pointé. Amy ne va pas apprécier d'avoir des journalistes campés devant ses fenêtres.

Je n'ai pas songé une minute à Amy Dickinson. Ma réaction n'échappe pas à Matthew.

— Ne t'inquiète pas pour elle, elle sait les ignorer, affirme-t-il.

— Tes parents viennent toujours samedi ? interroge Loïs.

— Je ne sais pas... peut-être qu'en lisant la presse, ce matin, ils changeront d'avis, sourcille mon compagnon.

— Je ne le souhaite pas. Amy ne le mérite pas. Fais un effort, Matt... pour ta grand-mère.

— Je ferai ce que je peux, promet-il.

Loïs se frotte les mains sur son tablier.

— Vous avez faim, tous les deux ?

— Juste assez pour ton pâté de pommes de terre, répond Matthew en la raccompagnant à la porte, le bras posé sur ses frêles épaules de grand-mère.

— Quel âge a-t-elle ? questionné-je quand elle est partie.

— Elle a deux ans de plus qu'Amy. Elles ont toujours été inséparables. Loïs a compris grand-mère et l'a souvent protégée des écueils. J'ai passé ici des moments formidables à servir les clients.

— Tu joues les serveurs partout où tu passes, constaté-je.

— Je n'ai même pas eu à faire des études, moi, me taquine-t-il.

Loïs nous ramène nos assiettes où fume sa grande spécialité. Une part gargantuesque de gâteau aux pommes de terre, accompagnées de lard, dans un chausson de pâte feuilletée, exhale une odeur délicieuse. Une bière blonde s'impose pour permettre à tout ça de descendre. Je dois faire un effort pour terminer mon plat, Matt, lui, n'en laisse pas une miette.

Durant le repas, il me raconte l'histoire des sœurs Dickinson. Il n'a que des souvenirs heureux entre ces deux femmes qui l'aiment tendrement et qui veillent jalousement sur lui quand il revient à la maison. Loïs dégage un peu de temps pour venir discuter avec nous. Tout comme sa sœur, elle s'intéresse à ma profession, elle me pose quelques questions, animée d'une curiosité courtoise. Loïs adore servir ses clients, leur proposer des plats simples et bon marché. Les touristes apprécient beaucoup se retrouver dans cette petite auberge d'un autre temps, où la cuisine familiale est savoureuse et la patronne, une gentille dame au chignon blanc. Matthew la serre longuement dans ses bras avant de partir. Il dépose un baiser sur le haut de son crâne, ce qui fait ricaner sa grand-tante comme s'il s'agissait d'une vieille plaisanterie entre eux. Loïs n'aime pas les effusions, elle me tapote seulement l'épaule en guise d'au revoir.

— Tâchez d'être prudents ! conseille-t-elle en nous saluant de la main, sur le seuil de l'auberge à présent vidée de ses clients.

L'après-midi est déjà bien avancé. Je suis repue, j'ai chaud et l'idée d'une sieste à l'ombre ne m'est pas désagréable. Matt réfléchit quelques instants quand j'en émets la proposition. Il ne tarde pas à faire demi-tour et à suivre une petite route qui nous ramène à Chipping Campden par un autre chemin. Après quelques détours pour éviter le centre-bourg, il gare la voiture de Steeve à l'arrière de la maison que je ne reconnais qu'après quelques hésitations, puis il m'abandonne pour escalader le haut mur de pierre. À en juger par son assurance et sa dextérité, je devine qu'il est habitué à ce genre de manœuvre. Je reste stupéfaite quand il réapparaît en revenant tranquillement par le sentier.

— Par où es-tu passé ?

— Par ici ! répond-il en désignant une porte à moitié cachée sous le feuillage retombant d'un saule. Je suis allé récupérer la clé à la maison. Heureusement, la serrure est encore en bon état, elle ne sert jamais, je me contentais toujours de sauter par-dessus le mur. Amy a eu du mal à la retrouver.

— Pourquoi passons-nous par ici ?

— Loïs avait raison, il y a déjà une demi-douzaine de journalistes devant la maison.

Je me mords la lèvre. Matthew referme soigneusement la porte avec la grosse clé un peu rouillée qu'il fourre dans sa poche et nous remontons le jardin jusqu'au pied du tilleul. Les coussins et la couverture y sont encore. Je le remercie de sa gentille attention.

— Tes désirs sont des ordres, chuchote Matthew à mon oreille en m'invitant à m'asseoir contre lui.

Un vent léger nous amène les douces senteurs du chèvrefeuille voisin. Les oiseaux se sont lancés dans une compétition de chants aux mélodies variées.

— C'est un merle, commente Matt.

— Et celui-là ?

— Peut-être bien un rossignol, je ne sais pas.

Il s'allonge contre moi, sur la couverture, et pose sa tête sur mon ventre. Il a, sous ses paupières fermées, de subtiles marques de fatigue qui m'amusent. Je ne suis donc pas la seule à accuser le coup de ces deux jours palpitants. Je ferme les yeux, bercée par le chant du merle et du « je ne sais pas » de Matt. Je suis bien, je ne tarde pas à m'assoupir à mon tour. J'ignore combien de temps nous restons ainsi, une heure tout au plus. Le soleil amorce à peine sa descente derrière le muret quand j'ouvre les yeux.

J'ai toujours eu horreur des insectes, je maudis celui qui vient de me déranger dans ma sieste délicieuse. Un bourdon virevolte un peu trop près de mes oreilles. J'essaye de le chasser sans trop remuer. Matthew dort encore, son bras s'est enroulé autour de ma taille pendant mon sommeil comme s'il craignait que je m'enfuie. Son visage est tellement beau. Je glisse le bout de mon index sur le tracé de ses sourcils qui se froncent si souvent à mon sujet. Je descends par le chemin de sa tempe jusqu'à ses lèvres qui s'entrouvrent sous la caresse de mon doigt. Son bras se dégage de ma taille et sa main attrape la mienne pour la porter avec plus de force contre sa bouche. Il prend appui sur son coude et s'abat complètement sur moi. Les ombres sous ses yeux ont complètement disparu, il a l'air reposé et détendu. Je ne l'ai jamais vu comme ça depuis près de six mois que je le regarde vivre quotidiennement. Je voudrais qu'il en soit toujours ainsi.

— Je ne voulais pas te réveiller, m'excusé-je.

— Je ne dormais plus.

— Ce n'est pas l'impression que tu donnais.

— Je t'écoutais marmonner pendant ton sommeil et faire la chasse au bourdon, ajoute-t-il pour confirmer ses dires.

— Je marmonne ?

— Un truc... une histoire de petit soldat... ce n'était pas très clair.

Je rougis.

Je dois donc me méfier de mes rêves à présent ?

Le petit soldat est à ce point sournois pour profiter de mon sommeil ?

Je me sens pourtant sereine en cet instant, il n'a pas dû se montrer suffisamment persuasif et, surtout, Matthew ne lui laisse aucune chance de protester.

— J'entends la cloche, dit-il en redressant la tête. Dix-neuf heures !

— Et la voiture de Steeve ?

— Nous irons la rendre ce soir.

— Mais, Matt...

— Rien à craindre, les autres seront là. Il ne s'agirait pas qu'un journaliste s'approche un peu trop près des rugbymen de Bath, rigole-t-il. Rentrons, Amy doit s'inquiéter.

— Elle a lu la presse ?

— Oui, Steeve l'a appelée après notre départ.

Amy nous accueille avec un pâle sourire. De toute évidence, cet article tombe au plus mauvais moment. Elle ne nous en fait cependant pas le moindre reproche. Elle nous raconte avoir éconduit deux journalistes importuns que la nouvelle a attirés à sa porte, en début d'après-midi. Elle a compté pas moins de six voitures garées au bout de l'allée menant à sa maison. Nous dînons malgré tout dans une bonne ambiance, Matthew raconte notre excursion chez Loïs, ce qui a pour effet d'ouvrir la boîte à souvenirs de notre hôtesse.

Matthew ne lui laisse pas l'occasion de s'épancher trop longtemps, il maintient le projet d'aller rendre la voiture à son propriétaire. Amy lui fait part de ses craintes, mais ne cherche pas à l'en dissuader. Son entêté de petit-fils l'embrasse avant de me contraindre à le suivre dans le jardin. Nous reprenons le chemin de la petite porte.

Matthew gare la voiture à l'endroit précis où nous l'avons prise, le matin. Avant d'en descendre, il passe un coup de téléphone. Je ne comprends rien aux paroles énigmatiques qu'il échange avec Steeve dont je reconnais les échos de la voix, au travers du portable. Ces deux-là parlent un langage codé pour moi. Matt raccroche, satisfait, et me prie d'attendre quelques secondes supplémentaires. Par la vitre de la voiture, je vois arriver Judy et Mel. Les deux filles marchent côte à côte, d'un pas décidé.

— Elles sont venues te chercher, explique Matthew. Steeve a eu la visite de journalistes, ils sont encore là. Avec elles, tu passeras inaperçue, on vous prendra pour des copines.

— Et toi ?

— Les garçons vont me rejoindre quand vous serez entrées.

— Tu es sûr ?

— Ne t'inquiète pas, on a l'habitude !

Je cède à ses arguments et je descends. Les filles m'embrassent comme si nous étions de vieilles amies. Tandis que nous remontons la rue, elles me racontent l'effervescence qui agite le village depuis la parution du journal. Cela semble les amuser plus qu'autre chose.

— Avec Matt, on a l'habitude des plans catastrophes. Il nous est déjà arrivé de nous sauver en courant, raconte la blonde, Judy.

— Ouais, mais c'est la première fois qu'on est obligées de servir de couverture à sa petite amie, ajoute Mel.

— Alors ? Raconte-nous, sautille Judy, toujours aussi curieuse.

— Raconter quoi ?

— Ben, est-ce que c'est sérieux entre Matt et toi ?

— Notre relation est un peu plus… avancée que la première fois où nous nous sommes vues, confié-je.

— Ha, ha ! s'enthousiasme la jeune femme.

— Ça me fait tout bizarre de voir Matt comme ça, reprend Mel. Je ne pensais pas qu'il pourrait se montrer si prévenant.

— Faites gaffe, les filles, ça sent le photographe à plein nez ! chuchote Judy en prenant mon coude comme une bonne copine l'aurait fait en plaisantant.

Sur le trottoir devant le pub, un homme fume une cigarette en discutant avec un autre type plus âgé. Tous deux portent en bandoulière un équipement photographique que les maisons de pierres n'attirent pas en temps normal. Mel passe la première derrière eux et pousse la porte du café, Judy et moi lui emboîtons le pas comme si de rien n'était. L'établissement de Steeve est plein à craquer. Il a dû appeler un extra, la fréquentation ne lui permet pas d'assurer seul le service. À n'en pas douter, la nouvelle de la présence de la star dans les environs a dopé la clientèle. Le brouhaha incessant de conversations, de rires et de verres qui s'entrechoquent s'estompe nettement quand nous passons la porte du caveau. Les garçons me saluent d'un joyeux cri de soulagement. Ils abandonnent aussitôt leurs verres et partent à la rencontre de leur copain, nous laissant Chad pour unique compagnie masculine. Steeve passe la tête pour s'assurer que tout va bien. Il semble nerveux et la fatigue de la rude journée marque ses traits. Je ne parviens pas à me concentrer sur ce que les filles et Chad disent, je ne cesse de guetter la porte, je trouve le temps exagérément long.

Dix minutes déjà !

Chad a beau se montrer rassurant – que risque-t-il après tout ? Une photo volée ? Un autre article dans le journal ? – Je n'arrive pas à me raisonner, craignant par-dessus tout pour sa sécurité.

Des éclats de rire sonores font soudain irruption dans la salle. Les garçons poussent Matt, hilare, devant eux et referment bien vite la porte. L'humeur est à la franche rigolade masculine jusqu'à ce que Steeve entre à son tour, nettement moins joyeux.

— T'es trop con ! beugle-t-il en direction de son meilleur ami.

— Arrête, Steeve, c'était drôle, intervient Taylor.

— C'est moi qui vais me les fader, maintenant ! Je vais devoir surveiller la porte comme un gardien de prison. Et comment allez-vous repartir ? Ils vont squatter jusqu'à ce que vous ressortiez, là c'est sûr !

— Qu'est-ce qui se passe ? demande Judy que l'hilarité générale a gagnée.

— Cet imbécile a cru malin de se faire remarquer.

— Fallait voir leur tête quand on est passés derrière eux sur le trottoir, jubile Taylor.

— Oh, le plus jeune avait un doute en nous voyant arriver, intercède Scott.

— Qu'est-ce qui s'est passé ? insiste Judy.

— Juste avant de rentrer, Matt les a salués. J'ai cru qu'ils allaient faire une attaque. Ils en ont perdu le mode d'emploi de leur appareil.

Les garçons éclatent de rire, pas moi. Steeve a raison, comment allons-nous ressortir d'ici ? C'était bien la peine de se donner tant de mal pour nous cacher toute la journée ! Quand Matt approche de moi, je suis furieuse et je n'ai nulle envie d'être de son côté. Il devine ma colère contenue et son sourire se crispe. Steeve se glisse hors de la pièce pour aller chercher nos consommations. Le bruit dans la salle n'a pas baissé d'intensité, au contraire.

— Pourquoi as-tu fait ça ? interrogé-je à voix basse, tandis que les autres se marrent encore.

— Scott a raison, le plus jeune m'avait repéré de toute façon, alors, foutu pour foutu, autant y aller à fond !

— Comme d'habitude ? fais-je, mordante.

— Comme d'habitude, acquiesce-t-il d'une voix sourde où pointe l'agacement d'avoir à se justifier.

Nous reconnaissons, l'un et l'autre, le vent mauvais de la tempête que nous avons oubliée depuis plusieurs jours. Matt et moi savons déjà à quoi nous en tenir, nos rapports ont toujours été ainsi, ponctués d'orages soudains et violents. Steeve entre et pose les verres sur la table, l'air mécontent. Je l'approuve.

— D'accord, comme tu voudras, marmonné-je entre mes dents. Steeve !

Le jeune homme se retourne, surpris de mon appel. Je le rejoins et je m'accroche à son bras. Matt, blême, se lève comme un ressort. Un silence brutal s'abat sur l'assistance. Tous nous regardent, à la fois étonnés et vaguement inquiets.

— Je crois que tu as besoin d'aide en salle, annoncé-je en le poussant vers la sortie. Matt ne t'a pas dit ? Je suis du genre qualifié pour ce travail.

— Kate ! rugit Matthew sans bouger pour autant.

— C'est toi-même qui le prétends, Matt, mon anonymat est mon meilleur allié. Qu'est-ce que je risque ?

— Arrête tes conneries !

— MES conneries ?

Dans mes veines, le sang file à une allure phénoménale, je peine à garder le contrôle de ma colère froide. Bousculant Steeve qui me barre le chemin, je sors sans hésiter du caveau. J'entends derrière moi un juron suivi d'exclamations, un bruit de chaise qu'on renverse. Les garçons sont sans doute intervenus pour arrêter Matthew avant qu'il ne me rejoigne.

— Kate, intervient Steeve en me suivant précipitamment derrière le bar où je me suis faufilée.

Je scrute nerveusement la salle comble. Plusieurs tables sont constituées de touristes, reconnaissables entre tous. Trois autres tables accueillent des journalistes, à n'en pas douter. Les autres personnes sont peut-être des habitués ou des gens de passage, sans motif particulier d'être là, sinon de passer un moment autour d'une bonne bière.

— Kate, tu devrais retourner là-bas.

— Tu connais qui dans tout ça ? demandé-je pour changer de conversation.

— Les deux tables du fond, ce sont des gens d'ici.

— On peut leur faire confiance si tu prétends que je suis ta serveuse ?

— Ouais, sourit-il enfin.

— Quoi ? m'insurgé-je en tâchant de recouvrer mon calme.

Je lui chipe son torchon et j'ouvre le lave-vaisselle que j'ai repéré sous le comptoir.

— T'as l'air à ton aise !

— Ça fait aussi partie de mon job.

— Matt ne sait jamais s'arrêter à temps, il faut toujours qu'il aille trop loin. Je lui ai dit que ça lui jouerait des tours, un de ces quatre. Je suis désolé.

— Tu n'y es pour rien, je sais comment il est.

Steeve lorgne une table où il est appelé.

— Bouge pas de là, quand même, conseille-t-il.

Il s'éloigne en me jetant un regard tendu. Je feins de l'ignorer en me concentrant sur mon essuyage de verres.

— S'il vous plaît ?

La voix feutrée qui m'interpelle gentiment appartient au jeune photographe qui fumait, tout à l'heure, dans la rue. Je maîtrise les tremblements de ma main en entamant un autre verre. L'activité me donne bonne contenance, je lui adresse donc un sourire que je qualifierais volontiers de « professionnel ».

— Excusez-moi, je vous ai vue sortir de la pièce, là-bas. Est-ce que vous pourriez me dire si Matthew Dickinson est bien là ? demande-t-il sans vergogne.

Je jubile derrière mon comptoir. Je n'ai pas été reconnue.

Comment l'aurais-je été de toute façon ?

Je fais une grimace évocatrice. Je compte bien me faire prier davantage. Je lorgne du côté de Steeve, il est occupé et n'a pas le temps de se soucier de moi.

— Je ne peux pas vous répondre, minaudé-je.

— Ah, et si vous me mettiez une bière ? reprend-il d'un air entendu.

Je me tourne vers la pompe, à quelques pas de moi. Le type sort son portefeuille de la poche de son jean et en tire une grosse coupure.

— Je vous rends la monnaie, fais-je, indifférente tandis que je pose la bière devant lui.

— Gardez-la ! dit-il avec insistance en me glissant le billet dans la main.

J'ai très bien compris où il veut en venir. Je dépose l'argent dans le tiroir-caisse.

— Il est là… mais vous allez l'attendre pour rien si vous restez ici, chuchoté-je en me penchant vers lui.

— Et la fille ?

— Quelle fille ? Y en a trois.

— Trois ? Y en a pas une qui a l'air d'être sa petite amie ?

— Non, pas quand je suis là, en tout cas.

Le journaliste a l'air déçu.

— Pourquoi est-ce que je l'attendrais pour rien ?

— Parce qu'il ne va pas sortir par là. Ces vieilles maisons sont truffées de souterrains. C'est pour ça qu'ils se mettent dans cette cave, elle a une autre sortie à quelques rues d'ici.

Il jette un coup d'œil à ses collègues et rivaux sur le scoop, puis se tourne de nouveau vers moi.

— Comment vous appelez-vous ?

— Kate !

— Bien, Kate, est-ce que ça vous gênerait beaucoup de me dire quand ils partiront ?

— Après votre bière, non !

— Où est-elle, cette sortie ?

J'entrevois déjà la possibilité de fuite qu'il nous offre.

— Vous prenez la troisième rue à droite en sortant d'ici, tout au bout. Vous ne les raterez pas, ils sortiront tous ensemble. Ils font toujours ça quand il y a urgence.

— Merci, Kate, me sourit-il avant de repartir vers sa table.

— Qu'est-ce qu'il voulait ? s'enquiert Steeve, à voix basse en revenant vers moi.

Je lui raconte la scène, il écarquille les yeux au fur et à mesure que je lui débite mon histoire.

— Je me demande lequel de vous deux est le plus dingue, gémit-il en secouant la tête.

— Si on veut se débarrasser des deux autres, il faut qu'ils soient aussi au courant. Ça, ça devient ton job, Steeve. Tu fais dans la discrétion et tu balances l'info. Il faut qu'ils s'en aillent tous pour permettre à Matt de sortir sans encombre. Envoie Scott chercher la voiture et la garer juste devant le bar. Quand je ferai signe au gars et qu'ils sortiront tous, il n'aura qu'à sauter dans la voiture pour rentrer.

— T'es pas croyable, t'as bossé dans les services secrets ou quoi ?

— Certains clients de l'hôtel où je travaille nécessitent des attentions spéciales. À force de voir le vigile travailler, j'ai retenu deux ou trois bricoles, rigolé-je.

— Et toi ? m'interroge-t-il.

— Je rentre à pied.

— T'es du genre rancunier, constate Steeve, moqueur.

— Tu vas leur dire ? éludé-je en désignant la porte du regard.

— OK, j'y vais !

Steeve disparaît pendant dix bonnes minutes, me laissant seule avec l'extra. Heureusement, personne n'a l'idée de me poser d'autres questions qui me mettraient dans l'embarras. Steeve revient avec un air soulagé qui me rassure.

— Ils sont d'accord... sauf Matt, évidemment.

— Qu'est-ce qu'il a encore ?

— Il refuse de te laisser rentrer seule. Kate, je vais pas jouer les entremetteurs entre vous.

— Non, tu as raison. Envoie Scott, maintenant. Je préviens le gars et je m'en vais tout de suite. Ne lui dis rien, ordonné-je.

— Il va être furieux.

— J'ai l'habitude.

Steeve repart et revient en compagnie de Scott, rieur. Il lui donne le trousseau de clés et le garçon sort en me faisant un petit signe de la main. J'attends nerveusement que la voiture arrive en stationnement, moteur allumé, devant le bar. Je me glisse alors vers la table du journaliste.

— Ils s'en vont, assuré-je. Dépêchez-vous, ils ne seront pas longs à faire le chemin.

Le type empoigne son sac et bondit vers la sortie. Alertés par Steeve, les deux autres comprennent aussitôt l'urgence à le suivre et lui emboîtent le pas. Quant à moi, je jette mon torchon sur le bar et file dans la nuit, sans attendre que Steeve réagisse.

À pied, il ne faut guère plus de cinq minutes en marchant d'un pas normal pour rejoindre la maison d'Amy, à la sortie du village. Or moi, je galope, fouettée par la colère et par le refus d'affronter Matt en pleine rue. J'arrive sans problème, bien avant d'avoir entendu le bruit de moteur du cabriolet. La porte n'est pas fermée à clé, heureusement. La cuisine est plongée dans le noir, mais la lumière dans le salon indique qu'Amy n'est pas encore couchée.

— Kate ? s'étonne-t-elle en me voyant approcher seule et essoufflée de ma course.

— Tout va bien, rassurez-vous, Amy, commencé-je pour calmer l'angoisse que je vois se peindre sur ses traits. Matt arrive, Scott le ramène en voiture.

— Pourquoi n'est-il pas avec toi ?

— C'est une longue histoire. Votre petit-fils s'amusera beaucoup à vous la raconter. Si vous n'y voyez pas d'objection, je monte me coucher, éludé-je, pressée de m'enfuir avant l'arrivée de la vedette obstinée.

Amy ne me retient pas, je monte quatre à quatre l'escalier et je m'enferme à double tour dans ma chambre. Matt n'appréciera pas, mais il est temps qu'il comprenne que ses réactions jusqu'au-boutistes ne lui rendent pas service, ni à lui, ni à moi. Je n'ai nulle envie d'en être victime. De ma fenêtre, j'aperçois la lumière des phares, dans l'allée. J'entends aussi le claquement sec de la portière. Le couloir reste étonnamment silencieux, je suppose qu'Amy retient son petit-fils pour comprendre ce qui a pu se passer. Mon cœur bat vite, ma course n'a pas arrangé les choses. Je prends le parti de me glisser sous une douche rapide, puis j'enroule un drap de bain autour de moi. Les pas de Matt résonnent bientôt sur le parquet, des pas décidés, lourds. Je suis bonne pour affronter la tempête que j'ai moi-même déclenchée. Il tambourine à ma porte après avoir vainement essayé d'ouvrir.

— Ouvre-moi ! ordonne-t-il d'une voix rauque teintée de colère.

— Je n'en ai pas l'intention.

— Cette porte n'y résistera pas, je te préviens.

— Tu t'en arrangeras avec ta grand-mère.

— C'est déjà fait. Elle m'a donné l'autorisation de démolir la maison, pierre par pierre, s'il le faut.

— Très drôle, ironisé-je malgré moi.

— Kate, je ne plaisante pas.

Jusqu'ici Matthew a toujours renoncé à ces affrontements directs, préférant attendre le lendemain pour me cueillir à froid, à un moment où je suis plus docile, ma colère en partie retombée. Je suppose qu'il cédera tout pareillement. J'ignore donc sa menace.

— Il me semble que tu n'as pas tout à fait compris, reprend-il, derrière la porte contre laquelle je perçois un coup rageur.

— Nous en reparlerons demain, proposé-je, surprise de son acharnement.

— Non, Kate, maintenant !

— Ce n'est pas une bonne idée.

— Je m'en fous… rien n'est plus pareil, Cathie.

Cathie ! Mon cœur sursaute.

— S'il te plaît, ouvre !

Sa voix est devenue plus douce tout à coup, je suis prise de scrupules idiots. Ma main donne malgré moi les deux tours de clé. Matthew s'engouffre dans ma chambre comme une tornade, claquant la porte derrière lui. J'attendais la colère, les cris, il n'en est rien. Sa bouche fond sur la mienne et ses bras m'emprisonnent. J'abandonne toute idée de révolte, étourdie par son étreinte passionnée, alanguie par son baiser intense qui efface, une à une, toutes les belles phrases que j'ai préparées pour ma défense.

— Ne me refais plus jamais ça, murmure-t-il alors que ses lèvres butinent les miennes.

— Qu'est-ce qui n'est plus pareil ? demandé-je, affolée par son attitude exaltée.

— Rien n'est plus pareil, mon amour, je te le répète et je recommencerai autant de fois qu'il le faudra, je ne te laisserai jamais t'enfuir.

Mon amour !

— Ce ne serait pas arrivé si tu n'avais pas stupidement provoqué les journalistes, attaqué-je en réprimant le délicieux frisson que « mon amour » a suscité.

— J'ai réagi par réflexe, c'était idiot, je le reconnais. Je tâcherai de ne plus me laisser aller à ce genre de plaisanteries. Ça te va ? propose-t-il d'une voix calme qui me laisse pantoise.

— Matt, je...

Il pose ses doigts sur ma bouche et me sourit tendrement.

— Tu avais raison. Je n'ai pas pensé à toi, j'aurais dû. J'ai compris trop tard, quand tu es partie.

— Je t'ai pris au mot, me défends-je encore.

— J'ai tendance à oublier à quel point tu es réactive sous tes airs solennels, se moque-t-il gentiment. On dirait toujours que tu maîtrises tout, que rien ne peut t'atteindre alors qu'en fait, ça bouillonne à l'intérieur comme un volcan prêt à me péter à la figure à la première occasion. J'en ai encore été quitte pour une frayeur magistrale, ce soir. Même très en colère après moi, tu as fait preuve d'une belle imagination pour me sortir du pétrin dans lequel je me suis fourré comme un gamin irresponsable.

— C'est un remerciement, ça ?

— Tu es infernale ! gronde-t-il tendrement. Tu m'as horriblement manqué ce soir.

— J'ai presque été surprise de pas te voir débouler dans le bar.

— Je ne fais pas le poids face à trois piliers de rugby, grimace-t-il en se frottant les côtes. J'ai essuyé un véritable placage de la part de cet abruti de Taylor qui a voulu m'empêcher d'aller te rechercher.

— Tu as mal ? Montre-moi ! exigé-je en me libérant de ses bras et en soulevant d'autorité son tee-shirt.

Une auréole bleuâtre marque son côté droit. Je pose ma main dessus et Matt réagit aussitôt.

— Est-ce qu'Amy aurait une crème contre les contusions ?

— Je suppose.

— Où est-ce que je trouve ça ?

— Dans le placard de ma salle de bains, certainement.

Je l'entraîne jusqu'à sa chambre où il me suit sans protester. J'entends la serrure de sa porte crisser pendant que je fouille le placard à la recherche du tube de crème.

— Enlève-moi ça ! ordonné-je en désignant son tee-shirt.

Matt s'exécute en envoyant son vêtement sur le plancher. La trace bleue est plus visible à la lumière de sa lampe, le coup doit faire près de quinze centimètres de diamètre. Il sursaute et sa peau se couvre d'une chair de poule amusante quand j'applique le produit. Je m'efforce d'être uniquement préoccupée par son côté droit, mais je peux difficilement ignorer le reste de son corps sublime. Ce traître ne l'ignore pas. Il joue de son physique avantageux pour semer la confusion dans mon esprit. Ses bras encerclent ma taille, me laissant de moins en moins de marge de manœuvre pour le soigner. Il œuvre si bien que je me retrouve coincée entre le mur et lui.

— C'est bon, j'ai fini, déclaré-je, agacée par l'impossibilité de gérer mon patient remuant.

Il me plaque alors durement contre la cloison, me privant de tout moyen de défense physique. Matt a viré subtilement de la passivité à l'action, sans doute dopé par une bonne dose de testostérone due aux événements de la soirée. Ma faible résistance lui plaît et son emportement, pour agressif qu'il soit, n'en a pas moins d'effet sur moi. Mon souffle devient chaotique et mon corps n'est plus qu'un brasier sur lequel il souffle avec constance et habileté. Ses doigts cherchent l'endroit où j'ai noué ma serviette tandis que sa bouche avide ne me laisse aucun répit. Il caresse mes hanches, ma cuisse, et d'un geste autoritaire oblige ma jambe gauche à se nouer autour de sa taille. J'en perds définitivement le contrôle de moi-même.

Toute la colère et toute la tension de cette soirée se canalisent alors dans notre échange violent, mais enivrant au-delà de tout ce que j'ai jamais ressenti. Je l'aime ainsi comme je l'aimais tendre et patient, la veille. Nous avons l'un et l'autre beaucoup de mal à réprimer nos plaintes sourdes, étouffées dans nos baisers voluptueux.

Lorsque la tempête a fini de se déchaîner, Matthew me porte dans le creux de son lit. Ses gestes se font caressants au possible comme pour s'excuser de leur audace précédente. Il apaise, de ses mains et de ses lèvres, mon corps et mon esprit aussi épuisés et égarés l'un que l'autre. Je finis par m'endormir, blottie dans sa chaleur, dans son parfum mêlé à l'odeur humide de son corps.

9

Réconciliations

Je me réveille bien avant lui, le lendemain matin. Le petit soldat de mon crâne ne se manifeste plus, je suis heureuse. J'ai l'impression de sentir encore peser sur moi ses mains puissantes, avides de caresses, j'en frissonne. Je ne m'aperçois des hématomes sur mon bras qu'au moment de m'habiller. Les doigts de Matt ont marqué discrètement ma peau, juste au-dessous de mon épaule droite. Je renonce donc aux bretelles et j'opte pour une blouse légère. Un coup d'œil par la fenêtre ne me fait pas regretter mon choix, le beau temps a cédé la place à l'orage. Un éclair puissant, rapidement suivi d'un roulement sourd, me confirme cette impression. Je descends en hâte vers la cuisine. Amy s'affaire déjà. Son sourire chaleureux est le même que les jours précédents.

— Le temps est à l'orage, commente-t-elle.

— Ça ne pouvait pas durer un aussi beau soleil, admets-je, sans savoir si elle parle au propre ou au figuré.

— Matt dort encore ?

— Oui.

— Tu sais, Kate, je l'ai rarement vu si nerveux qu'hier.

— Il vous a raconté ?

— Oui, et je suis d'accord avec toi, mais tu as pris au moins autant de risques que lui. Vous devriez faire vraiment plus attention, l'un et l'autre.

— Vous avez raison, Amy. J'étais furieuse contre lui.

— Je sais. Ceci dit, il n'a pas eu besoin de démonter ni la porte ni la maison, sourit-elle.

— Je n'arrive pas à lui en vouloir très longtemps.

Un éclair jaillit si près de la maison que nous en sursautons toutes les deux.

— Je me demande comment il fait pour dormir encore, s'étonne sa grand-mère.

J'ai bien une petite idée sur la question, mais il vaut mieux que je la conserve pour moi.

— Je vais lui porter un café.

— Tu trouveras tout ce qu'il te faut là-bas, explique-t-elle en me désignant le buffet.

Mon dormeur préféré s'étire comme un chat, il repousse le drap que, par pudeur, j'ai remonté sur lui. Je grimace en découvrant son côté droit. Le coup est entièrement sorti, auréolant sa peau d'un grand cercle aux teintes violacées.

— Sue va devoir me maquiller le corps, s'amuse-t-il en se tâtonnant les côtes.

— Tu as mal ?

— Un peu, mais ça va vite passer.

— Je te remettrai de la crème tout à l'heure.

Son regard se fait irrésistible. Il m'attire contre lui.

— Nous avons tout notre temps, je n'ai pas l'intention de mettre le nez dehors sous l'orage, minaude-t-il.

— Amy est rassurée pour sa porte.

— Elle est bien la seule. Si nos disputes se terminent toutes comme celle d'hier, je suis volontaire pour te pousser à bout chaque jour, dit-il, joueur.

— Et nous récolterions des bleus partout, ce ne serait pas malin.

— J'ai maintenant une excuse pour enguirlander Taylor.

— Tu as des amis fidèles et costauds.

L'orage redouble au-dehors, la pluie bat les volets fermés et le tonnerre me fait bondir.

— Tu as peur de l'orage ?

— Oui.

— Tu as peur des insectes, peur de l'orage, peur des journalistes, peur de la vitesse, même peur de moi, parfois.

— Et toi, qui es décidé à te moquer de tout indéfiniment, tu n'as peur de rien ?

— Aujourd'hui, je n'ai peur que d'une seule chose, répond-il en plongeant profondément dans mon regard.

— Laquelle ?

— De tes réactions imprévisibles, des énigmes que tu me poses, des élans irrésistibles que tu provoques chez moi. J'ai peur en permanence de t'effrayer pour de bon, de te faire mal et de te voir partir. Et quand tu m'as échappé, hier soir, cette peur est devenue une vraie panique. Je sais que je vais devoir vivre avec ça, désormais.

Mon cœur s'affole sous cet aveu. Je ne veux pas être encore le bourreau de celui que j'aime. Je refuse ce rôle.

— Matt... arrête ! supplié-je malgré moi.

— Non, Kate, écoute-moi ! Je n'ai qu'une solution pour vivre en paix, c'est de te sentir près de moi, même en pétard, même prête à m'arracher les yeux.

Je supporterai mille fois mieux ta colère que ton indifférence ou ton éloignement. Si tu partais un jour, je te demande de bien peser ta décision, rien ne me blesserait plus que ça.

— Comment envisages-tu... notre avenir, après le tournage ? bredouillé-je, hésitante.

— Tu comptais sérieusement reprendre ton travail ?

— C'est ce qui est prévu.

— Alors, il va falloir me trouver un appartement à l'année dans l'hôtel.

— Tu y laisserais l'intégralité de tes cachets.

— Je m'en moque bien.

— Si tu ne travailles pas, ce sera vite vu et si je ne travaille pas, ce sera vite vu pour moi aussi.

— Tes considérations matérielles me désolent, râle-t-il.

— Elles sont pourtant incontournables.

— Tu es toujours aussi sérieuse, Catherine Dutilleux.

— Pour ce que tu ne l'es pas, Matthew Dickinson.

— Laissons cela pour le moment, je n'ai pas l'intention de te laisser miner ma bonne humeur, conclut-il en s'écroulant sur moi.

— Tu vas te faire mal.

— Tu ne t'es pas souciée de ce genre de détails, hier soir, insinue-t-il.

— Tout est une question d'humeur, sans doute.

— Alors, rends-moi celle d'hier.

Je le repousse sur le matelas et je fais glisser ma blouse par-dessus ma tête tandis que, dehors, l'orage ne faiblit pas. Matt a raison, nous avons tout notre temps.

— Qu'est-ce que c'est que ces marques ? s'émeut-il en découvrant les hématomes sur mon bras.

— Rien, éludé-je en haussant dédaigneusement les épaules.

Il pose ses doigts légers à l'emplacement des bleus et serre les mâchoires, blême.

— Jusqu'où es-tu prête à supporter mes conneries ?

J'étouffe sa question dans un baiser qui le rassure.

— Je t'aime, Cathie, me chuchote-t-il en m'embrassant.

Chaque fois qu'il prononce ainsi mon prénom, je suis incapable de résister. C'est plus qu'un nom doux à mes oreilles, c'est un véritable mot d'amour dans sa bouche.

* * *

L'orage finit par s'éloigner, une odeur forte d'herbe mouillée monte du jardin. Amy est sortie faire le constat de désolation dans sa roseraie.

— C'est un désastre, entre le soleil cuisant et cet orage, rien n'a résisté, commente-t-elle en nous voyant arriver, main dans la main.

— Le ciel n'est pas calmé, affirme Matt en lorgnant les nuages noirs.

— Ça n'a cependant pas fait fuir les journalistes, ils sont plus nombreux ce matin. Ton exploit d'hier les a stimulés, dit Amy en abandonnant tout espoir de récupérer ses fleurs.

— Qu'est-ce que tu dirais d'aller leur porter une tasse de café ? propose Matt, moqueur.

— Ce n'est peut-être pas une mauvaise idée, ajouté-je, enthousiaste.

— Qu'est-ce que vous avez encore imaginé, vous deux ? s'inquiète la vieille dame.

— Puisque Matt ne peut cacher qu'il est ici et qu'ils ne lâcheront pas, autant leur donner l'occasion de se montrer utiles. Allez les voir ensemble, donnez donc l'image qu'ils n'attendent pas, celle d'une famille heureuse et d'une relation extraordinaire entre une grand-mère et son petit-fils aussi talentueux qu'elle.

Amy paraît ébranlée par ma proposition.

— Amy, vous avez suffisamment vécu cachée comme ça, pour un résultat qui n'est pas à la hauteur de vos espérances aujourd'hui. Amusez-vous un peu !

L'argument fait mouche, la main de Matt dans la mienne serre davantage mes doigts. Le visage de sa grand-mère s'illumine d'un sourire malicieux.

— Tu es assez extraordinaire, me complimente-t-elle en prenant le chemin de la maison d'un pas décidé. Et s'ils veulent savoir pour toi ? se retourne-t-elle vers moi.

— Je m'en charge, assure Matthew. Kate n'a pas à être mêlée à tout ça.

— Faites comme si je n'existais pas, confirmé-je volontiers. Je resterai bien à l'abri.

— D'accord ! soupire Amy. Voilà longtemps que ce genre de chose ne m'est pas arrivé.

— Je suis sûr que tu vas les éblouir, taquine son petit-fils en lui prenant le bras.

Je les regarde franchir le seuil du jardin, bras dessus, bras dessous en regagnant la maison où je me tiens derrière la porte vitrée de la cuisine pour les observer à l'abri des regards. Les journalistes bondissent de leurs véhicules. Les premiers flashs ne tardent pas à crépiter autour du couple étonnant. Leur duo fonctionne au-delà de mes espérances. Je vois quelques journalistes prendre note des réponses aux questions dont ils doivent les mitrailler. L'échange dure près d'un quart d'heure jusqu'à ce que la pluie interrompe cette conférence de presse improvisée dans l'allée. Matt ramène sa grand-mère à la maison et tous deux rentrent en riant comme des enfants.

— Tu as eu une merveilleuse idée, mon enfant, glousse Amy en me prenant les mains. Je peux sentir les siennes vibrer encore d'un trac vivifiant. Matt a été parfait. Ils ne sont pas près d'en revenir, si tu avais pu voir leur mine !

— Elle s'est amusée comme une petite folle, confirme mon amoureux en secouant la tête d'un air faussement désapprobateur.

Son sourire en coin dément ses propos trop raisonnables. Il s'installe à la grande table et m'enjoint de le rejoindre. Son bras enlace aussitôt ma taille.

— Tu es mon meilleur impresario.

— Je laisse ce soin à Philip Still !

Amy perd un peu de sa bonne humeur. Je me demande en quoi l'évocation de Still peut à ce point la chagriner, mais je ne veux pas ternir ce moment de joie.

— Quelles questions vous ont-ils posées ? demandé-je, curieuse.

— À vrai dire, on ne leur a pas laissé tellement l'occasion d'en placer une. Matt leur a fait un numéro magistral.

— Heureusement qu'il s'est mis à pleuvoir, admet-il, rieur de l'enthousiasme de sa grand-mère.

— Je les ai vus prendre des notes.

— À mon avis, nous ne serons pas longs avant d'en avoir des échos dans les journaux.

— Et si cela paraît avant samedi ? Que diront tes parents ?

— Tu l'as dit toi-même, Kate, mes efforts n'ont servi à rien jusqu'ici, intervient Amy avec conviction. Mon fils aura peut-être enfin l'occasion de voir que nous ne sommes pas si « anormaux ».

Sa réaction me rassure, j'ai craint un moment avoir empiré une situation déjà délicate. Mais après tout, quoi de mieux que cette image d'un bonheur simple ?

— J'ai quelque chose à faire, annoncé-je tout à coup.

— Où vas-tu ? sourcille Matthew, contraint de me lâcher.

— Mettre mes actes en conformité avec mes paroles.

— Reviens vite, boude-t-il en devinant mes pensées.

Je monte dans ma chambre à la recherche de mon portable et je scrute nerveusement le ciel tandis que les sonneries s'égrènent à mon oreille.

— Allô ?

La voix est haut perchée, tendue comme celle de quelqu'un de surpris dans sa quiétude et qui n'attendait pas d'appel.

— Bonjour, maman !

Tout d'abord, un silence consterné me répond, puis elle retrouve sa voix.

— Cathie ?

— Comment vas-tu ?

— Cathie, mais où es-tu ? explose-t-elle. Ça fait trois fois que j'appelle ton hôtel et on m'a dit que tu étais partie.

Le flot tumultueux de ses paroles déverse son lot d'angoisses, de colère, d'interrogations. Je la laisse soulager sa légitime inquiétude avant de reprendre d'un ton que je veux le plus calme possible.

— Je suis en Angleterre, maman.

— Alors, c'est vrai ? gémit-elle. Les journaux... c'était bien toi ? Cathie, dis-moi la vérité. Je n'en dors plus depuis des jours.

— Depuis quand t'intéresses-tu à la presse people ?

— C'est Chris… il nous a amené le journal, il y a deux jours. On n'a pas voulu y croire, je t'ai appelée, mais ton portable ne répondait pas et à l'hôtel, ton directeur nous a appris que tu étais… en mission spéciale. De quelle mission parlait-il, Cathie ?

— J'ai accepté d'être mise temporairement au service de Matthew Dickinson.

— Oh mon Dieu, c'est donc vrai !

Je n'ai pas besoin de faire d'effort d'imagination pour la deviner livide, s'écroulant sur le fauteuil vert, près du téléphone. De toute évidence, je suis victime, comme Matt et Amy, des ravages que produisent ces articles mensongers sur l'esprit des gens, fussent-ils vos plus proches parents.

— Qu'est-ce que tu t'imagines, maman ? grondé-je, les nerfs à fleur de peau.

— Pourquoi as-tu accepté ça ? Pourquoi n'as-tu pas suivi le chemin qui aurait dû être le tien ? Rémi n'était peut-être pas un garçon parfait, mais tu aurais pu être heureuse et vivre près de nous.

— Qui te dit que je ne le suis pas ? aboyé-je.

— Cathie, c'est un acteur… il ne… mais enfin où donc as-tu la tête ? hurle ma mère.

Je suis à deux doigts de raccrocher, il est impossible de discuter avec elle quand elle se braque, mais j'entends, derrière elle, la grosse voix de mon père réclamant le combiné. Je vais certainement subir une deuxième salve du peloton d'exécution, mais j'en assume les conséquences. Ils ne seront pas longs à découvrir la vérité ou tout du moins une vérité qui n'est pas la mienne. Je préfère mettre les choses au clair moi-même.

— Cathie ?

— Bonjour, papa.

— Bonjour, fillette.

Son ton est anormalement doux. D'ordinaire, mon père se contente de rares paroles où rien ne filtre de son humeur. Il ne m'a plus appelée « fillette » depuis longtemps. Mon cœur se serre.

— C'est beau l'Angleterre ? demande-t-il.

— C'est magnifique ici, oui.

— Où es-tu ?

— Chez Amy Dickinson, la grand-mère de Matthew. Papa… je voulais vous annoncer ça moi-même, mais…

— Ta mère s'inquiète, coupe-t-il à mes explications laborieuses. Et moi aussi, Cathie.

— Ça peut vous paraître difficile à admettre, mais c'est comme ça, je n'y peux rien. Je n'ai rien cherché, ni voulu.

— Es-tu heureuse ? demande soudain mon père d'une drôle de voix.

— Oui.

— C'est ce qui compte, fillette. « Le reste est accessoire », comme aurait dit ta grand-mère, tu te souviens ?

— Oui, je me souviens.

— Cathie, tu nous manques.

Je suis incapable de répondre, les larmes jaillissent de mes paupières. Je fais un effort presque insurmontable pour maîtriser le son de ma voix.

— Toi aussi, tu me manques.

— Si tu as besoin ou envie, tu sais que la maison t'est grande ouverte.

— Je t'aime, papa !

— Moi aussi, je t'aime.

— Embrasse Chris et maman. Dis-lui… que je vais bien, très bien même.

— Je n'y manquerai pas, assure-t-il d'un ton qui a retrouvé sa solennité. Prends soin de toi, conclut-il avant de raccrocher le premier.

Je reste assise sur mon lit, le portable en main. Mes larmes s'assèchent sur mes joues sans que je les efface. Mon père est un homme d'affaires, toujours pressé, souvent irrité, peu disponible pour sa famille, mais il en est le véritable chef, celui qui décide, arbitre. Il a hérité de sa mère, sa grande faculté à aplanir toutes les difficultés. Jamais de grandes déclarations, jamais d'embrassades baveuses, lui comme moi détestons les effusions qui nous mettent généralement mal à l'aise. Aussi l'amour de mon père se manifeste toujours de manière subtile, dans des surnoms, des petits gestes, mais il s'est rarement montré aussi démonstratif qu'à cet instant. Bizarrement, je me sens soulagée. Les choses sont dites et j'ai à présent meilleure conscience. J'imagine aussi la situation des parents de Matt. Si je ne les approuve pas, je les comprends mieux.

* * *

Peu désireux de quitter la maison, nous prenons, dans l'après-midi, possession du petit salon. Amy sort les albums de la famille. Elle n'est pas peu fière de ressusciter en images un bout de sa carrière. Amy a été une femme superbe, à la dignité effectivement toute shakespearienne. Matt et elle échangent quelques répliques dont je ne doute pas qu'elles ont largement servi d'entraînement au futur acteur. Les photos qui m'intéressent le plus sont celles de Matthew petit. Photographié déjà sous toutes les coutures, ce garnement connaissait, très jeune, ses capacités de séduction. Il semblait vouloir hypnotiser la pellicule. Sa jeunesse défile sous mes yeux, ponctuée des commentaires tantôt amusés, tantôt réprobateurs de sa grand-mère.

— Si après ça, tu oses dire que tu ne sais rien de moi, je t'étrangle, menace-t-il gentiment, le soir venu.

Les aiguilles de la pendule ont brusquement sauté du midi au soir sans que je m'en aperçoive. Je propose mon aide à Amy pour préparer le repas, ce qu'elle accepte de bon cœur. Pendant que nous nous affairons en bavardant de plus belle, Matt s'éclipse discrètement pour ne reparaître qu'au moment de passer à table. Il a beau afficher un sourire de circonstance, quelque chose le contrarie. Il efface mes silencieuses interrogations d'une caresse sur ma joue et le repas est aussi gai que la journée. Il ne me fait guère plus de confidences, le soir venu. Il se montre toujours aussi turbulent quand je prends soin de son hématome et j'oublie vite entre ses bras le moindre de mes soucis.

Le jour suivant, le ciel ne nous offre pas de meilleures perspectives de sorties. Matthew se plaît à rester cantonné à la maison. Nous passons cette journée en musique. Il veut absolument m'apprendre à jouer de la guitare. J'y renonce définitivement après y avoir laissé deux ongles. Je réussis cependant à jeter par écrit la partition et les paroles de la chanson qu'il a composée. Le résultat plaît beaucoup à Amy, ravie de notre présence prolongée à ses côtés.

Le vendredi matin, Matthew me réveille. Je n'ai même pas senti qu'il s'était levé. Depuis notre arrivée ici, je n'ai plus les moyens de lutter contre le sommeil de nos nuits trop courtes. Le soleil fait son grand retour et ce jeune homme piaffe d'impatience de mettre enfin le nez dehors. Je suis priée de ne pas le faire attendre. Il ne m'accorde même pas le temps de lui passer la crème contre les coups.

— Ils sont partis, déclare Matt tandis que par réflexe de prudence, je regarde par la fenêtre de la cuisine.

— C'est normal ? demandé-je, surprise par ce brusque revirement de tendance.

— Ils ont eu ce qu'ils voulaient et j'ai demandé à Steeve de faire courir la rumeur que j'étais reparti, maugrée-t-il.

Ses sourcils froncés me rappellent son air sombre de l'avant-veille.

— Qu'est-ce qui ne va pas ?

— Disons que le résultat n'est pas exactement conforme à ce que j'attendais, fait-il en me tendant un journal. Cet imbécile de Steeve leur a fait croire que j'allais rejoindre Jenkins, tu penses bien qu'ils ont galopé.

Je consulte le journal en question. Amy et Matt sont en photo, l'un contre l'autre, se regardant heureux et complices. La photo est jolie. L'article évoque le séjour de Matthew chez sa grand-mère, leur plaisir de se retrouver, les joies simples de l'acteur qui se ressource à la campagne. Je comprends sa mauvaise humeur en parcourant les dernières lignes. « *Interrogé sur sa mystérieuse relation avec la belle inconnue de Paris, Matthew Dickinson n'a pas souhaité faire le moindre commentaire. Sans doute préfère-t-il se racheter une conduite avant d'aller rejoindre sa fiancée, Hillary Jenkins, à quelques semaines des Movies Awards où ils sont nominés tous les deux. Espérons que l'actrice lui pardonnera cette petite incartade sans conséquence.* »

— Qu'est-ce qui te chagrine ? interrogé-je.

— Il me tarde d'envoyer Jenkins au diable et cet idiot en a remis une couche.

— Ne lui en veux pas, Hillary Jenkins est ton meilleur alibi pour le moment.

— Tu es tout sauf une incartade, Kate, rugit-il en me reprenant le journal des mains.

— C'est ce qui t'ennuie ?

Matthew ne me répond pas, mais ses yeux parlent pour lui.

— Mon anonymat est mon assurance tranquillité, lui rappelé-je. Tant que les projecteurs seront braqués sur elle, je suis à l'abri.

— Comment fais-tu pour être aussi peu jalouse ?

— Parce que tu es près de moi, que je sais où tu passes tes nuits et c'est tout ce qui m'importe.

— As-tu réfléchi au fait que ni toi, ni moi, ne pouvons plus vivre l'un sans l'autre ? s'enquiert-il en dardant sur moi un regard attentif.

— Nous allons devoir faire des compromis, affirmé-je, un peu tendue.

— Pour ma part, je n'en vois aucun possible, réplique-t-il d'un ton un peu trop tranchant à mon goût.

— Dans ce cas, cela ne s'appelle plus des compromis, ça ressemble à un ultimatum, Matt.

Il s'aperçoit vite que je me braque contre cette seule idée, il reprend un ton plus doux en m'attirant contre lui, mais déjà, mes mains obéissent de nouveau à mon cerveau rebelle, elles se plaquent contre ses épaules, le maintenant à distance.

— Je ne suis pas comme Rémi, Kate, je ne veux te contraindre à rien, tu le sais. Je voulais juste savoir si tu voulais m'accompagner à Los Angeles.

— Je ne crois pas que ce soit une bonne idée.

— Je ne renonce pas à te convaincre, sourit-il.

— Vous devriez profiter du beau temps, intervient alors Amy en nous poussant vers la porte.

Je lui suis reconnaissante d'avoir interrompu ce qui risquait fort de ressembler à un nouvel orage. Matthew abandonne la partie, mais je sais qu'il reviendra à la charge. Nous dégringolons la rue principale jusqu'au café de Steeve. Matt oublie finalement d'être mécontent après son meilleur ami. Les autres sont là aussi, nous sommes sommés de nous expliquer sur cet article étonnant et sur la manière dont Matthew a fini par m'amadouer. Mon acteur de petit ami s'en donne à cœur joie d'évoquer, avec force détails, une bien curieuse scène de réconciliation à laquelle je doute fort d'avoir jamais assisté. Personne ne gobe son histoire et ils comprennent qu'ils n'en tireront pas le plus infime renseignement.

La seule chose qu'il accepte d'évoquer est son hématome dont Taylor se montre peu repentant. Les deux jeunes mâles trouvent fort original de régler leurs comptes en duel régulier. Malgré mes récriminations – je suis contrainte par l'unanimité de l'assemblée de bien vouloir me taire –, ils aménagent le bar de Steeve en un pseudo-terrain de rugby. Je suis mortifiée. Matthew passe outre ma bouderie, cette fois. Je ne peux pas résister à l'envie de les voir s'affronter. Leurs éclats de rire ont bien vite raison de leur volonté. Ils s'effondrent l'un contre l'autre, complètement hilares. Taylor s'excuse volontiers, insistant néanmoins sur le fait qu'il a agi pour la bonne cause et Matt en convient.

— Des gosses, soupire Steeve en remettant de l'ordre derrière eux.

— À qui le dis-tu, approuvé-je.

— J'ai trouvé un pactole dans la caisse, la dernière fois, me fait-il remarquer.

— Mmmm… cadeau des journalistes.
— Joli pourboire !
— Je devrais songer à changer de métier, rigolé-je.
— T'es libre prochainement ?
— Non, cette jeune personne n'est pas libre ni prochainement, ni jamais d'ailleurs, clame Matt en venant se coller à moi comme pour mieux marquer son territoire.

Steeve nous propose un en-cas que nous dévorons tous de bon appétit, puis les garçons nous emmènent jusqu'à Bath, histoire de reprendre contact avec une vraie ville. Je découvre une des plus belles cités du Royaume-Uni avec tant de boutiques et de monuments prestigieux que je doute d'en voir la moitié. Matthew s'égaye de mon émerveillement de petite fille. Nous ne rentrons que fort tard dans la soirée. Comme toujours, Amy ne s'en plaint pas le moins du monde. Elle est tellement habituée aux frasques de son petit-fils qu'elle s'est même étonnée qu'il la prévienne, sur mes conseils, de notre défection pour le dîner. Elle me remercie discrètement de ma gentille attention avant que nous ne montions nous coucher. Je la sais nerveuse à l'idée du lendemain. Je lui promets mon assistance pour les préparatifs, elle m'en est reconnaissante.

Matt ne vaut pas mieux que sa grand-mère. Il est incapable de fermer l'œil et je suis bien évidemment sa seule source de diversion possible. Lorsque le matin revient, je suis morte de fatigue. Les traits tirés de mon compagnon me rassurent sur ses propres capacités de récupération. *Match nul !*

La cafetière entière suffit à peine à nous réveiller. Amy, quant à elle, est déjà au travail depuis quelques heures. Elle a opté pour un repas simple, familial, histoire de rappeler à son fils qu'il n'en a jamais été autrement chez eux. Matthew consent à nous prêter main-forte, il se charge de la table en se fiant à mes indications. Plus l'heure approche, plus mes deux compagnons se serrent les coudes dans leur stress.

Le bruit d'un moteur puissant résonne dans l'allée sur le coup de midi. Je me sens intimidée comme à la veille d'un examen et je trouve refuge dans le bureau en attendant qu'ils aient eu le temps de se retrouver. Je perçois les échos de la voix forte de Monsieur Forest, celle plus discrète de son épouse. Je devine au ton de Matthew une palpable tension.

Au bout d'un quart d'heure interminable, Amy demande à Matt de venir me chercher. Un silence impressionnant suit ses mots qui ont claqué comme des ordres. Matthew approche de moi, l'air grave. Il me serre contre lui et respire fort dans mon cou, son souffle me fait frissonner.

— J'ai besoin de toi, réclame-t-il à voix basse.

Il s'écarte ensuite et sa main serre la mienne un peu trop fort. Quand je pénètre la pièce, les visages se tournent vers moi. Je fais appel à tout le sang-froid que j'ai appris à maîtriser de mon mieux, au cours de mes années d'étude et de pratique. Je dois être à la hauteur de ce que Matt espère de moi, pire, de ce qu'Amy espère de moi.

— James, Vivian, laissez-moi vous présenter Catherine Dutilleux, commence Amy en prenant son petit-fils de court.

— Madame Forest, Monsieur Forest, je suis ravie de vous rencontrer, affirmé-je en allant jusqu'à eux, la main tendue.

Tous deux se lèvent aussitôt de table. La poignée de main de Vivian Forest est tremblante, son regard stupéfait confirme l'incertitude de son geste. Celle de son mari est plus assurée, il me broie véritablement les os.

— Pourrais-tu nous expliquer ? demande-t-il à son fils d'une voix terriblement calme.

Son regard sévère me jauge avec intérêt. James Forest est grand, quasiment de la même taille que Matthew. Il est bel homme, d'une présentation parfaite, de la pointe de ses chaussures luisantes à la coupe fraîche de ses cheveux bruns où ne se distingue pas le moindre fil blanc malgré la cinquantaine imminente. Ses traits volontaires se retrouvent affinés par la douceur de ceux de Vivian chez son fils et il a les mêmes yeux puissants et la même prestance.

Sa mère, quant à elle, est plus petite que moi, blonde aux cheveux courts, sophistiquée à souhait, mais tout dans son attitude indique une sincérité non feinte, un élan naturel que j'ai ressenti quand sa main tremblante a saisi la mienne. Vivian est émue en face de son fils rebelle même si ses bras ne se sont pas tendus vers lui. Matt se raidit sous cette première attaque paternelle. Amy intervient.

— Tu n'as pas lu la presse ces derniers temps, James ? demande-t-elle d'un ton ironique que je ne lui ai encore jamais entendu.

Elle contrôle la colère que je devine dans son regard clair.

— J'ai autre chose à faire que consulter les journaux.

— Dommage, tu aurais eu des nouvelles de ton fils et accessoirement de ta mère ! réplique-t-elle.

— Bien sûr que si, nous avons lu la presse, coupe vivement la mère de Matt en se tournant vers nous.

— C'est pour nous inviter à applaudir ses exploits nocturnes que tu nous as fait venir ? reprend sèchement James Forest.

La main de Matthew dans la mienne se fait pressante, aucun son ne sort de sa bouche, je déglutis difficilement.

— Peut-être que si vous laissiez à Matthew l'occasion de vous expliquer ce qui se passe réellement, ça irait mieux, renchérit Amy.

Une consternation se peint sur les traits de James Forest.

— J'ai du mal à croire que ces photos soient uniquement des trucages, or l'image que donne Matthew... commence-t-il, peu enclin à se laisser intimider par sa mère.

— James, attends ! gémit Vivian Forest en lançant un regard suppliant à son mari. Ta mère a raison, je t'en prie... j'ai besoin de savoir, laisse Matt nous expliquer ce qui se passe.

James Forest se tait. Les doigts de Matthew se cramponnent aux miens. Sa voix est rauque et dure quand il se décide, s'adressant directement à son père comme un défi qu'il se serait lancé, mais pas pour lui-même, pour l'amour d'Amy dont les yeux, malicieux et tendres, brillent de fierté de l'autre côté de la table.

— Ce que les journaux ont pu dire sur Kate et moi n'est rien en comparaison de la vérité. Elle n'est ni une incartade, ni ma maîtresse cachée, elle est bien plus que ça, Kate est ma compagne depuis plus de six mois maintenant et je compte bien qu'elle le reste.

— Six mois ! s'exclame Vivian. Pourquoi... pourquoi n'en avons-nous rien su ?

— Si vous vous étiez intéressés à ce que je vous ai dit plutôt que de croire ces stupides journaux, vous auriez entendu ce que je vous ai expliqué à son sujet quand vous avez réagi à cet article sur ma visite à Paris.

— Ta... gouvernante ? hoquette Vivian en faisant la connexion entre la Catherine Dutilleux d'Amy et la Kate de son fils.

Je voudrais me mettre dans un trou de souris si cela était possible, je sens tous les regards peser sur moi. Matthew glisse son bras autour de ma taille comme pour s'excuser de son subterfuge.

— Dans ce cas, pourquoi entretiens-tu ces rumeurs sur ta relation avec cette Jenkins ? reprend James d'un ton plus calme.

Ses traits se sont légèrement détendus, son regard n'affiche plus d'hostilité à mon égard, mais une curiosité inquiète. Matt me lâche et va sortir un dossier d'un tiroir dans le bureau, il approche de la table et jette le document devant son père. De toute évidence et sans rien dire, il a soigneusement préparé cette entrevue et aiguisé ses armes.

— Qu'est-ce que c'est ?

— C'est le contrat que Still a négocié pour *Ultima* et que j'ai signé. Tu peux le lire, tu y trouveras, détaillé point par point, ce que tu as lu dans la presse ces derniers mois.

— Qu'est-ce que ça veut dire ? sourcille son père.

— Chaque interview, chaque télé, chaque sortie publique a été programmée pour que Jenkins et moi fassions ensemble de la publicité au film en alimentant des rumeurs au sujet de notre prétendue liaison. Ça a marché au-delà des espérances des producteurs, n'est-ce pas, papa ?

James Forest parcourt quelques lignes du contrat et foudroie son fils d'un regard noir.

— Pourquoi as-tu accepté de signer une telle ineptie ?

— Je n'avais pas le choix, répond Matt en baissant la tête. Ce que je vais te dire te fera sûrement plaisir, mais je suis d'accord, j'ai déconné gravement. Tu me diras comment tu aurais fait, toi, pour vivre normalement avec un objectif braqué sur toi en quasi-permanence, avec des rythmes de tournage complètement dingues. J'ai envoyé Still paître avec ses conseils moralisateurs et j'ai voulu m'amuser un peu. Still a eu un mal fou à me décrocher de nouveaux rôles tellement je faisais peur aux producteurs et aux réalisateurs. Ceux-là ont accepté à prix d'or, comme tu vois.

— Nous t'avions prévenu, Matt. Tu ne nous as pas écoutés, tu as voulu briller sur les écrans, épater tes copains, faire ta vedette alors que tu aurais pu choisir une voie plus raisonnable. Je ne suis pas devenu une star, moi, malgré la carrière de ma propre mère.

— Amy n'a rien à voir là-dedans ! C'est en moi, c'est ce que j'ai toujours voulu faire, ce que j'ai toujours aimé faire... grand-mère n'a rien fait pour m'encourager, mais elle a compris. Est-ce aussi difficile à admettre ? Tu m'avais prévenu... formidable ! Je ne suis pourtant pas en train de courir le cachet, je fais pas la manche à la sortie du métro ! Est-ce que tu sais combien m'a rapporté le contrat que tu as entre les mains ?

— Ce n'est pas le problème...

— Pas un problème, non, juste vingt millions de dollars ! Je n'ai pas volé cet argent, papa, je travaille plus que toi dans ta clinique. Ce n'est pas quelques heures, c'est toute ma vie que je donne à ce métier, examinée à la loupe, disséquée, placardée dans les journaux, commentée par le détail, le degré zéro de l'intimité. Alors oui, j'ai bu des bières, oui, j'ai fumé un joint, oui, j'étais ivre ce soir-là, et oui, je suis obligé de faire croire que je suis amoureux d'une pauvre paumée cocaïnomane et alcoolique alors que je dois me cacher pour embrasser celle que j'aime ou simplement lui prendre la main ! hurle Matthew.

Son corps est tendu, prêt à bondir comme un fauve. Il serre les dents et s'appuie sur moi. Un silence lourd suit sa déclaration enflammée. Vivian observe son fils d'un regard noyé de larmes. James n'a pas bougé d'un millimètre, ses yeux se portent sur moi.

— Et vous, comment vivez-vous cela ? me demande-t-il d'une voix feutrée, seul indice de son trouble.

— J'ai découvert ça, il y a six mois, de la même manière que vous aujourd'hui, réponds-je timidement.

— Mais toutes ces rumeurs, cette façon de vivre... bredouille Vivian.

— Matthew est lié jusqu'en octobre, mais sa réputation s'est largement inversée. Après les Awards, il n'aura aucun mal à retrouver des rôles intéressants.

— En octobre ?

— Les Movies Awards ! grogne Matt.

— Je suis au courant des nominations aux Awards, vous avez l'air bien certains tous les deux que Matt les obtiendra, constate James Forest.

— C'est déjà prévu, papa, affirme Matthew en lui désignant le contrat.

Son père tourne rapidement quelques pages, relit des paragraphes et fronce les sourcils d'un air dubitatif.

— Comment as-tu pu accepter ça ? s'exclame-t-il, effaré par certains passages de sa lecture.

— C'est ma façon de payer la note de mes conneries, raille Matthew.

— Et Still était favorable à ça ?

— C'est lui qui a négocié. Je n'ai pas fait la tournée de promo grâce au film de Peters, il fallait compenser sur autre chose.

— Ces récompenses sont purement factices !

— Pas vraiment, ils ont juste influé sur le calendrier pour gagner les voix du public.

— Tu comptes t'y rendre ?

— J'y suis obligé.

— Si tu refuses ?

— Ils lâcheront certainement leur armée d'avocats à mes trousses pour rupture de contrat.

— Ça peut chercher loin ?

— Plusieurs dizaines de millions et un sale coup pour Still qui aura encore plus de mal à trouver des producteurs désireux de m'embaucher.

En entendant cela, ma gorge se serre. Matt m'a prévenue qu'il renoncerait à assister à cette cérémonie si je ne l'accompagnais pas.

Pourquoi ne m'a-t-il pas parlé de cette clause stupide ?

— Tu seras vraiment libéré de ce contrat après cela ? s'assure son père, sérieux.

— Oui, sauf si je ne vais pas à Los Angeles.

— Pourquoi n'irais-tu pas ? s'affole Vivian.

— Matthew y sera, lancé-je alors, catégorique.

Matt tourne la tête vers moi et je lis l'incompréhension dans son regard. Je lui souris en hochant la tête et ses yeux s'illuminent.

— Tu es sûre ? me demande-t-il.

— Tant que tu le seras toi-même, oui.

Matthew ne se soucie pas de la présence de ses parents, il fond sur ma bouche. Je dois le repousser avec une belle énergie. Son air heureux gagne Vivian dont le sourire a remplacé les larmes sur son visage. La fougue de Matt est sans doute, à ses yeux, la meilleure preuve de sa sincérité. Dès lors, l'atmosphère change du tout au tout. James Forest se lève de table et fait quelques pas vers sa mère. Il domine Amy de plus d'une tête et leur face-à-face est assez surprenant. La vieille dame, loin de se laisser impressionner, lui adresse une moue boudeuse. Les épaules de son fils s'affaissent un peu, et sa voix a perdu son timbre cassant.

— Maman, je crois que nous sommes tous allés un peu trop loin dans cette affaire.

— Ce sont des excuses ? ironise Amy.

— En quelque sorte.

— Alors, ce n'est pas à moi que tu dois les présenter, celui qui en a le plus souffert, c'est ton chenapan de fils, tout aussi fier et buté que toi. Tu peux te vanter qu'il te ressemble.

Les deux hommes font ensemble le premier pas. Le père attire son fils dans ses bras. Matthew enlace celui qui lui manquait bien plus que ce qu'il n'a jamais voulu admettre. Leur étreinte dure quelques secondes, puis James écarte son fils en maintenant sa main droite sur son épaule.

— Matt, je n'ai pas pris le temps de parler avec toi. Je n'ai pas été un père à la hauteur, n'est-ce pas ?

— Je n'ai pas été un modèle de communication, non plus, admet Matthew. Dans la mesure où je m'en suis remis à Still en partant d'ici et que vous étiez contre moi, j'ai *oublié* de vous tenir informés de ma petite vie.

— C'était un tort ! Mon portable te sera désormais toujours ouvert. Ce crétin de Still va avoir de mes nouvelles.

— Laisse tomber, papa, je vais régler cette affaire et après on n'en parlera plus. Kate a raison, il n'y en a plus pour très longtemps.

— Cette jeune personne a semble-t-il des effets surprenants sur toi, se moque gentiment James Forest en souriant pour la première fois.

— Kate a bouleversé ma vie, réplique Matt en me jetant un regard chargé de sous-entendus.

— Et nous devons vous en remercier, fait Vivian en me serrant le bras de sa main plus paisible.

— Je n'y suis pour rien, me défends-je, confuse et rassurée.

— Tu y es pour beaucoup plus que tu ne le crois, lance Amy, rayonnante de l'autre côté de la pièce. Et maintenant, si nous passions à table ?

Le déjeuner se déroule dans une ambiance toute familiale. À en juger par l'effervescence d'Amy, il est à la hauteur de ses espérances. Matthew consacre beaucoup de son temps à son père. Les deux hommes discutent longuement entre eux au grand dam de Vivian Forest qui apprécierait passer plus de temps avec son enfant. De fait, elle reporte sur moi sa légitime curiosité et m'assaille de questions sur le quotidien de Matt dont elle est douloureusement privée. Vivian m'explique son point de vue de mère, qui, inquiète pour l'avenir de son fils, a vu son univers basculer lorsque les deux hommes de sa vie se sont braqués l'un contre l'autre. Matt n'a jamais fait la distinction entre ses parents, les logeant tous les deux à la même enseigne d'êtres indifférents alors qu'elle a tenté à maintes reprises d'infléchir la position de son mari. D'une certaine manière, j'éprouve à son égard un sentiment mitigé de pitié et d'incompréhension devant son manque de révolte face aux jugements arbitraires de son époux.

Je comprends mieux pourquoi James est celui que Matt voulait convaincre, il savait sa mère acquise à sa cause. Dans mon cerveau, le petit soldat manifeste son accord, je n'accepterai jamais pareille soumission si j'estime avoir raison. Matt en est conscient, je le sais. Il m'offre ma liberté sur un plateau. Je redoute cependant le mois d'octobre qui marquera la fin d'une période sans doute mouvementée, mais balisée par contrat.

Et après ? Quelle solution ai-je donc ?

Le petit soldat et mon cœur se chamaillent encore pour savoir quelle est la meilleure option. Leur dispute ne m'apporte cependant aucune solution. Je décide donc de leur laisser d'autres occasions de se bagarrer et me lève pour aider Amy à débarrasser la table à la grande surprise de sa belle-fille peu habituée à ce genre d'initiatives, ce qui a pour effet d'amuser follement la vieille dame.

Tout joyeux qu'il soit, ce repas marque aussi malheureusement la fin de notre séjour à Chipping Campden. Cette seule idée assombrit mon humeur en fin d'après-midi quand les parents de Matthew nous embrassent avant de reprendre la route de Londres. James Forest annonce son intention de venir chercher sa mère la semaine suivante pour la ramener quelques jours dans la capitale britannique qu'elle a suffisamment boudée, selon lui. Amy s'en montre absolument ravie. Tout est revenu à la normale dans une famille plutôt exceptionnelle.

Après ça, Matt m'emmène saluer Steeve et les autres au village. Ils ne sont pas surpris de nous voir débarquer, ils nous attendaient même, convaincus que nous ne partirions pas sans leur avoir dit au revoir. Quelque part au fond de moi, je ne peux m'empêcher de me demander si je ne les vois pas pour la dernière fois. Je ne peux rendre mon sourire aussi chaleureux que celui que m'adresse Steeve en me serrant dans ses bras pour taquiner Matt. Le petit soldat est dopé par l'angoisse de notre départ de cet îlot protégé de tout, cocon de nos amours naissantes et insouciantes.

Comme toujours mon seul apaisement vient le soir, quand les bras de Matt se referment sur moi. Mais cet apaisement est de trop courte durée, le matin ramène bien vite son lot d'inquiétudes. Je ne cherche même plus à en dissimuler la teneur à mon compagnon qui n'a cessé de me lorgner d'un air anxieux depuis la veille.

— Je ne te rendrai ton portable que lorsque nous serons en Normandie, décide-t-il en me confisquant mon appareil.

— Et pourquoi ça ?

— Tu es insupportable avec tes idées fixes, accorde-moi encore le temps du voyage avant de remettre ton uniforme, Catherine Dutilleux, me gronde-t-il.

Le pire moment est celui où je pose mes lèvres sur la joue d'Amy. Elle me serre dans ses bras d'une manière bouleversante, j'ai l'impression de quitter ma grand-mère. Amy est aussi émue que moi, mais son caractère bien trempé lui permet de me secouer avec tendresse.

— Prends soin de ce garnement ! N'oublie pas qu'il est capable des pires bêtises.

— Je le sais.

— Kate, je n'aurai jamais assez de mots pour te remercier de tout ce que tu as fait pour lui et pour notre famille. Sans toi, je ne sais pas ce que nous serions tous devenus.

— C'est Matt qu'il faut remercier, il a trouvé seul le chemin.

— Mais c'est toi qui as ouvert la voie. Je sais désormais que rien ne sera plus pareil, il a définitivement changé. N'en doute jamais, Kate, jamais ! Et appelle-moi de temps en temps !

— Ça, je vous le promets !

Je laisse Matt et sa grand-mère en grimpant à bord de la voiture qui patiente au bout de l'allée. Quand il me rejoint, il est joyeux malgré sa déception de partir. Pour lui, ce n'est qu'un au revoir. Il n'a pas de raison d'être triste, il ne se moque cependant pas de mes larmes, m'attirant contre lui tandis que j'essaye de maîtriser les hoquets douloureux de ma poitrine.

10

Actrice

Ce n'est qu'à bord de la voiture qui nous ramène au campement en fin d'après-midi que Matt me rend mon portable. Vexée, je ne lui fais pas le plaisir de l'allumer devant lui alors qu'il prend de son côté connaissance de ses messages. Il efface rapidement plusieurs d'entre eux, d'un air rageur qui me laisse penser qu'il n'a pas reçu que des appels agréables. Je suppose que Still est derrière ce brutal changement d'humeur que je redoute depuis des heures, comme une évidence.

Les abords du camp sont calmes. Découragés par une semaine de relative inactivité, les fans ont déserté les grilles de sécurité installées au début du tournage. J'ai le temps d'apercevoir en passant, plusieurs petites tentes de camping, installées dans le champ voisin. Tout le monde n'a pas abandonné l'espoir de revoir la star. Un gardien nous ouvre et la voiture nous dépose devant la caravane de Matthew. Il se charge lui-même de ses valises. Je récupère mon sac et me dirige vers ma caravane quand il me rattrape prestement par le bras.

— Où vas-tu ainsi ? interroge-t-il, l'air grave.

— Ranger ça chez moi.

— Rassure-moi, Kate, tu ne comptes pas me fausser compagnie, n'est-ce pas ? Je te donne cinq minutes pour récupérer ce qui te manque et me rejoindre, sinon je t'assure que je viens te chercher par la peau des fesses, menace-t-il en se penchant à mon oreille.

— Tu te fous à ce point du qu'en-dira-t-on ?

— Peux-tu me dire qui ça va étonner ici ?

— Je te rappelle que je suis ton employée, *ici !*

— Ne recommence pas ! Tu sais très bien que ça n'est qu'une façade.

— Et le salaire versé sur mon compte chaque mois est faux lui aussi ?

— Nous en rediscuterons plus tard, recule-t-il soudain alors que je le sentais prêt à lutter indéfiniment.

Je comprends sa réaction quand j'entends la voix de Peters dans mon dos.

— J'ai aperçu votre voiture. Alors, les enfants, ces vacances ?

— Bonjour, John, réponds-je en éludant la question.

Matt lui serre la main en souriant.

— Prêt pour la reprise ? s'enquiert le réalisateur auprès de sa vedette. Je n'irai pas par quatre chemins, Matt, tu sais par quoi nous allons commencer demain.

— Je sais, oui, souffle-t-il en dardant sur moi un regard qui surprend Peters.

— Kate, je suppose que tu ne voudras pas venir, demande ce dernier, interprétant probablement à tort les intentions de Matt.

— Non, j'ai d'autres choses à faire, souris-je timidement.

— Matt, je peux te voir un moment ? insiste alors le réalisateur.

— Bien sûr, rechigne mon compagnon avant de se tourner vers moi. Allume ton portable, me conseille-t-il.

J'acquiesce et je les regarde partir avant de prendre le chemin de ma caravane. Je n'ai pas passé la porte de chez moi que je suis happée par mes deux colocataires. Vicky et Sue veulent tout savoir de nos vacances, de notre relation et, bien entendu, je ne leur en distille que de maigres confidences. Ni l'une, ni l'autre ne cherchent à me faire une morale quelconque ou à me mettre en garde contre les risques que cette relation peut comporter pour moi, c'est inutile, elles le savent et moi aussi. Elles se montrent sincèrement contentes et me racontent à leur tour ce qui s'est passé durant cette semaine où le tournage a continué sans la vedette. Peters a tourné quelques prises de vue ainsi que des scènes où Matthew n'apparaît pas. Finalement, le réalisateur n'a absolument pas perdu son temps, les producteurs n'auront pas à s'en plaindre. De ce côté-là, je suis rassurée. Dès que les filles me le permettent, je gagne ma chambre pour vider mon sac de voyage. J'en profite pour allumer mon portable. Celui-ci ne tarde pas à vibrer comme un fou.

— Douze messages ! m'exclamé-je à voix haute.

Consciencieusement, je fais défiler un par un les SMS dont la plupart me renvoient aux messages laissés sur mon répondeur. Je les supprime illico et passe donc sur ma messagerie. Cynthia a appelé deux fois, j'ai aussi reçu un appel de mes parents, suivi immédiatement d'un de Rémi. Je soupçonne ma mère d'y être pour quelque chose. Tous les autres messages sont de Philip Still. Les premiers sont purement professionnels et s'inquiètent des propositions de contrats publicitaires que Matt a refusé d'étudier. Les suivants s'avèrent furieux. Still a, comme tout le monde, découvert les photos prises en Angleterre. Il me somme de le rappeler au plus vite et peste contre sa vedette. Le tout dernier annonce son arrivée pour le neuf septembre, dans quatre jours.

— Quatre jours avant le début des ennuis, soupiré-je en abandonnant mon portable.

Je fais le tour de ma penderie, une visite dans une boutique ne me ferait pas de mal. Sans doute profiterai-je de l'absence de Matt demain pour faire un peu de shopping. Sans Cynthia, ce ne sera pas aussi amusant, mais cela me permettra au moins de penser à autre chose qu'aux scènes qui se joueront à ce moment-là.

* * *

J'ai fini depuis bien longtemps de ranger ma chambre, mon téléphone n'a toujours pas sonné. Je rejoins les filles devant la télé.

— T'as l'air d'un lion en cage, observe Sue en riant. Tu attends Matthew ?

— Peters l'a retenu.

— Il doit sans doute vouloir gagner un peu de temps sur la journée de demain.

Je hoche la tête, je me sens désagréablement désœuvrée. Jamais l'absence de Matt ne m'a paru aussi palpable. Le petit soldat en profite pour me faire remarquer qu'il ne s'agit là que d'une situation normale dans laquelle je dois d'ores et déjà m'attendre à passer le reste du temps. Décidée à le faire taire, je me lève pour m'occuper les mains. Je trouve sur le petit bureau, une pile de journaux dont certains sont repliés à la page où figurent nos photos.

— Est-ce que... tout le monde est au courant ? balbutié-je en ramenant les journaux avec moi près des filles.

— Pour ça, oui, affirme Vicky.

— Et qu'est-ce qu'on en dit ?

— Tu sais, Kate, personne n'a été vraiment surpris ici. On s'attendait tous à un truc de ce genre avant même que vous partiez. Y avait plus que toi pour prétendre le contraire, même Matthew ne s'en cachait plus.

— Ah ! boudé-je en songeant au temps perdu à repousser l'inévitable.

— Monique a sorti le champagne quand on a ramené les journaux.

J'imagine la joie de cette chère Monique. C'est en partie grâce à elle que nous en sommes arrivés aux conclusions qui s'imposaient, à elle et à son traître de champagne. Je consulte nerveusement ma montre. *Vingt heures trente !* Cela fait déjà près de trois heures que nous sommes rentrés. Les filles manifestent leur envie de passer à table, je décline leur aimable invitation à me joindre à elles à la cantine, mon estomac est trop noué et je préfère remettre au lendemain toute explication supplémentaire, surtout s'il s'agit de celles qu'attend Monique. Vicky et Sue n'insistent pas devant mon air de cocker triste. Je m'apprête donc à passer ma première soirée toute seule devant la télé, mais la voix de Sue saluant gaiement quelqu'un sous la fenêtre me fait bondir. Matt n'a même pas le temps de frapper, je lui ouvre, soulagée de le retrouver. Son sourire en coin si craquant se moque vaguement de mon impatience.

— On dirait que tu m'attendais ?

— J'attendais ton coup de fil, en fait.

— J'ai trouvé plus agréable de venir te chercher.

Ses bras se referment sur moi. Mon corps ne m'obéit déjà plus et je force mes mains à se nouer sagement autour de sa nuque.

— Je ne pouvais pas attendre une minute supplémentaire. Tu m'as manqué.

— Pas autant que toi, avoué-je en allant chercher sur ses lèvres ce dont j'ai le plus envie en cet instant.

Mon baiser lui arrache un petit gémissement de soulagement et son étreinte se fait plus pressante. Rien ne nous arrêtera si nous commettons un pas de plus. Je dénoue mes bras et le repousse doucement. Son soupir de regret balaye mon visage.

— J'ai le sentiment de te faire faire l'école buissonnière, plus encore que la semaine dernière, s'amuse-t-il.

— C'est un peu aussi l'effet que ça me fait, comme si nous étions en train de faire une énorme bêtise en cachette.

— Dans ce cas, laisse-moi faire, j'adore ça, s'égaye-t-il.

C'est donc dans son lit gigantesque et dans ses bras solides que je passe une merveilleuse nuit d'élève indisciplinée. Dès le lendemain matin, je trouve un second avantage à mon emménagement chez Matthew. Je gagne facilement une demi-heure sur mon réveil à être déjà dans la place. Je n'ai pas à me précipiter à la salle de bains pour me préparer avant de lui servir un café noir fumant qu'il apprécie siroter avec moi blottie contre lui dans le lit. Matt prend tout son temps mais son étrange mutisme m'alerte bientôt. Sous son masque fermé, je devine l'agitation de ses pensées. Il vaut mieux crever l'abcès tout de suite.

— J'ai pensé aller faire du shopping aujourd'hui, annoncé-je innocemment.

— Seule ?

— Avec qui voudrais-tu que j'y aille ? Vous allez tous être très occupés toute la journée.

— Peters a revu les scènes, me confie-t-il, tout à coup.

— Pourquoi a-t-il changé ?

— Je l'ignore, il ne m'a pas donné d'explications. Il m'a juste dit qu'il avait fait des essais avec Sarah durant la semaine dernière et qu'il avait des suggestions à me faire.

— Pourquoi est-ce que ça t'ennuie ?

— Ça ne m'ennuie pas, je pensais juste... à toi.

— Tu n'as aucune raison de te soucier de moi, je compte dévaliser les boutiques, dis-je en simulant un enthousiasme que je n'ai pas.

— Kate... Sa voix étrangement hésitante fait naître une petite boule dans ma gorge. Peters a téléphoné chez Amy après notre départ.

— Pour quelle raison ?

— La même que celle qui l'a poussé à l'appeler la première fois.

— La scène quatre-vingt-huit ?

Matt acquiesce d'un triste sourire.

— Amy l'a assuré que je suis capable de lui donner ce qu'il attend de moi, mais... (Je vois ses mâchoires se serrer et ma petite boule m'étouffe un peu plus encore.) Elle lui a conseillé que tu sois là, lâche-t-il d'une voix sourde.

Je hoquette, sonnée par la trahison de celle en qui j'avais confiance.

— J'y ai longuement réfléchi, reprend-il doucement en m'obligeant à soutenir son regard. Amy s'est rendu compte de ce qui se passait quand nous lui avons fait cette petite représentation. Ma bouche récitait bêtement le texte, mais c'est toi que j'avais dans mes bras, c'est toi que j'ai embrassée. On ne fait bien que ce qu'on aime vraiment, ça ne te rappelle rien ?

— Tu veux que je vienne, c'est ça ? hésité-je, pantelante.

— Je ne te force à rien, je te le promets.

Mon sang circule rapidement dans mes veines, je bouscule le petit soldat dans mon crâne et pour une fois, il me lâche. Je suis incapable de réfléchir sereinement, mes yeux plongés dans les siens et sa bouche si près de la mienne.

— Est-ce que, toi, tu le veux, Matt ? demandé-je alors.

— Je sais que je te demande la lune, mon amour, mais j'ai besoin de toi.

Mon amour ! C'est la seconde fois qu'il m'appelle ainsi. Je suis cependant certaine qu'il n'a pas employé ce mot à dessein, qu'il est venu sur ses lèvres spontanément, sans calcul, ses yeux ne mentent pas.

— À quelle heure le vol spatial ? me résigné-je alors.

— Dix heures !

J'imagine que je vais sûrement regretter cette décision, mais dès lors que j'ai donné mon accord, je ressens presque un soulagement comme si le fait de vouloir à tout prix m'éloigner du tournage faisait naître une angoisse plus forte que d'y assister.

— J'ignore ce que Peters mijote réellement, me prévient-il encore. Je sais seulement qu'il a modifié quelques plans.

— Il a été actif durant cette semaine. Les filles m'ont dit qu'il a tourné certaines scènes avec Sarah.

— Je suis au courant... j'ai l'impression désagréable d'exiger trop de toi et de ne t'offrir en échange que des inquiétudes ou des contraintes, se rembrunit-il.

— Des millions de femmes sur cette planète rêveraient d'avoir ma malchance. De quoi voudrais-tu que je me plaigne ?

— Je t'aime, chuchote-t-il sur mes lèvres.

Je dois convaincre mon amoureux passionné que nous ne serons pas à l'heure s'il prolonge notre tendre discussion. Si je ne suis pas particulièrement pressée de me retrouver sur le plateau, je suis néanmoins consciente que nous ne pouvons nous permettre de faire attendre une équipe entière de techniciens pour notre seul plaisir.

Un concert de cris accueille Matthew dehors, la nouvelle de son retour s'est propagée à une vitesse hallucinante. Contre toute attente, il décide d'aller vers ses fans et de leur signer quelques autographes. Les gardiens n'ont heureusement pas trop de difficultés à maintenir la petite foule massée derrière les barrières. Les vacances d'été sont terminées depuis une semaine et les admirateurs moins nombreux même s'ils sont motivés au point de passer la nuit dans les tentes du champ voisin.

Je préfère rester à l'écart, admirant la spontanéité avec laquelle il a enfin fait le premier pas vers ceux à qui il doit sa carrière. Lorsqu'il me rejoint, il est joyeux, il pose sans vergogne un baiser sur ma joue avant de me pousser dans la voiture. La main de Matt ne quitte pas la mienne jusque sur le plateau où nous allons saluer Peters déjà en plein travail de cadrage. Le réalisateur stoppe aussitôt son activité et nous prend tous les deux à l'écart des autres. Il a l'air détendu malgré quelques rides qui marquent son front vaguement soucieux.

— Je suis heureux que Matt ait réussi à te convaincre, commence-t-il.

— Pourquoi ne m'en avez-vous pas parlé vous-même, hier soir ?

Peters sourit d'un air paternel et il empoigne mon coude avant d'envoyer Matt au maquillage. Ce dernier hésite quelques secondes, puis caresse ma joue du bout des doigts avant de s'éloigner à regret.

— Matthew a d'abord refusé catégoriquement.

— Nous en avions déjà parlé, nous ne souhaitions ni l'un ni l'autre que j'assiste à ce tournage.

— Amy Dickinson me l'a dit.

— Je suis stupéfaite qu'elle vous ait proposé ça !

— Elle connaît Matt mieux que personne. Elle connaît aussi ses limites et je suis quasiment certain qu'il n'est pas capable de jouer ce que je veux dans les conditions que je lui impose et je t'assure que je tiens absolument à cette scène.

— Matt est capable de le faire, je le sais, il sera même meilleur que ce que vous attendez.

— À une seule condition, Kate... aujourd'hui, à une seule condition !

— Laquelle ?

— Je te propose d'en rediscuter tout à l'heure, j'aimerais d'abord que tu me donnes ton avis sur les premiers rushes.

— Si vous y tenez, maugréé-je en le suivant jusqu'à la caméra braquée sur la chambre.

Peters me fait asseoir près de lui. L'équipe des techniciens s'affaire rapidement, cela me fait l'effet d'une ruche bourdonnante. Au loin, Sue, préoccupée, discute avec Vicky qui hausse les épaules d'un air impuissant, toutes les deux m'adressent un petit signe de la main quand elles me voient, pas plus étonnées que ça de me trouver là. Le réalisateur sollicite l'attention de tout le monde et réclame les acteurs. Les derniers préparatifs s'effectuent en hâte et tout le monde évacue le plateau. Au brouhaha actif succède un silence pesant.

Sarah est la première à sortir de sa loge. Elle ne porte que le fin peignoir en coton qu'elle quittera bientôt pour se couler dans les bras de Matthew. Déjà, une vague amère monte dans ma gorge. La pauvre n'a pas l'air enthousiaste et sa nervosité est palpable. Je suis convaincue que si on lui demandait de choisir, elle partirait en courant plutôt que de tourner cette scène, quand bien même son partenaire est l'acteur le plus séduisant du monde. Elle m'adresse un timide sourire, ma présence doit l'embarrasser davantage. Je ne comprends définitivement pas les motivations de Peters.

Matthew entre à son tour, ses yeux se posent immédiatement sur moi. Ses traits fermés, ses sourcils froncés n'augurent rien de bon. Il détourne son attention sur sa partenaire avec qui il échange quelques paroles qui semblent les détendre un peu. Sarah se risque même à rire légèrement. Peters va les rejoindre et je le vois de nouveau mimer des gestes et les placer conformément à ses attentes.

— Action ! crie-t-il en revenant s'asseoir à mes côtés.

Vicky récupère les peignoirs que les deux acteurs ont enlevés, je la regarde s'éloigner pour ne pas les regarder eux, nus l'un contre l'autre. J'entends les échos de leurs répliques comme dans un brouillard, je connais par cœur chacune des phrases, je sais déjà ce que l'autre répondra.

Pourquoi est-ce que cela sonne si faux ?

Je risque un œil vers la scène, Matthew est tendu, je ne reconnais pas les élans passionnés de sa voix, ni le regard farouche où le désir s'affiche sans retenue, leurs corps enlacés ne se répondent pas. Quant à Sarah, sa panique m'inspire la pitié. Je sens peser sur moi le regard de Peters. Mon air désolé lui arrache un sourire entendu.

— Coupez ! crie-t-il bien avant la fin de la scène.

Vicky ramène les peignoirs aux acteurs qui s'éloignent l'un de l'autre comme des aimants se repoussent.

— Repasse-moi la bande, s'il te plaît, Kevin, réclame Peters à son chef cadreur.

Sur l'écran de contrôle, devant nous, Peters observe avec attention chaque prise de vue. Il grimace à plusieurs reprises et se cale, maussade, dans le fond de son siège.

— Qu'en penses-tu, Kate ?

Je n'ai pas très envie de commenter ce que je n'ai pas apprécié. Mais je suppose que ma présence ici doit bien servir à quelque chose.

— Pas terrible.

— Explique-moi.

Son ton est assuré comme celui de quelqu'un qui attend seulement la confirmation de ce qu'il sait déjà.

— Matt n'est pas sincère et Sarah est tétanisée. On a juste envie de les séparer pour abréger leurs souffrances.

— Je vais te montrer quelque chose.

Je lève les sourcils, intriguée, Peters adresse un signe à son chef opérateur et m'invite à regarder le second écran de contrôle. La scène à laquelle j'assiste est la même que celle que les acteurs viennent de jouer, sauf que le partenaire de la jeune femme est un garçon que je ne reconnais pas. Pour surprenante qu'elle soit, cette scène n'en est pas moins meilleure du point de vue de l'actrice. Sarah est plus naturelle et spontanée.

— J'ai demandé à Sarah de jouer cette scène, la semaine dernière, avec un des figurants. Je lui ai donné exactement les mêmes indications de placement et je lui ai demandé de prendre les choses en main. Qu'est-ce que tu en penses ?

— Elle est plus crédible, largement. Pourquoi ça ne fonctionne pas avec Matthew ?

— Je crois qu'il l'intimide. Il est tellement contracté qu'il lui fait peur.

— Qu'est-ce qu'on peut faire ?

— Techniquement, on peut tout faire.

— Techniquement ?

— Mon équipe de montage n'aura aucune difficulté à replacer les scènes que j'ai tournées la semaine dernière sur ce que je vais tourner aujourd'hui et on n'y verra que du feu, Sarah a parfaitement suivi mes consignes, la scène a été millimétrée.

— Un trucage ?

— En quelque sorte.

— Ça ne changera rien si Matt n'améliore pas son jeu, objecté-je tristement.

— Ce qui est possible dans un sens l'est dans l'autre, déclare-t-il en se penchant vers moi.

Je mets plusieurs secondes avant d'assimiler le sens de ses paroles. Mon sang déserte mes joues et mes mains deviennent moites.

— Qu'est-ce que vous voulez dire exactement ? marmonné-je en redoutant déjà sa réponse.

— Je veux cette scène et je veux la suivante, Kate. Nous avons déjà Sarah dans la boîte, il ne me manque que Matt. Je ne connais qu'un moyen pour obtenir de lui ce que je demande. Ce moyen, c'est toi.

— Impossible ! m'écrié-je. Vous n'y pensez pas une seconde.

— Amy m'a assuré que c'était possible.

— Amy parlait d'une chose privée, je ne suis pas actrice, John, je ne peux pas faire ça.

Je jette un regard affolé à l'équipe de tournage qui s'affaire sur le plateau. Tout m'effraie, la lumière des projecteurs, la décoratrice qui remet en place les draps du lit, Vicky et Sue qui patientent à la porte des loges, le preneur de son qui discute avec son assistant... en tout, plus d'une cinquantaine de personnes qui vont et viennent.

— Si tu as été attentive à la scène que je viens de te montrer, tu te seras aperçue que l'ambiance était nettement plus intime, l'éclairage plus subtil, explique-t-il. Nous avons tourné cette scène en isolement et ça a très bien fonctionné.

— En isolement ?

— Juste les acteurs et moi.

— Mais... tout ça, les éclairages, le son...

— Peut se régler d'avance et s'ajuster automatiquement, les ordinateurs ne sont pas faits pour les chiens.

Je me renfrogne, John Peters a donc tout prévu, il a réponse à toutes mes objections. Je suis tombée dans un vrai traquenard.

— Est-ce que Matt est au courant de votre idée ?

— Non.

— Comment espérez-vous lui faire gober ça ?

— Il ne me laisse pas trop de solutions. Je compte sur l'effet de surprise et sur ta coopération.

— Accordez-moi une chance, je peux essayer de le convaincre de recommencer.

— J'en doute, Kate. Je vous ai vus tous les deux avant que vous ne partiez, rien ne ressemblerait à cela avec quelqu'un d'autre que toi. Une seule prise suffira, j'en suis certain, une seule, Matt, toi et moi !

— Que ferez-vous des scènes, une fois le film monté ?

— Je les détruirai ou je te les donnerai, si tu veux. Veux-tu un engagement par écrit ?

— Oui.

— Très bien, donne-moi cinq minutes et prépare-toi.

— Et Matt ?

— Il est dans sa loge, laissons-le croire que nous allons recommencer.

— J'espère que vous savez ce que vous faites, grommellé-je, vaincue.

— Tout se passera bien, je connais mon métier, jubile John.

Il adresse un signe de la main à Vicky qui se précipite vers nous.

— Alors c'est bon, elle accepte ? s'enflamme-t-elle.

Je la regarde, ahurie.

— Tu le savais ?

— Bien obligée... Sue et moi devons te préparer pour que tu sois le plus proche possible de Sarah. Heureusement, vous avez la même taille. Je vous l'avais dit, John, j'avais remarqué ça en l'habillant la dernière fois.

— Ça ne devrait poser aucun problème, confirme-t-il.

— Allez viens, Sue t'attend, fait Vicky en me prenant la main.

Je la suis comme une automate jusqu'à la loge. La jeune actrice soupire de soulagement en me voyant entrer.

— J'ai cru que tu n'accepterais pas. Je commençais à m'inquiéter de devoir refaire une prise.

— Je me demande bien pourquoi j'ai dit oui, bougonné-je en la dévisageant stupidement.

Comment pourrais-je rivaliser avec une comédienne talentueuse comme elle ?

— Le talent n'a rien à voir là-dedans sinon Matthew n'aurait aucun problème aujourd'hui. C'est juste ce que le réalisateur exige de ses acteurs, n'importe lequel aurait pu se contenter de ce que nous avons fait, mais John a une tout autre idée. Il veut le meilleur de Matt... et je ne peux pas l'aider.

— Qu'est-ce qui t'en empêche ?

— Je n'en sais rien, il me fait peur. Sa façon de jouer est si intense que j'ai l'impression qu'il serait capable de me tuer sur place.

— J'aimerais mourir de ses mains, soufflé-je en admettant difficilement ses craintes.

— C'est sans doute pour ça que Peters fait appel à toi. Je n'ai pas eu peur la semaine dernière, j'ai même fini par oublier la présence de John... je n'ai pas eu à réfléchir à la façon dont je posais mes mains ou dont je le regardais. C'était simple et évident.

Ses paroles éteignent quelque peu le feu qui consume mes joues. Je me sens un tout petit peu moins nerveuse. Le garçon qui m'attend derrière cette porte n'est pas un inconnu, c'est celui à qui j'ai déjà tout donné, celui que j'aime plus que tout au monde. Sur cette pellicule, il n'y aura que la pure vérité.

— Tiens ! me fait Peters en me tendant un papier quelques minutes plus tard. Tu es d'accord ?

Je parcours les quelques lignes où il s'engage à me restituer, après traitement, toutes les prises de vue sur lesquelles j'apparaîtrai et à n'en garder aucune copie, à quelque titre que ce soit, personnel ou professionnel. Il s'engage, par ailleurs, à superviser personnellement le montage de manière à en garantir la sécurité absolue.

— Très bien, soupiré-je. Nous sommes d'accord.

— Sue, tu te charges d'elle. Tout le monde dehors d'ici un quart d'heure maxi. Je vais voir Matt.

— Vous allez le lui dire ?

— Non, réfute John en faisant les gros yeux.

— Dans quelle galère je me suis fourrée, marmonné-je.

— Bienvenue à bord ! s'écrie Sarah, soulagée, en me tendant son peignoir après s'être rhabillée.

Les doigts de Sue papillonnent sur mon visage. Elle ne cesse de me parler, de m'encourager, elle m'étourdit de paroles auxquelles je ne prête pas la moindre attention. Le résultat dans le miroir n'est pas très éloigné du naturel, j'en conçois un grand soulagement, la situation est assez pénible comme ça, inutile d'ajouter du tralala.

— Tout le monde dehors ! entends-je dans la pièce d'à côté.

Le vacarme de l'évacuation est suivi d'un silence apaisant. Je presse mes mains nerveusement l'une contre l'autre et j'essaye de ne pas bouffer le gloss que Sue a appliqué avec soin sur mes lèvres. C'est peine perdue !

— Matt, nous sommes seuls.

La voix de John est volontairement forte pour que je puisse l'entendre parfaitement.

— Tu te détends, tu me regardes... là... oui ! Je voudrais que tu fermes les yeux et tu ne bouges plus jusqu'à ce que je te dise d'y aller, c'est bon ?

Je n'entends pas la réponse de Matthew, mais je vois la porte s'ouvrir et John me fait signe de la main. Il m'emmène par le coude jusqu'à son acteur qui me tourne le dos. Ses belles épaules se dessinent sous le fin coton de son peignoir, je meurs déjà d'envie de les caresser. Le réalisateur hoche la tête et repart dans un coin de la pièce. La lumière baisse d'intensité, seul un spot au sol nous éclaire indirectement, le lit à côté de moi semble flotter sur une mer de lumière. La caméra est plongée dans l'obscurité et je distingue à peine Peters à la manœuvre. Le silence est religieux, seulement troublé par la respiration lente et profonde que Matt s'impose. John mime ce qu'il attend de moi pour démarrer l'action. Je me convaincs que cela ne peut pas être plus intimidant que lors des visites médicales scolaires tandis que nous patientions tous, en rangs d'oignon et petite culotte, filles et garçons confondus dans une salle emplie de pré-ados moqueurs. Cachée derrière Matthew, toujours immobile, je défais le nœud de mon peignoir et je l'envoie sur le sol, loin de nous. Tremblante, je pose délicatement les mains sur les épaules du garçon magnifique devant moi. À mon contact, il sursaute et se raidit comme piqué au vif.

— Ne bouge pas, Matt ! murmuré-je dans son dos.

— Kate ? s'écrie-t-il d'une voix teintée de panique et d'incrédulité.

— Ne bouge pas ! répété-je. Je sais que tu peux réussir, Matthew, et je t'avoue que je n'ai pas très envie de faire plusieurs prises de vue. Donne-lui ce qu'il veut, je t'en prie.

— Kate, je ne savais pas qu'il...

— Je sais, le calmé-je d'une voix plus douce au fur et à mesure que je deviens moi-même plus sereine en sentant la chaleur de sa peau sous mes mains.

— Pourquoi as-tu accepté ça ? s'énerve-t-il.

— Pour toi, on pourrait me demander la lune.

Il veut se retourner, mais je l'en empêche en resserrant ma prise sur ses épaules.

— Non ! Attends, je n'ai pas fini. Peters s'est engagé par écrit à me restituer la pellicule qu'il est en train de tourner. Ce sera certainement la seule fois où nous apparaîtrons, toi et moi, de cette façon. Je sais que je ne suis pas une bonne actrice, mais tu m'as dit que je devais me fier à toi... profites-en, je crois bien que c'est le moment ou jamais de m'éblouir de ton talent.

Je sens le soubresaut d'un éclat de rire contenu sous mes paumes.

— Je me contenterai de t'aimer et d'avoir envie de toi. Prends tout le reste et offre-lui ce qu'il veut.

J'ai parlé tout bas en me collant à lui. Il redresse la tête et j'entends sa respiration heurtée. Mes mains se glissent dans son col de peignoir et font descendre le vêtement léger. Matt se retourne brutalement et m'enlace si fort que j'en perds mon souffle. Son regard sur moi est extraordinaire, insoutenable. Toute autre que moi se brûlerait à la fièvre qui l'anime. Ses bras sont des étaux que je ne redoute pas, au contraire. Le souvenir de notre réconciliation fougueuse alimente le brasier qui me consume déjà. J'entends ses paroles comme dans un rêve. Je ne suis même pas sûre de dire les bonnes phrases, je suis en pure extase, suspendue à ses lèvres, enfermée dans ses mains qui me caressent. Notre désir partagé n'est pas feint, il allume nos yeux d'un éclat sauvage, il décuple nos forces et nous lie l'un à l'autre plus intimement à chaque seconde.

Puis la dernière réplique. Et enfin l'atroce et délicieuse attente de sa bouche sur la mienne, la douceur et la force de ses lèvres, le goût merveilleux de son haleine, le vertige qui me fait oublier jusqu'à l'endroit où nous sommes et la présence d'un spectateur silencieux, dans un coin sombre de la pièce. La scène quatre-vingt-huit est terminée, mais personne ne crie « coupez », personne n'allume les lumières.

Matthew connaît seul la scène suivante. Sa bouche quitte la mienne le temps d'une phrase supplémentaire et ses bras m'enlèvent pour mieux m'emprisonner sur le lit tout proche. Cette fois, ma réaction confine à la panique. Matt se fige au-dessus de moi et son regard se fait tendre. Son sourire craquant ramène le calme dans mon cerveau en ébullition.

— Je t'aime, mon amour, murmure-t-il d'une voix à peine audible.

Mes mains vont se plaquer sur ses reins pour l'amener contre moi. Il se raidit tout à coup et tourne la tête vers le fond de la pièce. Je ne suis pas la seule à paniquer de toute évidence. Matt fait glisser le drap blanc sur moi et se coule hors du lit.

— Coupez ! prononce une voix enrouée dans l'ombre.

Matthew enfile son peignoir et me ramène le mien qu'il m'aide à remettre, puis il me tire du lit et enlace ma taille. Je ne comprends plus rien à ce qui se passe réellement.

Pourquoi a-t-il interrompu la scène ? Était-elle seulement finie ? Pourquoi Peters n'a-t-il pas réagi avant ?

— John... pourrais-tu nous laisser ? demande Matt d'une voix tendue.

— Les clés sont sur le bureau. Tu sais comment te servir de cet engin.

Je regarde bêtement l'un et l'autre, successivement, sans saisir. Peters abandonne sa caméra allumée et se dirige vers la porte. Juste avant de sortir, il se ravise et se tourne vers nous.

— Merci, lance-t-il en exécutant un petit signe de deux doigts serrés l'un contre l'autre sur sa tempe droite, puis il referme la porte sur lui.

Je veux m'informer, mais Matt pose ses doigts sur mes lèvres et guette le silence. Un dernier bruit, une portière qui claque, un moteur qui s'éloigne, et puis plus rien sinon le ronronnement ténu de la caméra dans le coin.

— Nous sommes seuls, dit-il enfin.

— Je suis perdue.

— J'ai donné à Peters tout ce qu'il fallait, il n'avait pas besoin de plus pour le moment.

— De plus ?

— Tu veux voir ? me demande-t-il en allumant le moniteur en habitué.

J'hésite un instant, puis je le rejoins. Il me fait asseoir sur un de ses genoux tandis qu'il cale le début de l'enregistrement. La première image me cause un choc. Me voir nue me gêne considérablement, Matt retire ma main de mes yeux et la retient dans la sienne.

— Regarde comme tu es magnifique.

— Comment ai-je pu faire une chose pareille ?

— Je ne sais pas, mais le résultat est sublime.

Matt dévore l'écran des yeux. Je focalise mon attention sur sa prestation. Peters s'est appliqué à réaliser des plans rapprochés sur son acteur. Le regard de Matt, la courbe de son épaule, la ligne de sa nuque, le dessin de ses lèvres, tout est d'une sensualité renversante. La caméra a glissé sur lui comme une caresse, elle s'est attardée, en suivant mes mains, sur chacune des lignes parfaites de son corps, se régalant du spectacle de ses muscles frémissant sous sa peau de velours. Les images sont magiques et le rendent absolument irrésistible.

— Tu es incroyablement... désirable, constaté-je en contemplant l'écran où je n'apparais qu'en second plan.

— C'est ce que John voulait.

Mon estomac s'agite en visionnant le baiser fabuleux qu'il m'a donné. La caméra l'a suivi quand il m'a posée sur le lit et je reconnais sur mes traits mon expression affolée à laquelle succède bien vite la coupure.

— Est-ce que la scène était finie ?

— Non.

La réponse de Matt claque nette et précise. Je hausse un sourcil interrogateur.

— Tu connais la scène suivante, Kate ?

— Je m'en doute.

— Il me semble que nous aurions pu facilement la faire sans même jouer un rôle, me dit-il en me souriant tendrement.

Mes joues s'enflamment à cette perspective.

— Peters souhaitait la tourner, mais je ne suis pas sûre de vouloir recommencer, Matt.

— John a calé sa caméra, elle est prête à fonctionner.

— Qu'est-ce que tu veux dire ?

— Je ne suis absolument pas capable de te résister, Kate. Au cas où tu ne l'aurais pas remarqué, je ne jouais plus la comédie, il y a quelques minutes. Que crois-tu qu'il serait arrivé si je t'avais laissé prendre le contrôle de moi ?

— Je ne suis pas une bonne actrice, rappelé-je en rougissant de plus belle.

— Tu es une créature diaboliquement tentante, dit-il en me soulevant de nouveau dans ses bras.

— Qu'est-ce que tu fais ? paniqué-je en le voyant prendre la direction du lit.

— Je dois terminer seul le travail.

— Quoi ? m'écrié-je en me débattant inutilement contre ses muscles d'acier.

— Calme-toi, Peters n'aura besoin que de quelques images supplémentaires. Nous choisirons le moment d'arrêter la caméra.

— Je ne connais même pas cette scène, protesté-je.

— Tu n'as pas une phrase à dire.

— Ha ha, très drôle !

Ses mains défont mon peignoir de mes épaules et ôtent le sien avec dextérité, sans qu'il se sépare de moi. Elles remontent pudiquement sur nous le drap blanc jusqu'à notre taille, puis elles vagabondent, chaudes et douces, sur mes hanches, sur mon ventre, sur ma poitrine. Le décor vacille sous mes paupières closes.

* * *

J'ignore quelle heure il peut être lorsque je me réveille en sursaut, seule dans le lit de fiction. Le fin drap ne suffit pas à me donner chaud et je suis secouée d'un frisson.

— Matt ? couiné-je.

— Je suis là, entends-je au bout de la pièce où se trouve le moniteur.

L'écran éclaire son visage d'une lueur bleutée. Je m'emmitoufle prestement dans le peignoir et je saute du lit pour le rejoindre.

— Qu'est-ce que tu fais ? m'étonné-je à le voir si concentré.

— Regarde !

Les images sur le moniteur me figent.

— Nous n'avons pas arrêté la caméra, m'affolé-je.

Matt, lui, affiche une expression à la fois admirative et sérieuse.

— C'est magnifique, souffle-t-il en jouant sur plusieurs boutons à la fois.

— Magnifique ? beuglé-je, effarée. Tu ne comptes tout de même pas donner ça à John Peters ?

— L'éclairage sous le lit crée un effet d'ombres chinoises génial, commente-t-il sans se soucier de ma question.

— MATTHEW DICKINSON ! l'interpellé-je, agacée.

Il détache enfin son regard de l'écran pour m'observer d'un air narquois qui m'inquiète.

— Je savais que tu n'aimerais pas, mais je t'assure que cette scène est sublime.

— Matt, ça n'a rien à voir avec du cinéma... c'était... nous !

— Assieds-toi ici, m'ordonne-t-il en m'offrant son genou.

J'obtempère de mauvaise grâce tandis qu'il fait défiler, en marche arrière, les images où je nous vois enlacés.

— C'est toi qui diras « stop » quand tu le jugeras bon, ça te va ? suggère-t-il.

— Et ?

— Je supprimerai tout le reste.

— C'est possible ?

— Oui, ne t'inquiète pas.

— D'accord, envoie ! soupiré-je.

Matthew actionne un bouton et j'essaye de me persuader que ce n'est pas nous sur l'écran. Il a raison, les spots placés sous le lit créent une ambiance un peu surréaliste, toute en douceur, où nos corps se détachent en ombre et lumière. C'est vrai aussi, les images sont magnifiques. À aucun moment, on ne distingue nos visages, tout se devine sans se voir crûment, seul le mouvement du drap immaculé suggère ce que nous sommes en train de faire. Je suis captivée et bien que nous ayons largement dépassé le stade de l'intime, je n'ai pas encore dit « stop ». Au final, je laisse tout le film défiler. Matt m'observe en souriant. Il attend que je refasse surface quand il arrête la projection.

— Je ne peux pas faire ça, Matt, articulé-je, encore sous le charme de ce que je viens de voir.

— Je suis entièrement de ton avis, chuchote-t-il dans mon cou.

— Qu'allons-nous faire, dans ce cas ?

— Pendant que tu dormais, j'ai sélectionné quelques images.

Il tripote la machine et sur le second écran défilent en flash de très courts extraits du film. Seul le corps de Matt est mis en évidence, on ne m'y voit jamais. Je le trouve encore plus attirant ainsi dévoilé par petites touches. Ces images ont de quoi affoler toutes ses fans qui découvriront certains détails de son corps d'Apollon sans jamais pouvoir se régaler de son entière nudité.

— C'est superbe ! m'exclamé-je, conquise. Tu es sexy en diable !

— Ce seront les seules images que je proposerai à Peters.

— Pourquoi m'as-tu montré ce film alors ?

— Parce que je voulais que tu voies à quel point tu es belle.

— Je n'ai rien fait de spécial.

— Justement, c'est parce que tu ne joues pas la comédie que tu me plais autant.

— Crois-tu que Peters a prémédité son coup ?

— Il ne m'aurait pas montré le fonctionnement de cette machine pendant plus d'une heure, hier après-midi, sinon.

— Il est rusé. J'ai presque hâte de voir le résultat du montage.

— Alors tu vas devoir t'armer de patience, je ne crois pas que nous pourrons voir ces images avant plusieurs mois.

— En tout cas, je sais quel métier je ne voudrais pas faire.

— Lequel ?

— Actrice !

— Je t'approuve, roucoule-t-il en m'attirant sur ses lèvres.

11

Mises en scène

Peters a eu la délicatesse de ne faire aucune confidence sur ce qui s'est passé sous le regard de sa caméra. Curieusement, je ne me sens pas plus gênée que ça. Tout le monde se montre extrêmement gentil, comme d'habitude, et notamment Sarah qui vient discuter quelques minutes avec moi pour savoir si je vais bien. Je vais très bien, trop peut-être ! Je suis euphorique. Matt est allé confier l'enregistrement à John Peters. Les deux hommes restent ensemble une heure durant laquelle je tourne en rond dans la caravane avant de me décider à aller saluer Monique en cuisine. Matt m'avertit de son retour par téléphone. Je traverse le camp en courant comme une dératée, je ne suis plus à un ridicule près. C'est Peters lui-même qui m'annonce son verdict.

— Splendide !

— C'est vrai ? Ça vous plaît ?

— Matthew tient là une de ses meilleures interprétations, je t'assure. Je suis plus que satisfait, je suis heureux et je te le dois !

Le tournage peut à présent se poursuivre normalement, j'ai l'esprit libre et Matthew également. Je me promets seulement de passer un tout petit savon à Amy, ce en quoi son petit-fils m'approuve.

Toute cette agitation a fini par me faire oublier le retour de Philip Still. Ce n'est que lorsque je le vois débarquer de son taxi, le surlendemain, que je sens que les choses vont sérieusement se compliquer. Matthew est sur le plateau avec le reste de l'équipe de tournage. D'ordinaire affable et courtois à mon égard, l'agent se montre d'une humeur massacrante. Je le comprends dans un certain sens, une aventure avec sa vedette n'était pas stipulée au contrat.

Pire, j'ai trahi sa confiance en laissant Matthew libre de faire ce qu'il voulait, y compris de jeter les propositions publicitaires au rebut sans même l'en avertir. Je n'ai donné aucune réponse à ses appels et j'ai ignoré ses ordres. J'affronte donc seule, tête basse et résignée, l'expression de son extrême déception et sa colère à peine contenue. Il jette sur la table, sous mon nez, un exemplaire du fameux journal qui a révélé notre liaison.

— Je vous faisais confiance. Je croyais que vous étiez différente, que vous sauriez garder vos distances ! Votre directeur m'avait tellement vanté vos mérites de calme et de sang-froid... et je vous retrouve en première page en train de vous vautrer avec Matt !

— Je ne me vautrais pas !

— C'est en tout cas l'effet que produisent ces images. Et la réputation de Matt, avez-vous seulement pensé à lui ? J'ai passé des mois, des années à faire de lui une star, à façonner une image parfaite, et vous sabotez ça en quelques heures, par pur caprice !

— Ce n'était pas un caprice, m'insurgé-je.

— Pour vous, peut-être pas ! insinue-t-il d'une manière désagréable.

— Je refuse d'en entendre davantage, aboyé-je en me levant d'un bond.

— Je discuterai de tout ça avec Matthew, soyez-en sûre. Par ailleurs, je vous annonce que Mademoiselle Hillary Jenkins est en chemin pour venir retrouver son fiancé.

J'accuse le coup, je m'accroche à la poignée de la porte que je viens d'ouvrir. Philip Still ignore mon trouble et poursuit sur le même ton détaché.

— J'ai dû faire appel à elle pour réparer les dégâts que vos batifolages intempestifs ont causés sur l'image de cet écervelé de Matthew, ce qui est très regrettable, si près des Movies Awards.

— Quand doit-elle arriver ? questionné-je, anxieuse.

— Ce soir ! Vous serez gentille de préparer sa caravane, celle qui est juste à côté.

Son ton impérieux me déplaît, j'ai perdu l'habitude qu'on s'adresse à moi de cette façon. Cette douche froide me remet brutalement les idées en place. Après tout, je ne suis pas autre chose que la gouvernante d'une star.

— Je m'en occupe tout de suite.

— Merci, Catherine, me lance-t-il, radouci. Je suis désolé, tout cela n'aurait jamais dû arriver. Je parlerai à Matt, ne vous inquiétez pas, ça va s'arranger.

— Je vais préparer l'arrivée de Mademoiselle Jenkins, fais-je en sortant précipitamment.

Je passe le reste de la journée dans un état second. Le petit soldat de mon cerveau me rappelle sans arrêt qu'il m'a prévenue et mon cœur, cet imbécile, est trop douloureux pour lui clouer le bec. Les bras de Matt me manquent pour avoir cette force.

Lorsque la caravane de Jenkins est prête, je vais distraire mes pensées chez Monique jusqu'à ce que je voie revenir l'équipe de tournage, je chipe en cuisine de quoi apaiser mon estomac contracté et je regagne ma caravane. Vicky et Sue sont rentrées, elles me racontent la journée de travail. Matt a encore brillé, Peters est content. Je décline leur offre de les accompagner à la cantine et j'allume la télé. Je me résigne déjà à passer la nuit seule, dans ma chambre. Quand mon téléphone sonne enfin, il est vingt-deux heures.

— Kate, où es-tu ?

La voix de Matt est tranchante, roulant des accents furibonds.

— Chez moi, réponds-je timidement.

— Jenkins est arrivée, m'annonce-t-il sèchement.

— Still m'a prévenue. J'ai préparé sa caravane.

— Je suis désolé, Kate, mais...

— Je sais... je te vois demain.

— Je t'aime, Cathie ! souffle-t-il tout bas avant de raccrocher sans attendre ma réponse.

Mon cœur est lourd. Je vais passer ma première nuit loin de ses bras. Jenkins me vole mon bonheur et je la trouve excessivement motivée pour avoir accepté de traverser l'Atlantique, en quatrième vitesse, pour s'afficher au bras de Matt alors qu'elle lui a craché les menaces des pires représailles lorsqu'il l'a virée de chez lui, au printemps dernier.

Je mets longtemps avant de m'endormir. J'ai gardé mon portable allumé près de moi, j'ai espéré. Lorsque mon réveil me tire du sommeil abrutissant dans lequel j'ai sombré, il n'a pas sonné, il n'y a aucun message sur mon répondeur. Je quitte la caravane avec un poids sur l'estomac. À quelques pas du camping-car de Matthew, je suis interpellée par

Philip Still. L'agent affiche une mine contrariée. Matt n'a pas dû se montrer particulièrement docile.

— Bonjour, Monsieur Still, l'interpellé-je aimablement.

— Bonjour, Catherine. Vous… allez chez Matthew ?

— Oui.

— Je crois que ce n'est pas utile, Catherine.

— Mais c'est pourtant ce que je fais chaque jour, depuis six mois, affirmé-je en le dépassant pour ouvrir la porte avec ma clé.

— Catherine… Matt n'est pas là, s'écrie-t-il alors.

— Pas là ?

— Je l'ai croisé ce matin, il avait quelque chose d'urgent à régler. Je dois vous parler.

— Très bien, entrons, je vais nous préparer un café, proposé-je en ouvrant la porte qui, curieusement, n'est pas verrouillée.

En pénétrant dans la caravane, mon oreille perçoit le bruit de la douche.

— Mais si, il est là ! protesté-je à haute voix en gagnant la chambre éclairée.

Le lit de Matt est entièrement défait, les draps froissés traînent à moitié sur le sol. Mécaniquement, je les remonte sur le matelas et c'est à ce moment-là que je reste clouée sur place. Près du drap, gisent, l'un sur l'autre, le caleçon de Matt et une nuisette absolument scandaleuse de transparence. Mon cœur s'arrête de battre, je ne respire plus. Les pièces du plus atroce des puzzles se mettent en place dans ma tête. Un bruit derrière moi me fait bondir.

— Ha ! Tu es encore là, toi ?

La voix de Jenkins résonne, criarde, à mes tympans. Elle sort de la douche, enroulée dans une sortie-de-bain appartenant à Matthew. Je tâche de lui dissimuler mon émoi et assure le son de ma voix.

— Comme vous voyez.

— C'est bizarre, Matt ne m'a pas parlé de toi, mais remarque que nous avions autre chose à faire. Ce garçon est fabuleux. Je suppose que tu le sais aussi bien que moi. J'ai eu l'occasion de lire la presse. Je n'aurais jamais pensé à m'offrir les services particuliers de quelqu'un comme toi, juste pour mon confort personnel, ronronne-t-elle en ramassant d'une manière très ostentatoire le caleçon de Matt et sa nuisette.

Incapable de prononcer la moindre parole supplémentaire, je sors rapidement. Je fouille mes poches et j'attrape mon portable. Matthew me doit une explication et je ne compte pas différer cette confrontation. Je suis maladroite et mes gestes trop nerveux.

— Catherine, arrêtez, c'est inutile ! intervient Still en posant une main sur mon téléphone.

Son air désolé m'irrite, il sait ce qui s'est passé.

— Je dois vous parler, seul à seul, c'est important. Nous pourrions peut-être aller dans votre caravane, propose-t-il d'un ton paternaliste.

Je cours devant lui, il peine à me suivre. La radio de Sue fonctionne dans sa chambre, les filles doivent être parties au petit déjeuner en oubliant d'éteindre l'alarme. Peters m'invite à m'asseoir, puis il tire de sa poche intérieure une enveloppe qu'il me tend.

— C'est pour vous, déclare-t-il en affectant un rictus embarrassé.

J'ouvre l'enveloppe et en tire un chèque. Il est libellé à mon nom et la somme me paraît astronomique. Il porte la signature de Matt.

— Matthew m'a demandé de vous remettre ceci à titre de dédommagement, grimace son agent sans oser me regarder en face.

— De dédommagement ? articulé-je, sonnée.

— Votre contrat de travail est rompu. Matt souhaite désormais se passer de vos services... je lui ai dit que ce n'était pas élégant, mais...

Pas élégant ?

Mon estomac se soulève, une nausée meurt au bord de mes lèvres. J'enfonce mes doigts dans mon ventre pour m'empêcher de vomir. Still entoure mes épaules d'un geste secourable. Je le repousse violemment. Mon cerveau refuse de fonctionner...

NON ! Ce n'est pas possible, pas Matt ! Pas après tout ce qu'il m'a dit...

— Matthew regrette, sachez-le ! J'ai longuement discuté avec lui, hier. Il ne savait pas comment vous présenter la chose alors il a pensé que cet argent pourrait vous être utile.

— Utile ? bredouillé-je alors qu'une vague amère me submerge, une vague de douleur, de colère.

— Comprenez bien, Catherine, Matt est un garçon impulsif, capricieux, je regrette qu'il ait jeté son dévolu sur vous pour passer un moment agréable. Je croyais sincèrement que vous ne seriez pas tombée dans un piège aussi grossier. Matt est une star et il a tendance à penser que tout lui est permis.

— Quitte à se payer une gouvernante !

— Il ne peut pas se permettre de continuer, Jenkins et lui sont attendus d'ici quelques jours à Los Angeles. Les producteurs d'*Ultima* ont été très clairs, Matthew doit accompagner Jenkins aux Awards. Mais je ne suis pas inquiet, ces deux-là se connaissent depuis longtemps, ils ont toujours su se pardonner leurs petits écarts respectifs.

— Où est-il ? demandé-je.

— Je sais qu'il a dû vous donner de faux espoirs. Songez bien qu'il ne se permettra jamais de s'afficher avec sa gouvernante. Sa carrière en souffrirait irrémédiablement. Je ne nie pas que vous êtes séduisante et intelligente, mais les médias ne tarderaient pas à rire à gorge déployée s'ils apprenaient que Matt *se tape son personnel.*

Le camouflet est terrible, je m'accroche au rebord de la table.

— D'autant que Jenkins a menacé de tout révéler à la presse s'il continuait à vous voir. Il lui arrive d'être un peu trop jalouse. Matt vous demande d'accepter cet argent. S'il vous plaît !

Still me tend de nouveau le chèque que j'ai repoussé.

— J'ai téléphoné à votre directeur, il vous attend avec impatience. Je voulais m'assurer que tout se passerait bien pour vous, à votre retour. Voulez-vous que je vous emmène à la gare ? me propose-t-il en m'indiquant, de cette élégante façon, le chemin de la sortie.

— Non, je me débrouillerai seule.

— Catherine, je suis vraiment désolé.

— Sortez ! ordonné-je d'une voix sourde.

J'ai juste envie de le tuer.

— Si vous avez besoin...

— SORTEZ ! hurlé-je en laissant enfin mes larmes brûlantes couler de mes yeux en feu.

Still n'insiste plus. Il n'a pas plus tôt quitté la caravane que Sue jaillit de sa chambre.

— Kate, non, ne fais pas ça... il faut que tu parles à Matt !

— C'est inutile, j'ai compris, sangloté-je.

— Oh mon Dieu, je n'en reviens pas, ce type est une ordure ! crache-t-elle sans que je sache de quel type elle parle.

— Est-ce que tu peux m'emmener à la gare ? lui demandé-je entre deux sanglots.

— Bien sûr, sourit-elle gentiment.

Mon sac est bouclé en moins de dix minutes et une heure plus tard, je prends place dans le train qui me ramène à Paris que je n'aurais jamais dû quitter. Je me suis fait un beau cinéma et la comédie a viré au drame. Je me suis brûlé les ailes au soleil et ma chute n'est pas encore finie, je m'attends à souffrir plus les jours suivants, quand ma colère laissera place à mon seul chagrin.

Je regarde sans voir le paysage qui défile. Le bruit lancinant du train m'apporte un dérivatif sur lequel je concentre mes pensées pour ne pas ressembler à une fontaine sur le quai de gare. Et cette ritournelle ancienne !

« De la dignité, en toutes circonstances, Cathie ! Sèche tes larmes, les gens n'ont pas besoin de connaître tes soucis, ils ont les leurs et parfois plus grands que les tiens ! Tu es vivante et en bonne santé, le reste n'est qu'accessoire et s'arrangera. »

Le métro est bondé, il y fait trop chaud, je suis ballottée par la foule, ballottée par la rame.

Qu'est-ce qu'il fout le conducteur ?

Je ne suis encore que colère et rancœur. Je m'arrête un instant sur le trottoir en face de l'Hôtel White. *Je n'aurais pas dû en partir.*

Régis Morel me réserve un accueil plein d'amitié. Il m'épargne tout commentaire apitoyé sur mon retour anticipé et me rend mon attirail de gouvernante en chef, le passe électronique, et les clés de mon studio, au dernier étage. Il s'inquiète juste de mon moral et de ma santé avant que je quitte son bureau. Je le rassure vite, trop vite sans doute, il sourcille, mais ne dit rien.

Ma chambre me paraît minuscule quand j'en franchis le seuil. Je défais les affaires de mon sac... finalement, je n'ai rien acheté de neuf. Je devrais certainement appeler Cynthia pour réparer cette erreur. *Cynthia...* Mes doigts jouent, hésitants sur le clavier de mon portable qui n'a pas sonné de la journée. Dernier numéro composé... Matt !

« Je t'aime, Cathie... Cathie ! »

Alors seulement, je touche le fond du gouffre dans lequel il m'a projetée. Je m'écroule sur mon lit. La souffrance est pire que ce que j'ai connu quand l'être que j'aimais le plus est parti... *grand-mère, pourquoi ne m'as-tu jamais dit à quel point ça faisait mal ?* Je mords mon oreiller pour étouffer mes hurlements, mes poings sont si serrés que le tissu, sous mes doigts, en gémit. Ma poitrine se déchire en longs sanglots rauques. Même le petit soldat n'a pas le courage de venir assaisonner mon chagrin de sa morale à deux balles. Il laisse mon cœur mourir en paix.

Quand mon téléphone sonne au milieu du silence dans lequel j'ai sombré, anéantie, je le retrouve gisant au sol près de mon lit. Sur l'écran... Matthew ! Mes larmes sont taries, seule la souffrance reste. Les dents serrées, j'écoute la sonnerie insistante... trois, quatre... puis plus rien, le répondeur s'est mis en marche. Mes doigts hésitent sur la touche.

Nouveau message, aujourd'hui, à vingt-deux heures douze minutes... Effacer ?

OK.

La sonnerie reprend de plus belle.

Que veut-il savoir ? Si je ne lui en veux pas trop ? Éteindre ?

OK.

* * *

Dès le lendemain, je ressors mon uniforme noir que je contemple avec amertume. Peut-être que si je n'avais pas accepté de m'en séparer, il m'aurait protégée jusqu'au bout. Mes doigts retrouvent la manière de faire tenir mes lourds cheveux en un chignon impeccable. Pour mes yeux gonflés, mes cernes, je ne peux rien. Personne n'ose me faire la moindre remarque, mais les visages se font compatissants autour de moi. Je traverse le hall comme une automate, ignorant jusqu'aux détails qui m'auraient fait bondir auparavant, comme ce bouquet de fleurs défraîchies sur la console de l'entrée. Régis Morel attend que je sois assise dans le fauteuil, en face de lui, un café à la main, pour me faire part de ses pensées.

— Catherine, je regrette toute cette histoire.

— Vous n'êtes en rien responsable. Je vous assure que tout va bien. Je vais me remettre au travail, balbutié-je, incapable de concentrer mes pensées.

— En ami, écoutez mon conseil, prenez quelques jours et allez vous changer les idées, éloignez-vous d'ici.

— Mais je viens de rentrer.

— Mademoiselle Dutilleux, c'est un ordre de votre directeur. Vous reprendrez quand vous vous sentirez à nouveau d'attaque. J'ai besoin d'un personnel au top, tonne-t-il alors que son regard gentil dément son ton autoritaire.

— D'accord, accepté-je, résignée.

Je réussis à trouver le courage d'appeler Cynthia, dans la soirée. Elle n'hésite pas une seconde et traverse la ville pour venir me tenir la main tandis que je lui raconte ma mésaventure. Sa présence et son écoute silencieuse me sont d'un réconfort qui me permet de passer une meilleure nuit. À mon réveil, ma décision est prise. Aux aurores, je quitte Paris à bord de ma vieille 106 qui accepte de démarrer malgré ces nombreuses semaines d'immobilisation. Le chemin me semble plus long que dans mes souvenirs.

Je reconnais le bruit des pneus crissant sur l'allée gravillonnée. Je ne suis pas encore arrêtée devant l'entrée que la grande porte s'ouvre. Maman a son air inquiet que je redoutais. Je refoule ma pénible envie de mordre et lui présente mon plus beau sourire. Trop contente de n'avoir pas à m'offrir son mouchoir et sa compassion, elle évite soigneusement de me parler de Matthew. D'ailleurs, personne n'évoque le sujet comme s'il ne s'était rien passé. La culture du tabou est donc toujours aussi tenace dans cette famille.

Mais après tout, n'est-ce pas ce que je suis venue chercher ici ?

Je me replonge avec complaisance dans les repas familiaux, les cancans sur la tante Claudine et les mauvais résultats scolaires de mon frère, Chris, qui est heureux de me taquiner de nouveau. Lui-même se garde d'évoquer la cause de mon retour parmi eux et ma mauvaise mine. À dix-sept ans à peine, il est déjà contaminé, *un Dutilleux pur sucre !*

Je me saoule de leurs paroles sans importance, de leurs potins, de leurs heures fixes pour faire les choses, des jours de marché où j'accompagne ma mère et souris bêtement à des gens que je reconnais à peine, mais qui, eux, s'extasient de mon retour au bercail. Je me laisse porter par la vague familiale, sans lutter, sans réagir, sans protester. Je ne me rebelle qu'une seule fois lorsque ma mère évoque la possibilité d'inviter Rémi à la maison. Elle comprend rapidement que cette seule idée me ferait fuir et n'insiste pas.

À part cet éclat, je suis anesthésiée, ce qui n'empêche pas la souffrance de revenir, sournoise, à la plus petite occasion et celle-ci se présente chaque nuit, quand je me glisse seule dans mon lit et que mes bras se referment sur mon oreiller glacé. Je n'ai trouvé aucune réponse… mes « pourquoi », mes « comment » demeurent des énigmes. Mon portable est resté résolument éteint.

Deux semaines s'écoulent ainsi dans le brouillard et le froid. La météo a accordé le ciel de septembre à mon humeur. Durant tout ce temps, mon père observe. Son regard se pose souvent sur moi, sondant mon attitude fermée, mes gestes mécaniques, devinant mes sourires de façade, mais il ne dit rien. Il vient frapper à ma porte, le dimanche suivant. Il est tôt, je me réveille d'une nouvelle nuit de combat contre moi-même. Il n'attend pas ma réponse et entre, un bol de café noir à la main.

— Tiens ! me dit-il en me tendant la tasse d'un air grave.

Il s'assoit sur le bord de mon lit et m'encourage à avaler mon café.

— Je voudrais que tu m'accompagnes en balade, Cathie, tu veux bien ?

— Où ça ?

— Tu verras, je t'attends en bas ! Dépêche-toi, nous ramènerons des croissants pour le petit déjeuner.

— Si tu veux.

Il fronce les sourcils. Depuis mon arrivée, ma seule réponse est invariablement celle-là : « Si tu veux. » Peut-être parce que, moi, je ne veux plus rien, tout m'est indifférent. Je rejoins mon père dans le vestibule où il m'aide à enfiler un blouson. Personne n'est encore levé à part nous deux, l'horloge du salon égrène huit coups. Maman ne descendra pas avant neuf heures et Chris, n'en parlons pas. Je lui fais remarquer qu'il oublie ses clés de voiture en sortant, mais il secoue la tête et glisse son bras sous le mien.

À pied ? Où veut-il en venir ?

Nous remontons côte à côte la grande allée et mon père ouvre la grille. Il reprend mon bras pour diriger nos pas sur le chemin qui mène vers le centre-ville. C'est lorsqu'il bifurque à l'angle de la rue Jean-Jaurès que je comprends où il m'emmène. Je m'arrête net.

— Papa, je ne tiens pas à aller au cimetière.

— C'est une promenade que je fais souvent seul. Personne ne le sait, confesse-t-il doucement, la tête tournée vers le soleil levant.

— Pourquoi ?

— Accompagne-moi et tu comprendras.

Je contrôle mon envie de fuir à toutes jambes et m'accroche à son bras, serrant sa manche de manteau entre mes doigts crispés. Il pose sa main sur la mienne pour me soutenir dans ce qui constitue une véritable épreuve pour moi. Je n'ai pas remis les pieds dans cet endroit sinistre depuis l'enterrement. Pour moi, ma grand-mère n'appartient pas à ce monde de tombes, de silence recueilli, de fleurs artificielles qu'on dépose à la Toussaint et qu'on oublie jusqu'à l'année suivante. Ma gorge déjà affectée par mes sanglots de la nuit est encore plus douloureuse. Mon père parcourt les allées rectilignes sans relever la tête. Nous nous arrêtons devant le monument de marbre clair. Un petit bouquet de fleurs fraîches s'épanouit juste sous les lettres dorées.

Catherine DUTILLEUX, née COLLINS. 1935-2008.

Est-ce un hasard si je porte son prénom ?

Mon père se signe devant elle, je reste les bras ballants. Mes yeux s'embuent. Elle est allongée là, sous cette dalle trop grande, pour elle qui était petite ; et trop froide, pour elle qui irradiait une douce chaleur parfumée de jasmin. Elle est là, immobile, alors que j'ai tant besoin de son aide, de sa main dans mes cheveux, de ses tendres mots de réconfort. Je tombe à genoux sur le marbre implacable et mes larmes ruissellent sur mes mains, les unes après les autres, plus pénibles à chaque fois. Mon père me laisse pleurer sans mot dire, puis il s'accroupit près de moi.

— Elle me manque tellement à moi aussi. Je sais qu'elle aurait trouvé les mots pour te consoler. Elle ne m'a pas donné le pouvoir magique qui me permettrait d'effacer ta peine.

— J'ai mal, papa !

Il passe son bras sur mes épaules et me soutient tandis que je vide, sur cette tombe, le sac trop lourd de mon chagrin.

— Qu'est-ce que tu es venue chercher à la maison, Cathie ?

— Quoi ?

— Depuis deux semaines, je te vois manger, boire, dormir, répondre aux questions poliment, mais ce n'est pas toi, ce n'est pas ma fille, ce n'est pas sa petite-fille ! Qu'est-il arrivé à la Cathie que je connaissais et qui était heureuse il y a encore quelques jours ?

Alors je lui raconte, sans rien omettre de mes folles espérances et de mes doutes passés. Il écoute, attentif jusqu'au bout. Puis il me force à me relever et pose ses mains sur mes épaules.

— Je n'ai pas la recette miracle. Tout ce que je sais, c'est que ta grand-mère t'aurait dit : « Et alors, ma belle, tu as aimé... et ta vie ne fait que commencer, tu aimeras à nouveau. » Tu es une battante, Cathie, tu es comme elle. Elle n'a jamais baissé les bras, ne s'est jamais avouée vaincue. Elle a été si fière de toi quand tu nous as tous bravés pour aller étudier seule, en Angleterre. Ma fille n'est pas une simple domestique comme tu le prétends, elle est une jeune femme magnifique et intelligente. Ne laisse pas les autres te démolir sans réagir, bats-toi ! Elle n'aurait pas supporté de te voir ainsi.

Une petite vague de honte me monte aux joues.

— Non, elle m'aurait engueulée et renvoyée au travail.

— Certainement, rigole-t-il en essuyant mes larmes d'un grand mouchoir à carreaux qu'il sort de sa poche.

Je pouffe d'un rire nerveux. Ça lui ressemble si peu.

— Tiens, mouche-toi ! conseille-t-il en me donnant son mouchoir.

J'obéis et ce simple geste me détend d'un coup, comme si j'avais évacué en sa compagnie la dernière louche de mon chagrin, la plus difficile à sortir.

— Et si nous allions chercher ces croissants ? propose-t-il gaiement.

— Bonne idée !

Il passe de nouveau son bras sous le mien et nous nous éloignons lentement. Je me retourne une dernière fois, au bout de l'allée, et j'adresse un ultime regard en direction de celle qui, par-delà la mort, m'a encore une fois apporté son aide par la bouche de son fils.

C'est durant le petit déjeuner qui surprend tout le monde, à commencer par Chris que je vais tirer du lit à grand renfort de coups d'oreiller sur son crâne, que j'annonce mon départ.

— Je dois reprendre le travail, les vacances ont assez duré, expliqué-je à ma mère qui se désole.

— C'est con, tu commençais seulement à prendre des bonnes habitudes, plaisante Chris en mordant à pleines dents dans son croissant au beurre.

— Les meilleures choses ont une fin, les pires aussi !

Mon père hoche la tête en souriant.

* * *

Le trajet du retour me paraît plus rapide que l'aller. Le brave petit soldat Catherine Dutilleux reprend les armes et repart au combat, même si, au fond de moi, une blessure béante saigne encore. Je me déclare officiellement guérie en surface. J'engage avec entrain ma voiture dans le sous-sol de l'hôtel.

— Qu'est-ce que c'est que ça ? beuglé-je en m'arrêtant net.

Ma place de parking est occupée par une 207 grise flambant neuve. Sans doute Régis Morel aura-t-il autorisé quelqu'un à utiliser mon emplacement durant mon absence. Je gare mon véhicule sur la place voisine. C'est avec le sourire, cette fois, que je descends sur le coup de sept heures, le lendemain.

— Bonjour, Catherine, le directeur t'attend dans son bureau, m'informe Sandrine d'un ton joyeux.

— Alors comment s'est passé cet intérim ?

— Je suis contente que tu sois revenue, tu peux pas savoir.

Je souris et vais frapper à la porte de Régis Morel. La bonne odeur de café frais m'accueille, comme d'ordinaire. Une journée ordinaire dans une vie ordinaire, comme des millions de gens ordinaires. D'accord, dans un palace, *et alors ?*

— Bonjour, Catherine !

— Monsieur Morel !

— Vous avez l'air reposée.

— Je le suis, merci.

— Tant mieux, parce que je vous annonce une semaine chargée, l'hôtel est pratiquement complet. Nous avons un groupe d'Australiens au troisième, j'aimerais que vous passiez les voir.

— Très bien.

— J'ai trois arrêts maladie sur le dos dans l'équipe de nettoyage. Est-ce que vous pourrez réorganiser le travail ?

— Je vais prêter main-forte, s'il le faut.

— Non, engagez des intérimaires.

— Je verrai ça tout à l'heure en faisant ma tournée d'inspection. C'est tout ?

— Non, Catherine, ajoute-t-il d'un air embarrassé.

— Je vous écoute.

— Monsieur Dickinson a appelé la semaine dernière.

Je serre les dents, mais je ne laisse pas mon esprit se désorganiser, le petit soldat tient ses troupes au garde-à-vous.

— Que voulait-il ?

— Vous parler. Je lui ai dit que vous n'étiez pas là. J'ai pensé que vous préféreriez gérer ça vous-même.

— Vous avez bien fait, merci.

— Et il y a ceci, pour vous, complète-t-il en me tendant un petit paquet.

— Qu'est-ce que c'est ?

— Elle a été livrée, il y a trois jours. J'ai pris la liberté de la placer sur votre parking.

Je blêmis en sortant une clé de voiture du paquet en question.

— D'où est-ce que ça vient ? demandé-je, stupéfaite.

Régis Morel me tend une enveloppe dans laquelle je trouve les papiers du véhicule, la carte grise est à mon nom. Je déplie le bon de livraison.

Avec les compliments de Matthew Dickinson.

Je suis prise d'un haut-le-cœur abominable.

Comment a-t-il osé m'infliger une telle insulte ?

Je bondis hors du bureau avec les clés et les papiers. Je me rue sur le tiroir de ma table où j'ai enfermé le chèque éhontément gonflé que m'a remis Still. Sans un mot d'explication, je fourre le tout dans une enveloppe. Le seul endroit où je suis certaine qu'elle lui parvienne, c'est chez sa grand-mère. Je porte donc, au marqueur et d'un trait rageur, l'adresse d'Amy Dickinson et je vais jeter le colis sur le tas que Sandrine remettra au bureau de poste.

Pour qui me prend-il ?

Je dois faire un effort considérable pour retrouver mon calme en m'asseyant derrière mon ordinateur. Ma messagerie déborde de mails. *Matthew Dickinson... un, deux, trois... vingt-cinq messages.* Je les sélectionne tous. *Supprimer !* J'allume mon portable juste avant de monter retrouver Mélissa pour la tournée de vérification. Encore des appels de Matthew, je leur fais subir le même sort qu'aux précédents.

Je me sens plus légère d'avoir renvoyé ce chèque qui me tourmentait. Je peux à présent me consacrer l'esprit serein à mon travail. Dès lors, chaque matin mon réveil me tire du lit à cinq heures. Chaque matin, j'enfile ma tenue avec un pincement au cœur que rien n'apaise. Chaque matin, j'enroule sur mon crâne ma tignasse épaisse et je cache sous le maquillage les cernes violets de mes yeux, seuls témoins du feu qui couve encore sous la cendre. C'est avec plus d'acharnement à ce que tout soit parfait que j'aborde désormais chacune de mes journées.

Que deviendrai-je en vieillissant ? Une gouvernante maniaque ? Certainement !

En attendant mes vieux jours, je peux encore lutter contre les ravages du temps et j'ai besoin de me changer les idées. Cynthia est ravie de mon invitation à faire du shopping. Ma penderie est devenue un désert de la mode et j'ai besoin d'elle pour m'accompagner dans les boutiques et pour m'empêcher de ruminer seule, durant le jour de repos imposé par mon directeur. Elle me rejoint à l'hôtel, idéalement situé en plein cœur des quartiers où elle compte me faire dépenser une fortune.

Cynthia est heureuse, sa rencontre avec Sam, lors de notre sortie en boîte, s'est transformée en histoire d'amour. Je me félicite du hasard qui a voulu que les deux personnes que j'apprécie le plus se soient ainsi trouvées. Peut-être un jour me demanderont-ils de devenir leur témoin, j'en ai acquis le droit. Cynthia s'amuse en rougissant de ma remarque.

Nous arpentons les boulevards durant une partie de la matinée avant d'aller déjeuner dans une brasserie, non loin des grands magasins. Alors que je me suis sagement abstenue de lire le moindre journal depuis mon retour, mon attention est attirée en chemin sur les gros titres des magazines en kiosque, « ULTIMA, *bien mal récompensé par ses vedettes* ». Je stoppe net et j'attrape le journal sur lequel apparaît Hillary Jenkins aux côtés de Philip Still. Cynthia me dévisage dubitative.

— T'es pas au courant ? Les Movies Awards ont eu lieu, il y a deux jours.

Elle glisse la monnaie du journal au vendeur et m'entraîne sur le trottoir. Je tente de lire l'article en vain, elle ne m'en laisse pas le temps. Une petite boule dans ma gorge me rappelle la promesse que je n'ai pas tenue. Matthew a dû briller aux côtés de sa fiancée.

— Il n'était pas là, me dit-elle.

— Quoi ? m'écrié-je en quittant le journal des yeux.

— Toute la presse en parle depuis deux jours, Cathie. Ça a provoqué un véritable scandale. Il n'a même pas envoyé un message de remerciement pour les récompenses qu'il a obtenues. T'as qu'à lire, me conseille-t-elle.

J'ouvre le journal à la page de l'article illustré par une photo qui me fait mal, une photo prise sur le plateau du film de Peters, je reconnais le décor. Hillary Jenkins enlace un Matthew radieux.

— Lis ! ordonne Cynthia en me voyant figée.

« La cérémonie de remise des Movies Awards s'est déroulée vendredi soir, premier octobre à Los Angeles. C'est le film à grand spectacle, Ultima, *qui a été plébiscité par le public et qui a obtenu pas moins de onze récompenses. Un succès hélas terni par le comportement inédit de ses deux principaux acteurs. Hillary Jenkins a remporté le prix de meilleure actrice*

et le prix du meilleur baiser qu'elle partage avec son partenaire, à la ville comme à l'écran, Matthew Dickinson, un partenaire étrangement très absent. La talentueuse actrice est donc montée sur scène en compagnie de Philip Still, l'agent de Dickinson, venu représenter son protégé par ailleurs lauréat du prix de meilleur acteur. Le spectacle auquel le public a eu droit, à cette occasion, n'a sûrement pas été répété. Incapable d'articuler trois mots, hagarde et débraillée, Jenkins a salué ses admirateurs d'un magistral bras d'honneur avant de se vautrer au cou d'un Philip Still très embarrassé d'une telle démonstration de tendresse. Les quelques rires qui ont fusé dans la salle ont vite laissé place à la plus grande consternation lorsqu'elle s'est mise à pleurer sans retenue. Les rumeurs font état d'une brutale séparation entre les deux acteurs à la veille de la cérémonie, ce qui pourrait expliquer l'absence très remarquée de l'un et l'état quasi comateux de l'autre. Une bien triste fin pour une si belle histoire d'amour. Ultima *qui a séduit tant de fans de par le monde n'aura pas porté chance à ses vedettes.* »

— Édifiant, non ? me fait remarquer Cynthia.

Je ne réponds pas et lis l'autre petit commentaire sous la photo prise lors du tournage.

« *Tout semblait aller pour le mieux entre les deux stars. Hillary Jenkins a fait dernièrement le voyage depuis les États-Unis pour venir embrasser son fiancé sur le tournage d'*Under the Dark, *le dernier film de John Peters, qui se déroule actuellement en Normandie. Les rumeurs d'infidélité de l'acteur, élu récemment le plus sexy du monde, s'étaient ainsi vues balayées d'une main par les amoureux qui nous offraient là le spectacle d'un couple uni. Ce sont leurs toutes dernières photographies ensemble, Matthew Dickinson* *a quitté précipitamment l'équipe du film pour des "raisons personnelles", a-t-on appris de source officieuse. Philip Still n'a souhaité faire aucun commentaire à ce sujet. Quelques langues se sont néanmoins déliées pour faire état de mauvaises relations entre l'agent et Dickinson.* »

— Il est où, à ton avis ? me demande-t-elle quand je replie le journal, consternée.

— Il a dû aller chez sa grand-mère, réponds-je en songeant au colis qui l'y attend.

— Cathie, est-ce que tu l'aimes encore ?

Mes doigts caressent l'image sur le journal.

— Oui, avoué-je sans honte.

— Pourquoi n'as-tu pas cherché à savoir ce qui s'est passé ?

— Je crois que je ne l'aurais pas supporté.

— Il t'a rappelée, tu ne trouves pas ça bizarre de la part de quelqu'un qui t'a virée ?

— Je ne sais pas.

— Et s'il revenait ?

— Pourquoi voudrais-tu qu'il revienne ?

— Pour toi.

Mon sang se fige dans mes veines. Un élan d'espoir inutile me parcourt avant de disparaître dans une brume d'amertume.

— Je préférerais qu'on parle d'autre chose, si tu veux bien, proposé-je, mal à l'aise.

— Et tu ne trouves pas ça étrange qu'il ne soit pas allé aux Awards ? Ce n'est pas ce qu'il avait dit, si tu n'étais pas avec lui, il n'y serait pas lui non plus ?

— Si, mais les choses ont changé entre-temps. Il a dû avoir un autre problème.

— Ça t'inquiète ?

— Oui, je sais les ennuis que ça risque de lui coûter. Ça doit être suffisamment grave pour qu'il agisse comme ça. J'espère que ce n'est pas… Amy.

— Sa grand-mère ?

Je hoche la tête, la petite boule qui obstrue ma gorge ne me laisse pas la possibilité de parler.

— Si tu l'appelais, elle ?

— Je n'ai pas l'intention de faire à nouveau irruption dans leur vie. Il n'a que faire de moi, je ne vais pas en rajouter dans le mélo.

— Tu es la fille la plus bornée que je connaisse, rouspète mon amie.

C'est là le point final de notre conversation. Cette découverte change cependant mon comportement à l'égard de la presse que j'évitais jusque-là. J'éprouve désormais une curiosité inquiète qui me fait guetter le moindre article au sujet de Matthew.

Quatre semaines se sont écoulées depuis mon retour de chez mes parents, le mois d'octobre touche déjà à sa fin, je m'estime suffisamment forte et résolue pour aller jusqu'à cliquer sur le blog de l'acteur. Aucune mise à jour n'a été faite depuis mon départ, les fans manifestent leur inquiétude et leur déception, mais de trace de lui, pas une. En trois semaines, aucun article ne paraît, aucune nouvelle ne filtre, il a disparu totalement. Seules mes nuits réveillent le souvenir de ses bras, de son corps contre le mien. Le temps passe sans jamais apaiser ce manque cruel. Chaque matin, je commence désormais ma journée par une revue de presse, en cliquant sur mon ordinateur. J'en ressors plus anxieuse au fur et à mesure que cet étrange silence persiste.

Les journalistes pourtant si avides de scoops n'ont pas été fichus de mettre la main sur lui alors que le scandale des Movies Awards continue d'éclabousser Jenkins. Les premières rumeurs, que je sais fondées, d'addiction à la cocaïne font rapidement leur apparition sur la toile. À l'inverse, Matthew ne fait pas l'objet du plus petit commentaire. Cette situation extraordinaire me pèse. Le seul remède à cette anxiété est de me plonger davantage dans le travail. Monsieur Morel s'en alarme, mais ma tranquille assurance le met dans l'impossibilité de m'en faire le reproche.

Le début du mois de novembre est heureusement très chargé. Je vois mes journées défiler à une allure incroyable et je me couche réduite au point de m'endormir comme une masse.

— Monsieur Morel a déjà demandé si tu étais descendue, m'annonce Sandrine, un mardi matin où j'ai dû prêter main-forte au service d'étage.

— Quelque chose ne va pas ?

— Je ne sais pas, il a l'air ennuyé.

L'accueil de mon directeur ne me paraît pas différent de celui des autres jours, si ce n'est que je remarque qu'il a mis de côté les notes qu'il me réserve habituellement.

— Catherine, j'ai un service à vous demander, commence-t-il.

— Je vous écoute.

— La cliente qui a réservé la suite blanche est arrivée ce matin très tôt. C'est une dame d'un certain âge, elle a réclamé un service un peu plus personnalisé, grimace-t-il.

Je le regarde, interdite.

— Je crois que ce serait mieux que vous vous chargiez de voir ce qui lui conviendrait, dès à présent.

Je grimpe en toute hâte les deux étages avant de frapper à la porte de la suite.

— Entrez ! lance une voix de femme au timbre clair bien placé.

Je pousse la porte, quelques bagages sont encore dans l'entrée.

— Madame ! fais-je à la silhouette qui me tourne le dos, assez grande d'ailleurs, pour une dame au chignon gris.

— Bonjour, Kate ! dit-elle en se retournant, un immense sourire sur le visage.

Je reste stupéfaite, tétanisée, la main tendue vers elle.

— Amy ? soufflé-je sans reprendre mes esprits.

Je n'ai pas plus tôt prononcé son prénom qu'un doute atroce s'empare de mon cerveau et je fouille la pièce d'un regard nerveux.

— Non, Kate, il n'est pas là… je suis venue seule.

À ce moment-là seulement, je m'avance vers elle pour la prendre dans mes bras. Je suis tellement heureuse de la voir, de savoir que mes inquiétudes à son sujet étaient sans fondement.

— As-tu un moment pour moi ? demande-t-elle.

— Tout mon temps, même. Voulez-vous un thé ?

— Non, je te remercie. Asseyons-nous.

Je l'accompagne jusqu'au canapé blanc du séjour, une curieuse impression alimente de nouveau mon stress quand je la vois agripper d'un geste hésitant l'accoudoir du fauteuil.

— Quelque chose ne va pas, Amy ?

— Si… tout va bien… ne t'inquiète pas.

Elle me ment, c'est plus qu'évident.

— Et toi, comment vas-tu ? s'enquiert-elle.

— Je vais.

Amy pose sa main sur la mienne.

— Il ne sait pas que je suis ici. Je ne suis pas venue pour ça, Kate, affirme-t-elle pour couper court à toutes mes éventuelles suppositions.

— Où est-il ? murmuré-je timidement.

— Chez ses parents, à Londres, depuis près de trois semaines maintenant.

— Comment va-t-il ?

— Comme toi, il va.

Amy ne semble pas décidée à m'en dire davantage. Je change de sujet.

— Vous avez décidé de visiter enfin Paris ?

— Ce n'est pas tout à fait ça, ma chérie. C'est plus un voyage d'obligation que d'agrément. Kate, ce que je vais te dire doit rester entre nous, je n'ai pas voulu inquiéter davantage Matt, il a suffisamment de soucis comme ça.

— Amy, que se passe-t-il ? Vous me faites peur.

— Mes derniers examens de santé n'étaient pas très bons. Mon médecin a diagnostiqué un problème cardiaque sévère.

— Un problème cardiaque ?

Amy hoche la tête et me sourit tristement.

— J'ai été recommandée à l'un des tout meilleurs cardiologues, je dois le rencontrer demain, ici, à Paris.

— Demain ? Mais est-ce que… est-ce qu'il est au courant ?

— Non, Kate. Il sait juste que j'ai parfois quelques petits ratés.

— À quelle heure avez-vous rendez-vous ?

— Quatorze heures trente.

— Souhaitez-vous que je vous accompagne ?

— Oh, Kate, je n'osais pas te le demander, j'en serais soulagée.

Amy me serre les mains, son regard empli de tendresse évoque celui de ma grand-mère. Je songe tristement que Matt est en droit d'être au courant. Si j'avais su que ma grand-mère était si malade avant de partir en Angleterre, j'aurais sans doute différé ma scolarité pour passer plus de temps avec elle. C'est d'ailleurs la raison pour laquelle elle m'a caché son état. Elle m'a éloignée volontairement, comme Amy le fait. Je trouve la situation ironique et douloureuse. Je n'ai cependant pas le droit de m'immiscer dans cette affaire strictement privée entre Amy et son petit-fils. Je dois respecter son choix, du moins tant que son rendez-vous n'est pas passé. Je trouverai sûrement par la suite un moyen de la convaincre.

Nous dînons ensemble dans la suite en discutant de tout et de rien et surtout jamais de Matthew. Je lui promets de lui faire faire le tour de la capitale après son rendez-vous. Sur le coup de vingt et une heures trente, Amy, fatiguée, se montre désireuse d'aller dormir. Je ne pars qu'après m'être assuré qu'elle ne manque de rien. Elle me garantit qu'elle dormira paisiblement grâce à l'assurance de ma présence à ses côtés.

— J'ai encore quelques petits détails à régler si je veux me libérer demain, je suis à mon bureau. Si vous avez besoin de quelque chose, appelez-moi sur mon portable, lui conseillé-je, vaguement inquiète de sa mine épuisée et de son inhabituel manque d'entrain.

— Bonne nuit, Kate, à demain ! souffle-t-elle dans un visible effort.

Je ferme moi-même la porte de la suite. Je gagne mon bureau et rédige une demande de congé pour l'après-midi du lendemain. Je parcours ensuite mes différents messages. Une sourde appréhension ne me quitte plus et j'ai beaucoup de mal à me concentrer sur mon écran. Quelques minutes plus tard, mon téléphone vibre dans ma poche.

— Kate… ! articule péniblement la voix tremblante d'Amy.

— J'arrive ! crié-je en bondissant vers le hall sans même chercher à savoir ce qu'elle veut.

Je vole dans les escaliers, plus rapide que l'ascenseur que je n'ai pas la patience d'attendre. J'utilise mon passe pour ouvrir la porte de la suite et j'entre sans frapper dans sa chambre. Amy est alitée et pâle. Ses traits tirés et ses doigts crispés sur sa poitrine indiquent qu'elle souffre.

— Je vais appeler une ambulance, tout va bien se passer, Amy, ne vous inquiétez pas.

J'empoigne déjà le combiné du téléphone, près de son lit.

— NON, pas ça ! s'écrie-t-elle avec une ardeur qui me surprend.

— Laissez-moi au moins appeler un médecin.

Elle accepte d'un signe de tête résigné, puis attrape ma main. La sienne est trop chaude et tremblante.

— Matthew ! dit-elle en plongeant un regard fiévreux dans le mien. S'il te plaît, Kate, appelle-le. Tu as raison, il…

Amy grimace de douleur et je m'affole.

— D'accord je l'appelle tout de suite après le médecin, cédé-je.

Après tout, je ne peux pas aller contre ma propre opinion. Je consulte ma montre avant de composer le numéro du standard. Vingt-trois heures quinze.

Le médecin que nous avons l'habitude de solliciter en cas d'urgence est un voisin. Il frappe à la porte, guidé par le concierge un quart d'heure à peine après mon coup de fil. Je le remercie de sa diligence et l'introduis chez Amy. Elle me jette un coup d'œil suppliant auquel je réponds par un faible sourire. Je referme la porte de la chambre et me poste devant la grande fenêtre. Je contemple un moment les étoiles en tripotant nerveusement les touches de mon portable sans me résoudre. La consultation s'éternise, je n'ai toujours pas réussi à appeler. Lorsque le médecin sort, il a son air calme habituel.

— Comment va-t-elle ?

— Elle est très fatiguée, le stress de son rendez-vous, le voyage, les émotions. Il faut la ménager et ne pas la contrarier.

— Merci, docteur, soupiré-je en le raccompagnant.

— C'est une drôle de dame, sourit-il d'un air étrange avant de partir.

J'ignore ce qu'ils ont pu se dire, mais j'ai du mal à le trouver très inquiet pour sa patiente. Je regagne la chambre d'Amy, elle semble dormir. Je m'apprête à me retirer quand elle me retient.

— Kate, est-ce que tu as eu Matt ?

— Non, pas encore.

— Je t'en supplie, fais-le… pour moi.

Ne pas la contrarier !

— Je l'appelle tout de suite, Amy.

— Je suis tellement désolée, je ne voulais pas, gémit-elle en tournant la tête de l'autre côté pour me cacher ses larmes.

Je suis bouleversée, je ne résiste pas à cet aveu d'impuissance et je me résigne à accomplir cette pénible mission. Je me plante de nouveau devant la fenêtre. La nuit est claire, la pleine lune illumine le ciel.

Et de là-haut, peut-elle encore m'aider à trouver du courage comme elle m'en a donné devant sa tombe ?

Les soucis d'Amy sont sans conteste plus importants que les miens en cet instant. Ils méritent bien que j'oublie, l'espace de quelques minutes, ce qui n'est en somme que l'accessoire.

Minuit et demi ! Que peut-il faire à cette heure-là ?

À peine plus résolue, je clique sur le nom de Matthew que je n'ai pas su effacer définitivement de mon répertoire. Je ne sais pas à quoi m'attendre, mon pouls bat sans doute aussi fort que celui d'Amy, à côté, mes oreilles bourdonnent. Matthew décroche dès la seconde sonnerie.

— KATE ? s'écrie-t-il à l'autre bout du fil.

Sa voix enrouée est teintée de ce que je crois être de la joie.

— Votre grand-mère est à l'Hôtel White, Monsieur Dickinson, articulé-je péniblement sans même prendre le soin de le saluer.

— Kate, je t'en prie, rugit-il.

— Je ne vous appelle pas par plaisir. Amy est malade, coupé-je avant qu'il ne soit trop tard.

— QUOI ? hurle-t-il.

— Le médecin vient de partir. Elle souhaitait que je vous prévienne.

— Je peux lui parler ?

— Je vais voir.

Je frappe doucement à la porte de la chambre. Amy m'invite à entrer et je lui passe mon portable. Son regard me remercie mieux que ses paroles ne l'auraient fait. Par respect, je sors de la pièce jusqu'à ce qu'elle me rappelle. Elle me tend l'appareil.

— Il veut te parler.

Je déglutis et reprends mon portable.

— Je serai là dans quelques heures, m'annonce-t-il. Peux-tu me prévoir une chambre ?

— Souhaitez-vous que je vous envoie une voiture à l'aéroport ? demandé-je, le plus calmement possible malgré les tremblements de tout mon corps à la perspective de le revoir.

— Non, viens me chercher toi-même, exige-t-il.

— Je crains que ce ne soit pas possible, refusé-je, au supplice.

— BON SANG, KATE ! hurle-t-il. Si je te dégoûte tant que ça, fais-le pour Amy au moins.

Je suis anéantie, je refoule les sanglots qui montent de ma poitrine.

Comment peut-il croire une seconde qu'il me dégoûte ?

— Kate ? fait sa voix plus douce.

— Rappelez-moi pour me donner l'heure de votre arrivée, je viendrai, affirmé-je en maîtrisant à peu près ma voix.

— Merci, Cathie.

Je suffoque, je dois raccrocher… vite.

— Je vous en prie, conclus-je avant d'appuyer sur le bouton comme on prend la fuite.

Un râle s'échappe de ma gorge, je mords mon poing pour ne pas alerter Amy, endormie dans la pièce voisine, et je me sauve dans ma petite chambre. Le son de sa voix hante mes pensées. Je ne peux faire autrement que de l'aimer malgré tout.

Je ne ferme pas l'œil de la nuit. Je me lève bien avant que mon réveil m'en donne le signal et je descends jusqu'à mon bureau. Régis Morel s'inquiète de me trouver là à son arrivée à six heures. Le directeur m'accorde bien évidemment ma journée pour organiser l'arrivée de Matthew. Je lui réserve une chambre près de la suite de sa grand-mère et je vais moi-même la préparer.

Ce n'est que vers sept heures qu'il rappelle. Il est en route, son arrivée à l'aéroport est prévue pour sept heures trente. Mon cœur se met à palpiter comme un fou.

Inutile, il ne vient pas pour toi ! avertit le petit soldat dans mon crâne.

Je me hâte d'aller voir Amy juste avant de partir. Elle semble aller un peu mieux. Elle me remercie d'une façon bouleversante et je retiens mes larmes jusqu'au parking où j'hésite une minute en lorgnant la voiture grise toujours garée sur mon emplacement. Matthew ne vient pas pour que je règle mes comptes. Je grimpe dans ma vieille 106 et je m'infiltre dans la circulation dense de l'autoroute à cette heure-là.

Le vol privé de Matt a quelques minutes de retard, je patiente dans la petite salle réservée aux VIP où me conduit l'hôtesse d'accueil à qui je me suis présentée. Je passe un coup de fil pour rassurer Amy. Juste au moment où je raccroche, Matthew entre.

Ne bouge pas ! hurle le soldat de mon cerveau alors que tout mon corps ressent le violent élan qui ne demande qu'à me précipiter dans ses bras. Je réussis à lui obéir, je sais qu'il a raison. Matthew reste immobile à quelques pas de moi, son sac sur l'épaule, la casquette sur ses cheveux en bataille. Il est encore plus beau que dans mes souvenirs. Ses yeux brillent d'une lueur étrange, ses traits sont tendus.

— Bonjour, Kate, dit-il sans sourire.

— Bonjour, Monsieur Dickinson.

Ces mots lui arrachent un rictus douloureux, mais il se contient.

— Votre grand-mère vous attend, l'informé-je en le devançant dans les couloirs.

Il me suit sans prononcer la moindre parole, tout comme il se garde du moindre commentaire en prenant place dans ma voiture. Ce n'est qu'après plusieurs minutes passées à contempler le paysage qu'il me demande comment elle va.

— Le médecin a recommandé de ne pas la fatiguer, mais elle sera en forme pour son rendez-vous cet après-midi. Vous l'accompagnerez, je suppose. Je vous réserverai une voiture, ce sera plus commode.

— Merci.

Le silence s'installe de nouveau, pesant. Nous sommes quasiment arrivés à l'hôtel quand il se décide tout à coup.

— Pourquoi n'as-tu jamais répondu à mes appels, Kate ?

Je fixe la route devant moi en serrant mes mains sur le volant.

— Je ne voyais pas ce qu'il y avait à ajouter.

Il se tourne vers moi, l'air sidéré.

— Je crois que nous allons avoir besoin d'une explication franche.

— Vous avez, ici, d'autres priorités que de vous soucier de votre ex-personnel.

Je surprends son poing rageur sur ses genoux. Il abandonne la partie alors que nous pénétrons dans le garage de l'hôtel.

— Le garçon d'étage va vous accompagner jusqu'à votre chambre.

— Et toi ?

— J'ai d'autres tâches qui m'attendent, répliqué-je en lui tournant le dos.

Assise seule à ma table de travail, je respire de nouveau. Le plus difficile est passé et j'ai tenu le coup. Matthew est désormais au chevet de sa grand-mère et je peux reprendre mon rôle à distance. Je charge quelqu'un d'autre d'assurer le service de la suite et j'évite le second étage. Je me contente d'un seul coup de fil à Amy avant son départ pour lui souhaiter bon courage. Elle me remercie d'une petite voix anxieuse.

Je fais dès lors tout ce qu'il est possible de faire pour tromper mon angoisse. Je suis intenable. Je ne les vois pas rentrer, mais vers seize heures, Amy m'appelle enfin depuis sa chambre. Mon absence prolongée ne lui plaît pas. Elle réclame ma visite en m'assurant que son petit-fils ne sera pas là. Je cède en acceptant de lui monter une tasse de thé préparé dans la plus pure tradition britannique.

Je pousse avec appréhension les portes de la suite, mais Amy a tenu parole, Matthew n'est pas présent. Elle me laisse verser le thé et mord du bout des dents dans les petits fours que j'ai ajoutés. Elle a l'air remise de son malaise et sa visite chez le cardiologue ne semble pas l'avoir beaucoup fatiguée, ses joues sont roses et fraîches. Elle élude mes questions inquiètes d'un magnifique sourire qui, s'il me rassure un peu, ne me renseigne pas sur son état de santé exact.

— Je sais combien j'ai causé de désagréments ici, j'aimerais m'excuser auprès de ton aimable directeur, déclare-t-elle soudain.

— Je lui transmettrai vos excuses, Amy.

— J'ai par ailleurs un petit service à lui demander, est-ce que ce serait possible qu'il me rende visite tantôt ?

— C'est urgent ? sourcillé-je, dubitative.

— Assez, oui !

— Dans ce cas, je descends voir si Monsieur Morel est disponible.

Conformément à sa curieuse demande, je vais trouver ce dernier pour lui faire part de la requête de ma malade, supposant qu'elle a à cœur de s'excuser des tracas qu'elle occasionne. Je sais Amy très à cheval sur certains principes. Régis Morel m'accompagne sans difficulté jusqu'à la suite blanche et je l'introduis dans le salon où elle a tenu à s'installer pour le thé de manière très convenable. Elle me prie gentiment de les laisser quelques minutes, seul à seul. Je décide donc de redescendre jusqu'à mon bureau. J'ai la tête vide, en tout cas, je veux l'avoir. Je m'abrutis donc sur le moindre détail qui me tombe sous le regard durant le trajet jusqu'au rez-de-chaussée, du film de poussière sur une console, aux traces inesthétiques du miroir dans l'ascenseur, je relève chaque défaut et en énumère mentalement la liste en poussant la porte de mon bureau. Penser à tout sauf à la présence de Matthew Dickinson à quelques pas de moi. J'ai réussi à l'éviter durant toute la journée et je compte bien pour ma santé mentale que cela continue. Lui n'a pas cherché à me voir.

L'entrevue entre Régis Morel et Amy dure nettement plus longtemps que ce que j'escomptais. C'est le directeur lui-même qui me rappelle au second étage. Quand j'entre de nouveau dans la suite, il hoche la tête d'un air entendu vers sa cliente qui lui sourit aimablement. Il s'apprête à prendre congé quand il se retourne vers moi.

— Catherine, cela vous dérangerait-il de me prêter votre passe, je crains d'avoir oublié le mien sur mon bureau ?

— Voulez-vous que j'aille le chercher ? proposé-je.

— Oh non, non, donnez-moi le vôtre, je gagnerai du temps !

Sans réfléchir, j'obéis et lui tends le porte-clés que je détache de ma ceinture. Je n'aime pas me séparer de cet objet qui m'est indispensable. Je me vois mal refuser ce service à mon directeur. Je lui emboîte le pas vers la sortie quand Amy me rappelle.

— Kate, je suis bien désolée d'abuser de tes services, mais pourrais-tu, s'il te plaît, aller me chercher la boîte de comprimés que m'a donnée le docteur ? me demande-t-elle gentiment.

— Bien sûr, où sont-ils ?

— Je crois que je les ai posés dans la salle de bains, près du lavabo, une boîte bleue.

Je file vers la salle de bains. À première vue, les comprimés en question ne sont pas à l'endroit indiqué par Amy.

— Êtes-vous sûre qu'ils sont là ? crié-je en ouvrant les placards, au cas où elle les aurait rangés par mégarde.

Aucune réponse ne me parvient. Je m'inquiète de cet étrange silence et je reviens vers le salon en traversant la chambre.

— Amy, je ne trouve pas vos comp…

Je m'arrête net sur le seuil de la pièce, Matthew est seul, adossé contre la porte d'entrée. Il a un air concentré qui m'alarme.

— Où est Amy ?

— Je crois qu'elle a décidé d'aller faire un tour en compagnie de ton directeur, répond-il d'un ton calme déconcertant.

Je vais droit vers la porte dont il s'écarte, ne cherchant pas à m'empêcher de l'ouvrir. La poignée résiste. Je fais une seconde tentative, la porte ne s'ouvre pas. Je porte alors mécaniquement la main à ma ceinture.

— Merde ! rugis-je quand mes doigts se referment sur mon porte-clés vide de mon précieux passe remis à Régis Morel quelques minutes auparavant.

— Un problème ? remarque sournoisement Matthew.

Son air trop innocent éveille mes soupçons.

— Qu'est-ce que ça veut dire, Matt ?

— Ah, on progresse plus vite que la première fois, je ne suis déjà plus Monsieur Dickinson, s'amuse-t-il à mes dépens.

— Arrête ces plaisanteries ! Où est Amy et pourquoi cette porte est-elle verrouillée ?

— Amy n'a rien perdu de ses talents d'actrice, n'est-ce pas ? Ni le médecin, ni ton directeur n'ont résisté à son étrange pouvoir de persuasion.

— Elle n'est pas malade, c'est ça ?

— Amy se porte comme un charme et après avoir visité Paris durant deux heures en Mercedes, elle doit être en train de faire le tour du parc, en compagnie de Monsieur Morel qui a soigneusement verrouillé la porte avec ton passe avant de partir.

Je suis sonnée par cette révélation froide et calculée. Je recule vers un appui dont j'ai besoin tout à coup. Je m'accroche au dossier du premier fauteuil que je rencontre. Matthew ne tente pas un geste vers moi.

— Pourquoi cette ignoble mise en scène ? réclamé-je.

— Peux-tu me dire quelle autre solution j'avais pour que tu consentes à m'écouter ? Je savais que tu n'oserais pas repousser Amy.

— Tu t'es servi de ta grand-mère ! m'écrié-je, scandalisée.

— Même pas, c'est Amy qui a eu cette excellente idée. Nous avons juste mis au point ensemble ce numéro en espérant que ton directeur jouerait le jeu.

— Je veux sortir d'ici !

J'empoigne déjà le téléphone sur le bureau pour appeler la réception afin qu'on vienne m'ouvrir. Matthew réagit cette fois. Il bondit sur l'appareil et en arrache le fil d'un geste violent.

— Ça suffit, Kate ! Tu vas m'écouter et tu ne sortiras pas d'ici avant que j'aie fini.

Il prend une grande respiration et maîtrise ses nerfs avec une application forcenée.

— J'ai cherché une explication logique à ton départ. J'ai passé des jours et des nuits à me torturer pour savoir quelle erreur j'avais pu commettre. J'ai appelé des millions de fois ton portable sans résultat, j'ai appelé ici où on m'a répondu que tu étais partie. Alors j'ai cru devenir réellement fou, j'ignorais où tu étais allée te cacher.

— Comment m'as-tu trouvée, dans ce cas ?

— J'ai rappelé ici et j'ai demandé Sam, il m'a donné le numéro de Cynthia.

— Elle ne m'a rien dit ! m'insurgé-je, incrédule.

— Parce qu'elle est loyale et que je lui ai demandé de ne pas te prévenir. Elle m'a dit que tu étais chez toi pour quelques jours et que tu reviendrais quand tu t'en sentirais le courage. Elle m'a aussi donné des explications qui me manquaient et que tu me refusais par ton absence. Et je dois dire que j'ai été complètement anéanti par ce qu'elle m'a révélé. Comment as-tu pu croire une seconde, une seule seconde, que j'avais pu te trahir de cette façon, Kate ? J'étais pourtant certain de t'avoir donné toute l'assurance de ce que je ressentais pour toi et tu connaissais parfaitement mes sentiments envers Jenkins. Enfin mais qu'est-ce qui t'a pris ?

Je le regarde, ahurie.

Suis-je en train d'halluciner ou me dit-il vraiment qu'il est innocent de ce dont je l'ai cru coupable ?

— J'ai trouvé Hillary Jenkins dans ton lit. Vos vêtements étaient encore sur le sol et tout avait l'air si évident, plaidé-je pour ma défense.

— Tout comme Amy avait l'air malade, n'est-ce pas ? Jenkins est une très bonne actrice et la mise en scène ne l'effraie pas. Elle s'est magnifiquement vengée de nous et tu es tombée dans le panneau. Peters m'a fait venir aux aurores ce jour-là pour filmer une scène au lever du jour. Je n'ai pas voulu te déranger, je pensais être de retour suffisamment tôt. Je suis parti vers quatre heures du matin, je ne l'ai même pas vue. Téléphone à John, demande-lui, il te confirmera sans problème.

— J'ai voulu t'appeler, me récrié-je. Mais Still est intervenu. C'est lui qui m'a annoncé que tu souhaitais mettre fin à notre contrat et il m'a remis un chèque. Il y avait *ta* signature, Matt ! J'ai compris qu'il n'y avait plus rien à dire. Still m'a recommandé de partir rapidement, j'ai demandé à Sue de m'accompagner à la gare et j'ai sauté dans le premier train. Qu'est-ce que je pouvais faire d'autre ?

Au travers des larmes qui embuent mes yeux, je vois les poings de Matthew se serrer à en faire blanchir ses articulations.

— Me faire confiance !

— Ça aurait été nier l'évidence à ce moment-là et puis Still m'a convaincue que ta carrière ne supporterait pas le scandale qui s'apprêtait à te tomber dessus si je restais près de toi. Je n'avais pas le droit de t'infliger ça.

— Tu as préféré te sacrifier pour ma carrière ? articule-t-il en blêmissant.

— Je sais à quel point c'est important pour toi. Jenkins a menacé de tout révéler à la presse, le jour des Awards. C'était une humiliation dont je n'étais pas prête à assumer la responsabilité.

— Bon Dieu, Kate ! Still est le plus grand manipulateur de la Terre ! hurle Matthew en frappant le mur d'un poing rageur.

Je le regarde, tétanisée. Il pousse un profond soupir pour se calmer et ferme les yeux d'un air si malheureux que je ne trouve pas les mots pour apaiser sa colère et sa peine. Il reprend d'un ton fébrile, quelques secondes plus tard.

— Ce soir-là, j'étais encore sur le plateau quand j'ai vu débarquer Still, Jenkins et une armée de photographes convoqués pour l'occasion. Cette magnifique manipulation nous a valu un bel article dans la presse, quelques jours plus tard. Still nous a emmenés dîner à Deauville après ça, histoire de bien marquer l'événement. J'ai réussi à te passer un coup de fil auquel tu n'as pas répondu. J'étais inquiet, j'ai voulu rentrer. C'est seulement à ce moment-là qu'il m'a annoncé que tu avais décidé de mettre un terme à notre contrat. Il m'a dit que tu étais allée le trouver le matin même, que tu avais réclamé le solde prévu par notre accord et qu'il avait accepté de te remettre un chèque avant ton départ.

— Comment Still a-t-il pu prétendre que c'est moi qui ai réclamé le solde du contrat ? Il m'a tendu ce chèque d'un air si désolé. Et puis, c'était ta signature… j'en étais certaine.

— Ça l'était ! Still disposait de plusieurs chèques en blanc. Ça lui permettait de régler certains trucs d'avance, sans attendre de me voir.

— Comme acheter une voiture, par exemple ?

— Par exemple !

— Je t'ai renvoyé ce chèque, Matt... ainsi que les clés de la voiture.

— Je sais... ça te ressemblait tellement. Je ne voyais pas pourquoi tu aurais renvoyé ces trucs-là si tu n'en avais pas été vexée. Quand Amy m'a réexpédié le paquet contenant le chèque et les clés, j'avoue que je n'ai pas compris. Aucun mot, aucune explication, seulement l'indication de l'Hôtel White sur l'enveloppe et ton nom sur un chèque que je n'avais pas rédigé. Pourquoi me renvoyer quelque chose que tu avais réclamé ? Et ces clés, j'ignorais de quoi il s'agissait.

— Ce n'était donc pas toi ? soupiré-je, à moitié rassurée.

— Non, Kate, je ne t'aurais jamais fait pareille insulte.

Mon cœur bondit dans ma poitrine.

Une insulte !

C'est exactement le terme qui m'était venu à l'esprit en découvrant d'où venait le véhicule.

— Comment as-tu su ?

— J'étais perdu. En deux jours, tu avais disparu et tout le monde semblait me haïr comme si j'étais le plus grand salaud de la Terre et je n'y comprenais rien. Sue a fini par me raconter ce qu'elle avait entendu de votre conversation, dans la caravane. Elle n'avait qu'une partie des faits, le reste, je l'ai appris de Cynthia qui m'a confié ta version car bien sûr, Still ne m'a rien avoué.

— Tu es allé le trouver ?

— Ce salopard m'a dit qu'il avait agi dans mon seul intérêt, qu'il essayait de préserver ma carrière en me sauvant d'un scandale. Ce type me manipule depuis que j'ai seize ans. Il a toujours tout décidé pour moi, sans jamais se soucier de mes sentiments, ni de ma santé quand j'allais mal, ni de ma famille avec laquelle il m'a brouillé. Le seul truc qui compte pour lui, c'est le fric que je lui rapporte. Mais cette fois, il est allé trop loin, ce qu'il nous a fait est...

Matthew serre les dents, incapable de trouver les mots justes pour exprimer son dégoût. Je me rends compte de la terrible erreur que j'ai commise. Mon sang se glace dans mes veines, je noue mécaniquement mes bras autour de moi et j'encourage Matt à me raconter la suite, autant vider l'abcès qui nous ronge tous les deux depuis des semaines interminables.

— J'ai annoncé à Still que notre collaboration était elle aussi finie, comme ton contrat, mais qu'il ne devait pas en attendre d'indemnités.

— Comment a-t-il pris la chose ?

— Il m'a menacé d'alerter les médias sur notre histoire, m'a prévenu que j'étais fini si je n'allais pas aux Awards. J'ai tenu ma promesse, Kate, je n'y suis pas allé sans toi.

— Cette histoire va te coûter très cher, Matt !

— Non, rassure-toi ! Mon père a été si choqué par ce contrat que lorsque je lui ai téléphoné pour lui faire part de mes problèmes, il a fait appel à son cabinet d'avocats et leur en a remis une copie. Ils ont découvert que Still avait touché d'énormes commissions pour me faire signer ce document dont certaines clauses étaient abusives et attentatoires à ma vie privée. Un magistrat n'aurait eu aucun mal à le démolir. Au jeu du chat et de la souris, j'ai récupéré le rôle du chat. J'ai prévenu Still que sa carrière vaudrait encore moins que la mienne si je venais à rendre publique cette affaire. Les producteurs d'*Ultima* n'ont pas bronché. Je ne risque absolument rien.

— Mais tu n'as plus d'agent, alors ?

— J'ai confié ce job à Lewis Simpson. C'est un agent réputé. Les avocats de mon père ont accepté de jeter un œil sur les contrats que je leur soumettrai au préalable, désormais.

— Je suis soulagée, tout est réglé finalement.

— Non... pas tout, se rembrunit-il.

Matthew va jusqu'au bureau dont il ouvre un tiroir. Il en tire une pochette grise qu'il dépose devant moi sur la table du salon.

— Nous avons encore quelque chose à régler, Mademoiselle Dutilleux, reprend-il d'un air grave.

— De quoi s'agit-il ?

— Ouvre ! m'ordonne-t-il en désignant la pochette.

J'obéis et je sors deux exemplaires identiques d'un dossier intitulé « contrat ». Le tout est rédigé dans un anglais purement administratif auquel je comprends très peu de choses. Je relève les yeux vers un garçon très concentré.

— Même si ça m'en a coûté, j'ai pris le temps de mettre toutes les choses au point avant de venir ici. Je ne veux plus aucun malentendu entre nous, Kate.

— Matt, je...

— Laisse-moi finir, s'il te plaît ! insiste-t-il.

Je me tais, le cœur battant. Matthew a gagné en assurance durant ces dernières semaines. Je ne vois pas comment lui tenir tête.

— J'ai demandé à mes avocats de rédiger, par la même occasion, le contrat que tu as entre les mains. Le précédent a été malmené. J'ai soigneusement étudié celui-ci et je compte bien te le faire signer. Tu ne me fausseras pas compagnie si facilement.

Je reste muette, complètement prise au dépourvu.

— Tu veux savoir ? demande-t-il. Je te préviens, il est bourré de clauses abusives.

— Des clauses abusives ? marmonné-je, abasourdie.

— Article un, tu es attachée à mon service exclusif.

— Je l'étais déjà, fais-je remarquer.

Matthew acquiesce.

— Article deux, tes horaires de travail ne sont pas définis, ainsi je peux te demander n'importe quoi, à n'importe quelle heure du jour ou de la nuit.

— Ah... il me semble que c'était déjà quasiment le cas.

— Article trois, pas de jour de repos, ni de congé.

Le petit soldat monte au créneau.

Ne vois-tu pas où il cherche à t'emmener ?

— Je...

— Article quatre, continue-t-il sans se soucier de ma réaction. Tu m'accompagneras partout où je déciderai d'aller. Article cinq, aucune décision concernant l'application de ce contrat ne pourra être prise par quelqu'un d'autre que moi. Tu seras obligée de me faire part, personnellement, de toute modification que tu souhaites négocier. Article six...

— Tu en as encore beaucoup comme ça ? m'agacé-je en ne voyant pas à quoi cela peut servir.

— C'est le dernier et le plus important. Ce contrat, renouvelable chaque année, par tacite reconduction, prend effet à compter de la date de la signature par les deux parties, soit toi et moi, pour une durée indéterminée.

— Indéterminée ? Dois-je te rappeler que j'ai un travail ?

— Je sais, c'est pour ça que tu trouveras en pièce annexe de ce document, ta lettre de démission que tu n'as plus qu'à signer.

— Ma quoi ? sursauté-je, effarée.

Il me reprend le contrat des mains et tourne les pages jusqu'à la dernière qu'il me met sous les yeux. Je lis d'abord sans comprendre et je recommence jusqu'à tomber sur la date.

— Le six novembre ! Mais c'est demain !

— Oui.

— Matt... tu n'es pas sérieux ?

— Tout ça m'a l'air très sérieux, au contraire.

— Tu te rends compte de ce que tu me demandes ?

— Il m'a fallu trop de temps pour comprendre ce qui se passait, mais je n'ai jamais eu l'intention d'abandonner. C'était au-dessus de mes forces. J'aurais pu traverser la Manche à la nage, venir te supplier derrière ta porte, mais tu ne m'aurais pas écouté, pas après ce que tu croyais avoir découvert, j'étais coincé, Kate. J'ai dû d'abord attendre que mes affaires soient réglées avec Still et les avocats de la production et que tout soit prêt, ce contrat et Amy avec qui j'ai répété le rôle le plus important de ma vie.

Ses mots résonnent dans mon crâne, mes larmes jaillissent, douloureuses, incontrôlables. Matthew approche de moi, lentement, comme s'il craignait que je m'échappe. Je ferme les yeux et le laisse venir jusqu'à sentir la chaleur de son corps contre le mien, son souffle sur mes cheveux.

— Si j'avais cru une seconde que tu ne m'aimais plus, je n'aurais plus eu le moindre goût de vivre. Au fond de moi, je suis sûr que j'ai toutes les raisons du monde de t'imposer ce nouveau contrat. Je sais que tu m'aimes, Cathie.

Mon cœur explose, un sanglot sort de ma gorge nouée. Matt referme ses bras autour de moi. Mes mains s'accrochent à lui et je réalise à quel point elles ont souffert de son absence.

— Comment est-ce que je pourrais me faire pardonner ? suffoqué-je contre sa poitrine où je perçois les battements effrénés de son cœur.

— Signe ce contrat, mon amour ! répond-il d'une voix douce, grave, merveilleuse.

12

Un soir de première

Sais-tu à quoi tu t'engages ?

Le petit soldat se réveille quand mes doigts saisissent le crayon que Matthew me tend. De l'autre côté de la table, je peux entendre le souffle retenu de celui qui exige mon engagement absolu. Si je signe ce contrat, je m'en remets tout entière à lui. Si je ne signe pas…

Cette fois, le petit soldat refuse l'idée. Ni mon esprit, ni mon cœur ne supporteraient de le perdre de nouveau.

N'a-t-il pas tenu chacune de ses promesses ? N'a-t-il pas abattu les obstacles qui se sont dressés sur notre chemin ? N'est-il pas venu me chercher dans ma tanière ?

Quelle meilleure preuve de son amour puis-je exiger, moi qui ne peux justifier que d'une piètre confiance ?

D'ailleurs, en qui ai-je eu le moins confiance ? *En lui ou en moi ?*

Sans doute, Matt connaît-il la réponse et ce contrat en est la preuve. Il m'offre un cadre rassurant, me donne la certitude de lui appartenir d'une certaine façon.

Je prends une grande inspiration et pose ma signature à côté de la sienne, au bas du document, puis, résolue, je signe ma lettre de démission. Les yeux de Matthew s'illuminent quand je lui rends les deux exemplaires du contrat. Il les range soigneusement dans la pochette grise. Ma démission, quant à elle, est placée bien en évidence sur le bureau. Je le regarde faire avec un certain amusement et une petite appréhension. Matthew ne laisse rien au hasard. Il griffonne encore un mot sur un papier qu'il abandonne sur la table, puis il me tend la main.

— Viens, j'ai autre chose à te montrer.

Je glisse perplexe ma main dans la sienne. Sous mes yeux ahuris, il tire mon passe de sa poche de pantalon et ouvre la porte. Pour toute réponse au hoquet de protestation que j'émets, il m'adresse son petit sourire en coin auquel je ne résiste jamais. Je le suis jusqu'à l'ascenseur dans lequel il me pousse gentiment. Il sélectionne le septième étage, le dernier. Mon étonnement le fait rire, mais il ne lâche pas la moindre information.

— Tu ouvres ou je le fais ? demande-t-il en s'arrêtant devant ma porte.

— Tu as le passe, lui fais-je remarquer, ironique.

Matthew ne se fait pas prier deux fois. Je remarque aussitôt, en évidence sur mon lit, la magnifique robe de mousseline grise que j'ai portée quelques semaines plus tôt.

— Qu'est-ce qu'elle fait là ?

— Vicky me l'a remise pour toi. J'ai trouvé qu'elle t'allait particulièrement bien. J'avais envie que tu la portes pour moi.

— À quelle occasion ?

— Nous avons plusieurs choses à fêter, ce soir.

— Quelles choses ?

— Mmmm, ta démission par exemple, répond-il en faisant mine de réfléchir tandis qu'il accroche le cintre sur la porte ouverte de ma penderie.

— Comment pouvais-tu être sûr à ce point que j'accepterais ? sourcillé-je en désignant la robe.

— Il ne pouvait pas en être autrement, Kate, je ne t'aurais pas autorisée à prendre une autre décision.

La distance qui nous sépare m'est intolérable, je m'approche de lui. Il ne m'ouvre pas ses bras, mais je sais à quoi m'attendre, je connais les règles du jeu qu'il me propose.

— Je croyais que tu tenais à me laisser libre ?

— Tu es libre. Je ne fais que te protéger de toi-même.

— Je suppose que je dois t'en remercier.

— En effet, minaude-t-il.

— Et as-tu envisagé aussi la façon dont je pourrais m'acquitter de ma dette ?

— Ça se pourrait !

— Je t'écoute.

— Apprête-toi à souffrir, menace-t-il.

— Pourquoi ?

— Parce que tu seras rapidement l'objet de toutes les curiosités. Je n'ai plus l'intention de faire un pas sans toi.

— Drôle de liberté !

— Je n'ai pas envie de te voir de nouveau disparaître dans mon dos.

— C'est tout ?

— Non. Je t'annonce que ta vie va radicalement changer. Le tournage est terminé. J'ai profité des quelques jours que j'ai passés à Londres pour choisir un endroit où nous poser en toute tranquillité.

— Tu as acheté un appartement ?

— Oui, j'espère qu'il te plaira.

J'ai un peu de mal à réaliser tout à fait qu'il me propose de vivre avec lui.

— Mais… ton travail ?

— Simpson m'a fait parvenir plusieurs propositions, je n'en ai encore accepté aucune.

— Elles ne te plaisent pas ?

— Ton absence a été si cruelle que j'ai besoin d'en guérir… avec toi. Donne-moi le temps de m'assurer que mon cauchemar est bien fini. Nous discuterons plus tard de ces projets.

— En quoi est-ce qu'ils me concernent ?

— En quoi est-ce que le film de Peters te concernait ? sourit-il d'un air entendu. Dans la mesure où tu seras toujours à mes côtés, j'ai besoin de savoir que tu partages mes choix.

— C'est m'accorder beaucoup trop d'importance, protesté-je, sérieuse.

— Cesse de dire des âneries, Kate ! Si tu ne l'as pas encore remarqué, ma carrière, dont tu te soucies tant, ne compte pas par rapport à toi. Si tu n'es pas là, je ne suis plus rien.

Je reste tétanisée par ses paroles. Il me semble néanmoins que nous n'avons pas fait le tour de la question. Je m'efforce de reprendre mes esprits et de résister encore à son charme envoûtant, le temps d'obtenir les dernières réponses aux questions que je me pose.

— Est-ce que ça veut dire que je dois m'acheter quelques valises supplémentaires ?

— Et plus vite que tu ne le crois. Bien que le contrat ne le prévoie pas, j'ai promis à Peters d'assurer entièrement la promo de son film. Les équipes de montage sont déjà en plein travail et la sortie est prévue au mois de mars. J'espère que ton passeport est à jour, chérie, parce que tu vas faire ton premier tour du monde.

— C'est vrai ? exulté-je.

— John attend énormément de ce film et moi aussi. Je tiens à honorer cet engagement, mais pas sans toi.

— Mon passeport est à jour, affirmé-je en guise d'assentiment.

— N'y a-t-il pas quelque chose que tu aimerais faire avant de partir d'ici ? demande-t-il sans transition.

— À quoi penses-tu ?

— Ta famille, Kate. Nous allons être absents de longs mois. J'ai pris conscience de l'énorme erreur que nous avions commise, toi et moi, en les tenant à l'écart de nos vies. J'ai eu la chance d'avoir mon père à mes côtés pendant ces semaines d'enfer et je sais que tu as trouvé refuge auprès des tiens. Il est normal et juste de leur accorder un peu de temps. Qu'est-ce que tu en dis ?

— Que tu as raison. Mon père a été extraordinaire. Sans lui, je ne sais pas comment j'aurais fait. Je ne sais pas comment ils vont réagir quand je vais leur annoncer la nouvelle.

— Quand nous leur annoncerons la nouvelle, rectifie-t-il. Je serai heureux de faire leur connaissance. Je me mets à leur place, sans doute qu'ils seront rassurés de me rencontrer, tout comme mes parents ne jurent plus que par toi.

— Tu es sérieux ?

— Est-ce que j'ai l'air de plaisanter ?

— Non.

— Il ne me reste qu'une seule petite chose à exiger de toi.

— Quoi ?

Pour toute réponse, Matthew franchit le dernier pas qui nous sépare. Sa main se faufile derrière ma tête et ses doigts cherchent la pince qui retient mon chignon. Il dénoue les mèches de mes cheveux sur mes épaules et balance, d'un geste adroit, la pince dans la poubelle, près de mon bureau. Son visage sublime contemple le mien quelques secondes. Matthew sait mieux que personne jouer avec le temps, aiguillonner mon impatience, titiller mes nerfs à vif. Même en cette minute qu'il a pourtant attendue, espérée, préparée avec soin en metteur en scène de génie, il est encore capable de se retenir avec une maîtrise farouche, ne cédant rien à son irrépressible envie d'en finir avec l'attente. Moi, j'ai pris trop le goût du jeu auquel j'ai déjà perdu si souvent. L'instant est trop précieux, je veux qu'il dure, qu'il marque pour toujours mon cœur au fer rouge pour que je n'oublie jamais à quel point j'ai eu mal, quitte à souffrir encore quelques minutes d'un désir trop violent pour être satisfait par un acte ordinaire.

Matthew s'est battu, plus que moi, mieux que moi, contre moi et voilà que, sans vergogne, j'exige plus... sa reddition complète. Je ne bouge pas, je ne dis rien, seul mon souffle chaotique témoigne de mon état. Son regard descend, caressant, sur l'échancrure de mon chemisier noir qu'il déteste. Un éclair sauvage allume ses prunelles et quand ses mains se posent enfin sur moi, plus rien n'a d'importance.

* * *

La douleur a disparu, je l'ai guettée, la tête posée sur la poitrine de Matthew dont la respiration est redevenue calme. *Mais rien !* Le brave petit soldat est mort en héros, mon cœur triomphe. Mon corps apaisé a retrouvé sa place contre le sien, doux et chaud. Mes mains se régalent de parcourir de nouveau le chemin sinueux de ses muscles. Le portable de Matthew, dans la poche de son pantalon gisant sur le sol, émet une sonnerie ténue. Il ne daigne cependant pas se lever et me retient contre lui.

— C'est Amy, il doit être l'heure, déclare-t-il simplement.

— L'heure de quoi ?

— Celle du dîner d'adieu de Catherine Dutilleux à ses collègues et le premier dîner de ta nouvelle vie.

— Quel titre suis-je supposée porter maintenant ? Je n'ai rien vu de très précis dans le contrat.

— Celui que tu voudras à condition que tu renonces à celui de gouvernante, rigole-t-il.

Je fais une moue dubitative.

— Et si tu te contentais de celui de compagne ? suggère-t-il d'une voix suave qui fait naître des frissons le long de ma colonne vertébrale.

— Je t'aime, Matt, murmuré-je enfin en lui offrant mes lèvres.

— Je t'aime, Cathie !

Je t'aime, Cathie !

La boucle est bouclée, nous sommes revenus là où tout s'est arrêté. Mais nous sommes plus forts, plus heureux et plus conscients de ce que nous avons failli perdre. Le portable de Matt sonne de nouveau. Il a pitié de sa grand-mère, cette fois, et se lève pour répondre à son appel. Il la rassure en quelques mots et, quand il raccroche, il affiche une mine réjouie de comploteur.

Il n'a alors de cesse de me harceler jusqu'à ce que je sois enfin prête. Il étudie ma tenue d'un air admiratif et m'interdit de relever mes cheveux. Ses doigts aiment à se perdre dans mes boucles indisciplinées. Il est déjà près de vingt heures trente et Matthew tient à passer dans sa chambre pour se changer rapidement. Ce diable de garçon maîtrise à la perfection ses grandes capacités de séduction. S'il sait dissimuler sa beauté sous des airs négligés, il sait également afficher sa superbe silhouette dans un costume qui le rend absolument renversant, ce qui est le cas, lorsqu'il émerge de la salle de bains. Il se moque gentiment de mon hébétude, mais ne me laisse pas le temps de m'en remettre tout à fait. Il m'entraîne vers l'ascenseur, puis me fait galoper en talons hauts jusqu'au petit salon habituellement réservé aux dîners privés.

Un silence étrange règne derrière les portes soigneusement fermées. Matthew m'accorde le privilège de les pousser. Une clameur joyeuse explose quand je fais mon entrée. Il me faut quelques secondes avant de reconnaître les visages amicaux autour de moi. J'entends le bruit tonitruant des bouchons de champagne, celui cristallin des flûtes qui s'entrechoquent. Puis c'est un vertige d'embrassades, de félicitations et d'au revoir. Les larmes qui embuent déjà mes yeux ne résistent pas quand je découvre la présence de Cynthia au bras de Sam. Cynthia, ma Mata Hari de meilleure amie ! Sans son amitié infaillible qui l'a autorisée à révéler à Matthew ce que je lui avais confié sous le sceau de la confidence, sans son prodigieux culot à me dissimuler son appel tout en faisant une morale déguisée, je n'aurais pas vécu ce moment de bonheur. Je lui dois tout. Elle a toutes les peines du monde à faire cesser mes sanglots dans ses bras.

Monsieur Morel a accueilli ma lettre de démission comme s'il s'y attendait. Je soupçonne Amy de l'avoir préparé à cette éventualité. Il s'excuse avec humour du vilain tour qu'il a accepté de me jouer quelques heures auparavant et me recommande de ne jamais oublier ses précieux conseils.

— Sachez profiter de la vie, Catherine, prenez tout ce qu'elle a de bon à vous offrir. Cet hôtel restera toujours votre maison. Je ne vous pardonnerai pas de nous faire une infidélité quand vous reviendrez à Paris.

— Loin de moi cette idée saugrenue ! répliqué-je en forçant le trait.

— Vous allez drôlement me manquer.

— Vous aussi, avoué-je en lui rendant son accolade amicale.

La dernière personne vers qui je vais est Amy. La vieille dame malicieuse patiente dignement, à côté de son petit-fils. Ces deux-là se ressemblent étonnamment, la même étincelle anime leur regard, la même passion parcourt leurs veines. Je n'ai pas la force de la gronder de la mauvaise blague qu'elle m'a faite. Je suis trop heureuse de savoir qu'elle va bien. Elle m'ouvre les bras et je m'y sens accueillie, aimée, protégée. Comme l'a dit Matt, un jour très spécial à la fin du mois d'août, Amy n'a pas besoin d'explications, Amy sait. Je lui chuchote un merci qui vient du plus profond de mon cœur. Elle pose sa main sur ma joue et donne la mienne à celui qui l'attend à côté.

Après cette fête, je quitte Paris sans un regret. Mes parents accueillent la nouvelle de notre réconciliation et de ma démission avec un calme étonnant. Chris, lui, devient à moitié dingue le jour où Matt et moi annonçons notre venue. Ma mère me confie qu'il a fallu le dissuader d'inviter la moitié du lycée. Mon père, avec qui j'ai une longue conversation, se montre sensible au charisme de mon compagnon. Le français de Matt est devenu suffisamment bon et l'anglais de mon père est suffisamment moyen pour qu'ils puissent discuter à bâtons rompus. Les deux hommes de ma vie s'entendent à merveille, pour mon plus grand plaisir. Nous consentons à rester dormir à la maison à la grande satisfaction de maman et de Chris. En quelques heures, Matthew découvre avec gourmandise tout ce que je ne lui ai pas encore raconté de moi. Puis il s'amuse à profiter de ma chambre d'enfant.

Nous gagnons Londres dès le lendemain. Je découvre émerveillée l'appartement qu'il a acheté dans un quartier résidentiel. Cet endroit est une révélation. Je ne doute pas une seconde du prix exorbitant qu'il a dû coûter. Pour Matthew, il constitue son premier pied-à-terre personnel, il l'a fait aménager et décorer à son goût, et tout me plaît. Durant près de trois semaines, nous y vivons dans un isolement presque absolu, nous régalant uniquement l'un de l'autre, sans jamais nous rassasier. Ni le téléphone, ni l'ordinateur, ni le moindre journal, rien ne vient troubler nos retrouvailles.

Lewis Simpson, le nouvel agent de Matt, finit néanmoins par nous rendre visite en personne pour rappeler son protégé à ses obligations. Très professionnel, sans tomber dans la caricature de l'agent paternaliste comme le faisait Still, cet homme me plaît. Un climat de confiance s'installe entre nous et rapidement, nous devenons complémentaires dans l'entourage de la star, Lewis me laissant gérer tout le quotidien de Matt et moi, n'interférant pas dans leurs relations d'affaires. Simpson n'intervient jamais dans ce qu'il considère comme notre vie privée. Les seuls conseils avisés qu'il se permet de donner à notre sujet ne concernent que les choix d'interview où il craint parfois sa réaction à certaines questions indiscrètes qui ne manquent pas d'être posées. Car il faut bien l'admettre, Matthew Dickinson et moi sommes devenus inséparables.

Bien évidemment, la presse nous tombe rapidement dessus. Je ne tarde pas à découvrir ma photo dans un journal. Les gros titres me présentent comme celle qui a fait voler en éclats le couple le plus glamour d'Hollywood. Hillary Jenkins continue d'ailleurs à faire parler d'elle. Elle a été admise dans un hôpital de luxe pour y entamer une cure de désintoxication, à grand renfort de publicité. Ceci m'exonère aux yeux du public qui accorde volontiers à son ex-pseudo fiancé des circonstances atténuantes. Matthew croit bon de me consoler en me faisant observer que je suis unanimement décrite comme une superbe créature, ce qui ne l'empêche pas de se moquer gentiment de moi jusqu'à ce que je renonce à me soucier de ce que les journaux peuvent raconter.

Dès lors, nous devenons experts pour déjouer les plans des paparazzis et nous arrivons le plus généralement à nous faufiler aisément entre leurs pattes. Cette partie de cache-cache permanent qui a toujours été vécue comme une torture devient un jeu auquel nous trouvons quelques avantages puisqu'il met parfois un peu de piment dans notre quotidien. Nous avons cependant plus de difficultés lorsque la notoriété de Matthew grimpe d'un cran.

Under the Dark, le film de John Peters, sort en mars et il pulvérise, dès les premières semaines d'exploitation, des records d'affluence dans les salles obscures. Tous les spécialistes et autres critiques de cinéma anticipent le couronnement du film et la sélection de Matt aux Oscars. Monsieur Dickinson n'est plus jamais décrit comme l'enfant terrible du cinéma, brillant plus par ses coups d'éclat enivrés que par ses prestations sur grand écran, mais comme un acteur talentueux, apprécié des gens et surtout, le plus rentable du box-office. Simpson croule sous les sollicitations.

Conformément à ce qu'il nous a promis, John Peters nous a rendu l'enregistrement de notre scène commune. Je voulais le détruire, mais Matthew a refusé catégoriquement. Il le conserve religieusement dans le coffre de son bureau. Personne, à l'écran, ne peut soupçonner la réalité de ce qu'a été le tournage de cette scène et le résultat du montage est absolument bluffant.

À l'occasion de la sortie de ce film, je connais une des périodes les plus exaltantes, mais aussi fatigante de ma vie. En guise de tour du monde, la promotion nous expédie dans pas moins de trente pays à une vitesse phénoménale. Madrid, Berlin, Paris, Londres, Tokyo, en passant par Moscou ou New York, je ne vois rien de ces capitales que les tapis rouges interchangeables, les salons d'hôtels prestigieux et les aéroports. Je suis contente de retrouver Sarah qui partage bien souvent le siège d'avion voisin du mien et avec qui je passe de nombreuses heures à discuter ou à dormir, l'une et l'autre, épuisées par le décalage horaire.

L'accueil le plus extraordinaire que Matthew reçoit est celui de ses fans français et pour cause, j'ai inondé son blog de compliments envers la France qui a si bien favorisé le tournage. C'est une véritable déclaration d'amour pour mon pays et il nous le rend bien. Je suis ravie tout de même quand ça s'arrête et que nous pouvons reprendre une vie un peu plus normale. Matthew se met alors sérieusement à la lecture des différents scénarios que lui a transmis Simpson.

Nous retournons bien évidemment à Chipping Campden, au printemps, quand l'air embaume le parfum tout frais des fleurs de cette magnifique région des Cotswolds. Je suis aussi excitée qu'une puce de retrouver Steeve et les autres. Là-bas, malgré les touristes et leurs appareils photo, tout me paraît simple à nouveau. Matthew reprend sa guitare et moi, mes notes et les soirées se répètent, joyeuses et festives, dans le petit caveau autour d'une bière. C'est à cette occasion qu'Amy nous fait part de la proposition que lui a envoyée un jeune auteur de théâtre plutôt culotté. Ce garçon inconnu a su séduire la vieille dame avec son histoire d'une grand-mère à l'humour incisif et de son petit-fils rebelle. Cette pièce, intitulée *Jane and John*, oscille entre rires et larmes. Loin de rejeter l'idée, Matthew se montre intéressé par le projet après avoir lu le livret et nous devinons aisément l'un et l'autre que la perspective de remonter sur les planches ne laisse pas Amy indifférente, surtout si son propre petit-fils l'accompagne.

Les parents de Matt nous rendent visite dans cette maison redevenue familiale et joyeuse. Loïs est aussi invitée, James Forest va la chercher lui-même dans son auberge exceptionnellement fermée. Matt prend tout le monde de court, moi y compris, quand il déclare au beau milieu du repas qu'il a chargé Simpson de trouver un producteur prêt à s'engager sur la pièce qui tente tellement Amy. Nous voyons James blêmir et manquer de s'étrangler avec le pudding. L'immense sourire qu'il découvre sur le visage de sa mère le laisse pantois.

Vivian est plus prompte à saisir l'importance affective que son fils porte à ce projet. James, définitivement plus terre à terre, émet tout un tas de considérations pratiques allant de la fatigue qu'une femme de soixante-dix ans n'est selon lui pas capable de supporter à la difficulté de retenir un texte, en passant par l'inexpérience de Matt sur une scène de théâtre. Le pauvre se heurte à un front uni des femmes Dickinson, Loïs en tête qui lui fait remarquer que bien qu'elle soit plus âgée que sa sœur, elle n'est pas encore complètement bonne pour la tombe. Sa propre épouse le lâche, prenant résolument le parti de sa belle-mère. L'enthousiasme d'Amy est son unique argument. Je suis la seule à ne pas manifester mon opinion. Le bras de Matt s'enroule autour de ma taille et son regard scrute mes pensées.

— Et toi ? Qu'en penses-tu ? me demande-t-il.

— J'en pense que ce n'est pas une décision à prendre à la légère.

— Enfin quelqu'un de sensé ! approuve James.

— Qu'est-ce que tu veux dire ?

— Tu n'as jamais fait de théâtre et Amy a mis un terme à sa carrière, il y a bien longtemps. Imagine les répercussions que l'annonce d'un événement tel que celui-là pourrait avoir. Si ce projet se concrétise, vous allez créer une véritable attente du public. Il ne s'agirait pas de considérer cela comme un simple divertissement, ce ne serait pas correct.

Matthew me regarde d'un air perplexe.

— Je ne le prends pas comme un simple divertissement, je t'assure. J'y ai bien réfléchi avant d'en parler à Simpson.

— Qu'en pense-t-il, lui ?

— Il m'a fait à peu près la même remarque que toi, à l'instant. Je suis certain qu'Amy pense la même chose que moi. Nous ne faisons pas ça par toquade, j'ai vraiment envie de jouer cette pièce.

— Je comprends tes inquiétudes, Kate, intervient Amy. Mais les Dickinson savent relever des défis, tu sais, et en voilà un qui s'agite sous notre nez comme un drapeau rouge sous celui d'un taureau.

— Je connais vos talents de comédiens à tous les deux, mais...

— Catherine Dutilleux, le retour ! s'exclame Matthew en riant.

— Très bien, faites comme vous voudrez ! cédé-je, faussement vexée.

Je déteste priver Matt de son plaisir et je sens que ce projet lui est vraiment cher. Voyant son seul appui disparaître, James Forest émet une dernière objection.

— Comment feras-tu pour reprendre le cinéma en même temps, Matt ?

— Les propositions que j'ai reçues ne me plaisent pas autant que ce projet. Simpson est d'accord sur ce point. Le seul scénario intéressant peut encore attendre ma réponse. Je suis disponible pour plusieurs mois.

— Et moi, je suis disponible depuis des années, gémit sa grand-mère.

James ne peut s'empêcher de rire, Amy marque un point.

— Et où vas-tu habiter pendant ce temps ? lui demande-t-il.

— Ne t'ai-je pas dit à quel point je trouvais ta maison agréable ? insinue-t-elle.

James fait une moue boudeuse et se tourne vers sa femme. Vivian hoche la tête, amusée.

— C'est bon, vous avez gagné, soupire-t-il.

* * *

Pour Matthew, commence alors une période haletante. Simpson et lui se démènent pour réunir les conditions optimales. Le seul nom de Dickinson leur permet de séduire très rapidement l'un des plus gros producteurs d'Angleterre. Même mauvais, Matthew est le gage de remplir des salles entières de fans prêts à tout pour le voir *en vrai*. Le fait est que Matt n'a pas du tout l'intention d'être mauvais. Il ne veut pas décevoir son public et encore moins sa partenaire.

Le choix du metteur en scène est le seul point où Amy apporte son avis. Elle n'envisage pas de travailler sous la direction de quelqu'un qui n'a pas la même lecture qu'elle de l'œuvre, quand bien même elle n'est pas de Shakespeare. Un consensus est trouvé autour de Greg Norman qui se met aussitôt au travail en collaboration avec Ed Fisher, l'auteur lui-même. Le jeune homme est le premier surpris d'apprendre la nouvelle de la bouche de Simpson. Il a tenté sa chance auprès d'Amy comme on achète parfois un ticket de loterie, comme ça, pour voir. Il vient de toucher le gros lot.

Petit à petit, le projet se concrétise et la rumeur enfle dans le milieu du spectacle. Elle déborde enfin dans la presse alors que les toutes premières répétitions viennent de commencer. L'annonce officielle dans les journaux fait l'effet d'une bombe : Amy et Matthew Dickinson réunis sur la scène du Palladium pour une centaine de représentations de *Jane and John*. Les premiers billets mis en vente s'arrachent en quelques heures et bientôt il n'en reste plus de disponibles qu'au marché noir et à prix d'or.

Durant ce temps, je découvre quel bourreau de travail peut être mon compagnon. Le cinéma le laisse souvent satisfait de sa prestation et l'esprit libre, les répétitions sur scène lui donnent, quant à elles, des insomnies fréquentes. Il se lève alors d'un bond et exige de moi que je le fasse répéter jusqu'à ce qu'il ait trouvé l'intonation qui lui semble la plus juste. Il épuise jusqu'à sa grand-mère qui se fâche souvent contre son inutile acharnement à vouloir la perfection en une fois.

Dans toute cette histoire, Greg Norman prend beaucoup de plaisir à les voir se chamailler sur scène. Leurs relations collent tellement avec l'esprit de la pièce qu'il n'a pas de difficulté à les diriger, s'inspirant d'ailleurs souvent de ses interprètes autant que des consignes de l'auteur. L'expérience ancienne et classique d'Amy est un atout majeur en plus de l'ascendant qu'elle a sur son jeune partenaire impétueux. Matthew se rassure à son contact. Je sais qu'ils seront une Jane et un John bouleversants et drôles.

Les mois défilent ainsi sans que je m'en aperçoive, rythmés par les allers-retours au théâtre. Matthew est si absorbé que nous n'avons plus de temps ou d'énergie à consacrer à autre chose. Notre vie entière s'articule autour de la pièce. Je ne m'en plains pas, mais je regrette parfois son manque de disponibilité. Nous n'avons plus une soirée seul à seule où il n'est pas question de ça. Matthew ne s'aperçoit de rien et je me garde bien de lui en faire la moindre remarque. J'évite scrupuleusement tout ce qui pourrait déclencher la plus petite querelle entre nous et nos caractères s'arrondissent pareillement dès lors qu'ils se frottent l'un à l'autre.

La pression monte jusqu'à en devenir palpable à la veille de la première. Je n'ai jamais vu Matt avoir le trac. Amy elle-même, jusque-là très détendue, est contaminée par son anxiété. Le soir du grand jour, tous les deux piaffent d'impatience, pressés d'en découdre avec un défi qu'ils se sont lancé. Mon estomac est aussi noué que si je devais moi-même monter sur la scène. Je me demande comment Matt et Amy font pour être aussi calmes en apparence. Certes, ils sont au point, ils ont suffisamment répété l'un et l'autre pendant des mois, mais tout de même !

Je préfère laisser Matthew se concentrer seul dans sa loge. Je jette un coup d'œil sur la salle depuis les coulisses où je tremble comme une feuille. Ils vont jouer à guichets fermés. Tout le gotha s'est précipité à cette première ainsi qu'un nombre impressionnant de journalistes que j'ai croisés dans le hall. Au premier rang, j'aperçois James et Vivian ainsi que Loïs qui a accepté de faire le voyage jusqu'à Londres pour applaudir sa sœur et son petit-neveu. Matthew a envoyé des places à Steeve qui ne s'est pas fait prier pour rappliquer en compagnie d'une jeune femme qu'il ne tardera certainement pas à nous présenter. Seules cinq places restent encore vacantes à côté du père de la vedette. L'une d'elles est la mienne. Lewis Simpson, élégamment vêtu, déboule derrière moi. Il amène dans son sillage un peu de l'air froid qui règne au-dehors en ce début du mois de novembre.

— Matt est dans sa loge ?

— Oui, bien sûr !

— Je dois aller le voir. J'ai ramené ses invités, est-ce que ça t'ennuierait de les accompagner jusqu'à leur place ? me demande-t-il d'un air innocent.

— Des invités ?

— Matt a beaucoup insisté, ils viennent juste d'arriver à l'aéroport, j'ai dû commettre une bonne douzaine d'infractions au code de la route pour être ici à l'heure.

— J'y vais, où sont-ils ?

— Dans le hall, lance-t-il avant de disparaître dans les coulisses.

Je descends en prenant garde à ne pas rater une marche du grand escalier à cause de mes talons hauts. À soirée spéciale, tenue exceptionnelle, Matt a exigé que j'arbore une robe haute couture. J'ai cédé à la condition qu'elle ne fût pas longue et j'ai trouvé mon bonheur avec une robe bustier noire aux délicates broderies d'or d'un jeune styliste anglais. Donnant-donnant, un jeune styliste pour un jeune auteur, nous sommes quittes.

— Cathie ! appelle une voix qui me fait relever aussitôt le nez de mes marches.

— Papa ?

Je reste à l'arrêt au beau milieu de ma descente. Mon père, ma mère et Chris rient de bon cœur de la bonne blague qu'ils sont en train de me faire.

— Qu'est-ce que vous faites là ? m'enthousiasmé-je en venant à leur rencontre, les bras ouverts.

Nous leur avons rendu visite au moment de la sortie d'*Under the Dark* en France. Ça fait près de sept mois que je ne les ai pas revus. Je me glisse avec bonheur dans les bras de mon père.

— Matthew nous a invités. J'ai eu beau lui dire que l'anglais n'était pas notre fort, il n'a rien voulu entendre. Il a dit qu'il tenait à ce que nous soyons tous là, explique-t-il.

— Ça alors, il ne m'a rien dit !

— Il a sans doute voulu te faire la surprise, ma chérie, roucoule ma mère, émue et ravie.

— Venez, nous allons être en retard, coupé-je en entendant la sonnerie retentir. Nous aurons l'occasion de discuter après.

Chris me fait l'honneur de me donner son bras. Il me dépasse désormais d'une bonne tête malgré mes talons. Ce détail ne manque pas de le faire rire.

— Kate ? entends-je dans mon dos.

Je me retourne, Lewis Simpson me rejoint prestement.

— Matt vous réclame, je m'occupe de vos parents.

Je hausse les sourcils, quitte le bras de mon frère et remonte en toute hâte vers les loges en abandonnant mes parents à peine après les avoir embrassés. Matthew patiente nerveusement en coulisse. Dès qu'il me voit, ses traits se détendent et il attrape ma taille pour m'attirer contre lui.

— Tes parents vont bien ? demande-t-il comme si de rien n'était, comme s'il n'était pas sur le point de jouer sa carrière sur une scène de théâtre devant des centaines de personnes impatientes de le voir.

— Très bien. Pourquoi ces cachotteries ?

— Parce que sans toi, je ne serais pas ici, parce que tu es ce qu'il y a de plus important dans ma vie et que je t'aime, Cathie, me déclare-t-il tout bas, l'air grave.

— Tu as peur ? le taquiné-je, surprise par cette déclaration inattendue.

— Plus que ce que tu imagines, mais peut-être pas pour les raisons que tu imagines, admet-il bizarrement.

— Qu'est-ce que tu veux dire ?

— J'ai hâte d'être sur scène.

La sonnerie retentit une seconde fois. Amy fait son apparition au bout du couloir. Matthew fond sur ma bouche et s'offre un baiser un peu brutal dont il a de toute évidence besoin sinon envie. Je le laisse décider d'y mettre fin.

— Rejoins vite ta place, mon amour, chuchote-t-il en me relâchant.

Mon amour ! Je ne me lasse jamais de l'entendre m'appeler ainsi. Je quitte ses bras à regret et embrasse Amy furtivement en me sauvant. Je gagne ma place entre mon père et James Forest. Nos deux familles sont réunies pour la première fois. Une petite boule d'émotion agite mon estomac qui n'avait pas besoin de ça en plus. Mon père glisse sa main sur la mienne qui triture nerveusement le tissu de ma robe. Son visage souriant m'apporte un peu du calme qui me manque. Je suis vraiment heureuse qu'il soit là.

L'entrée en scène de Matthew provoque une véritable hystérie dans le public qu'il a du mal à ignorer. Aidé par une Amy placide, rompue à ce genre d'exercice, il surmonte sans peine ce moment délicat et leur jeu se pose avec humour. Matt irradie sur scène, sa présence est époustouflante et son interprétation naturelle. Amy est, elle aussi, impressionnante, capable d'emportements somptueux qui me collent la chair de poule. On a l'impression que ces deux-là ne jouent pas. Leur complicité illumine le texte d'une aura particulière.

Lorsque le rideau tombe finalement sur la scène, une clameur phénoménale monte de la salle. Les spectateurs se lèvent en applaudissant à tout rompre, des cris résonnent, des bravos en pagaille. Je reste sonnée par le spectacle auquel je viens d'assister. J'ai beau connaître chaque scène par cœur, les avoir vus répéter, cette représentation est la concrétisation de mois de travail et c'est tout simplement magique. James Forest est resté assis à mes côtés, il tourne la tête et je vois, pour la première fois, une larme briller au bord de ses paupières. Il se penche vers moi, souriant, et me prend la main pour nous lever à notre tour quand les rideaux s'ouvrent de nouveau sur le couple Dickinson, grand-mère et petit-fils, qui vient saluer son public. Sous ces acclamations amplement méritées, Matthew est heureux, Amy rayonne.

Les lumières se rallument doucement, mais les applaudissements ne faiblissent pas. Matthew fait un geste de la main en direction des coulisses. Tout à coup, les lumières baissent de nouveau sans s'éteindre complètement. Tout le monde reprend sa place rapidement et se tait.

— Que font-ils ? s'étonne James à mon oreille.

— Je ne sais pas, sourcillé-je, incrédule.

— Ce n'était pas prévu ? demande mon père.

— Non. Je ne suis au courant de rien, avoué-je en me rasseyant comme le reste de la salle.

Matthew prend un air sérieux et va s'asseoir en tailleur au pied du canapé où Amy a pris place, l'air absorbé dans le décompte des points sur l'aiguille à tricoter qui lui sert d'accessoire durant la pièce.

— Amy, tu crois que ça leur a plu ? lance-t-il en lorgnant la salle, vaguement inquiet.

— On dirait, ils ont tous applaudi, affirme-t-elle sans quitter son travail des yeux.

Sur mon fauteuil, je les regarde, sidérée de les voir encore s'amuser à improviser cette scène après avoir tant donné d'eux-mêmes. Ils semblent ne pas vouloir quitter les lieux et offrent un merveilleux cadeau à leur public, en ce soir de première. Ce dernier réagit aussitôt aux paroles d'Amy et applaudit de nouveau à tout rompre comme pour confirmer ses dires et rassurer Matt. Celui-ci se lève tranquillement et va se planter devant le calendrier punaisé dans le décor de la cuisine.

— Sais-tu quel jour nous sommes ? reprend-il vivement.

La vieille dame lève des yeux effarés de son tricot, secoue la tête d'un air hautement désapprobateur en regardant la salle.

— Mon chéri, je suis pas grabataire au point de pas me souvenir, *AUJOURD'HUI* précisément, de quel jour nous sommes. Sinon je serais pas là, proteste-t-elle énergiquement.

— Oh, Amy, fait-il en haussant les épaules et en venant la rejoindre.

— Quoi... Amy ? Je te signale que je n'ai pas oublié une seule fois mon texte, tu peux leur demander, ils sont tous témoins, s'agace-t-elle en désignant la salle de la main.

Les rires fusent. Matt a un sourire magnifique. Elle sait comment séduire autant que lui.

— On est le cinq novembre. Pourquoi me poses-tu cette question stupide ? se résigne-t-elle à répondre tout de même.

— Parce que c'est un jour important.

— Ah, je pense bien que c'est un jour important ! Qu'est-ce que tu as comme problème ? demande-t-elle en délaissant complètement son ouvrage.

— J'aurais dû faire quelque chose et je n'en ai pas eu le temps, regrette-t-il en arpentant la scène. Il est quelle heure ?

— Vingt-trois heures ! grommelle-t-elle en regardant sa montre.

— Il me reste encore une heure, souffle-t-il en semblant reprendre espoir.

Je me demande bien où leur jeu va les mener et comment ils ont eu l'occasion de mettre ça au point sans que je le sache. Comme le reste de la salle, je suis suspendue à l'intrigue qu'ils nous offrent. Matt se dirige vers le bureau dont il ouvre le tiroir. Il en sort une pochette grise et là, mon cœur fait un bond dans ma poitrine. Je reconnais la pochette dans laquelle il a rangé le contrat qu'il m'a fait signer… un an auparavant précisément, le cinq novembre. Mes mains deviennent moites et mon pouls s'emballe. Il ouvre la pochette et j'ai la confirmation de ce que je soupçonne, il s'agit bien du contrat.

— J'ai un problème avec une jeune femme que j'emploie bien mal, explique-t-il à sa grand-mère attentive.

— Quel est ton souci ?

— Ce contrat ne me convient plus or nous sommes à sa date d'expiration et il me reste juste une petite heure pour y mettre fin.

À quoi joue-t-il ?

La panique s'insinue dans mes veines.

— Qu'est-ce que tu attends ? s'enquiert Amy souriante.

— Je ne sais pas comment présenter ça à la demoiselle, avoue-t-il sans jamais diriger son regard vers moi.

Je sens la main de James toucher mon bras d'un geste qu'il veut sans doute rassurant. Je me tourne vers lui et son air grave assaisonne encore plus mon stress.

— Mais qu'est-ce qui ne te convient pas dans ce contrat ? reprend Amy.

— Il ne me suffit plus, j'ai besoin d'autre chose, déclare-t-il.

Un coup sourd dans ma poitrine m'arrache un petit hoquet qui surprend mon père à mes côtés. Il prend ma main dans la sienne, je tremble comme une feuille.

— Tu comptes lui en parler ?

— J'y suis bien obligé puisque celui-là est caduc, dit Matthew.

— Comment comptes-tu t'y prendre pour le lui annoncer ?

— Je ne sais pas, soupire Matt en baissant la tête.

— Tu pourrais peut-être choisir un moment spécial, où vous seriez en tête-à-tête.

— Facile, t'as vu où nous sommes là ?

— Mais qu'est-ce que tu veux alors ? s'énerve Amy.

— Je veux être sûr qu'elle accepte.

— Tu n'as qu'à lui présenter un nouveau contrat, voilà tout.

— Oui, d'ailleurs j'en ai un autre tout prêt ! bondit Matt.

— Ça ne résout pas ton problème, il te reste juste un peu plus d'une demi-heure maintenant, sourcille Amy en consultant sa montre. Que vas-tu faire ?

— Il ne me reste qu'une solution, réplique-t-il d'une voix sourde après avoir pris une grande inspiration qui fait frissonner toute la salle. Tu crois qu'ils ne m'en voudront pas si je les prends encore à témoin pendant une demi-heure ? hésite-t-il en désignant le public.

— Je ne sais pas, demande-leur !

Des cris enthousiastes montent de la salle, Matthew sourit. Moi, je me ratatine sur mon siège.

— C'est sans doute ce qu'il y a de mieux à faire. Devant tout ce monde, elle ne pourra pas s'enfuir, ni refuser. La nouvelle ferait grand bruit dans les journaux demain, répond-il en fronçant les sourcils d'un air douloureux comme si cette crainte était encore vivace en lui.

— Pourquoi voudrais-tu qu'elle refuse, c'est quoi ce contrat ?

— C'est ça, dit-il en lui tendant un papier qu'elle parcourt rapidement.

— Oh... je vois ! Eh bien, je crois que tu devrais lui demander en personne, sourit-elle.

Il acquiesce et avance jusqu'au bord des planches.

— LUMIÈRE ! exige-t-il.

Un spot l'éclaire et sans crier gare, il saute directement en bas de la scène. Matt vient jusqu'à moi et me tend la main. Des exclamations surprises montent de toutes parts. Le traître jubile de me voir au bord de l'affolement.

— Kate ? Veux-tu venir un moment ?

— Tu ne comptes pas me faire ça ? réfuté-je en me tassant dans le fond du fauteuil.

— Je crois que tu n'as pas le choix, insiste-t-il en faisant la moue et en contemplant la salle d'où surgissent quelques encouragements à mon égard.

— Alors ? s'impatiente Amy, depuis son canapé.

— J'avais raison de craindre le pire, elle ne veut même pas venir, réplique Matthew d'une voix forte.

Alors des sifflets et des protestations jaillissent derrière moi. Mon père me pousse gentiment. Matthew s'empare avec autorité de ma main et me force à me lever.

— À quoi joues-tu ? le grondé-je à voix basse.

— Je sais que tu es tout à fait capable de commettre des folies, me chuchote-t-il.

Il m'entraîne vers l'escalier et me fait avancer sous les projecteurs. Les spectateurs ne sont plus pour moi qu'un murmure derrière la lumière vive. Je les entends, les devine, mais ne les vois plus.

— Tu te rappelles, l'année dernière, quand tu as signé ce contrat ? Je t'ai détaillé chacune des clauses honteusement abusives que j'exigeais de toi.

— Je m'en souviens.

— Il était prévu que ce contrat serait renouvelé chaque année, à la date anniversaire, par tacite reconduction.

Matthew regarde sa montre.

— Il est minuit moins le quart, Kate.

— Où veux-tu en venir ?

— Je veux que tu me fasses confiance.

Je cherche, sur son expression d'une tendresse absolue, la réponse à cette énigme. Il me tend les deux exemplaires de notre contrat.

— Déchire-les !

J'ai beau avoir peur, le petit soldat n'est jamais revenu hanter mon cerveau, il ne le fera pas davantage, ce soir. Je prends les documents et je lui obéis aveuglément. Dans la salle, le silence est complet, le bruit du papier en résonne plus formidablement. Les morceaux tombent à nos pieds et Matt les regarde d'un air satisfait. Il garde, enroulés dans sa main, à l'abri de mon regard inquisiteur, les exemplaires du nouveau contrat qui me paraissent bien minces.

— Est-ce que tu me croirais assez dingue pour avoir prévu mon coup depuis des mois ? me demande-t-il soudain en s'appuyant contre le canapé, les bras croisés.

J'ai l'impression de passer un oral d'examen, ma gorge est nouée, ma bouche sèche.

— Sans doute, tu es dingue ! lance Amy dans son coin.

— Oh... puisque tu nous le proposes si gentiment, Amy, je crois que l'ingénieur du son vient de nous fausser compagnie. Est-ce que tu peux faire quelque chose pour moi ? se retourne-t-il.

— Ben voyons, je dois vraiment tout faire dans ce théâtre ! grommelle-t-elle en se levant pour aller jusqu'à la petite chaîne hi-fi du décor. Je sais même pas comment fonctionne ce bidule !

Le bruissement des rires au-delà de la lumière nous parvient. Matt laisse sa grand-mère se débattre avec la technique et me sourit.

— Donc, selon toi, je suis capable d'avoir imaginé que cette première tomberait précisément aujourd'hui. Tu sais pourtant depuis combien de temps ce projet nous occupe.

— Je sais.

— Et me croirais-tu capable d'avoir répété cette scène, en secret, avec Amy, d'avoir caché ce contrat à ton insu dans ce bureau, de m'être organisé pour que tes parents soient là sans que tu le saches, d'avoir invité les miens, mon meilleur ami. Me croirais-tu capable d'avoir prémédité de te faire monter, contre ton gré, devant une salle entière de spectateurs et de journalistes, bien déçus d'ailleurs de ne pas avoir la possibilité en cet instant de nous photographier, tout en sachant que cet événement fera les gros titres de la presse demain ?

— Oui, mais je ne vois toujours pas pourquoi.

— Peut-être parce que j'ai envie de dire à ce public à quel point tu as été patiente durant ces derniers mois, à quel point tu m'as aidé et soutenu, et à quel point je t'ai négligée pour leur offrir ce spectacle et que ça m'a torturé de m'en rendre compte. Peut-être parce que j'ai envie de crier à la Terre entière que tout ce qu'on peut dire de nous n'est rien en comparaison de la vérité, que tu es non seulement ma secrétaire très particulière, mon infirmière, ma cuisinière, mon habilleuse, ma répétitrice, mais que tu es surtout ma délicieuse compagne dont je suis amoureux fou et dont je ne pourrai plus me passer aussi longtemps que je vivrai. Alors dis-moi, Kate, quelle meilleure occasion que celle-ci pour leur expliquer ça ?

Je sens mes larmes monter d'un coup. Je ne sais plus quoi lui répondre quand soudain Amy pousse un cri de victoire et les premières notes résonnent.

« *Fly me to the moon, let me play among those stars…* »

La voix de Sinatra me saute à la figure et mes joues en font les frais.

— Tu te souviens ?

— Oui.

— Si je te demandais encore la lune ce soir, Cathie ? fait-il en approchant.

La salle retient son souffle en même temps que moi. Pas un bruit ne me parvient. La belle voix grave du crooner fait émerger en moi des souvenirs émouvants.

— Quand partons-nous ? réponds-je en le laissant enrouler ses bras autour de ma taille.

— Dès que tu auras signé ce contrat qui me garantit que tu accepteras d'embarquer avec moi à destination de la lune, déclare-t-il en plongeant un regard intense dans le mien.

J'ouvre la bouche, mais aucun son n'en sort. Je réalise encore mal ce qu'il est en train de me dire alors que des cris de joie et des applaudissements fusent dans la salle.

— Tiens, ça va t'être utile. Et en plus, je fais accessoiriste, glousse Amy en me glissant un stylo entre les doigts, ce qui expédie le public au nirvana de l'amusement.

Matt consulte de nouveau sa montre.

— Minuit moins cinq minutes, Kate ! Il ne te reste plus beaucoup de temps pour accepter.

— Tu es sérieux ?

— Je ne l'ai jamais été autant, affirme-t-il.

— Je ne l'ai même pas lu, protesté-je.

— Le précédent non plus, je te rappelle, ça ne t'a pas empêchée de souscrire à des clauses absolument scandaleuses.

— Tu m'en avais fait le détail, lui fais-je remarquer.

— Tu cherches à gagner du temps ?

— Je veux savoir avant de signer, exigé-je en appréciant de me venger un peu de lui.

— Dans ce cas, ce sera très rapide, il n'y a qu'un seul article dans celui-ci.

— Je t'écoute.

— « Je soussignée, Catherine Dutilleux, accepte, par le présent, d'épouser Matthew Forest-Dickinson et d'embarquer, à l'issue des cent représentations de la pièce intitulée *Jane and John*, à destination de… la lune de miel », lit-il sur le papier.

Je le dévore des yeux, incapable de réagir, assommée par l'ampleur de l'émotion qui me submerge.

— SIGNE, CATHIE ! hurle une voix que je reconnais entre mille.

Chris s'est levé d'un bond, je distingue sa silhouette longiligne au premier rang. Il est bientôt imité par Steeve, puis par tout un tas d'inconnus qui se lèvent à leur tour et qui m'exhortent à faire cesser ce suspense. Matthew s'écarte et dépose, sur la table devant moi, le contrat où je lis ce fameux unique article et insiste de sa magnifique voix grave.

— Je t'en prie, signe !

Matthew est bel et bien en train de me demander en mariage devant son public.

— Dépêche-toi, il reste trente secondes ! hurle Steeve, les mains en porte-voix.

Je déglutis et tente de retrouver mon souffle quand, d'un coup, le décompte se déclenche dans la salle, quelqu'un entame le processus et ils sont nombreux à joindre leurs voix. Matt s'est trouvé les meilleurs alliés du monde.

— Dix, neuf, huit, sept, six… cinq…

Je ferme les yeux, serre les doigts autour du stylo. Ma signature jaillit sur le papier à la toute dernière seconde.

— Merci, mon amour ! susurre-t-il en m'attirant sur sa poitrine, ses doigts caressent ma joue et guident ma bouche vers la sienne.

Les cris et les sifflets dépassent tout ce que j'ai pu entendre jusque-là. Matthew ne cesse pas pour autant de m'embrasser.

— Je crois que tu peux les remercier, coupe Amy en tapotant sur l'épaule de son petit-fils.

— Vous aussi, je vous aime ! crie-t-il très fort à ses spectateurs conquis, puis il m'entraîne en arrière tandis que le lourd rideau tombe sur la scène.

* * *

Dès que la nouvelle atteint Paris sur les ondes radio et télés, le lendemain matin, Cynthia s'égosille dans le portable.

Comment peut-elle seulement ne pas être mise au courant d'un mariage où elle sera bien évidemment témoin de la mariée ?

Les journaux ont seulement été plus rapides à se diffuser que moi à me réveiller. J'ai heureusement l'excuse d'avoir fêté la nouvelle un peu plus longtemps que les journalistes et de n'avoir pas su me lever. Ces derniers rivalisent de superlatifs pour commenter la plus incroyable demande en mariage à laquelle il leur ait été donné d'assister en direct, depuis la scène d'un théâtre.

Bien sûr, les critiques sont excellentes et les commentaires dithyrambiques aussi bien sur la pièce elle-même que sur la qualité de la mise en scène ou l'interprétation fabuleuse des interprètes. Mais tout cela est dépassé, de loin, par l'écho de la scène hallucinante qu'Amy et Matthew ont jouée à la suite. J'ai été encore une fois victime de leurs complots et je ne peux pas m'en plaindre. Je les aime tant.

Les représentations suivantes sont nettement moins mouvementées, mais ces diables d'acteurs s'amusent, chaque soir, à improviser une mini-scène pour la plus grande joie de leur public qui n'attend que ça. En règle générale, ces saynètes tournent autour de nous, Amy s'amusant à poser des questions faussement indiscrètes à son petit-fils qui prend un malin plaisir à ne pas y répondre ou à imaginer des choses tout à fait improbables, comme un vol spatial en guise de voyage de noces.

La dernière représentation de *Jane and John* a lieu en février suivant, trois mois après la première. Le succès a été si considérable que les producteurs insistent auprès de Simpson pour qu'il convainque Matthew de prolonger le spectacle au-delà des cent représentations. Mon fiancé refuse catégoriquement. Simpson l'approuve et accepte, en son nom, le scénario d'un nouveau film dont le tournage débutera au Canada, dès le mois d'avril.

Durant ces deux mois, nous avons eu le temps d'organiser ensemble notre mariage. Matthew se montre curieux des moindres détails et s'agace parfois de ma résolution farouche à vouloir faire les choses le plus simplement possible. Ce mariage est déjà, en soi, un événement, il me paraît inutile d'en faire un show à l'américaine, avec des centaines d'invités dont ni lui ni moi n'avons rien à faire.

La lutte est féroce entre les journalistes désireux d'être les premiers à révéler le scoop. Simpson lui-même est harcelé par les paparazzis, durant des semaines, chaque fois qu'il met le nez dehors. Chacune de nos apparitions déclenche une émeute et nous vivons en état de siège. Matthew doit se rendre à l'évidence qu'il nous sera impossible de préserver l'intimité de notre union dans ces conditions. C'est donc à la toute dernière minute et après avoir brouillé les pistes que nous prenons la poudre d'escampette pour la France où nous attendent déjà tous nos parents et amis. Matthew a tenu à ce que nous célébrions notre mariage sur les lieux mêmes de notre rencontre.

La complicité de Régis Morel m'est d'un incroyable réconfort. Sans son aide précieuse et efficace, je n'ose pas imaginer le désastre d'une cérémonie livrée à l'assaut d'une meute de paparazzis affamés et de fans hystériques. L'Hôtel White accueille donc, dans ses grands salons, la joyeuse troupe de nos familles et de nos amis anglais et français réunis.

Bien évidemment, j'ai accepté de porter une robe magnifique dont je juge le prix scandaleux, j'ai accepté le luxe d'une réception dans un palace, sans parler de l'alliance dont les diamants illuminent mon doigt, il est difficile de résister à Matthew lorsqu'il est motivé. Tout ça n'est rien cependant comparé au plus précieux des cadeaux qu'il me fait ce jour-là.

Que puis-je rêver de mieux que de savoir qu'il m'aime au point de se donner à moi et de me faire sienne de la manière la plus éclatante qui soit ?

Durant un an, j'ai pris un soin constant et vigilant à ne pas m'exposer à la lumière des flashs. Même si Matthew a évité les trop nombreuses sollicitations pour tel ou tel événement, il y en avait d'incontournables. Dans ces occasions-là, où il a exigé ma présence, je me faisais discrète au possible, fuyant les appareils photo et éludant les questions précises. Je ne possède pas le talent inné de mon compagnon pour envoyer paître les curieux sans qu'ils s'en aperçoivent immédiatement. Matt s'est souvent agacé de mes scrupuleuses précautions sans pour autant jamais réussir à me faire changer d'avis. La mise en scène spectaculaire qu'il a orchestrée, le soir de la première, n'avait pas d'autre but que de faire cesser cela. Il a annoncé à la face du monde son amour pour moi et me donne officiellement la place qu'il souhaite me voir occuper à son bras. Je ne peux plus me retrancher derrière mon anonymat, il me jette dans la fosse aux lions et me force ainsi à assumer ma part de responsabilité dans l'homme fabuleux qu'il est devenu. Aimer Matthew Dickinson est un travail à temps complet, celui auquel je sacrifie sans regret tout le reste, celui pour lequel je ne donnerai jamais ma lettre de démission.

— Es-tu prête pour l'embarquement, Madame Forest ? me chuchote-t-il à l'oreille alors que la fête bat encore son plein.

Mon nouveau nom me colle des frissons, à moins que ce ne soit le contact de ses lèvres sur ma nuque.

— Maintenant ? m'étonné-je. C'est donc si loin, la lune ?

Son regard s'allume de façon étrange. Pour toute réponse, Matthew glisse dans ma main un objet que je reconnais.

— Ta vieille voiture est toujours au sous-sol et j'ai dans ma poche les clés d'un certain appartement de la rue des Indes, suggère-t-il en me voyant patauger, mon porte-clés en main.

— Oh... je vois, souris-je en rougissant. Mais tu comptes nous faire traverser Paris dans cette tenue ?

— C'est mal me connaître que de penser que je n'ai pas tout prévu, s'esclaffe-t-il. Je te laisse cinq minutes d'avance pour aller te changer, je couvre tes arrières et je te rejoins en bas d'ici dix minutes.

— Et eux ? demandé-je en levant les yeux sur nos invités qui profitent de la piste de danse.

— Amy s'en charge, comme toujours, répond-il. Ils sont bien tous trop occupés pour se soucier de nous.

— Tu es décidément très prévoyant.

— Avec toi, j'ai appris à le devenir.

— Est-ce que je peux te demander une faveur ? me décidé-je tout à coup.

Matthew m'enlace et son regard se fait tendre.

— Tout ce que vous voulez, Madame Forest, demandez-moi la lune !

— Juste cette danse ! réclamé-je alors que la voix de Sinatra s'élève dans les airs.

Composition
NORD COMPO

Achevé d'imprimer en Espagne
par CPI Iberica
le 15 mars 2015.

Dépôt légal mars 2015.
EAN 9782290099094
OTP L21EPSN000624N001

ÉDITIONS J'AI LU
87, quai Panhard-et-Levassor, 75013 Paris

Diffusion France et étranger : Flammarion